Historias conversadas

Historias conversadas

HÉCTOR AGUILAR CAMÍN

LITERATURA RANDOM HOUSE

Historias conversadas

Primera edición: noviembre, 2019

D. R. © 2019, Héctor Aguilar Camín
c/o Schavelzon Graham Agencia Literaria
www.schavelzongraham.com

D. R. © 2019, derechos de edición mundiales en lengua castellana:
Penguin Random House Grupo Editorial, S. A. de C. V.
Blvd. Miguel de Cervantes Saavedra núm. 301, 1er piso,
colonia Granada, alcaldía Miguel Hidalgo, C. P. 11520,
Ciudad de México

www.megustaleer.mx

ISBN: 978-607-318-561-5

Impreso en México – *Printed in Mexico*

El papel utilizado para la impresión de este libro ha sido fabricado a partir de madera procedente
de bosques y plantaciones gestionadas con los más altos estándares ambientales, garantizando
una explotación de los recursos sostenible con el medio ambiente y beneficiosa para las personas.

Penguin
Random House
Grupo Editorial

Para Emma y Luisa Camín,
que inventaron por su cuenta la conversación

Índice

Índice

Pasado pendiente

Íbamos a salir temprano a Monterrey pero habíamos celebrado juntos la noche anterior, hasta muy tarde, no sé qué felicidad ahora olvidada, de modo que a las seis de la mañana, mientras el sol crecía rojo y redondo sobre las brumas de la ciudad, veníamos al aeropuerto hundidos también en nuestras brumas tóxicas, rojas de alcohol y de sueño.

Inútil esfuerzo. El avión, como siempre entonces, tenía un retraso previsto de cuatro horas, así que nos fuimos a un extremo de la sala de espera y acampamos en una hilera de asientos vacíos, para dormir torcidos las horas que nos faltaban.

Despertamos en efecto a las dos horas y faltaban todavía dos para abordar, así que le dije a Lezama, aunque fueran las diez de la mañana: "Esta situación exige un whisky doble", a lo que Lezama replicó críticamente, con su habitual fervor abstemio: "Y una cuba doble para mí". Bebimos rápido la primera, como para despertar, al cabo de lo cual comenté filosóficamente: "Quiero otro". Con su habitual moderación alcohólica, me respondió Lezama: "Doble también para mí". Los pedimos y volvimos, por fin serenos, a nuestro rincón desértico, silenciosos todavía pero ya tocados por el fuego sagrado de la euforia que recordábamos de la noche pasada y que anticipaba su fiesta para el día por transcurrir.

—¿Cómo se escribe una novela? —dijo de pronto Lezama, entre sorbo y sorbo de la cuba que mantenía pegada a sus labios, como quien sorbe café caliente en el frío de la madrugada.

—Escribes una cuartilla todos los días —le dije—. Al año tienes trescientas sesenta y cinco cuartillas, suficiente para una novela de trescientas sesenta y cinco cuartillas.

—En serio, cabrón —dijo Lezama, sonriendo.

—En serio —dije yo—. ¿Para qué quieres saber?

—Creo que tengo que escribir una —dijo Lezama.

—¿De qué se trata? Mejor dicho: ¿cuántas cuartillas va a tener?

—No sé, cabrón. Nada más sé que creo que tengo una novela.

—¿Pero qué tipo de novela? —dije—. ¿Tipo *La guerra y la paz* o tipo *El viejo y el mar*?

—¿Cuál es la diferencia? —quiso saber Lezama, adelantándose con otra sonrisa a mi juego.

—Una diferencia radical —pontifiqué—. Si quieres una obra maestra tipo *La guerra y la paz*, necesitas escribir una cuartilla diaria durante cinco años y dárselas a pasar a tu esposa cinco veces, hasta que enloquezca. Por el contrario, si lo que quieres es una obra maestra tipo *El viejo y el mar*, entonces tienes que escribir un párrafo diario durante un año, porque si escribes una cuartilla diaria, la acabas en cuatro meses y ya no tiene chiste. El chiste de las novelas es que te traigan encerrado y aburrido por lo menos un año de tu vida. ¿Qué novela quieres escribir?

—No te burles, cabrón —dijo Lezama.

—No me burlo, cabrón. Pero es lo último que me faltaba oír: que quieres escribir una novela. Estudiaste biología, fuiste dirigente del 68, te metieron a la cárcel, estudiaste luego un posgrado en ciencia política en Francia y una maestría en educación en Londres, pero lo que escribiste fue una historia de los movimientos estudiantiles de México. Estás estudiando a las élites políticas del país, fundando un centro de estudios estratégicos y preparando un estudio de universidad abierta.

Te has casado tres veces, sigues bebiendo cubas libres como a los dieciocho años, juegas basquetbol con muchachos veinte años menores que tú y ahora quieres escribir una novela. Estás loco. Padeces lo que los psicoanalistas llaman "omnipotencia infantil".

—También estudié dos años de psicología —dijo Lezama—. No creas que me vas a impresionar con esos términos que ni conoces.

—Hay que brindar por eso —dije, con mi habitual sentido de la oportunidad, y fui por dos nuevos tragos.

Cuando volví, me dijo Lezama:

—Si no pensara que me vas a robar mi novela te la contaba.

—Prometo no robártela si no vale la pena —le dije.

—Es sobre mi papá —dijo Lezama.

—Precisamente lo que nos urge —devolví yo—. Novelas del padre. Nuestro único clásico irrefutable, *Pedro Páramo*, es una novela del padre. Nos urge otra.

—No te burles, estoy hablando en serio —dijo Lezama—. Mi papá murió en el 74, en medio de todo el lío del renacimiento del narcotráfico y el izquierdismo estudiantil en Sinaloa, ¿te acuerdas? No te acuerdas, qué te vas a acordar. Yo estaba precisamente en Sinaloa, en Culiacán, porque habían matado a mi primo Carlos los "enfermos" de la universidad. ¿Te acuerdas de los "enfermos"? No te acuerdas. Qué te vas a acordar. Nos tenían amenazados de muerte a toda la izquierda y se la cumplieron a Carlos. Fui a Culiacán a velarlo y ahí me llamaron diciéndome que mi padre estaba muy enfermo, internado en el hospital de Ciudad Obregón, donde vivimos, y que no acababa la semana. Era un jueves.

—¿De qué estaba enfermo? —le dije.

—Eso no importa. Estaba moribundo.

—Si vas a escribir una novela, lo único que importa son los detalles. Las generalizaciones no sirven. "Estaba moribundo." ¿Qué es eso?

—Tenía una trombosis y una hemiplejia, la mitad del cuerpo paralizada. Horrible. No me gusta recordar eso, cabrón. Lo había visto siempre fuerte, duro, como inmortal. Y así fue siempre, salvo al final, en que era como un guiñapo. Estaba todo consumido, como un limón chupado, y tenía un aliento de albañal, que es el olor de la muerte. Llegué a Ciudad Obregón unos días antes de que muriera. Me los pasé en el hospital con él o con lo que quedaba de él. Porque la mitad de ese tiempo estaba ido, no reconocía a mi mamá, no sabía quién era, tenía delirios. Muy mal. Pero una noche despertó lúcido y me llamó claramente por mi nombre. Me pidió que me acercara, me acarició la cabeza y las mejillas un largo rato. Nunca había hecho eso. No recordaba a mi papá haciéndome nunca una caricia, una ternura. Lo recordaba siempre duro, firme, yendo y viniendo al registro civil, donde trabajaba como mecanógrafo. Y luego con sus ausencias, porque se iba de gambusino por el rumbo de Álamos, en el sur de Sonora, en busca de vetas que nunca existieron, pero que eran su ilusión, como la de cientos de sonorenses dados a la vagancia. "Hay una cosa que debes saber", me dijo, luego de acariciarme todo ese rato. "Sí, papá, la que usted quiera", le dije. Siempre le hablé de usted. "Yo no soy lo que parezco", me dijo. "Yo tengo un pasado que tú no conoces y que tienes que conocer." "Sí, papá", le dije. "Lo que usted quiera. Pero no se fatigue." "Lo mío ya no es de fatiga, sino de descanso", me dijo. "Pero yo no soy lo que parezco. Y no me quiero morir mutilado, como habiendo vivido una vida a medias." "Sí, papá", le dije. "Antes de ser tu papá, fui otra cosa", me dijo. "Fui una gente importante. Me vine aquí a Obregón huyendo de esa vida, porque me iban a matar." Y entonces me contó una historia de que él había sido un *big shot* del narcotráfico en Sinaloa, en Mazatlán, a finales de los años cuarenta, después de la guerra. No se sabe mucho pero ahí empezó todo lo del narcotráfico en México. Empezó con la paz. Al fin de la Segunda Guerra Mundial prohibieron en Sinaloa la siembra de amapola, una siembra que antes ellos mismos habían estimulado para producir morfina. Apenas la prohibieron llegaron las bandas privadas a seguir con el negocio. Pues me cuenta mi papá que estaba un día de madrugada en casa de una amante, en las afueras de Mazatlán, cuando oye que tocan a la puerta duro, con algo más que el puño, con pistola. Y en lo que se acerca él a abrir la puerta, oye la voz del Fincho, un pistolero que le debía favores, diciéndole en voz baja: "Lezamita, sé que estás ahí pero no me abras, ni me contestes. Vengo a matarte y me están esperando y observando desde el coche. Pélate, ¿me estás oyendo? Voy a tocar otras tres veces y luego voy a tirar la puerta a patadas. Pélate antes y que Dios te bendiga". "No le contesté", me dijo mi papá en el hospital. "Salí por una ventana rumbo al monte y al día siguiente, en la carretera, le pagué a un trailero para que me trajera a Hermosillo. Tenía un poco de dinero, me casé con tu mamá, naciste tú y puse una casa de compraventa de garbanzo y algodón. Quebré en el 52, entré al ayuntamiento, y hasta ahora. Pero no soy lo que parezco, ¿me entiendes, mi hijo?" "Sí, papá", le dije, pensando que deliraba y que si su última voluntad era mejorar su vida en mi memoria, estaba bien. Porque él había sido siempre un burócrata menor, un empleado del ayuntamiento, con la única locura de andar buscando minas en la sierra. Pero por lo demás, fue siempre un hombre ordenado, hasta rígido, que vivía en la pobreza, porque yo recuerdo que en mi casa no había ni luz eléctrica y yo me salía a estudiar por las noches al parque municipal, en un banco, junto al arbotante de la luz eléctrica. Murió dos días después. Mi mamá mandó poner esquelas de su muerte en todos los diarios del noroeste, desde Tepic hasta Tijuana, pasando por Culiacán, Mazatlán, Hermosillo, San Luis y, desde luego, Ciudad Obregón. "Así me lo pidió", me dijo mi madre, cuando le pregunté por qué la desmesura. El ayuntamiento le rindió a mi padre un pequeño homenaje y lo enterramos un martes en el panteón municipal. ¿Quieres que te siga contando?

—Nos queda hora y media —asentí yo, fingiendo indiferencia.

—Si quieres que te siga contando, invítame otra cuba mientras voy al baño —exigió Lezama.

Con humildad de escucha, compré los otros tragos y unos bocadillos de jamón y queso.

—No había lentejas —le dije a Lezama cuando volvió.

—Pero supongo que te dará igual cambiar tu novela por este plato de sándwiches de jamón y queso. Quiero decir: estoy tomando apuntes.

—Yo la voy a escribir —dijo Lezama—. Una novela de poca madre.

—Hasta ahorita llevamos material para un párrafo por día durante un mes. Nos faltan trescientas cincuenta cuartillas.

—Me faltan a mí, cabrón —regateó Lezama—. Ésta es mi novela. Tú no tienes nada que ver en ella. Y además falta lo mejor, no sabes nada todavía.

—¿Qué sigue? —dije.

—No te voy a contar. Me vas a robar mi novela.

—Ya te di por ella tres cubas dobles y un sándwich de jamón y queso —le dije—. ¿Quieres más? Pareces un cerdo capitalista interesado nada más en las cosas materiales.

—¿Me prometes que no te la vas a robar?

—Sólo si no me interesa. ¿Qué sigue?

—Sigue lo mejor, cabrón —dijo Lezama, empezando a engullir su sándwich—. Estamos en el entierro y se presenta de pronto un coche blanco, largo como una limusina. Llega y bajan de ahí dos tipos, con una corona de flores más grande que el panteón. Atrás de ellos viene otro señor, grande, gordo, prieto, ya viejo, con manchas blancas en el cuello. Se acerca a mi mamá y le pregunta si ése es el entierro de Arnulfo Lezama. "Sí", le dice mi mamá. "Yo conocí a su marido en otro tiempo", le contesta el tipo. "Vengo a dejarle esta corona porque le he vivido y le viviré agradecido toda la vida." "¿Cómo se llama usted?", le pregunta mi mamá. "Mi nombre no importa", le dice el tipo. "Yo creo que ni su marido lo sabía. Pero en toda la costa del noroeste me conocen por mi apodo. Soy el Fincho." Al oír el nombre, me acordé de lo que mi padre me había dicho dos noches antes y se me cayeron los calzones. Cuando terminó el entierro me acerqué discretamente al tipo. Le digo: "Quiero hablar con usted. Yo soy el hijo mayor de Arnulfo". Y me dice el tipo, así de rápido: "Con la pinta basta, muchacho. No necesitas identificación. Te hubiera reconocido hijo de tu padre hasta en una noche sin luna. ¿De qué quieres hablar?". "De lo de Mazatlán", le digo. "¿Y qué quieres saber?", me pregunta. "Todo", le digo, "quiero saber todo". "*Todo* no hay nunca en la vida", me dice el Fincho. "Pero lo que yo sepa te lo cuento con gusto. Vente al motel Valle Grande por la noche. Voy a tomarme contigo la copa que ya no me tomé con tu padre." Así fue, eso me dijo. Esa noche fui al motel Valle Grande. Y esa noche me contó.

—¿Qué te contó?

—Todo.

—*Todo* no hay, ya te dijo el Fincho —le dije y atendí al hecho de que no había probado el segundo sándwich que le traje, lo cual dejaba cojo nuestro trato de su novela a cambio de mi plato de lentejas.

—Toda la historia —dijo Lezama—. Empezando por el principio.

—Si no hay todo, tampoco hay principio —le dije, con la profundidad retórica que me caracteriza.

—El principio de mi padre, cabrón —dijo Lezama, con el fervor paterno que empezaba a serle característico—. El Fincho me habló del Lezamita de los primeros años, el Lezamita que para mí nunca fue Lezamita, cabrón. Me habló de Lezama el chavo, el adolescente, el alarde que todos hemos sido, como yo en el 68, que gritaba desde un micrófono que había que cambiar el país: el Lezamita que yo fui veinte años después de que mi padre fue Lezamita. No me entiendes, pero me habló de *él*. No de mi papá, sino del muchacho que fue *él*, Lezamita, antes de que cambiara de vida. Me habló de cuando mi papá era como yo fui en el 68. No me entiendes. Lo que quiero decir es que el Fincho me habló de mí mismo, de mi reencarnación hacia atrás. Ya estoy pedo. No sé ni lo que te estoy diciendo. Sólo sé que te estoy diciendo la verdad, cabrón.

—¿Qué te dijo el Fincho? —pregunté, metido como nunca en su historia, pero haciendo como que no me importaba.

—El Fincho vale madre —dijo Lezama—. Lo que importa es lo que dijo el Fincho. No me entiendes.

—Te entiendo tan bien que me está dando hambre.

—No me entiendes, qué me vas a entender.

—Si te comieras el sándwich que te traje, tendría pretexto para ir por otro trago, en lugar de estar aquí preguntándote por el Fincho. A fin de cuentas, a mí qué carajos me importa el Fincho.

—Porque no entiendes, cabrón.

—De acuerdo, no entiendo. ¿Te vas comer tu sándwich o no?

Seguimos un rato esa conversación de borrachos en nuestro rincón desértico del aeropuerto, que para ese momento se había llenado de gringos asténicos y señoras mal queridas que miraban a todas partes con recelo y ansiedad.

—Nos toca abordar —le dije a Lezama, cuando anunciaron por el magnavoz que nos tocaba abordar.

Bebimos nuestro residuo y nos subimos al avión a Monterrey hablando de la última novela de Carlos Fuentes, *Gringo viejo*, que nos había parecido a los dos un regreso al Fuentes joven o, por lo menos, al Fuentes que leímos cuando jóvenes, con fervor suficiente para hacer más soportables nuestras vidas. Le comentamos nuestra impresión sobre Fuentes a la aeromoza, quien sonrió con la levedad característica de la mexicana que entiende que dos mexicanos intentan conquistarla hablándole sueco, a continuación de lo cual dijo Lezama:

—Pídele una cuba a esta cabrona, antes de que me enamore de ella.

No volví a escucharlo durante un largo rato. Al cabo de ese rato, me desperté y vi que estaba durmiendo, impertérrito, a mi lado. Llamé entonces a la aeromoza y le exigí los tragos de rigor. Cuando los trajo, bajé frente a Lezama la mesita del respaldo que hay en todos los aviones, mezclé sus dos licores y sus pocos hielos con la coca cola y le di dos sacudidas para que regresara de su sueño a la historia que había empezado a contarme.

Había sido un adolescente superior, un joven irresistible y deslumbrante capaz de soliviantarnos con un gesto de la mano o una petición de la mirada, así que no me extrañó su regreso natural y como actuado a la búsqueda amorosa de la muchacha que nos servía y a la ansiosa continuidad de la historia que había empezado a regalarme.

—Lo que me contó el Fincho —dijo, siguió— no sé para qué te lo voy a contar a ti, cabrón. Mejor dicho: no debo contártelo a ti, que te vas a robar esta novela. Pero el Fincho me dijo todo. Y no me digas que generalizar no es narrar, porque no te vuelvo a decir una palabra, cabrón. No hagas comentarios cultos, cabrón. Me dijo el Fincho: "Tu padre era un chingón". El Fincho ya no podía beber, según él, así que nada más tomaba anís seco. Imagínate. "Me endulza la memoria", decía. En fin, me contó que mi padre y él habían entrado juntos al ministerio público de Mazatlán, mi padre como escribiente y él como mozo de la oficina, allá en los años cuarenta, a principios. Empezaron a llegar a Mazatlán en esa época unos gringos a quienes traían de un lado para otro el gobernador, el comandante de la zona y todo mundo. Finalmente mandaron llamar a mi papá, que había nacido en un pueblito en el culo del mundo de la sierra mazatleca, la Sierra Madre Occidental, y le dijo el jefe de la policía que si podía servirles de guía a los gringos le darían un ascenso. Los gringos eran militares y funcionarios del gobierno norteamericano. Venían a iniciar la siembra en grande de amapola. La amapola se daba en forma silvestre en la sierra. Querían extenderla para producir morfina. La guerra había cortado el abasto de amapola de Turquía y no había morfina suficiente para los heridos y hospitales norteamericanos del frente. Así empezó la siembra de la amapola en Sinaloa. El jefe de la misión era un gringo güero y grande, al que le decían Willie-Billy y que se hizo muy amigo de mi papá, según el Fincho. Un personaje ese pinche gringo. Tenía una cicatriz acá por el cuello que le habían hecho en la guerra de España como voluntario. Ahora era mayor del ejército gringo y el encargado de la operación. Un año anduvieron juntos, mi papá y el gringo, sembrando cuanta cañada libre se encontraron, hablando con los campesinos y repartiendo dinero por adelantado. Toda la sierra regaron mi papá y Willie-Billy de dólares y amapola, y de pequeños laboratorios rancheros, muy rudimentarios, para obtener la goma que mandaban a Los Ángeles para producir la morfina. Todo muy sigiloso, porque era un acuerdo secreto entre los gobiernos, y el gobierno mexicano había puesto como condición que no se hiciera escándalo, que todo fuera discreto y a la sombra, y que si la cosa se sabía iban a negarlo todo. Entonces, desde el principio todo fue muy clandestino, y así siguió hasta el fin de la guerra, varios años después. Para ese momento, cuando terminó la guerra, mi papá ya era comandante de la judicial del estado y el Fincho su cuije, su ayudante, porque mi papá se lo había llevado del ministerio público a peinar la sierra con Willie-Billy. Bueno, pues, como sabes, nosotros los mexicanos ganamos la guerra, le mostramos a Hitler que con México no se juega y celebramos la victoria. En Sinaloa les hicieron una fiesta de despedida a los gringos mandados por Willie-Billy, que se regresaban a sus bases de San Diego. No se habían acabado de despedir los gringos, cuando llama el gobernador a mi papá y le pide que vuelva a la sierra, pero guiando ahora al ejército mexicano, para quemar y arrasar lo que antes habían sembrado. "Se dice fácil", me dijo el Fincho, "pero fue la guerra civil. Los labriegos qué iban a querer quemar, si habían vivido como sultanes de la amapolita los últimos años. Bueno, 'pues ahí al golpe de ojo' me dice tu papá: 'Esto no lo van a poder erradicar. Pueden matar a toda la sierra y ya no lo erradican. Yo voy a presentar mi renuncia porque ya no aguanto una balacera más contra esa gente que le dijimos ayer que sembrara y hoy le exigimos que queme'. Así lo hizo tu papá", me dijo el Fincho, "y así lo hice yo también, y pasamos de ser la autoridad a ser la nada. Nos quitaron la placa, nos quitaron la pistola, nos quitaron el coche que nos habían dado. Nos corrieron de la casa que nos daban prestada. Y no nos dieron ni siquiera una méndiga carta de recomendación. Y también nos quitaron el habla, como si nunca nos hubiéramos visto. Ni quién nos echara un lazo. No nos ladraban ni los perros ariscos de la zona roja".

—¿Esto quién lo está contando? —pregunté a Lezama.

—Yo lo estoy contando —dijo Lezama.

—Me refiero a la persona narrativa —dije yo—. ¿Lo está contando el Fincho?

—¡Qué persona narrativa ni qué la chingada! —me dijo Lezama—. ¿Por qué me interrumpes, cabrón?

—Porque las narraciones necesitan pausas —le dije—. Cadencia. Como el amor. Si no, todo se vuelve pura eyaculación precoz.

—Pide entonces otro trago para la pausa —dijo Lezama—. Dile a mi novia.

Llamé a su novia, que vino hacia nosotros con cara primero de mártir y a inmediata continuación de policía, pese a lo cual accedió a nuestra sed.

—Tiene actitud de alcohólica anónima —dijo Lezama, cuando la aeromoza nos puso las cosas en el tablero con un gesto que cabría calificar, sin exageración, de intolerante—. Me gustaría saber dónde va a dormir esta noche —agregó.

—¿Dónde dormían tu papá y el Fincho cuando los corrieron de sus chambas? —pregunté.

—En la zona roja, cabrón —dijo Lezama—. Nada más ahí les dieron fiado. En realidad, lo que les dieron fue trabajo como guardias y sacaborrachos.

—¿Qué pasó después?

—Según el Fincho, un día, por la mañana, se aparece en la zona roja nada menos que Willie-Billy, preguntando por mi papá. No lo reconocieron al principio porque, además de la cicatriz del cuello, ahora traía un ojo cerrado con otra cicatriz, la cabeza al rape y una oreja mondada por un tiro. "Si la sierra sigue estando ahí, yo tengo nuevos compradores para la amapola", le dijo Willie-Billy a mi papá. Se había salido del ejército y había entrado a manejar burdeles, casas de juego, máquinas traganíqueles, protección a particulares. El caso es que traía un adelanto de cien mil dólares para reiniciar la siembra de la amapola en Sinaloa y venía por su guía de antaño para repetir la epopeya. "Por lo pronto", me dijo el Fincho, "compramos un coche y nos hicimos de unos trajes y cerramos el congal más caro de Mazatlán con una fiesta de regreso a la vida. Y luego nos hicimos a la sierra, como cinco años antes, a recontratar la amapola. En la sierra nos recibieron como a dioses. No hubo pueblo que no celebrara el reinicio de actividades, y aunque la cosa era ahora más complicada, porque el ejército vigilaba y quemaba, antes del año teníamos la sierra en la bolsa. Había amapola que era una chulada, doquiera que uno pusiera la vista. Qué mata tan bonita la amapola. Decía tu papá que es como las mujeres: el veneno lo trae por dentro. Pero la envoltura, qué envoltura. Le llegamos al jefe de la policía y le pusimos en la mesa una flor de amapola morada, de colección. Y abajo de sus yerbitas como barbas de lampiño, un billetote de cien dólares. '¿Dónde cosecharon esto?', nos dijo el tal, que era un vivales. 'En el mismo barranco donde encontramos esto', le dijo Willie-Billy, poniendo sobre la mesa otro billete igual, al descampado. 'Muy magra la cosecha', dijo el policía. 'Si recuerdo bien', añadió, 'en el barranco del que habla debió haber por lo menos ocho veces esta mata'. 'Buen agricultor', dijo Willie-Billy, poniendo sobre la mesa otros seis billetes. 'Los buenos agricultores cosechan en cada predio', dijo el comandante. 'Predio por predio', aceptó Willie-Billy. Y así quedó tasada la cuota de ochocientos dólares por cada contacto serio que hubiera por accidente con la policía, o que quisiéramos no tener ni por accidente. Al siguiente año éramos dueños de Mazatlán y los benefactores de la sierra. Sacábamos la goma de la amapola por barco a un lado de Mazatlán y recibíamos en maletas dinero suficiente para que fuera un problema volverlo a sacar a la frontera, donde Willie-Billy quería ponerlo todo. 'Es dinero maldito', decía. 'Que regrese a donde vino.' Con eso creía que nos halagaba, como diciendo: 'Los viciosos somos allá, que no los toque esta mierda'. Pero nos tocaba y de qué manera", me dijo el Fincho.

—¿El Fincho está contando esta historia? —le dije a Lezama.

—Es la historia de mi papá, cabrón —dijo Lezama—. ¿Por qué me interrumpes?

—Para fijar el sujeto narrativo —le dije.

—Fíjate en lo que te estoy diciendo, cabrón. No mames con el sujeto narrativo.

—Me estoy fijando —le dije—. Pero aterrizamos hace unos minutos y sólo faltamos nosotros de bajar.

—Pinches aviones puntuales —dijo Lezama—. Ya no se puede ni hablar.

No pudimos hablar, en efecto, el resto del día. Nos esperaba la comitiva académica que Lezama había organizado para mi conferencia de la tarde, de modo que fuimos a comer y hablamos de las tareas de la universidad y sus hijos. Luego fuimos a la conferencia que leí con las dislexias oratorias del caso y después a una cena con Lucas de la Garza, en un restorán del que sólo puedo recordar al propio Lucas resumiendo la técnica de los matones del desierto neoleonés: "Nada de duelos ni de avisos. Si lo van a matar, lo matan donde lo encuentran, de preferencia por la espalda, y se acabó".

Después de la cena hicimos un intento con dos estudiantes que habían venido a la cena, pero cuando estábamos a punto de salir con ellas del restorán a otra parte, le dije a Lezama:

—Yo no. Me da un infarto si se les ocurre ir a otra parte.

—A mí el infarto ya me dio —dijo Lezama—. Vámonos a dormir.

Nos habían pagado una suite en el hotel Ancira. Era viernes y estaba lleno el bar. Me dijo Lezama:

—Un último trago para los demonios de la madrugada.

—Para convocarlos —accedí.

—Es que no te he acabado de contar —dijo, cuando nos sentamos y pedimos la copa del estribo—. Prométeme que no vas a robarte mi novela. ¿Tengo o no tengo una novela?

—Una novela del padre —le dije—. Justamente lo que necesita la narrativa mexicana.

—No te burles, cabrón —dijo Lezama.

—¿Qué quieres que te diga? —respondí—. Desde *Pedro Páramo* no hay una gran novela del padre en lengua española. ¿Cómo fue la debacle?

—¿Cuál debacle?

—La debacle del Fincho y tu padre.

—La debacle fue después. Por lo pronto, hubo los años de gloria. Mujeres, coches, dinero, pueblos boyantes y cordiales, compadres y bautizos en toda la sierra de Sinaloa. Había entrado al aro el comandante de la zona, habían dado su anuencia tácita el gobernador y las jefaturas de policía de las ciudades importantes de Sinaloa, además de Mazatlán: Culiacán, Mochis, Guasave y el puerto de Topolobampo, por donde salían más barcos a dejar goma que a pescar camarón. Una chulada, como decía el Fincho. Willie-Billy se compró el mayor hotel de Mazatlán, frente al malecón, y construyó en el último piso un penthouse donde una vez llegaron de parranda nada menos que Rita Hayworth y Errol Flynn, al que, según el Fincho, lo enloquecieron dos muchachitos en la playa. Pero ya para ese momento la amapola estaba prohibida y empezaban los periódicos de California a hablar de Sinaloa como granero de la heroína que mataba adolescentes en las calles de las ciudades norteamericanas. Entonces cambió el gobernador, llegó a Sinaloa un viejo que apenas entró puso sus ojos en la sierra y se dedicó, según él, a gobernar para ella. Nada más tuvo que ir una vez a la sierra para darse cuenta de que ahí los poderes reales eran los que germinaban con la amapola, es decir, Willie-Billy y los vagos de mi papá y el Fincho, que eran sus segundos. Para esto, ya ellos habían tenido un problema pesado con Willie-Billy. Te puedes imaginar la clase de tipo que era Willie-Billy. Entre sus debilidades tenía que le gustaban las muchachitas. Fíjate, este hijo de la chingada.

—¿Qué tiene? —le dije—. A mí también me gustan las muchachitas.

—Sí, pero no te las llevas y las violas y las entregas luego por los burdeles de Mazatlán con la marca Willie-Billy: una *w* chiquitita que, según el Fincho, este hijo de puta les mandaba tatuar en el hombro.

—De acuerdo. ¿Pero qué tiene que ver eso con la entrada del gobernador?

—No, eso tiene que ver con el Fincho y mi papá —dijo Lezama—. Porque el Fincho tenía una hijita preciosa de doce años que, como él mismo dice, había salido a su mamá. Porque el Fincho era feo y prieto y mal encarado desde siempre, al revés de su hija, que era una preciosura. Pues esa muchachita es la que mandó a pedir Willie-Billy y se la pidió nada menos que a mi papá. Cuando la vio en la calle al pasar un día, le dijo a mi papá: "Tráeme ésa". Pero resultó que la elegida era la hija del Fincho. "Lo voy a matar a este pinche gringo degenerado", le dijo el Fincho a mi papá. Y mi papá le dijo: "No hace falta. Yo tengo una tía en Los Ángeles. Ya le hablé diciéndole que vamos a mandarle a tu hija y a tu esposa, y le giré quinientos dólares para empezar. Allá que crezca un rato y luego vemos, al cabo que esto no ha de durar para siempre". "Fue así como tu papá salvó a mi hija de la marca Willie-Billy", me dijo el Fincho: "Con riesgo de su vida, porque el pinche gringo aquel no tenía sangre sino arsénico en las venas. Se había ido quedando a pedazos en sus guerras y sus cicatrices; ya no era más que una máquina de sembrar amapola y machacar humanos. Cuando le preguntó a tu papá dónde estaba la muchachita, tu papá le dijo: 'Yo no consigo muchachitas más que para mí'. A lo cual el gringo se rió y le dijo: '¿Te gustó también, Lezamita? ¿O estás protegiendo a *tu fuckin' friend* de que ponga a circular a su putita con Willie-Billy?'". "Porque, la verdad sea dicha", me dijo el Fincho, "la mamá de mi hija Gabriela era una beldad, pero vivía en la zona roja. Tu papá le dijo al gringo: 'La quiero para mí. Si la quieres después de mí, te la paso'. Pero tu papá sabía que Willie-Billy no tomaba cosas de medio uso: ni barajas, ni armas, ni muchachitas. Y así se arregló. Y le he vivido y le viviré agradecido toda la vida por eso", me dijo el Fincho.

—¿Nos tomamos otra? —preguntó Lezama.

—De acuerdo —le dije—. Pero qué pasó con el gobernador.

—Todo —dijo Lezama—. Es decir: pasó lo que tenía que pasar. Al gobernador lo que lo pudrió de la situación en la sierra no fue la cuestión del narcotráfico y la protesta de los norteamericanos. Lo que lo enervó fue la popularidad de Willie-Billy y sus secuaces. No se cumplían sus órdenes si no consultaban en Mazatlán con Willie-Billy o mi papá. Quería repartir unas tierras y no se presentaban a recibirlas los beneficiarios si no venía mi papá a dar el visto bueno. Y luego no se sembraba más que amapola y mariguana. El gobernador llegó con ofertas de créditos, asesoría técnica, maquinaria gratis para que sembraran maíz, frijol, las cosas básicas, o que sembraran hortalizas, melones, tomates para exportación. Ni quién volteara a verlo. Eso es lo que lo enojó, según el Fincho. Al extremo de que vino a ver a mi papá y a proponerle que se aliara con el gobierno contra Willie-Billy, para volver agrarista la sierra. Papá le dijo: "Mi negocio no es la política, señor gobernador, sino la agricultura". "El negocio de ustedes es el narcotráfico", le contestó el gobernador, "y si no colaboran conmigo, se van a chingar". Así fue. Cambiaron al jefe de la policía judicial, cambiaron a los jefes de policía de las ciudades y trajeron nuevos pelotones especializados para empezar a batir la sierra. Así empezó la nueva guerra. "Subieron las cuotas de todo", me dijo el Fincho: "La de la siembra, porque traía más riesgo. La de la policía, porque a quien sorprendían solapando el tráfico le daban ley fuga. La vida en Mazatlán se volvió peligrosa para nosotros. Dejaron entrar agentes antinarcóticos de los Estados Unidos y luego, lo peor, nos trajeron competidores del este, que empezaron a ofrecer más dinero que nosotros en la sierra y a pelearnos el dominio de la ciudad".

—¿A quiénes? —dije—. ¿Quién está contando esto?

—El Fincho. No me interrumpas.

—No te interrumpo. ¿Qué pasó entonces?

—Pasó que Mazatlán se volvió como Chicago, con bandas disparándose en restoranes, *vendettas*, emboscadas y masacres. En una de esas balaceras de encrucijada Willie-Billy sacó su última cicatriz. Lo cazaron en un bar y recibió un tiro que le destrozó el antebrazo izquierdo. Pero alcanzó a cargarse a los dos que lo cazaban. Todavía con la pistola en la mano salió del sitio aullando. Se le cruzó entonces, de pura coincidencia, un oficial del ejército gritándole que se parara. No se paró. Con el mismo vuelo que traía de los tiros adentro del bar, le vació el cargador al coronel y salió corriendo para la sierra, a sabiendas de que sólo ahí estaría seguro. Allá fueron a encontrarlo mi papá y el Fincho. Lo encontraron con fiebre, el brazo mal curado y el pelo brotado en su calva, güero, casi albino, cagado y orinado, hecho literalmente una mierda. Y le dice a mi papá…

—¿Quién?

—Willie-Billy, espérate. Le dice: "Lezamita, vas a ir a la Ciudad de México con un amigo mío, y le vas a dar un mensaje de mi parte". Entonces, agárrate, cabrón, le da las señas de un supuesto secretario particular del presidente de México. Y un maletín con un millón de pesos. "Es mi seguro, Lezamita", le dice el pinche gringo. "Dile que te manda Segretti, de Los Ángeles, y él te recibirá. Le das el maletín y le dices que vamos a retirarnos con lo que podamos levantar estos dos meses. Que sólo queremos una tregua de dos meses y nos vamos y no vuelven a saber de nosotros. El Fincho se queda conmigo hasta que tú regreses, por lo que pueda ofrecerse." "Me quedé como rehén", me dijo el Fincho, "y tu padre se fue a la Ciudad de México. No volví a verlo, pero me enteré años más tarde de su peripecia".

—¿Quién se enteró? —pregunté.

—El Fincho, cabrón, el Fincho.

—¿Y cuál fue la peripecia?

—Según el Fincho, mi padre llegó a la Ciudad de México, marcó el teléfono que le dio Willie-Billy, dijo que lo mandaba Segretti de Los Ángeles y a la hora tenía un enviado en su hotel.

—¿Del secretario particular del presidente?

—De quien fuera, cabrón.

—¿Pero habló o no con el secretario particular del presidente?

—No. El que se presentó fue un supuesto comandante de la policía a escuchar el mensaje y recoger el maletín. Al día siguiente volvió, sin el maletín, y le dijo a mi papá que no podía haber arreglo: el coronel que Willie-Billy había matado en su huida era nada menos que sobrino del secretario de la Defensa y el secretario quería meter la espada hasta el fondo en el asunto de Sinaloa. "De acuerdo", dijo mi papá, según el Fincho, "devuélvanme el maletín". "¿Cuál maletín?", le dijo el enviado. "No me diste ningún maletín." Con la misma actitud, le puso la pistola en la frente y siguió: "Tampoco has estado aquí, ni nos hemos visto, ni sabes quién soy. Ahora, entre nosotros, como amigo, te recomiendo que no regreses tampoco a Sinaloa". Entonces mi padre entendió que había quedado en medio, que Willie-Billy no le creería jamás la escena del maletín y que reclamar el maletín para llevárselo a Willie-Billy le costaría la vida en la Ciudad de México. Decidió no volver a Sinaloa, como le habían recomendado. Excepto por una cosa: porque quería ver por última vez a Cordelia, una muchacha de la sociedad mazatleca que se había llevado a vivir con él a una quinta en las afueras de Mazatlán. Decidió ir a verla nada más una noche para tratar de llevársela con él a donde fuera. Fue su error, porque Willie-Billy tenía vigilada a Cordelia. Más tardó en haber movimiento esa noche en casa de Cordelia que Willie-Billy en enterarse. Y como había pasado más de un mes y no había noticias de mi padre, Willie-Billy había obtenido su conclusión: que mi padre era un traidor y se había quedado con el dinero. "Ve y me lo traes", le dijo al Fincho. "Te van a acompañar los muchachos." "Fuimos en dos coches a la finca", me contó el Fincho, "pensando yo cómo hacerle si encontraba a tu padre con Cordelia. Pensé: si le digo que Willie-Billy quiere hablar con él, en una de esas se equivoca y acepta, a continuación de lo cual es hombre muerto. Entonces fui, les dije a los muchachos que esperaran y golpeé la puerta con la pistola, varias veces, para que me vieran. Pero mientras golpeaba, entre tanda y tanda de golpes, murmuraba: 'Lezamita, te vengo a matar. Pélate. Voy a tener que tirar la puerta, porque me están viendo. Si estás ahí, pélate por atrás, que no hay vigilancia'. Esperé un rato, siempre golpeando la puerta con la pistola; luego la derribé y entré. Ya no había nadie, pero las sábanas de la cama estaban revueltas y las almohadas calientes todavía. Supongo que estaban ahí y sirvió mi coartada". "Sí sirvió", le dije.

—¿Quién le dijo? —pregunté yo.

—Yo le dije al Fincho cuando me lo contó —dijo Lezama.

—¿La noche del entierro de tu padre?

—En el motel Valle Grande —precisó Lezama—. Le dije que su coartada había servido, que mi padre me lo había contado antes de morir, que le había salvado la vida.

Vi sus ojos llenarse de lágrimas. Lo atribuí al humo del atestado bar del hotel Ancira y al conocido efecto acuoso de las cubas libres.

—¿Qué pasó con Cordelia? —pregunté.

—¿La mujer de mi papá en Mazatlán?

—La mujer con la que huyó.

—Nada. Vive en Mazatlán. Es de las buenas familias mazatlecas todavía.

—¿No huyó con él?

—No, qué va a huir —dijo Lezama.

Por primera vez en el relato de todo el día hubo en su voz un agravio personal a cuenta del pasado pendiente de su padre: el rencor y el amor de haber sido abandonado él mismo por Cordelia, en la figura de su padre, Lezamita.

—Ahí hay una novela —le dije.

—¿Una novela del padre? —se rió Lezama.

—No, en lo de Cordelia —dije.

—Y en todo lo que te he contado, ¿no hay una novela, cabrón? —respondió airadamente Lezama.

—Mucho más que una novela —le dije.

—¿Te gustó? —me dijo.

—Me devolvió a mi padre —le dije.

—A mí también, cabrón —dijo Lezama.

El insistente humo del bar volvió a nublar sus ojos con algo semejante a un llanto masculinamente retenido. El conocido efecto acuoso de los whiskys nubló también los míos.

Pero ninguno goteó.

Sin compañía

Cuando me divorcié en el 75 tuve, como todos, mi gajo de epopeya amorosa. Las más locas caricias soñadas sin esperanza a la vera de mi lazo conyugal, las más jugosas transgresiones, los más tiernos amores me fueron concedidos por el cielo, y por el celo incesante y ecuménico de mi recién adquirida soltería. Nadie es tan ávido soltero en busca del tiempo perdido y del amor ocasional como el divorciado novel. Es el verdadero Don Juan, el hombre que corre sin riendas huyendo de la cárcel de la costumbre marital hacia la insaciable intemperie de la libertad que exige cada noche un cuerpo nuevo.

Recuerdo haberme empeñado en llevar a la cama a las más increíbles mujeres por las más dispares y mitómanas de las razones: porque la hubiera traído a la fiesta mi mejor amigo, porque hubiera entonado bien un verso firme de "Guantanamera", porque osara gritarme "macho" debido sólo a que, acabando de conocerla, le hubiera pedido sin más pasar al cuarto, y otras audacias típicas del estado práctico y genérico de divorcio.

A mi excompañera de la Ibero Ana Martignoni intenté seducirla por razones, si cabe, menos caprichosas: porque era la hija apetecible, comunista y réproba de uno de los hombres más ricos y anticomunistas de México, y porque quería saber por ella misma si se había acostado en efecto, como todos decían, con el legendario padre Felipe Alatorre, el jesuita dorado, profeta de la vida personal, que la Compañía de Jesús desempacó en la Ciudad de México a principios de los sesenta, guapo y aristocrático, graduado en Lovaina, la frente amplia y los ojos ardientes, dispuestos como ningunos a amar y perdonar.

Tras el fulgor sabio y sufriente de esos ojos, y tras las palabras existenciales, honestas y dolorosas de Felipe Alatorre, S. J., se habían ido los suspiros y los corazones de la mitad de las niñas ricas de la Ibero, que se ataron a él por la doble cadena inexperta de la búsqueda de la verdad en sus vidas y el pálpito no buscado de la verdad de sus sexos.

Unos años después de aquellas iniciaciones, prófugos ya los dos del mundo de la Ibero, fue acaso inevitable que me encontrara con Ana Martignoni en una rumbeada universitaria del Pedregal. Más escandalosa y sobreactuada que borracha, en medio de la euforia sindicalista y tropical del ágape, bailaba sola a media pista, con maña y saña pélvica que hubiera ruborizado a Ninón Sevilla. Y cantaba, gritando, los versos imposibles de "Amalia Batista":

> A mí no me agarras tú,
> porque no me da la gana,
> porque te tiro te tiro la palangana
> a ritmo de guapachá.

Nos conocíamos de la Ibero. Yo había atestiguado sus primeras incursiones analfabetas en la psicología freudiana y en el evolucionismo teológico de Teilhard de Chardin; había admirado el color y la forma, para mí inhibitoria, de sus brazos y sus muslos; había maldecido mi temor, mis complejos, mi ropa, mi falta de dinero para invitarla a bailar, descorcharle una botella de champaña, ofrecerle una suite en Acapulco o al menos una cena en el café rojo de la propia Ibero, que costaba más que el blanco porque había luz indirecta y servían licores.

Esperé que terminara su solo de rumba en la pista y la alcancé en la barra que habían instalado al fondo. Como tantos hijos de escuelas jesuitas, yo había hecho en esos años una modesta trayectoria intelectual dentro de la izquierda mexicana y ella una escandalosa fama pública que la había vuelto accesible a mi imaginación de soltero hambriento y envanecido. Me dio besos en las mejillas y palmadas en la nuca:

—Mi compañerito —dijo, imitando el coloquialismo clásico del escritor José Revueltas, que moriría ese año—. ¿Cómo estás, qué te tomas?

Pedí una cuba.

—Me encantó lo que escribiste de Cosío Villegas —dijo, después de servirla—. Pinche viejo liberal.

—Era un elogio —dije—. Me gusta su liberalismo.

—Qué te va a gustar, mi rey. Chinga que le pusiste al viejo ése. O leí tan mal que ni me acuerdo.

—No, también era una crítica.

—Es lo que yo te digo. Me encanta lo que haces. Quién me iba a decir que ibas a volverte luminaria de la izquierda mexicana.

—Un firmamento restringido —dije.

—Es el que hay, mi rey. Ni modo que nos dieran la Vía Láctea. ¿Viniste solo?

—Sí, pero pretendo irme acompañado.

—*I like it, sure. Yes, I do* —dijo Ana Martignoni, en su perfecto inglés texano—. Advierto, por lo que puedas intentar: yo también vine sola y eres la primera cosa interesante que veo en este firmamento restringido. ¿Quieres bailar?

Bailamos.

Ana Martignoni era alta y tenía los muslos y los brazos largos. Todo su cuerpo parecía la consecuencia bronceada de una educación liberal que había incluido la equitación y el nado, inviernos de esquí, veranos de buceo, otoños de cruceros por el Caribe. Cada una de esas cosas estaba aún en su piel color de nuez, en la pulida dureza de sus músculos, en el trapecio de sus hombros, en la delicada fuerza de sus caderas y en la sal de su olor que trasminaba, impuramente, la fragancia floral de su perfume.

—Pinche viejo liberal —insistió Ana, ronroneando, mientras acomodaba ese cuerpo flexible contra mí y su perfil soñoliento sobre mi cuello—. Me encantó la chinga que le pusiste, mi rey.

—¿Te encantó?

—Mjm.

—¿Sobre todo la parte donde hablo de su crítica a Stalin?

—Sobre todo ésa, mi rey.

—Pero él nunca hizo una crítica a Stalin.

—Qué importa, eso qué importa —musitó, siempre contra mi cuello, la Martignoni.

—Te estás equivocando de crítico. Yo nunca escribí eso.

—Pero no me estoy equivocando de señor —dijo Ana, ciñéndose más a mi cuerpo.

—Eso no.

—Pues ya ves, compañerito. Ya lo ves —como dormida o soñolienta en mi cuello—. ¿A dónde me vas a llevar, mh?

—A donde quieras.

—A dónde yo quiera voy sola, mi rey. ¿A dónde vas a llevarme tú, mh?

La llevé a un hotel de Tlalpan. Ahí nos hicimos el amor como quien se da barrocamente la mano, ejerciendo sobre nuestros cuerpos toda clase de suertes externas y vanidosas audacias de manual. Estaba un poco ebria y al terminar un poco melancólica, supongo que por haber ratificado la dolorosa frigidez de su cuerpo, que iba tirando al paso de quien se cruzara por ver si en alguno de esos enganches el muro de hielo dejaba florecer la hierba dulce y rabiosa del deseo. Se tapó con la sábana hasta el pecho, púdica por primera vez desde nuestro encuentro, y la vi fumar en silencio, blanqueada a medias por un cuadrángulo de luz neón que entraba de la calle por la ventana, los grandes ojos verdes, fijos en el llano de su absurda soledad.

—Pide unos tragos —dijo.

Para distraerme, supongo. Los pedí y me distraje esperándolos, recibiéndolos, llevándolos a la cama.

—Te has dejado engordar —me dijo.

—Voy a hacer ejercicio.

—No, estás bien —dijo Ana—. Pero no te dejes más. Yo te doy un masaje, ven —empezó a frotarme las lonjas, echado boca arriba, desnudo—. No necesitas más de un centímetro. Con un mes de masajes para reducir te quito lo que te sobra. Me gustabas en la Ibero por flaco. Eras alto, moreno, muy atractivo.

—Eso me hubieras dicho entonces —le dije.

—Con un guiño que me hubieras hecho habría bastado, compañerito. Mira que me cansé de echarte lazos.

—Tú estabas como en otro mundo —le dije—. Ana Martignoni era como una fantasía, un sueño encarnado por casualidad en una mujer. Era como tener enfrente a Grace Kelly.

—Pues no era más que una niña idiota ansiosa de ser querida.

—Además eras mi escándalo —le dije—. Vivía tu proximidad como la de una mujer que estuviera apartada. Eras la mujer de otro.

—Cuál otro, mi rey. No me salgas tú también con lo de Felipe Alatorre, porque te dejo de dar el masaje.

—Cuéntame de Felipe Alatorre —le dije.

—No te cuento. Es mi historia secreta.

—No me cuentes —le dije—. Nada más dime: ¿te acostaste con Felipe Alatorre?

—¿Tú qué crees?

—Yo creo que no. Por supuesto que es una calumnia —dije.

—Por supuesto que *no* es una calumnia —dijo Ana, riendo—. Yo soy una mujer seria, compañerito. No ando esparciendo rumores, ni ejerzo amores platónicos.

—Cuéntame entonces —dije yo.

—Me acosté con él, mi amor. ¿Qué más quieres saber? —dijo Ana Martignoni, repicando de amor y de malicia.

—Todo.

—Todo, no.

—La primera vez —dije.

—La primera vez lo agarré en curva —dijo Ana, alzando la cabeza como un hermoso animal sediento que otea la proximidad del agua—. Fuimos a cenar a casa de Toni Pérez, en el Pedregal. Él puso como condición que nos acompañara Tere Alessio. Es decir: que yo fuera con Tere Alessio a buscarlo a él y con Tere Alessio a dejarlo después de la cena. Felipe vivía en la calle de Zaragoza, en la casa de la Compañía de Jesús, donde vivían todos, por Taxqueña. Pedía que fuéramos Tere Alessio y yo juntas por precaución, decía él, para no dar lugar a rumores. Pero con Toñeta Barrio iba solo a todos lados, sin acompañante. ¿Por qué? Porque Toñeta Barrios era fea como pegarle a Dios y no le inspiraba ni un pecado venial. Así que yo *sabía*.

—¿Te halagaban sus precauciones?

—Me excitaban —dijo Ana, olvidando el masaje y sentándose en la cama, junto a mí—. Me prendían de una forma que no he vuelto a sentir. Perdón que lo diga aquí y a ti. No estoy comparando. Pero no se siente otra vez como en esos años idiotas y aparatosos, ¿verdad? Un roce de la rodilla podía bastar para un orgasmo de días. Quiero decir: la comezón, el pálpito, la humedad cada vez que te acordabas, ¿verdad? Entonces yo *sabía*. *Sabía* que él estaba cuidándose de más, cuidándose de mí, y que eso también lo excitaba, ¿no? Entre más trancas me ponía, más ganas acumulaba de saltárselas, ¿no? Bueno. Pero esa vez sucedieron dos cosas maravillosas. La primera, perdón por la indiscreción, pero así fue, la primera fue que esa noche, ya cuando estábamos en la cena, le bajó la regla a Tere Alessio. Dirás: ¿qué hay de maravilloso en eso? Bueno, nada, en realidad fue tremendo, porque le bajaba de una forma increíble a la pobre, con unos dolores y unos flujos que tenía que echarse en cama y ponerse a llorar. Lo maravilloso fue que, ya en la cena, cuando sintió venir sobre ella el desastre, sin decir nada Tere mandó llamar al chofer de su casa y, antes de que la cena se sirviera, mi chaperona ya estaba de regreso en su cuarto, tomando calmantes y con bolsas de agua sobre la panza para apaciguar sus cólicos. Desde su casa le llamó a Toni Pérez, la anfitriona, para explicarle la situación y Toni inventó entonces que le había dado un vahído. La segunda cosa maravillosa que pasó esa noche es que, ya al final de la cena, Felipe fue al baño y Toni me pidió, segundos después, que le trajera de la biblioteca un álbum de familia, para que viéramos sus fotos. A la biblioteca se llegaba por un pasillo estrecho, al que, además, le habían puesto mesitas y jarrones a los lados, de modo que apenas pasaba una persona. Pues cuando voy entrando a ese pasillo, descubro que Felipe viene a la mitad de él, porque en lugar de ir al baño de la sala había ido al de la biblioteca. Y ahí nos cruzamos. Pudo retroceder, pero no lo hizo. Yo tampoco: caminé hasta él; tratamos de esquivarnos en el pasillo, pero no pudimos. Quedamos frente a frente, pegados de perfil, los dos en el pasillo. Y así nos quedamos unos segundos, respirando como si hubiéramos corrido la maratón. Lo abracé para poder seguir caminando sin derribar un jarrón o atropellar una mesita. Entonces sentí. Sentí su erección y a inmediata continuación la vi en sus ojos. Me asusté. No te rías: me asusté como la virgen que no era, mordí mi rebozo de pena y seguí a la biblioteca. Me acuerdo que llegué a la biblioteca casi desmayándome, con un bochorno, un sofocón, de novela de Corín Tellado. Pero me repuse, me hablé a mí misma y regresé a la reunión. Hice como que nada pasaba, pero mientras veíamos las fotos del álbum de Toni supe que iba a tener a Felipe esa noche, y ya no pensé más.

—¿Lo tuviste esa noche? —pregunté.

—Esa noche —dijo Ana, iluminada de pronto por el recuerdo.

Tenía unos extraños ojos verdes, enormes, separados, naturalmente irónicos y atentos, como los de Julio Cortázar y los gatos de angora.

—¿Cómo lo tuviste? —pregunté.

—Eso es parte del archivo confidencial, compañerito —dijo Ana, riendo—. ¿Para qué quieres saber cómo?

—Para escribir un relato y denunciar tu lascivia sacrílega —dije.

—Ésa es la mejor lascivia de todas —dijo Ana—. La única —agregó, volviendo a irse por el canal metafísico de sus ojos—. ¿Por qué no me pides otros tragos?

—¿Cuántos tragos? —dije.

—Puede ser que dos —dijo Ana Martignoni.

Pedí una botella de whisky etiqueta negra y pensé que al fin le estaba invitando el trago caro que había soñado invitarle durante todos los años de la Ibero. Recordé o inventé una cita de Proust, según la cual nuestros sueños se cumplen, pero se cumplen demasiado tarde, cuando se ha ido de nosotros la pasión que nos hizo engendrarlos y la ingenuidad que nos hizo confundirlos con el sentido mismo de nuestra vida.

—¿Y luego? —dije.

—Y luego la gloria, compañerito —dijo Ana—. ¿Qué quieres saber?

—Todo —le dije.

—Todo, nada más lo sé yo —dijo Ana—. Ni siquiera Felipe sabe bien lo que pasó. Eso es lo peor. Le jodieron la vida y ni siquiera entendió bien nunca cómo.

—Cuéntame la parte de gloria —pedí.

—Fue rapidísima, apenas me acuerdo —accedió Ana, con vivacidad—. Quiero decir: recuerdo eso como un relámpago, una fiesta de fuegos artificiales. Fue una ráfaga de dicha, de alegría, de juventud. Así la recuerdo. Pero no podría decir pasó esto, me dijo aquello. Nada. Tengo nada más escenas como de película. Lo veo venir por un pasillo desierto de la Ibero, muy tarde en la noche y abrazarme sin prudencia alguna. O lo veo acostado en la cama, el pecho desnudo, el vello rizado, leyendo un libro de Jacques Maritain, con sus espejuelos de viejito que usaba para leer. Guapo, guapísimo. Digo, sin agraviar lo presente.

—¿Y qué pasó después de la ráfaga?

—Felipe floreció —dijo Ana, floreciendo a su vez—. Floreció como nunca. Llenaba auditorios de estudiantes ávidos de escuchar sus clases, llenaba iglesias de fieles ansiosos de escuchar sus sermones. Cuando lo nuestro empezó, Felipe Alatorre ya era la gran promesa jesuita de su generación. Tenía veintiocho años y era el asesor latinoamericano del padre Arrupe, el general de la Compañía. Era también candidato a la rectoría de la Ibero y el seguro sucesor del provincial de la Compañía en México. Era un dios, sobre todo comparado con la recua de jesuitas españoles franquistas que mandaban de Europa a la América Latina y comparado con la caterva de niños bien, engatusados en los colegios jesuitas para que entraran a la Compañía. Naturalmente, prosperó la envidia. Y atrás de la envidia, la típica intriga jesuita. Nos espiaron, nos vieron, nos fotografiaron, nos apuntaron días, horas, lugares. Y un miserable cuyo nombre no te voy a decir, un miserable cuya existencia bastaría para que volvieran a expulsar a los jesuitas de México y de la faz de la tierra, ese miserable fue a ver a mi papá, otro miserable de su calaña, a mostrarle el archivo de mis "relaciones" con Felipe Alatorre. Como tú sabes, mi papá es el fundador de la Ibero, él puso el dinero inicial del patronato y luego invitó a sus amigos a que aportaran; él construyó por su cuenta el primer edificio de la Universidad Iberoamericana en la Campestre Churubusco y creo que hasta él llamó a los jesuitas para invitarlos a lanzarse a la tarea. En algún discurso tuvo el cinismo o la cursilería de decir por qué hizo todo eso. Viendo crecer a su hija mayor, dijo en ese discurso, su hija mayor, o sea yo, pensó un día, con preocupación, dónde haría sus estudios profesionales esa hija suya. Y se le hizo evidente entonces, ante el desastre ideológico y educativo de la Universidad Nacional, que no había para las nuevas generaciones dirigentes de México una universidad apropiada, de alto nivel académico y adecuada fisonomía *moral*. Mi padre hablando de moral: ¡el burro hablando de orejas, carajo!

—Ahí está nuestra botella —dije, al oír que tocaban en la puerta. Recogí el servicio y serví—. Te estoy escuchando, sigue.

—Ay, me da erisipela —dijo Ana—. Lo recuerdo y me vuelvo a enervar. Hace años que no pensaba en eso. Con detalle, quiero decir. Y ahora que lo reviso me vuelvo a dar cuenta del horror que fue. Una porquería.

—¿Qué le dijo tu papá al miserable? —pregunté, lleván-dole con diligencia servil un whisky bien servido y tratando de volver a los hechos, que tienen sobre nosotros la ventaja moral de no saber cómo los juzgamos.

—Eso por lo menos estuvo bien —dijo Ana, riendo—. Su primera reacción fue contra el miserable. Hizo como los emperadores chinos que mandaban matar al mensajero que les traía malas noticias. Pues así: le dio un puñetazo en pleno hocico al miserable, que fue a caer por allá con un diente me-nos. Por lo menos, carajo. Pero luego, claro, mi papá vio el informe que le traían, y ahí venía todo. En ese asunto me di cuenta, pero más tarde, claro, no en el momento, de quién era en verdad mi papá, de su capacidad de cálculo, su frialdad, su dureza. Porque a mí no me dijo nada, ni una palabra. Tan cariñoso y tan neurótico como siempre. Miento: encantador y cariñoso como nunca. Pero mandó verificar con sus propios investigadores el informe del miserable, y cuando lo hubo ve-rificado mandó llamar a Felipe. Lo tenía agarrado por todos lados, pero aún así lo sentó enfrente, eso me lo contó Felipe después, y le dijo: "Tengo informes de que anda usted en flir-teos y coqueteos con mi hija Ana. Quiero preguntarle a us-ted, de hombre a hombre, si eso es cierto, en el entendido de que esto quedará estrictamente entre nosotros, de hombre a hombre. He visto muchas cosas en la vida. No me escandaliza la realidad. Creo que todo puede arreglarse si hay pantalones y carácter para enfrentar los hechos. Así que le pregunto a usted, de hombre a hombre: ¿tiene usted relaciones con Ana mi hija?".

—¿Y qué dijo Alatorre? —pregunté.

—¿Qué crees que dijo? —me devolvió Ana, mirándome con sus ojos extravagantes, risueños y enternecidos ahora.

—Que no, obviamente —grité yo, recordando la vieja consigna del maestro Linares: "Niega, aunque te encuentren en la sala de tu casa con la otra".

—Le dijo que sí —murmuró Ana, con aire melancólico y maternal—. ¡Le dijo que sí! Porque no sabía mentir. Más aún. Le dijo que era un alivio para él confesarlo finalmente, reconocerlo, porque era una tortura que no podía cargar más dentro de sí y también una alegría que no le cabía más tiempo en el pecho. ¡A mi papá! —dijo Ana, revolviéndose en la cama—. ¡Le fue a decir eso *a mi papá*!

—¿Y qué hizo tu papá?

—Le agradeció su sinceridad —dijo Ana, sentada ahora sobre la cama, en posición de loto—. Le palmeó la espalda, le reconoció sus pantalones, le dijo que iban a arreglar el asunto del mismo modo que lo habían hablado: como hombrecitos. Pero no bien salió Felipe de su despacho, ya mi papá le estaba telefoneando al provincial de la Compañía de Jesús para pedirle el traslado de Felipe Alatorre. ¿Y a dónde crees que lo trasladaron?

—A Chiapas —dije.

—¿Sabías?

—Se supo entonces —dije—. Mandaron a Felipe Alatorre a Chiapas, para que les fuera a hablar de Jacques Maritain y Teilhard de Chardin a los chontales. Es decir, para joderlo.

—Para eso, sí. Pero no fue eso lo que lo jodió —dijo Ana, haciendo brillar sus ojos húmedos, otra vez abiertos y fijos en la noche, como dos faroles perdidos—. Felipe Alatorre era un jesuita cosmopolita. Un lujo teórico y práctico de la Compañía. Hablaba francés, alemán, italiano, inglés y sus especialidades eran la teología, la historia de la Iglesia, el derecho vaticano. No tenía nada que hacer en los Altos de Chiapas. Pero era también un hombre disciplinado y sensible, capaz de ver la mano de Dios en cada minucia de su vida y dispuesto a aceptar el veredicto de Dios. Dispuesto también, desde luego, a aceptar la disciplina militar de la Compañía. Así que si le pedían ir a desperdiciarse entre los chontales él decidía aprovechar en ellos y bajar de la teología a la medicina preventiva, del derecho vaticano a la antropología chontal y de la historia eclesiástica al litigio agrario por los derechos chontales a la tierra. Ése era Felipe Alatorre. Lo que lo jodió no fue su traslado a Chiapas. No. Lo que lo jodió es que yo me fui tras él, a perturbar su vida y a volver insoportable su castigo.

—¿Qué quieres decir con que te fuiste tras él?

—Eso —dijo Ana, extendiendo su vaso en solicitud de otro trago—. Eso: que me presenté un día en San Cristóbal a buscar sus amores y a meterlo otra vez en el infierno de su amor por mí. Suena cursi y grandilocuente, pero así fue. Otra vez tuvimos el amor, sí, y otra vez provocamos el escándalo y la venganza de la Compañía en su cachorro dorado, otra vez la tortura de la averiguación y el juicio interno de la Compañía por su conducta. Y otra vez su confesión palmaria, detallada, que lo absolvía por dentro y lo condenaba por fuera. Confesar nuestros amores liberaba su sentimiento de culpa, su necesidad de expiación, pero lo condenaba al destierro y al desdén, al castigo, al desprecio. Fue entonces cuando empezó a beber. Creo que no había tomado una copa en su vida, aparte del vino para consagrar. Pero entonces empezó a tomar.

—A propósito —dije—. Salud.

Le tendí a Ana su nuevo whisky y repuse el mío.

—Salud, compañerito.

Se acercó y me dio un beso húmedo, frío, metiendo su lengua entre mis labios primero, en mi oreja después.

—¿Por qué te estoy contando esto, mh?

—Porque quieres que te denuncie en el periódico —dije.

—Porque me estás escuchando —me dijo—. Puede ser que por eso. Eres la primera persona que me escucha en años. Hubiera querido encontrarte antes.

—Nos encontramos antes —le dije.

—Digo, así como ahora.

—Nos encontramos ahora —dije.

—No es igual —dijo—. Pero no importa. Es decir, sí importa. Las cosas tardan demasiado en llegar. A veces llegan cuando ya no importan, eso es lo que quería decir.

—Lo dices mejor que Proust —dije.

—¿Proust el escritor?

—No, Proust un invento que me traigo yo.

—No te entiendo.

—No importa. Eso sí no importa. ¿Qué pasó después?

Dejó escapar un suspiro resignado e irónico:

—Lo trasladaron a la Tarahumara, en Chihuahua.

—¿Y fuiste tras él a la Tarahumara?

—En cuanto supe que estaba allá. No me daba cuenta. Iba corriendo tras mi amor, tras mi felicidad. No me daba cuenta de las dificultades del asunto, de su cárcel sacerdotal, de su cárcel profesional, de su atadura a ese mundo. De lo que sí me di cuenta cuando llegué a la Tarahumara es de que ya era otro. Bebía más de lo normal y de una manera, no como tú y yo, que vamos bebiendo mucho y hablando, sino de una manera fea, como quien se toma la medicina amarga porque se la tiene que tomar. ¿Has tomado quinina?

—No.

—Yo tomé en Chiapas una vez, quesque contra el paludismo. Es amarga como no tienes una idea. Felipe tomaba aguardiente de la sierra como yo la quinina. Como una purga infecta pero necesaria. Y no se ponía alegre, hablador, o simplemente borracho. Se ponía huraño y torvo, sombrío, amargo como la quinina. Lo encontré estragado, con arrugas, a sus veintinueve años. ¡Y gordo! Gordo como un señor abandonado, con una barriga de pulquero, él, que era el mejor talle de la Compañía. Gordo. Me dijo que no quería verme más, que después de meditarlo hondamente había decidido entregarse nuevamente a Dios y nada más a Dios. Pero el dios que lo llamaba entonces era el dios horrible del bacanora, la soledad amarga de la quinina en la boca y en el alma. ¿Me entiendes?

—Hubiera tomado whisky —le dije—. Es lo mejor para ese tipo de penas.

—No te burles, compañerito.

—La otra es que me ponga a llorar —le dije.

—¿De veras te dan ganas de llorar?

—Ganas de reír no me dan.

—Para nada —dijo Ana.

—¿Qué pasó entonces?

—Me regresé de Chihuahua hecha una loca —dijo Ana—. Rechazada, herida, sin muchas ganas de reír, como tú dices. Y lo peor del caso es que no sirvió de nada. Nosotros habíamos terminado, pero la Compañía no supo eso. Ni mi papá. Porque mi papá estuvo al tanto de cada cosa, paso por paso, y presionó paso por paso para librar a su hijita de aquel sacerdote loco, pervertidor de menores. Eso, aunque yo tenía bien entrados mis veintidós años y le podía dar lecciones a mi papá de ciertas cosas. El caso es que la Compañía y mi papá no supieron que Felipe y yo habíamos terminado. Sólo supieron que habíamos vuelto a vernos en la Tarahumara. Decidieron entonces que había que poner un remedio final al asunto. Y trasladaron a Felipe de la Tarahumara, pero esta vez fuera del país. En realidad, fuera del mundo. Adivina dónde.

—¿Dónde?

—¿No lo adivinas?

—No.

—No adivinarías, ni aunque trataras.

—No. ¿A dónde lo mandaron?

Ana hizo una gran pausa histriónica y dijo con una carcajada contenida:

—A Bangkok.

—¿A Bangkok? —pregunté yo.

—¡A Bangkok! —dijo Ana, estallando de risa.

—Qué barrocos cabrones —dije yo.

—No lo volví a ver por los siguientes siete años —gritó Ana—. ¿Cuándo salimos de la Ibero?

—En el 65 —le dije.

—Un año antes de eso estoy hablando. Volví a verlo en el 72. ¿Cuánto tiempo dejé de verlo?

—Ocho años —le dije.

Al decirlo, sentí que los ocho años también me pesaban a mí.

—De acuerdo —dijo Ana—. Pero si la última vez que lo vi él tenía veintinueve años, ¿cuántos tenía cuando lo vi en el 72?

—Treinta y siete —le dije.

—¡Nooo, compañeritoo! —chilló Ana, revolviéndose sobre sí misma con una voz débil, quebradiza y ebria—. Ése es el asunto que te quiero contar: el Felipe Alatorre que yo encontré, ocho años después de haberlo visto, tenía *cincuenta* años. Yo tenía ocho más, bien sufridos y desperdiciados, pero él tenía *diecisiete* más. ¿Me entiendes?

—¿Dónde anduvo? —pregunté, para volver a la mesura que permite contar.

—En Bangkok —dijo Ana—. En las misiones de la Compañía que abrían brecha ¡en los pantanos budistas de Bangkok!

—Calma —le dije—. Tienes que contarme todo para que pueda denunciar bien sus amores.

—Todo no, compañerito —dijo Ana, cuyo humor para ese momento había envejecido diecisiete años—. El todo es para mí.

—Las partes entonces —corregí—. Como dice el refrán: si uno quiere beberse una botella entera de whisky en una noche hay que empezar por servirse el primer trago.

—Sirve, compañerito. Pero déjame contarte —dijo Ana.

Serví mientras contaba:

—A su regreso de Bangkok viví con él unos meses. Tal como había deseado siempre. Pero ni él ni yo éramos ya los mismos. No había el velo de prohibición de antaño o

45

simplemente éramos diez años más viejos y nuestras ilusiones o nuestros sentimientos se habían amortiguado. Acabamos peleados porque no había toallas en el toallero y porque la sopa de lentejas estaba demasiado aguada. Pero vine a entender quién era en verdad Felipe Alatorre años después. A lo mejor apenas lo estoy entendiendo ahora que te lo cuento. Todo lo que él era, tan lejano de mí, está puesto, según yo, en una cosa que me contó cuando vivimos juntos y que me pareció entonces una anécdota más.

—El matrimonio tiene la virtud de amortiguarlo todo —dije yo, con revanchismo de recién divorciado.

—Pero no era una anécdota más —siguió Ana, con necedad matrimonial—. Era el secreto de su vida, pienso ahora. Y es éste: vivió y bebió como un perro en Bangkok, penando su vida y la nuestra, empapado en alcohol, como una caricatura de algún personaje de Graham Greene. Pero no era un personaje de Greene. Era Felipe Alatorre, el jesuita dorado que tú conociste y del que yo me enamoré. Felipe Alatorre, jesuita mexicano, consejero del padre Arrupe, exiliado en Bangkok. Bueno, la escena que no entendí, porque Felipe me la contó en un desayuno, antes de que nos peleáramos por el color de las cortinas, fue ésta: amaneció en Bangkok, en un hotel, con barba de dos días, los cuales no recordaba. Caminó tambaleándose a la ventana del hotel, un hotelucho de paso de Bangkok, que daba a los pantanos que rodean la ciudad. Olió el mangle de los pantanos y el del resto del pescado que echan ahí, y le gritó al cielo limpio y azul que regía, impávido, sobre la miseria de aquellos pantanos, le gritó al Dios para el que había vivido, el Dios que lo había llevado hasta ese sitio: "¿Qué has hecho de mí? ¿Qué has permitido que yo haga de ti dentro de mí?". Y lloró como un desdichado. ¿Sabes por qué?

—No —le dije—. ¿Por qué?

—Porque no hubo respuesta del cielo —dijo Ana—. Porque su Dios lo abandonó en Bangkok. Más que eso: porque supo, en Bangkok, que su Dios era mudo y que acaso sonreía ante su desgracia. Porque supo, también, que su dios era sordo, de modo que nada más veía sin escuchar las voces y los gritos, los manotazos y los aspavientos abajo, de su sufriente y gritona humanidad. ¿Ya me entiendes?

—Y esto te lo contó en un desayuno —dije, tratando de subrayar la mudez y la sordera de la vida común y corriente.

—Antes de que nos peleáramos por las cortinas —repitió Ana—. O por la sopa de lentejas. Por el papel del baño. Pero ese momento fue el que lo decidió por fin a salirse de la Compañía de Jesús, lo que yo le había pedido desde el principio y que me parecía tan fácil, tan sencillo como cortar un listón inaugural y empezar otra vida: salirse de la Compañía. Tan fácil como casarse o licenciarse en la Ibero. Pero no era así. Bueno, ese pequeño malentendido fue el que me puso en y el que me quitó del camino de Felipe Alatorre. Y a él del mío.

Dejó la posición de flor de loto en que había estado todo ese tiempo y se escurrió entre las sábanas, podría decir que como una serpiente, pero en realidad como una niña exhausta que busca abrigo, aunque al fin de cuentas como ambas cosas. Estaba fría, de modo que recogí las cobijas del suelo y reordené la cama para dormir las pocas horas que nos quedaban. Se puso contra mí, suave y bélicamente, con no sé qué naturalidad desamparada y segura, como una niña, y se durmió. Bebí el whisky que me quedaba y me levanté a servirme otro. La noche había enfriado sin medida o había dejado de andar en mí el fogón que la atenuaba. Lo cierto es que al entrar de regreso en la cama, el calor de Ana se extendió hacia mí como una caricia. Me acurruqué en esa caricia el resto de la noche. Ya con el amanecer, todavía oscuro, sentí la voz caliente de Ana Martignoni salivar en mi oreja:

—¿Quién es usted? ¿En qué empresa trabaja? ¿Dónde estudió? ¿Quiere hacerme el amor?

Quería ella, del modo justamente inverso a la vanidad de mi prisa divorciada, quería con suavidad y discreción, al revés también de como se había ofrecido, con prisa, a la prisa indiferente de los otros, y así fue, sin fulgores ni estallidos, como una caminata por la parte de nosotros que en verdad no ambicionaba sino eso, cuidado y caricias, descanso, verdadera compañía.

Fuimos a desayunar muy temprano a una fonda de taxistas en la Colonia del Valle. Me sorprendió la frescura, la juventud castaña de la piel de Ana Martignoni, luego de haberse tomado lo que se tomó y haber recordado lo que en tanto tiempo no había recordado. Supe así, como había sabido siempre, que había en ella un gen limpio y durador que tendía a imponerse con su llana belleza imperativa a los reveses de su historia. Supongo que estaba todavía borracho, porque no dejé de admirar ahora, recién bañada y a la luz inclemente del día, el fulgor del rostro de gato que Ana me había ofrecido, sin reservas, a buen recaudo, bajo el aliento cómplice de la noche.

No pregunté más por Felipe Alatorre. El azar me trajo un tiempo después la noticia de que se había casado con una exmonja michoacana y vivía en Morelia.

Ana Martignoni fatigó algunos meses su condición de hija réproba, elegida años atrás, hasta que en febrero de 1977 murió su padre, de un infarto múltiple. La República en duelo acudió al funeral de Bernardo Martignoni. Cantaron las loas de su energía, de su visión, de su generosidad. Confieso haber compartido algunos de esos elogios años después, cuando supe que Bernardo había heredado a su hija Ana el caudal y el destino empresarial de la firma por cuya honra le había arrebatado a ella misma, años antes, las caricias divinas de Felipe Alatorre.

Meseta en llamas

En agosto de 1969, un mes antes de que entráramos a fatigar los deberes anticuarios de la historia en El Colegio de México, Álvaro López Miramontes, conversador impune de las madrugadas en la casa de estudiantes que mi madre sostenía, me guió por vez primera al territorio físico de su infancia: la utópica planicie campirana en que había nacido y crecido, alzada como un milagro sobre el laberinto de barrancas tenaces que dividen los estados de Jalisco y Zacatecas. El viaje que emprendimos aún navega en mi recuerdo con los fulgores de un sueño. No obstante, a semejanza del viajero de Wells que trajo de su ida al futuro la prueba involuntaria de dos flores, así yo puedo probar ahora que estuve en la meseta de Atolinga porque conservo, de su hechizo, la historia de Antonio Bugarín.

Viajamos a Guadalajara haciendo escala en San José de Gracia, el pueblo michoacano del historiador Luis González y González, que habría de ser nuestro maestro en El Colegio de México y por el resto de nuestros días. En la última semana de agosto salimos de Guadalajara a Tlaltenango por una carretera cacariza y de allí, en otro autobús, por una brecha lodosa, hacia el pueblo de Colotlán, centro económico del norte de Jalisco en la Colonia y ahora un punto perdido de la geografía, que ni siquiera aparece en los mapas federales: una población fantasmal, de casas tapiadas y tradiciones dichas en voz baja, alegrada apenas los días de tianguis con un eco maltrecho de sus antiguas dichas agrícolas y comerciales.

Dormimos un viernes ahí, sometidos a una oscuridad rulfiana, claramente propicia a las conversaciones de los muertos. Todavía rodeados de fantasmas y murmullos, con el amanecer resplandeciente, iniciamos la ascención a la meseta de Atolinga, unos mil metros arriba, por una larga cuesta cortada sobre el farallón del desfiladero de Bolaños. De pronto, el autobús destartalado y tuberculoso que nos llevaba, entre jaulas de gallinas y rancheros blancos con barbas erizadas de tres días, sorteó una última curva y nos topamos sin aviso previo, como sucede también en Machu Picchu, con la insólita llanura junto al cielo.

Casi veinte años después de nuestro viaje mi memoria se empeña en recordar ese lugar como el más hermoso de la tierra. Sólo la pampa puede ofrecer un espectáculo de infinitud y grandeza equivalente al de esa meseta, alzada sobre dos cañones profundos, dispuesta a encontrarse, donde se pierde la vista, con un cielo igual de terso y límpido que la planicie paralela de tierra verde, lisa, fina como una gigantesca mesa de billar, sobre la que prosperan dormitando, diminutos, casi invisibles, hombres y animales, potreros, rancherías y las rectas cercas de piedra apilada a mano, una a una, por largas generaciones de propietarios intransigentes y apacibles.

En el extremo poniente de la llanura dormita también el pueblo de Atolinga, con sus calles empedradas y su altiva parroquia de cúpulas amarillas y triunfales. Las muescas de tiros que ostenta la parroquia recuerdan los tiempos en que el cielo y la tierra de Atolinga pelearon a muerte por su vida. Hasta esas alturas seráficas, casi inhumanas, llegó en los años veinte el grito destemplado de la rebelión cristera, y hasta estas tierras apacibles y feraces, dignas como ninguna de su quietud y su silencio, subió la lengua de fuego de la religión agraviada, clamando venganza y muerte, en nombre de Cristo Rey.

—Ahora te darás mejor una idea de lo que fue —dijo Álvaro López Miramontes, mientras saltábamos en los asientos duros del camión rumbo al pueblo de Atolinga—. Iban y venían partidas armadas de un lado a otro de la meseta. Los cristeros buscaban agraristas, callistas o *pelones*, como siguen llamando por aquí a los soldados federales. Los del gobierno buscaban cristeros y curas, rebeldes *robavacas* o *infidentes*, como llamaban, absurdamente, a estos rancheros que se habían levantado en defensa de su fe. Dondequiera se hincaban a rezar unos, antes de colgar y destripar a sus cautivos, y dondequiera colgaban los otros a cristianos rasos y sacerdotes guerrilleros. A lado y lado, toda la meseta se hizo el infierno. Los cristeros cortaban orejas y lenguas de maestros rurales; los agraristas rebanaban dedos de sacerdotes y gargantas cantadoras del *Angelus*. Unos meses apenas duró ese incendio aquí. Allá abajo duró años; aquí en la meseta, nomás unos meses. Pero todavía en los años cincuenta, que yo recuerdo, tres decenios después de aquellos meses, había que mirar a los lados antes de persignarse y se pagaba con la hostilidad de medio pueblo cualquier trato formal con el gobierno. Se mataron primos con primos, familias con familias. Fue el apocalipsis en el potrero. "Una pesadilla en medio de la siesta", como decía mi papá. Eso es lo que tenemos que aprender aquí: cómo, lueguito debajo de la siesta, puede estar el infierno. Vas a ver.

Yo tenía entonces un respeto ritual por los hechos impresos y por su llana asepsia ilustrada. No había venido a Atolinga a recibir lecciones de historia de la vida —era demasiado joven para esa pedagogía elemental—, sino para completar el ciclo recíproco de mi afecto por Álvaro y mi fascinación por sus historias nocturnas. Pero la lectura del libro de Luis González, *Pueblo en vilo*, la historia de un invisible y anónimo pueblo michoacano, había inflamado la imaginación de Álvaro hasta el punto de creer que no tendría sentido estudiar a Toynbee o cruzar como lectores el *México a través de los siglos*, si no era para darle vida a la historia olvidada de nuestras tierras nativas, la suya en el occidente, sobre las sierras mineras de Bolaños, la mía en el sureste, junto a la dársena más lodosa que registra el litoral turquesa del Caribe mexicano.

Pasamos dos días en Atolinga visitando las minucias de aquella historia posible, reconociendo la traza española en la plaza de armas, la impronta de los patios andaluces en los huertos interiores de las casas, y el fuerte resto criollo, colonial, en las rojas pieles asturianas y en los frecuentes ojos azul siena de la mata étnica de Atolinga, detenida, como la meseta misma, en un sitio intocado de la historia.

En el pueblo de tres calles por cuatro, caminábamos sin parar todo el día, oyendo historias y probando dulces caseros, estudiando portones comidos por el tiempo, huertos de azaleas, apellidos españoles llegados a la zona en las últimas décadas del siglo XVI. Íbamos del rastro, que mostraba el ritual del sacrificio con sangrientas escenas que Goya hubiera podido pintar dos siglos antes, al mostrador de la farmacia, donde subsistían jarabes reconstituyentes de principios de siglo y vitrioleros con yerbas y caramelos como extraídos de las crónicas decimonónicas de Guillermo Prieto. Escuchábamos al cura combinar, en su sermón, las más técnicas metáforas bíblicas con los más tiernos mensajes enviados de parroquia a parroquia, sobre negocios pendientes, pollos que no habían sido entregados al criador de Colotlán, becerros que alguien podía pasar a recoger en alguna ranchería del valle de Juchipila.

Al atardecer, empapados los dos como por una llovizna en el torrente de las memorias infantiles de Álvaro, caminábamos un kilómetro hacia el mirador de la barranca, dejábamos por fin de hablar y oír, y sólo veíamos, en un recogimiento religioso, el juego de las luces del atardecer sobre los filos de la barranca, las verduras aradas del valle abajo, ondulado y húmedo como sólo pueden serlo las colinas colombianas o el perfecto ajedrez, fértil y humano, de las terrazas naturales del Piamonte italiano.

Pero nada hubiera quedado en mí de esa levitación luminosa de no habernos cruzado una mañana, en un banco ruinoso de la plaza, con la figura anciana y raída, pero imponente y melancólica, de Antonio Bugarín. Vestía calzones charros de listas marrón y una camisa de hilo con botones ovalados de hueso. Un sombrero negro, con cintillo plateado, reposaba sobre sus piernas, dejando al aire limpio y juguetón de la plaza las hebras sudadas de un cabello blanco que no había perdido el brillo, aunque empezaba a escasear, desamparando filones de sonrosado cuero cabelludo. Un bigote también blanco, finamente cortado, sostenía la curva de la nariz recta y grande, afilada por los años. Bajo las cejas pobladas del mismo color platino ardían aún dos ojos vivos y cordiales, que nada querían saber de su vejez.

Todo en Antonio Bugarín, de hecho, no sólo la mirada, recusaba la evidencia de sus años: sus mismas ropas, ceñidas y como juveniles, la coquetería galante del paliacate rojo que envolvía su cuello curtido, el brillo de las espuelas que ornaban los talones de sus bien pulidas botas. Las espaldas anchas y los muslos fuertes reposaban en el banco no para reparar el cansancio, sino en espera de la voz de marcha; no como el anciano que calienta al sol sus huesos, sino como el joven que vela, dispuesto, la inminencia fugaz de su destino.

—Pregúntale de la Cristera —me dijo Álvaro, cuando nos acercamos a ese anciano, tocado en su alma por la gana de la eterna juventud. Lo saludó después, con un beso en la mano, llamándolo tío, y me presentó sin más preámbulo, amarrando los hilos de la conversación que buscaba—: Un amigo de México. Quiere estudiar la Cristera en esta zona. Le dije que usted puede contarle lo que sabe.

—De la Cristera tú sabes todo lo que hay que saber —dijo Antonio Bugarín a su sobrino, luego de saludarme—. ¿Qué puedo agregar yo que no se sepa?

—Ahora hay nuevas disciplinas en el estudio de la historia en México —respondió Álvaro—. Interesan los dichos de los testigos presenciales, más que lo escrito en documentos.

—¿Qué se puede agregar a lo cierto? —alegó Bugarín, imponiendo a nuestros trucos la mesura altiva y como intemporal de sus frases—. Nomás mentiras.

—Se pueden agregar versiones —dije yo—. Formas distintas de contar lo mismo.

—Un buey es un buey desde donde se lo vea —dijo Bugarín, riendo apenas, con sus labios delgados y blancos, dibujados por el bigote—. Pero estoy a sus órdenes. Si piensan que algo agrega lo que yo pueda decir, los leídos son ustedes, ustedes sabrán.

—Cuéntenos de la Cristera en la meseta —dijo Álvaro—. ¿Cómo empezó?

—Con el cura de Colotlán empezó —dijo Antonio Bugarín—. Cuando el gobierno prohibió los cultos en las iglesias, el cura de Colotlán empezó aquí abajo a hacer su guerra.

—El culto en las iglesias lo suspendieron los sacerdotes —dije yo.

En efecto, los obispos, indignados, habían respondido con esa decisión a una ley de cultos limitativa y jacobina del gobierno.

—Eso habrá sido donde usted leyó —me dijo Antonio Bugarín—. En toda esta región, los cultos los suspendió el gobierno. Por eso la gente se fue al llano con su escopeta, a buscar lo que decían "una nueva casa" para Cristo Rey.

—Pero el culto lo suspendieron los curas —dijo Álvaro.

—Ellos fueron —admitió Antonio Bugarín—. Y lo sé yo mejor que nadie en esta parte del mundo. Lo que quiero decir es que no hubo cristiano leal o improvisado de esta zona que no pensara entonces, y piense todavía, que fue Calles quien cerró la casa del Divino. Discutiéndoles eso fue que nos dimos de balazos cuatro meses. Les ganamos tres a uno, pero ni así se convencieron. ¿Qué quieren saber de ese jaleo?

—Todo lo que usted recuerde —dijo Álvaro.

—Entonces ha de ser muy poco, sobrino —dijo Antonio Bugarín—. Porque recuerdo la misma historia con unos pocos cambios. Aquí, bajo ese huizache que ahí se ve, mataron a Ramón Fernández. Bajo aquel otro ajustaron a su primo Donaciano. Y uno estaba en nuestro bando y el otro en el bando de ellos. Eso fue todo: un perseguirnos de acá para allá, unos a otros, y luego de regreso. Y los muertos y los gritos de las mujeres, las jaculatorias y las mentadas. Lo que recuerdo mejor es cuando les pusimos el retén a los que subían de abajo con refuerzos para los cristeros de acá arriba. Ya estaba todo en paz acá arriba, les habíamos ganado tres a uno, como les digo, y supimos que venían de Colotlán con el cura al frente para incendiar de nuevo la meseta. Dije entre mí: "Eso no". Y así fue. Una partida montada subía por el sendero de Juchipila y otros a pie trepaban como monos por la escarpa del ojo de agua, allá del lado de Jalisco. No habían alcanzado la mitad del camino cuando en un recodo encañoné de frente al cura de Colotlán.

—Cuéntenos del cura de Colotlán —dijo Álvaro, sabedor del guión de la memoria de su tío.

—Hombre vanidoso el señor cura —dijo Antonio Bugarín, sonriendo—. Subía esa noche de luna montando un caballo blanco. Pude verlo de lejos y atajarlo con premeditación. Lo apercollé del cogote y le dije: "Viva Cristo yo", para que supiera a qué atenerse con el blasfemo que le había tocado. Supo. No sé si por el apretón o por la blasfemia. El caso es que se quedó blandito entre mis brazos, rendido, arrepentido a lo mejor de haber usado un caballo blanco. Luego les grité a los que seguían escarpando: "Aquí tengo al cura. Si se mueven lo mando al otro mundo. Les habla Antonio Bugarín". Entonces mi nombre valía algo entre esa gente porque les habíamos matado tres a uno acá arriba, y eso cuenta cuando se anda de guerra. Pararon su ascensión y les dije: "Si quieren ver vivo otra vez al señor cura, acá no suban. Hagan su guerra abajo. Cuando acabe el incendio de su Cristo les devuelvo a su cura intacto. Y hasta bien comido". Eso fue con los que venían a caballo. Los que venían a pie, por el otro lado del desfiladero, esos murieron o huyeron, de modo que les fue peor. El caso es que yo me llevé al cura y ellos dejaron de subir. Cada semana les escribía el señor cura a sus fieles de allá abajo. "Estoy bien con Bugarín." Y muy bien estaba el vividor, aunque siempre queriéndose escapar. Se sentía Miguel Hidalgo, el nuevo padre de la patria. Y algo se parecía en lo necio, digo yo. ¿Qué más quieren saber?

—¿Usted era ateo, tío? —preguntó Álvaro.

—Católico como el que más —respondió Antonio Bugarín.

—¿Por qué se metió entonces a pelear contra los cristeros?

—Tuve mis razones —dijo Bugarín—. Y tú las sabes mejor que nadie, de modo que si quieres contarlas no tienes más que empezar. Pero aquí, a tu amigo, puedo decirle que yo estaba en la cárcel y me fueron a ver y a proponerme que me dejaban libre y limpio si limpiaba de cristeros la meseta. Yo dije: "Bueno", y me fui por mis hombres de siempre, que también eran católicos pero no tenían cabecilla y estaban aburridos de que llevábamos años de la quietud ésta del cielo que usted ve, y ninguna otra cosa.

—Ellos pacificaron la zona luego de la Revolución, en 1917 —me explicó Álvaro—. Quedaron más bandidos sueltos que hubo revolucionarios. Los pueblos aquí se defendieron solos de los bandoleros. Allá en el desfiladero de Juchipila mi tío y su gente echaron para atrás a Inés García. ¿Te acuerdas de Inés García?

Me acordaba. Inés García había sido el bandolero más temido del occidente, un ranchero hijo de la guerra, cruel y desalmado como sólo las guerras pueden prohijar. Su diversión favorita fue consignada magistralmente en uno de los cuentos magistrales de Juan Rulfo. Le gustaba jugar al toreo con sus prisioneros, casi siempre los hombres, jóvenes o viejos, de pueblos indefensos: los soltaban amarrados de manos a la espalda frente al propio Inés García que hacía las veces de toro con un verduguillo en la mano y les iba dando piquetes, cornadas, hasta que los remataba.

—Era un payaso —dijo Antonio Bugarín, sin alarde ni vanidad extemporánea—. Unos cuantos tiros le echamos, nada más. Salió corriendo como ladrón de feria.

—¿Y a los cristeros? —pregunté yo.

—Más tiros hicieron falta para esos amigos —dijo Bugarín—. Porque a ellos no les importaba morirse. Se santificaban, según esto, muriendo por Cristo Rey. Pero los barrimos de la meseta, ranchería por ranchería, y fuimos haciendo colección de curas presos. Aparte del de Colotlán llegué a tener aquí en la comisaría del pueblo al de Juchipila, al de Tlaltenango y desde luego al de Atolinga. Descubrimos que venían a las calladas para dar los sacramentos donde se pudiera. Y los fuimos pepenando uno por uno. Ya cuando tuvimos nuestra colección de curitas y la gente vio que no les hacíamos nada pero que estaban en nuestras manos, pasó el furor, bajó la rabia. Luego, un día yo mismo les llevé al cura para que les diera misa y comunión en la ranchería de Los Azomiates, la más dura de pelar. Y así se fue acabando la Cristera en la meseta. Pero antes de eso, como les digo: muchos tiros, muchas emboscadas, muchas barbaridades. Sangre llama sangre y aquí, en unos meses, corrió suficiente. Ahora —dijo Bugarín, volteando a mirarme con sus ojos claros, veteados por un resplandor juvenil— yo digo que hay al menos una historia en Atolinga más digna de ser contada que las matazones de la Cristera.

—¿Cuál? —interrogué yo.

—La historia de los amigos que se mataron en la barranca —dijo Bugarín, mirando ahora a Álvaro, con risueño entendimiento.

—¿Cómo es esa historia? —pregunté.

—Pida que se la cuenten acá en el pueblo —dijo Bugarín—. Cualquiera la conoce y cualquiera se la va a contar mejor que yo. ¿No es así, sobrino?

—Así es, tío —respondió Álvaro—. ¿Pero usted nos completa lo que falte?

—Nada va a faltar, sobrino —dijo Bugarín—. Nada.

Cerró entonces los ojos y alzó la cara al sol suave y translúcido de la meseta, para dar por terminada la entrevista.

★★★

—Vamos a ver a mi tío Cosme —dijo Álvaro, cuando nos alejamos de la banca donde Bugarín calentaba sus memorias—. Ven, verás cómo nos cuenta la historia de la barranca.

—¿Tú te la sabes? —le pregunté a Álvaro, sospechando ya que la espontaneidad de nuestros encuentros era fruto de su previsión meticulosa más que del azar propicio.

—Me sé parte —dijo—. Pero creo que ahora voy a conocerla toda.

Don Cosme Estrada veía pasar la vida de Atolinga desde las ventanas enrejadas de una notaría que guardaba en sus archivos toda la historia de la propiedad de la meseta. Era un anciano terso y pulcro, de cuidadosos espejuelos dorados, al que Álvaro saludó besándole la mano, antes de presentarme. No elaboró coartadas para facilitar nuestro interrogatorio. Le soltó sin más:

—Nos dijo mi tío Antonio que le preguntáramos la historia de la barranca.

—¿Tu tío Antonio? —respingó Cosme Estrada, abriendo los ojos y balanceándose en su mecedora—. ¿Te dijo que yo te contara?

—Que preguntáramos en el pueblo —dijo Álvaro—. Pero yo sé que sólo usted sabe bien esa historia en el pueblo. Y también sé que mi tío Antonio estaba pensando en usted.

—Yo soy notario —bromeó Cosme Estrada—. ¿Traes un mandato por escrito de que ésa fue la voluntad de tu tío Antonio?

—Traigo este testigo —me señaló Álvaro— de que los ojitos de mi tío Antonio dijeron el nombre de Cosme Estrada.

—¿Usted atestigua eso, señor? —dijo Cosme Estrada, mirándome—. ¿Atestigua usted que vio mi nombre salir de los ojos de Antonio Bugarín, cuando les dijo que preguntaran en el pueblo por la historia de la barranca?

—Salió impreso en letras itálicas —declaré yo, sin titubear.

—Vamos adentro —se rió Cosme Estrada—. Ya es hora de cerrar la notaría.

Cerró y pasamos a un patio interior, con corredores de mosaico y macetas de plantas alineadas en derredor de una fuente de piedra. Eran las dos de la tarde. En un rincón espacioso del corredor había una mesa servida con platones de queso, salsas, tortillas y cuatro equipales.

—Desde que murió tu tía no me hallo de comer en el comedor —explicó Cosme a su sobrino Álvaro—. Le digo a Chabela que me ponga aquí las cosas, como hacíamos cuando había invitados, por ver si llegan los invitados de a deveras. Vean hasta qué punto son bienvenidos.

Apareció Chabela en la puerta de la cocina, atrás de nosotros, y Cosme Estrada le pidió que trajera unas botellas de tequila y mezcal. Las trajo y nos servimos en unas ollitas de barro.

—Ayer, precisamente, estuve viendo periódicos viejos de Tlaltenango y Guadalajara sobre la época aquella de la Cristera y la barranca —dijo Cosme Estrada—. Todavía se oyen tiros en esas lecturas. No sé cómo nos metimos en eso. Sería de veras cosa de la voluntad de Dios. Estoy haciendo apuntes para una historia de la meseta y ahí me trabo. No sé qué pasó, porque pasaron demasiadas cosas. La misma historia de la barranca que quiere Bugarín que les cuente sólo puede entenderse porque ya estuviera hablado allá arriba, en el cielo, que había que matarse acá abajo.

—¿Qué pasó en la barranca? —pregunté yo.

—Se mataron dos amigos por una mujer —resumió Cosme Estrada—. Los mejores amigos del mundo y la mejor mujer del mundo. ¿Qué pasó? No lo sabemos. Tenían los dos amigos pretensiones sobre ella. Un día uno le traía de regalo un venado de cuernos completos cazado en la sierra y el otro traía al día siguiente un venado más grande. Aquél encontraba un rebozo de percal en la feria de Colotlán y el otro iba matándose, hasta Guadalajara si era necesario, para traerle un color más bonito. Pero ella no se le brindaba a ninguno, ni aceptaba los regalos, ni atendía a los requiebros, sino que era una mujer de su casa, muy jovencita entonces, pero ya entregada al rezo y a las cosas de Dios. Sobre todo, había puesto sus ojos en otro desde niña, y puedo decir que en él los tuvo puestos hasta que murió. Porque era mujer simple, de querencias fijas toda la vida. Ya de niña usaba trenzas, y trenzas usó hasta que bajó al sepulcro. De niña había elegido a su pareja, y su pareja a ella, y pareja son ahora todavía después de su muerte. Pero aquellos amigos no veían en el fondo de ese corazón y creían turbarlo con sus hazañas. Finalmente, un día la mujer se enfrentó a uno de ellos y le dijo: "No he de ser trofeo de nadie. Ni aunque se maten por mí", a lo cual el más necio de los dos, desairado y violento como era, concluyó la más torcida de las fábulas y dijo para sí: "Lo que quiere esta china es que nos matemos por ella y que la gane el mejor". Con la misma, fue a la cantina donde libaba el otro y le dijo, en voz alta para que todos oyeran: "Nos hemos de matar por esa china y se la quede el mejor. A menos que tengas miedo". Miedo no tenía nadie en ese tiempo y la sola insinuación era un agravio. De modo que el otro le dijo: "Por los muchos años de amistad que nos tenemos voy a hacer como que no dijiste nada, y si así fue aquí te sientas, nos bebemos un trago y asunto concluido". Pero el otro contestó: "Lo dicho, dicho está. Por la noche te espero en la barranca". Eso fue todo —dijo Cosme Estrada, quitándose los espejuelos para frotarles las nubes de grasa con su servilleta—. Cerca de las doce de la noche se oyeron los tiros. Como a la media hora entró al pueblo y paró en la cantina el caballo de uno de ellos. Llevaba al dueño moribundo arriba. Fue el que sobrevivió. Todavía le encanta que cuenten su historia: era Antonio Bugarín.

Hubo un silencio como si pasara el muerto por el eco de los cascos del caballo de Antonio Bugarín, en el pueblo nocturno y desierto.

—¿Qué pasó entonces? —preguntó Álvaro.

—Pasó que metieron preso a Bugarín, con sentencia de nueve años —dijo Cosme Estrada, volviendo a ponerse los lentes, con toda pulcritud, tras las orejas carnosas, agrandadas por los años—. Y ahí empezó la historia de la Cristera en la meseta de Atolinga. Mejor dicho: la historia del fracaso de la Cristera en Atolinga.

—Cuéntenos eso —pidió Álvaro.

—Es la historia de otro malentendido, sobrino —dijo Cosme Estrada—. Por eso te digo que busco en los papeles de entonces y no encuentro el hilo. Muy complicados son a veces los caminos de Dios. Voy a decirle a Chabela que sirva.

Fue rumbo a la cocina y siguió hacia una habitación del fondo.

—¿Cuántos tíos faltan para completar esta historia? —le pregunté a Álvaro, cuando Cosme Estrada desapareció en el corredor—. ¿Cuántos tíos tienes?

—La meseta es la cuna del incesto universal —explicó Álvaro—. Todo viene aquí de cinco o seis familias, cinco o seis apellidos. Lo demás es el puro paridero de parientes. Aquí todos somos tíos, primos y sobrinos. Cosme es primo hermano de mi mamá. Antonio Bugarín, primo segundo de mi papá. ¿Y el segundo apellido de Cosme cuál piensas que es?

—Bugarín —le dije.

—Ya ves que no es tan difícil. Sólo que mi tío Cosme se hizo letrado y mi tío Bugarín se quedó a caballo.

—¿Quieren cecina o carnitas? —volvió Cosme Estrada desde la cocina, con una fuente de chicharrón entre las manos.

—Cecina y carnitas —dije yo.

—Para ser intelectual tiene usted buen diente —se rió Cosme Estrada.

Además del chicharrón, traía una foto vieja a que la viéramos. Dentro del marco de madera apolillada miraban con altivez hacia la cámara y se pasaban los brazos sobre el hombro un charro enorme, rubio, de ojos claros, y un civil de levitón oscuro, lentes finos y corbata de cintas atadas en mariposa.

—Bugarín y un servidor en 1925 —dijo Cosme Estrada—. Un año antes del pudridero.

Chabela trajo los platones de carne y una fuente de frijoles.

—Traiga cecina también —le pidió Cosme Estrada—. Y un poco de crema, con las rajas de ayer.

—Habló usted de un malentendido —le dije, cuando engullimos el primer taco.

—El peor de todos —dijo Cosme Estrada—. Todo el tiempo que tardó en reponerse Bugarín en la cárcel la mujer se mantuvo junto a él curándole la herida y llevándole de comer. Estaba corroída por la culpa de haber ocasionado esa tragedia, nada más. Pero algo en el cerebro de Bugarín, como antes en el de su amigo, lo llevó a creer que la mujer se le estaba brindando. Y que habría de esperarlo a que saliera de las rejas, para hacer su vida juntos. Aquellos cuidados no decían sentimientos de amor, sino de penitencia cristiana, ¿me entiende usted? Ésa es una cosa que el mismo pueblo de Atolinga tardó en entender. La abnegación cristiana linda con la pasión amorosa. Vea usted las miradas de los santos en las iglesias. Si no supiéramos lo que expresan podríamos decir que están teniendo clímax amorosos, dicho sea con todo respeto a nuestros santos. El caso es que Antonio vivió en ese malentendido casi un año, hasta la fecha que cambió nuestras vidas, la de él, la nuestra y la de toda la grey de la meseta. Esa fecha no fue otra que la del 31 de julio del año de 1926.

—¿Por qué esa fecha? —pregunté yo.

—En esa fecha se suspendieron los cultos en todo el país —explicó Cosme Estrada—. Nadie puede imaginar ahora lo que fue esa noche para la grey católica y para los católicos de Atolinga. Desde días antes había estado llegando la gente a la parroquia, a fin de arreglar sus conciencias. De todos los ranchos vecinos acudía el pueblo pálido, triste, callado, en busca del confesor para decir sus pecados, del señor cura para adelantar sus sacramentos. Venían los que tenían hijos sin bautismo o primera comunión, los que estaban pendientes de ser confirmados, los que llevaban años viviendo sin la bendición del señor. Se formaban colas ante los confesionarios, había tumultos en la sacristía para arreglar los pendientes con el cielo. Porque estaba en el ánimo de todos que había llegado el fin del mundo y que no habría más casa de Dios en la tierra. Como es natural, también se aceleraron las nupcias de muchas parejas. Se casaron en esos días todos los solteros y las solteras de Atolinga que estaban comprometidos, y hasta algunos que no. Bueno, la mujer que había atendido a Bugarín por penitencia cristiana y le seguía enviando cosas por bondad, llamó a su prometido al altar y se casaron, sin pompa, pero con una dicha pura, concentrada por la desgracia, precisamente el 31 de julio. No hubo quien durmiera esa noche. Terminó la misa y se dio como despedida la bendición con el Santísimo Sacramento, luego de lo cual quedó el templo a oscuras y empezó a retirarse la gente, bañada en lágrimas, en medio de las tinieblas. Y unas mujeres gritando: "Huérfanas somos, sin padre nos hemos quedado". Nadie durmió esa noche, pero menos que nadie Antonio Bugarín, que gritó sin parar su desgracia y su despecho por la boda de la mujer que había creído suya y que sin querer, eso sí, le había marcado la vida. Tres días después de esa noche abominable el gobierno dio instrucción de que se cerraran también los templos y de que se persiguiera el culto practicado dentro y fuera de ellos. Entonces sí vino la cólera de la gente, la desesperación de la gente. Porque, aunque no hubiera sacerdotes ni misas en las iglesias, que estuvieran abiertas era un consuelo. La gente entraba sola a rezar y sentía que estaba en la casa de Dios. Cuando los soldados tomaron las iglesias y los policías ahuyentaron a los fieles, ése fue el momento en que los católicos decidieron alzarse y pelear contra el gobierno. Fue el verdadero principio de la Cristera. Al menos en Atolinga así fue.

—Se alzó la gente —dije, en forma mecánica, para dar fe de mi atención a su relato.

—*Nos alzamos* —dijo Cosme, incluyéndose sin vanagloria en el incendio—. Y antes de que tuvieran a bien darnos el santo y seña, ya teníamos la meseta en nuestras manos: del cañón a la escarpa y del lindero occidental a las goteras del pueblo de Atolinga. Como si una mano invisible guiara las cosas, como si fuéramos sus soldaditos de plomo y nos hubiera puesto a todos de un lado, con un fusil en la mano, y del otro lado a nadie, salvo a la guarnición militar de Atolinga y al capitán que llegó con un pelotón de *pelones* a defender el pueblo. En cuanto vio la situación, el capitán mandó decir que la causa estaba perdida. Pero le regresaron por el telégrafo un mensaje diciéndole que la caída del pueblo sería juzgada por el ejército como deserción y los fusilarían a todos. Pensando en cómo salvar el pellejo fue que el capitán dio con la cólera santa de Antonio Bugarín, una rabia digna de la nuestra, que tampoco era de este mundo.

—¿Rabia contra los cristeros? —pregunté.

—Contra el jefe de los cristeros en la región —respondió Cosme Estrada.

—¿Por qué contra el jefe? —pregunté.

—Porque fue hecho jefe de los cristeros de Atolinga el mismo hombre a quien la mujer ansiada por Bugarín llevó al altar —dijo Cosme Estrada.

Echó la servilleta sobre la mesa, para dar por terminada su comida, y se la quedó viendo, como quien mira el Aleph.

—Era la mano invisible que jugaba con nosotros —dijo, con voz ronca, perdido aún en ese punto de la nada—. Como si fuéramos sus soldaditos, sus criaturas de papel y hubiera decidido incendiarnos. Lo merecíamos quizá, aunque no alcanzo a pensar cómo. O quizá sólo estaba aburrido, como los niños que un día tiran sus juguetes al fuego por ninguna razón, porque son sus juguetes, porque es su soberana voluntad. Tráenos licor de dátil, Chabela —le pidió a Chabela, que hacía rato estaba sentada atrás de nuestra mesa, en su propio equipal, escuchando la historia.

—¿Y qué hizo el capitán para salvarse? —quiso saber Álvaro.

—Pues, sobre todo, descubrió el tamaño de la ira de Antonio Bugarín —dijo Cosme, luego de sonarse las narices, irritadas por el chile, con su paliacate rojo—. Y le propuso el famoso pacto de las rejas. Fue un pacto muy sencillo: "Si estás dispuesto a pelear contra la cristianada", le dijo el capitán a Bugarín, "te dejo libre y te doy un grado del ejército". "No hace faltan grados", le contestó Bugarín al capitán. "Yo salgo a pelear contra esa gente, aunque me encierres después de nueva cuenta." "Tengo poco parque y poca gente", le dijo el capitán. "Dame el parque que tengas", dijo Antonio Bugarín. "De la gente me encargo yo." Y así fue.

—¿Cómo fue? —dije yo.

—Se hizo cargo de su gente —repitió Cosme Estrada, ofreciéndonos unos dedales de licor de dátil que él mismo preparaba—. Y de la nuestra también. Antes de que nos diéramos cuenta, teníamos enfrente a la partida de Antonio, barriéndonos ranchería por ranchería. No sabíamos cómo y lo teníamos ya encima, repartiendo tiros y muertes. Él empezó a colgar cristeros en los pirús de la meseta, luego que la partida de Leoncio Esquivel enterró vivo a un lugarteniente de Bugarín. Luego dijeron que lo habían dado por muerto y por eso lo enterraron. Pero la verdad parece ser que lo enterraron vivo a sabiendas, aprovechando que en una emboscada lo habían tirado del caballo y se quedó desmayado en el suelo. El caso es que Bugarín limpió la meseta en tres meses. Respetó mujeres y niños, pero ni un cristiano más. Fue en verdad, como dijeron entonces, el azote de Dios. Yo digo para mí que era también portador de la ira divina, igual que nosotros: soldaditos todos de la mano invisible. No importa. Por fin, cerca de la Nochebuena, un día Antonio cayó con su partida sobre el grupo de cristeros que mandaba su rival, el que él pensaba su rival, y los trajo atados a una cuerda, caminando en la madrugada, hasta el pueblo de Atolinga. Entraron al pueblo al amanecer, llagados, casi muertos. Los dejó recuperarse en la cárcel donde él mismo había estado y se dispuso a fusilarlos en público, en la mismísima plaza de armas, un domingo de año nuevo, a las doce del día, para que todo el mundo viera. Tenía también preso al cura de Tlaltenango, que lo había atrapado dando misa y repartiendo fusiles en las rancherías del ojo de agua, y lo puso también en el orden del día. Como quien anuncia una corrida de toros: "Toreará también Rodolfo Gaona", así anunció Bugarín: "Morirá fusilado también el cura de Tlaltenango". Cómo nos salvamos de ésa, es cosa que no me toca contar a mí.

—¿Usted estaba en ésa? —pregunté yo, escalando mi asombro.

—En la cuerda de presos estaba yo —dijo Cosme Estrada—. Y estaban también Leoncio Esquivel, que según esto había enterrado vivo al segundo de Antonio, y el papá de este hombre —señaló a Álvaro—, mi primo Álvaro López Estrada.

—Cuéntenos cómo se salvaron —suplicó Álvaro, con avidez infantil.

—Tú sabes cómo —dijo Cosme Estrada—. Te lo ha contado tu padre mil veces. Ve a que se lo cuente él.

—No me sabe en su boca —dijo Álvaro, jugueteando—. Ahora es la primera vez que la oigo de usted y es una historia nueva.

—Que te la complete entonces Antonio Bugarín —dijo Cosme Estrada—. A él le toca completarla más que a nadie.

Aligerados y altivos por los efectos del licor de dátil, salimos al atardecer de la notaría de Cosme Estrada para sumirnos, como todas las tardes, en la luz llana y dulce de la meseta.

—¿Cuántos tíos faltan para completar la historia? —volví a preguntarle a Álvaro.

—Ya están todos los que son —dijo Álvaro—. Si quieres te la termino yo, pero creo que preferirás esperar a que te la cuente mi tío Antonio.

★★★

Acechamos a Antonio Bugarín los siguientes dos días en la plaza, para no forzar la situación yendo a buscarlo a su casa. Vivía con modestia que lindaba en la pobreza. Pero era un hombre orgulloso; resentía la humildad económica de su vejez y lo irritaban por igual la compasión y el desdén. Al tercer día lo vimos venir por el fondo de la calle empedrada, caminando con dificultad, las piernas sambas y los tobillos reumáticos, pero el pecho y la cabeza erguidos como de quien posa para un cuadro y se alza con mal fingido orgullo ante el pintor.

—¿Ya les contaron la historia de la barranca? —nos abordó en cuanto pudo quitarse el sombrero y poner, como tres días antes, el perfil sonrosado y aquilino frente al sol insensible y acariciador de la meseta.

—Nos contaron hasta el día del fusilamiento de los cristeros, un año nuevo —le dije, sin poder reprimir la prisa de mi curiosidad aplazada.

—No hubo fusilamiento —dijo Bugarín, cerrando los ojos ante el altar de calor donde se ofrendaba, helado por sus años.

—Queremos que nos cuente cómo *no* los fusiló —dijo Álvaro, usando ese usted familiar, común incluso entre marido y mujer en ciertas zonas duras de la geografía mexicana, sierras y pueblos fieles a su espejo diario, como quería López Velarde, cuyo terco presente es mero sueño de ayer, tiempo detenido con amores y muletas.

—¿No les contaron eso? —descreyó Bugarín.

—Nos dijeron que usted debía contarlo —expliqué yo.

—¿Quién les dijo? —murmuró Bugarín.

—Mi tío Cosme Estrada —dijo Álvaro.

—No los fusilé porque abogaron por ellos —dijo Bugarín—. La mejor abogada del mundo abogó por ellos. Apenas los hicimos entrar por la calle mayor del pueblo, apenas los pusimos en los establos de la cárcel, porque no cabían en las celdas, y ya se estaba presentando ella a pedir que no los mataran.

—¿Ella, la de la barranca? —pregunté.

—Ella —asintió, exhausto y suspirante, Bugarín—. Lloraba como una Magdalena, pidiendo. Por eso no los fusilé.

—¿Lo conmovió a usted su llanto? —preguntó Álvaro.

—No, sobrino —dijo Bugarín—. No eran tiempos de conmoverse con los llantos de nadie.

—¿Entonces? —siguió Álvaro.

—Entonces lo que pasa es que *entendí*, sobrino —dijo Bugarín.

—¿Qué entendió? —preguntó Álvaro.

—Entendí lo que no había entendido —dijo Bugarín—. Les va a dar risa, pero hasta ese momento yo había pensado que iba a salirme con la mía, que le estaba ganando la partida a Dios. Cuando yo caí en la cárcel y ella vino a curarme y a traerme de comer, creí que la había ganado. Cuando vino la suspensión de cultos y supe que se casaba, pensé que lo había hecho por niña. Por miedo de quedarse soltera y sin varón, luego de haber escuchado toda la vida que mujer sin hombre mujer sin nombre, como se dice por aquí. La rabia que me dio aquel percance no es para contarse. No pude desahogarme, ni tragar ese trago. Tanto no pude, que me fui enrareciendo y amargando. Y de ahí mismo fui tomando mi pleito con Dios. Así como suena. Pensé entre mí cuántas cosas imposibles no habían tenido que pasar para que se cerraran las iglesias y se suspendiera el culto aquí en Atolinga. Y para que esta tonta se casara con el primer jamelgo que le pasó por enfrente. Entonces llegué a la conclusión de que todo era una inmensa broma de Dios, una broma hecha contra mí, que así perdía lo único que de verdad me había importado en la vida, o sea, esa mujer por la que, sin querer, hasta había matado a mi mejor amigo. Luego vino la rebelión y quiso el mismo Dios que su jefe en esta zona fuese el mismo que a mi mujer se había llevado. De modo que cuando el capitán Fernández vino a ofrecerme la libertad si hacía armas contra la rebelión, yo vi mi puerta. Y salí a vengarme de la broma de Dios. Dije entre mí: "Esto me has quitado, aquello te quitaré". Y hasta ese día en que entré con los cabecillas cristeros presos y en cuerda por las calles de Atolinga, siempre pensé lo mismo: "Esto me has quitado, esto te quitaré. Pusiste este matrimonio en mi camino, yo lo quitaré de mi camino. Una soltera te llevaste de mi lado, una viuda me regresaré para que viva conmigo". Pero entonces, la víspera del fusilamiento que iba a arreglar mis cuentas con Dios, ella vino a pedir.

Se puso de pie Antonio Bugarín y una gran sonrisa pobló su rostro de charro asturiano:

—¿Y por qué vino a pedir esta mujer? —nos preguntó, ajustándose el pantalón sobre las caderas y las ingles—. ¿Vino a pedir que yo no me manchara más las manos con sangre inocente? No. ¿Vino a pedir que no violara más el santo mandamiento que prohíbe matar a nuestro prójimo? Tampoco. ¿Vino a pedir por los parientes cristeros que habían caído en la recua y que luchaban limpiamente por su causa? No, mis amigos. Por ninguna de esas cosas vino a pedir. Ni por la caridad cristiana, ni por los lazos familiares que nos unían con casi todos los sentenciados. Vino a pedir por su hombre, mis amigos. Vino a pedir por su marido, por su amor. Y me dijo: "Mata a los que quieras si tienes que hacerlo, al cura de Tlaltenango si tienes que hacerlo, síguete manchando las manos de sangre y tocando con ellas las puertas del infierno, si eso te hace feliz". Eso me dijo: "Pero no mates a mi marido, que es lo único que he querido en este mundo y es lo único que puede mantenerme viva en este mundo. Si lo matas mañana en la plaza, mátame con él". Entonces entendí. Nada quería en la vida esa mujer, ni a Cristo Rey ni a Antonio Bugarín, que no fuera el amor de ese jefe cristero.

Calló Bugarín y se quedó de pie con los brazos en jarras, mirando el confín de Atolinga por las guías de la calle que daba a la plaza de armas.

—¿Quién era el jefe cristero? —pregunté.

—No era otro que mi primo Cosme Estrada —dijo Bugarín.

—¿El notario? —pregunté yo.

—El letrado —dijo Antonio Bugarín.

Volteé a mirar a Álvaro y reconocí en el brillo exultante de su rostro hasta qué punto había cumplido su designio narrativo de llevarme por un laberinto transparente, cuyas paredes sólo eran opacas e infranqueables para mí.

Nos quedamos en silencio un largo rato, como si el peso de la revelación que yo alcanzaba nos envolviera a los tres, con el aura reverencial de su misterio.

—Los solté a todos —dijo Bugarín, al final de ese vacío—. Menos al cura de Tlaltenango. Y luego me dediqué a cazar curitas y a cebarlos en la cárcel y a llevarlos a dar misa ora aquí, ora allá. Así esperamos todos aquí arriba que acabaran las guerras allá abajo, haciéndonos los buenos disimulados. Con los años, por todo el país pasó lo mismo.

—Así fue —dije yo, fijo todavía en el espesor de mi silencio.

—De modo que les pusimos el ejemplo —presumió Bugarín.

Volvió a sentarse en el banco de la plaza y extendió otra vez su perfil al sol acariciante de la meseta, cerrando los ojos, la boca, la memoria. Nos quedamos unos minutos haciendo lo mismo y luego nos retiramos sin decir palabra.

★★★

Regresamos a ver a Cosme Estrada al día siguiente.

—Quiere ver el retrato de mi tía —le dijo Álvaro López, señalándome.

Nos pasó Cosme Estrada por los corredores de su casa, hasta el comedor, donde ya no comía. Olía a encierro y a iglesia. Tras la cabecera de la mesa labrada había un óleo mal hecho de una mujer que miraba hacia enfrente con los ojos inyectados y ardientes, espejos imprecisables del calor de su alma o de la impericia amarilla del pintor, mal mezclador de blancos y fulgores. Tenía los labios carnosos y un pelo azul que caía en gruesas trenzas sobre sus hombros, con una liberalidad voluptuosa que desmentía el cuello blanco, ceñido, protector de la intimidad monogámica de hombros y pechos.

—¿Cómo se llamaba? —dije yo, susurrando sin necesidad, como en un templo.

—Armida —musitó Cosme Estrada, aceptando mi tono.

—Armida Miramontes —completó Álvaro López, su sobrino.

"De todos nuestros respetos", dije yo para mí, antes de escabullirme al corredor y a la calle, donde seguían esperando, impasibles y eternos, el cielo y la tierra de Atolinga, que no sabían del reino de su luz ni recordaban nuestros nombres.

La noche que mataron a Pedro Pérez

—La política es lo que los hombres han inventado para dar rienda suelta a sus más bajas pasiones —dijo doña Emma, mi madre, desde su indisputable trono verbal en la sobremesa familiar de los sábados—. Eso decía tu abuelo Camín, y tenía razón. Todo lo que el hombre no se atrevería a confesarle en voz baja a su mejor amigo es capaz de hacerlo en público si sus actos tienen según él una justificación política. Mentir, robar, matar: las peores cosas parecen justificadas, y hasta valientes, si se hacen por una razón política. Y si no, mira la historia de Pedro Pérez. Verás las miserias de que el hombre es capaz por la política.

—Cuéntanos la historia de Pedro Pérez —suplicó Luis Miguel, mi hermano, que la había oído mil veces y no se cansaba de oírla de nuevo.

—La has oído mil veces —dijo mi madre, con altivez propiamente materna, sintiendo que su cachorro hacía mofa de ella.

—Pero esta vez la vamos a grabar para siempre —dijo Luis Miguel, admitiendo y diluyendo la sorna que había percibido doña Emma.

—Cuéntala, mamá Emma —pidió mi hija Rosario, que no había escuchado nunca la historia de Pedro Pérez, o la había escuchado siendo niña y no la llevaba en la mochila de su inquieta memoria adolescente.

—Te la voy a contar a ti, mi amor, no al badulaque burlón de tu tío —le dijo doña Emma a mi hija Rosario, atacando todavía la infidencia filial de mi hermano.

—Cuéntala ya, Emma —apoyó sonriendo doña Luisa, con hastío cómplice de la infidencia de Luis Miguel, su sobrino.

—La voy a contar cuando a mí me dé la gana —definió doña Emma, escobeteando todavía la ofensiva en su contra. Pero a inmediata continuación, incapaz como siempre de rehusar una ocasión narrativa, empezó la historia reclamada—. Pedro Pérez fue siempre un político que estuvo en contra del gobierno.

—Pedro Pérez fue sobre todo una excelente persona —interrumpió doña Luisa, mi tía, para iniciar sin desórdenes la narración—. Lo quería papá, su abuelo de ustedes, el abuelo Camín. Papá le disculpaba a Pedro Pérez su gran debilidad de ser bebedor, porque lo juzgó siempre una excelente persona, de la buena cepa mexicana. Papá se quejaba mucho de los vicios de México, pero decía que cuando la cepa mexicana da un buen hombre, no hay mejor hombre en el mundo. Eso decia papá.

—Pero eso no tiene que ver con la historia de Pedro Pérez —contraatacó doña Emma, en busca del mando narrativo—. Porque no lo mataron por sus buenas cualidades, sino por estar en contra del gobiemo.

—Verdad —admitió doña Luisa, resignándose ante la lógica exultante y abrumadora de su hermana—. Pero era un hombre bueno también, bueno como el mejor, y por eso lo querían tanto en Chetumal.

—Fue un hombre bueno y querido, que estuvo siempre en contra del gobiemo —aceptó y refrendó doña Emma, dueña al fin de su narración—. Y un hombre con sus ideas descabelladas, también. Por ejemplo: era germanófilo como el más ario de los germanos, teniendo él la facha más veracruzana que pudiera verse, moreno, morocho, con los labios gruesos y morados, como de cabeza olmeca. Le puso a una hija suya Alemania y a otro, que murió, le había puesto Sigfrido, por aquello de los nibelungos. Ésa era la época en que medio México le iba a Hitler en la guerra contra los americanos. Adorar a los alemanes era una forma, idiota digo yo, pero muy extendida entonces, de pensar que así se fregaba a los gringos. Bueno, Pedro Pérez era jefe de aduanas en Chetumal.

—Jefe de migración —precisó doña Luisa.

—De migración —aceptó doña Emma—. Y, como dice tu tía Luisa, a cada rato estaba en el mostrador con papá conversando horas y horas. Hablaban sin parar de política, de la guerra, de los males de México y todo eso. Pero la obsesión de Pedro Pérez era *la plaga bíblica*, así decía él: la plaga bíblica que había caído sobre Chetumal con el gobierno de Margarito Ramírez. Margarito Ramírez era un hombre de Jalisco cuyo mérito había sido salvarle la vida al general Obregón en los años veinte y matar no sé a cuántos cristeros en la guerra religiosa de los años que siguieron. No encontraron en el gobierno mejor manera de deshacerse de Margarito, que mandarlo a gobernar Quintana Roo. Y como nadie lo quería de regreso en la capital, mucho menos en Jalisco, lo fueron dejando como gobernador del territorio, que entonces era una parte de México que había que hacer esfuerzo para recordar que existía. Quintana Roo era entonces parte de la selva, no de México. Margarito se quedó catorce años, dueño de aquella selva, montado en los quintanarroenses sin haberse quitado las espuelas, como decía papá, el abuelo Camín.

—Manejaba el territorio como si fuera su hacienda —confirmó doña Luisa.

—El corral de la hacienda —precisó doña Emma.

—Es verdad. Sin compasión alguna —admitió doña Luisa—. Y eso a Pedro Pérez lo fue poniendo loco de rabia, por la afrenta contra Quintana Roo, como él decía. Porque él era veracruzano, pero no ha visto Quintana Roo a un quintanarroense como él. No había causa quintanarroense que no levantara Pedro Pérez. Una obsesión era para él Quintana Roo.

—Quintana Roo, y llevar la contra —reingresó doña Emma—. Cuando Cárdenas fue a Quintana Roo y era gobernador Rafael Melgar, ahí mismo en el muelle Pedro Pérez empezó a gritarle a Cárdenas que ya le había devuelto la identidad a Quintana Roo, pero ahora tenía que devolver Quintana Roo a los quintanarroenses. Porque Cárdenas volvió a hacer territorio federal a Quintana Roo, luego de varios años que fue parte del estado de Campeche. El caso es que se lanza Pedro Pérez una filípica contra Melgar, por haberse rodeado de colaboradores yucatecos, que según Pedro Pérez eran unos vendepatrias, abusivos y ladrones. Efectivamente, Melgar tenía como secretario de Gobierno a un yucateco, un licenciado Cámara que había sido asistente de Carrillo Puerto y se había salvado de milagro cuando emboscaron y mataron a Carrillo. Este licenciado Cámara era un hombre excelente, había organizado las cooperativas en el estado y era la persona de confianza de Melgar. Pero se había traído con él al gobierno de Melgar a otros yucatecos paisanos suyos que andaban metidos en todo, inspeccionando todo. Bueno, todo ahí en Quintana Roo estaba por organizarse o reorganizarse. Melgar le había encomendado al licenciado Cámara que supervisara todo, y éste, a su vez, había construido un equipo, pues, como de contralores, que en todo metían la nariz. Verdad es que tenían irritado a medio Chetumal con sus intromisiones, y Pedro Pérez aprovechó la presencia de Cárdenas para gritar lo que medio pueblo gritaba: "Este gobierno está lleno de yucatecos". Cárdenas lo oyó sin parpadear y luego, ya camino a Palacio, que estaba enfrente del muelle, le pregunta a Melgar: "¿Quién es ese licenciado Cámara del que tanto se quejan?". Y le contesta Melgar: "Es el hombre que ha organizado las cooperativas aquí. Fue ayudante de Carrillo Puerto". "¿Y quién es ese quintanarroense que está tan molesto con él por ser yucateco?", pregunta el cabresto de Cárdenas, que estaba en todo. "Es un veracruzano", respondió con malicia Melgar. "Entonces ya entiendo lo que necesita este lugar para volverse próspero", dijo Cárdenas. "¿Qué necesita, general?", le preguntó Melgar. "Más yucatecos como el licenciado Cámara y más veracruzanos como el gritón del muelle", respondió Cárdenas. "¿Y algunos oaxaqueños, mi general?", preguntó Melgar. "Con el que tienen basta y sobra", respondió Cárdenas.

—Porque Melgar era oaxaqueño —explicó doña Luisa, iniciando una carcajada.

—Y Quintana Roo era una tierra de aluvión —siguió rápidamente doña Emma—. Lo único quintanarroense de origen que había ahí era la selva y los moscos. Lo demás eran mexicanos de otros sitios, libaneses, españoles, indios mayas, negros beliceños y mantequilla australiana. Eso es lo que era. Pero Pedro Pérez tuvo que encontrar algo que echarle en cara a Melgar, frente a Cárdenas, porque era su obsesión llevar la contra.

—Y porque hacía falta también quién llevara la contra en ese pueblo —dijo doña Luisa—. Salvo papá, el abuelo Camín, no había quién dijera en público las cosas que el pueblo rumiaba. Pero papá era español y no podía hablar mucho. En cambio, a Pedro Pérez le sobraba lengua, parecía cubano de deslenguado y político que era. Cubano de antes de Fidel Castro, porque después de Castro no habla nadie, ¿no es verdad? —precisó doña Luisa y volvió a reír una sonora carcajada, esta vez contrarrevolucionaria.

—Era fama en Chetumal la lengua picante de Pedro Pérez —dijo doña Emma, después de reír también—. Tanto, que cuando llegó de gobernador Margarito Ramírez, ya un cartucho quemado, pero por eso mismo con la picardía del político experimentado, una de las primeras cosas que hizo fue llamar a Pedro Pérez y meterlo con él a trabajar en la madera. Lo de la madera es otra historia y tiene que ver con su abuelo paterno, el abuelo Aguilar.

—Ésa sí es nueva —saltó Luis Miguel, marcando su sorpresa con el puro—. ¿Qué tuvo que ver Pedro Pérez con el abuelo Aguilar? Nunca han aparecido juntos en esta historia.

—Porque no me había dado la gana de juntarlos —dijo doña Emma—. Y para que tú aprendas algo de las muchas cosas que te falta saber en la vida, vaquetón éste.

—Esto es como las extrapolaciones de *La miada* —jugueteó Luis Miguel—. En la versión original de Pedro Pérez nunca apareció el abuelo Aguilar.

—Porque no me dio la gana a mí —repitió doña Emma—. Y porque no has aprendido a oír, creyendo que ya lo sabes todo.

—De Pedro Pérez lo sabía todo —dijo Luis Miguel—. Pero ahora estás contando un capítulo inédito.

—Inédito tienes tú el cerebro —dijo doña Emma—. Les he dicho mil veces en esta mesa que tu abuelo Aguilar empezó su desgracia por soberbio, porque cuando Margarito Ramírez llegó al territorio buscó a los hombres ricos del lugar para proponerles actividades y negocios. Y todos fueron, menos tu abuelo Aguilar, que se sintió capaz de caminar sin apoyo del gobierno. Margarito, desde luego, lo resintió y dedicó sus siguientes años a ver la manera de domar a tu abuelo, a tu abuelo Aguilar. Lo primero que se le ocurrió fue restringirle las concesiones de madera y darles entrada a otros contratistas. Por eso tu abuelo Aguilar empezó a trasladar sus negocios a Belice y puso su mira en los bosques de Guatemala. ¿No les he contado eso?

—Varias veces —dijo Luis Miguel—. ¿Pero eso qué tiene que ver con Pedro Pérez?

—Tiene que ver porque una de las compañías madereras que abrió Margarito se la dio en administración a Pedro Pérez, que además de otras virtudes tenía la de ser un hombre trabajador y honrado, como hubo pocos en Chetumal. Pedro Pérez aceptó la oferta de Margarito y durante una época le fue muy bien a Pedro, a su familia y a las empresas madereras que competían contra tu abuelo Aguilar. En cambio, le fue mal a tu abuelo y, por lo tanto, muy bien a Margarito, que había traído con él a su cuerda de jaliscienses, pero tenía domado, por decirlo así, al mayor xenófobo del territorio, que era Pedro Pérez. Apenas duró unos meses la buena racha, porque Pedro era ave de tempestades. No bien habían empezado a salirle derechas las cosas, cuando aparece el primer escándalo de las cooperativas del territorio. Los escándalos se hicieron luego cosa de todos los días, pero entonces, desde la fundación de las cooperativas, todo había ido bien. Pues de pronto aparece un grupo de chicleros diciendo que se han robado que sé yo cuántos millones en la administración de la cooperativa. Y aparece de inmediato otro grupo, diciendo que se han vendido de contrabando qué sé yo cuántas toneladas de chicle. El caso es que empieza el jaleo, el rumor, el escándalo. Se le ocurre a Margarito que debe hacerse una auditoría y nombran a Pedro Pérez responsable de la famosa auditoría, aprovechando y reconociendo su fama de honradez y su crédito, porque Pedro Pérez era hombre de crédito en Chetumal, su palabra valía sola lo que la fortuna completa de otros. Pues empieza la auditoría, y empiezan a filtrarse rumores de que hay cosas mucho más graves que las denunciadas. Así, de la noche a la mañana se crea un ambiente, pues, casi de linchamiento, contra el administrador de la cooperativa chiclera, un hombre mayor, muy respetado y muy querido en Chetumal, a quien todos, hasta su mujer y sus hijos, llamaban don Austreberto: don Austreberto Coral. Sigue el asunto, termina la auditoría y se presenta Pedro Pérez con el secretario de Margarito Ramírez, un tal Inocencio Arreola, un jalisciense guapo, alto, blanco, que se la pasaba burlándose de los católicos de Chetumal, porque era muy anticristero y jacobino; se presenta Pedro Pérez y le dice Arreola: "¿Qué? ¿Cuánto se robó?". Y le contesta Pedro Pérez, que era todo lo contrario de Arreola, bajo, fuerte, prieto y de facha más veracruzana que una cabeza olmeca, le dice: "Ni un peso". "Estás bromeando", le dice Arreola. "¿Crees que hicimos toda esta maniobra para probar la honestidad de don Austreberto?" "Yo no sé de qué maniobra hablas tú", le dijo Pedro Pérez. "Lo que yo traigo aquí es una auditoría y, según la auditoría, en las cuentas de don Austreberto no falta un peso." "Ah, qué mi jarocho", le dice Inocencio Arreola. "No has entendido nada. No sabes lo que es la política. La auditoría de la cooperativa la pidió el gobernador para que la cosa cambie en la cooperativa, no para que quede igual." "¿Y qué quieren que yo haga para que la cooperativa cambie?", preguntó Pedro. "Queremos que hagas que la auditoría salga como debe salir", le dijo Inocencio Arreola. "¿Quieren que embarre a don Austreberto?", preguntó Pedro Pérez. "Queremos que ayudes al gobernador", le dice Arreola. Y le contesta Pedro Pérez: "Dile al gobernador que vaya a buscar su ayuda a Jalisco. Y tú, vete a chingar a tu madre". Sin más, da la media vuelta, recoge la auditoría y se va Pedro Pérez donde don Austreberto Coral a decirle: "Don Austreberto, acaba de suceder esta situación y lo quieren fastidiar a usted, para poner a una gente de Margarito en la cooperativa. Aquí le dejo los papeles de la auditoría, que demuestran que no falta un peso en la gestión de usted". Sale Pedro Pérez de con don Austreberto y se va al mostrador de tu abuelo Camín a gritar: "Estos tales por cuales quieren fastidiar a don Austreberto y yo no lo voy a permitir". Y se suelta repitiendo, palabra por palabra, su entrevista con Inocencio Arreola. No había terminado de contarla cuando ya había en la tienda de tu abuelo Camín un tumulto de gente oyendo a Pedro Pérez. Porque tenía esa cosa Pedro Pérez, esa lengua que por donde iba él hablando, se iban pegando gentes a escuchar lo que decía. Era un torrente, un imán.

—El tribuno del pueblo —jugueteó Luis Miguel.

—Tribuna te voy a dar a ti para que te despeñes por tus palabras —dijo doña Emma.

—Lo digo en serio —concilió Luis Miguel—. Pedro Pérez, el tribuno del pueblo, la voz de la plebe.

—Tú puedes usar tus palabras cultas como te dé la gana —dijo doña Emma—, pero la verdad es que no bien había terminado Pedro Pérez de contar esas cosas en el mostrador de tu abuelo, cuando ya todo Chetumal sabía que Margarito estaba tratando de fregar a don Austreberto. Tanto fue así, que esto que les cuento sucedía en la tarde, poco antes de cenar. Pues a la hora de la cena se presenta a la casa de Pedro Pérez el jefe de policía, diciéndole a Pedro que lo acompañe, que desea verlo el gobernador. "Lo acompaño", le dice Pedro, pero se voltea a su mujer y le dice: "Vete a casa de Camín y dile que estoy con el gobernador". La mujer entiende y viene corriendo a casa a decirle a tu abuelo que secuestraron a su marido. Apenas escucha eso papá, tu abuelo Camín sale disparado al Palacio de Gobierno a ver qué puede hacer, y ahí nos quedamos Luisa, Mercedes, la mujer de Pedro Pérez y yo, deshojando la margarita. Qué hacemos, Dios mío, qué hacemos. Entonces Mercedes saca un rosario y me dice: "Pues recemos un misterio, comadre". Era mi comadre porque yo le había bautizado al segundo hijo y luego le bauticé otros tres. Pero yo la veo tan pálida y siento su mano en la mía tan helada que le digo: "Pues rezamos un misterio si quieres, pero antes tú te tomas un brandy". Voy, le traigo el brandy, se lo toma, y no me lo vas a creer: volvió a la vida como si la hubiera picado algo. Tanto, que me dice: "Saque unas barajas, comadre, y vamos a jugar. En ésta no se va a quedar mi marido, no se preocupe". En efecto, al rato llegaron tu abuelo y Pedro muy tranquilos y le dice Pedro a mi comadre Mercedes: "Salvé la vida pero perdí el trabajo".

—¿Lo corrieron de su trabajo? —se escandalizó mi hija Rosario.

—Le perdonaron la vida —dijo doña Luisa—. Qué le iba a importar el trabajo.

—Había miedo en Chetumal —explicó doña Emma—. Por menos que el desacato de Pedro Pérez a otros los habían expulsado del territorio, advirtiéndoles que si regresaban era a riesgo de su vida.

—Pero eso a Pedro Pérez no le importó nada —dijo doña Luisa—. Otros se dejaban amenazar, él no. Le resbalaban las amenazas, era como insensible, irresponsable, qué sé yo. A lo mejor en eso consiste la valentía: en no percatarse del riesgo que se corre, en la inconsciencia. El caso es que a partir de aquello de don Austreberto la cosa entre Margarito y Pedro Pérez se puso al rojo vivo.

—Con Margarito, pero sobre todo con Arreola —dijo doña Emma—. Porque ése sí quedó en medio del pleito. Todo Chetumal anduvo semanas con su nombre en la boca y nadie volvió a tenerle la más mínima confianza. Tanto así que el día de su santo no fue nadie a su fiesta. Arreola cumplía años los 28 de diciembre, día de los Santos Inocentes. Por eso se llamaba Inocencio. Lo sabía todo el mundo en Chetumal porque él llegó a Chetumal, traído por Margarito, de Jalisco, una semana de diciembre, y muy poco después de llegado, el día 28 precisamente, hizo su fiesta de cumpleaños. Invitó a cuanto hombre hubo en Chetumal dispuesto a tomarse más de dos tragos y a beber más de dos días. No había terminado todavía aquella fiesta de Inocencio Arreola cuando estaba cambiando el año en Chetumal. Tres días de parranda universal fueron las tarjetas de presentación de Inocencio Arreola en Chetumal. Era un botarate criollo, simpático y guapo como señorito cordobés. Les encontró a la primera la debilidad a los chetumalenses y lo acompañaron alegremente desde entonces. Fue como un sol para todos los badulaques aquellos que eran los machos sueltos de Quintana Roo.

—Y para muchas enaguas sueltas también fue un sol —precisó doña Luisa, riendo.

—¿Pero qué pasó después? —preguntó mi hermano Luis Miguel—. ¿Cómo fue que Pedro Pérez tuvo que salir de Quintana Roo? ¿Fue por el pleito de don Austreberto?

—No —dijo doña Luisa—. Fue por la cosa más ridícula que pueda pensarse. Cuenta, Emma.

—Fue una cosa ridícula pero que tenía un fondo serio —advirtió doña Emma—. Y también tuvo que ver con la rivalidad de Margarito y de tu abuelo Aguilar. Vas a ver. Tu abuelo Aguilar tenía el único cine del pueblo, el Juventino Rosas, y a Margarito se le ocurrió también en esto, como con la madera, ponerle competencia. Entonces fue y mandó construir un cine y le puso de nombre Ávila Camacho, como se llamaba el expresidente de la República que lo había ayudado. Pues mientras terminaban el cine, anuncian los paniaguados de Margarito que va a comprar un mejor equipo de sonido que el del Juventino Rosas y va a pasar mejores películas y a cobrar menos que tu abuelo. Tu abuelo tenía el cine Juventino Rosas como un espejo de limpio, era un cine amplio, cómodo, de muy buenas butacas. Pero sobre todo tenía un equipo de sonido que era la última moda, una maravilla. Dicen que los viejos nos pasamos la vida creyendo que las cosas de ahora no son tan buenas como las de antes. Pero yo no he visto un cine con mejor sonido que el de tu abuelo en Chetumal. Había mandado traer el equipo de Nueva Orleans, lo había comprado en una de sus escapadas allá, esas escapadas de tu abuelo que siempre terminaban en la zona francesa, como llamaban a la zona de tolerancia los badulaques de tus tíos, los hijos de tu abuelo Aguilar. Decían: "Papacito fue a aprender idiomas a la zona francesa de Nueva Orleans", y se reían los mentecatos, haciéndose como que nadie entendía sus vulgaridades. Pues de Nueva Orleans se trajo tu abuelo el equipo del cine Juventino Rosas, que todavía después del ciclón, en el 55, funcionó varios años. El caso es que llega el día en que inauguran el cine Ávila Camacho, y allá va todo el pueblo a probar la novedad. Al principio todo muy bien, muchas luces y olor de cosas recién pintadas y una marquesina grande con sus letras muy bien puestas, traídas de México, y adentro un telón de terciopelo que se abre al momento de empezar la función. Lo primero que pasa, cuando aparece el león de la Metro en la pantalla, es que hace el león así, para rugir, y ruge, pero lo que sale de la pantalla no es un rugido, sino un maullido de gato. Y de ahí para adelante: se quiebran las voces, al hombre que habla gutural le sale voz de marica, se desmayan las melodías, una cosa tan ridícula que la gente al principio empezó a chiflar, pero al final había una carcajada en el cine cada vez que flaqueaba aquello del sonido. Bueno, pues al salir del cine se le ocurre a Pedro Pérez decir, aludiendo al león de la Metro: "El león no es como lo pintan: apantalla como león, pero maúlla como Margarito". Porque Margarito tenía una voz de pito que no podías creer. Empezaba a hablar y se reunían los gatos en la azotea. Y como Pedro Pérez tenía ese toque al hablar, ese toque increíble...

—De tribuno del pueblo —repitió mi hija Rosario, cambiando una sonrisa de feliz embonadura con su tío Luis Miguel.

—Como tenía ese toque de lengua —completó doña Emma, saltando airosamente la nueva interrupción culta de su descendencia—, no bien se había apagado la última bombilla en Chetumal, cuando ya todo mundo decía, en burla del gobernador: "El león no es como lo pintan", y las carcajadas por doquiera. Bueno, pues no contento con su broma del león, va Pedro Pérez en los días siguientes y averigua quién había comprado el famoso equipo de sonido. ¿Quién creen?

—Inocencio Arreola —reveló doña Luisa, con desidia juguetona, todos sus años cruzados por la frescura juvenil y dorada de la evocación.

—Peor todavía —siguió doña Emma, asintiendo—. Como Pedro Pérez tenía conexiones en el gobierno y en las aduanas, averigua también el costo del equipo y va y pregunta en la Casa Aguilar, con tu abuelo, cuánto había costado el equipo del Juventino Rosas. Y resulta que el equipo de sonido de Margarito había costado tres o cuatro veces más. Un escándalo. Entonces, como se sabía en Chetumal que Margarito tenía cines en Jalisco, porque sus paniaguados lo habían dicho por todas partes para darle fuerza a la versión de que iba a poner un gran cine en Chetumal, empieza a correr en el pueblo el rumor de que el equipo de sonido bueno se había ido a Jalisco y uno malo de Jalisco habían traído a Chetumal. Y se le ocurre a Pedro Pérez completar su chiste del león y dice: "El león que maúlla aquí, ruge con nuestro dinero en Jalisco". Muchacho: empieza la bullanguería en Chetumal contra Margarito y Arreola por la tontera del equipo de cine, y un grupo de señoras locas va a ver a Margarito para pedirle que traiga el equipo de sonido bueno a Chetumal. Entonces sí Margarito se puso como loco, manda llamar a Pedro Pérez y le dice: "Antes de que termine la semana te me vas de Chetumal". Y como Margarito era algo serio, y esto lo sabía hasta Pedro Pérez, viene Pedro Pérez a ver a mi marido, el papá de ustedes, y le dice: "Tito, me tengo que ir de Chetumal, porque si no este hombre me mata. Pero no quiero dejar aquí sola a mi familia. Préstame dinero para llevármelos a México". Tu padre le presta dinero y, tal como ordenó Margarito, antes de que terminara la semana, Pedro Pérez y su familia habían dejado Chetumal.

—Pero eso es increíble —se escandalizó mi hija Rosario—. ¡Cómo que lo iban a matar por un chiste! ¡Pues en qué país vivían!

—Tú no lo entiendes ya, pero así era —garantizó doña Luisa, con toda la tolerancia protectora de su amor por esa adolescente que creía vivir en un país con límites—. Era la selva de Quintana Roo.

—Y la selva de la política —apretó doña Emma, que no arriaba las banderas de su temperamento radical—. Allá entonces, y acá ahora: la selva de la política no tiene épocas ni modales. Es siempre igual, capaz de sacar lo peor de los hombres.

—No le hables así a la niña —suplicó doña Luisa.

—Le hablo como es —dijo doña Emma—. Y no es una niña, es ya una señorita y conviene que vaya tomando nota de las jodederas del mundo. Porque miren ustedes si no es una jodedera todo esto de Pedro Pérez, que no bien llegó a México y se instaló a vivir por ahí, en una buhardilla de la colonia Doctores, cuando descubre que lo viene siguiendo, un día sí y otro también, un tipo con facha de matón. Y va Pedro, que era un temerario, se encara con él y le dice: "¿Qué, te debo algo, te hice algo? ¿Por qué me andas siguiendo?" Le contesta el hombre aquel: "Te cuido por instrucciones del gobernador", es decir, por órdenes de Margarito. "No quiere que te pase nada." "No necesito que nadie me cuide", le contesta Pedro. "Y si no te desapareces te voy a pedir cuentas de otro modo." "Yo tengo instrucciones", dijo el otro. "Y las voy a cumplir aunque te pese." Entonces se va Pedro Pérez a ver al general Melgar, que había sido gobernador del territorio, y le dice: "General, me están provocando y siguiendo. Se trata de esto". Y le cuenta a Melgar todo el asunto de don Austreberto, del cine y del exilio que le ordenó Margarito. El general Melgar, ni tardo ni perezoso, va, lo conecta con el secretario de Gobernación y Pedro le cuenta al secretario todo lo que sabía de Quintana Roo. Y el secretario le dice: "Esto lo va a saber el presidente. Las cosas van a cambiar en Quintana Roo. Por lo pronto ten este dinero para que te ayudes aquí y ven a verme la semana entrante". Diciendo eso, abre un cajón y le pone en la mano a Pedro Pérez un fajo de billetes. Pedro no había visto ese dinero junto en toda su vida, ni había soñado en su más loca imaginería que alguna vez habría de sentarse frente al secretario de Gobernación para soltar la lengua sobre los males de Quintana Roo. Salió de ahí alucinado, rico, envalentonado. Y no se le ocurrió mejor cosa que conseguirse unos paisanos, meterse a una cantina y pagarles la parranda de su vida. Naturalmente, entre los tragos, les cuenta del matón que lo sigue y a uno de sus acompañantes le brota la infeliz idea de prestarle su pistola, para que se defienda llegado el caso.

—A ver —dijo Luis Miguel—. ¿Pero Melgar no estaba contrapunteado con Pedro Pérez? ¿Cómo lo ayuda entonces?

—Bueno, Melgar tuvo aquel problema del muelle con Pedro Pérez, pero acabó haciéndolo su amigo. Lo respetaba y todo. Ahora, ¿por qué lo lleva a Gobernación? Por ayudar, porque ése era el espíritu de Melgar: ayudar a quien pudiera. Ahora, ¿para qué sirvió que Melgar llevara a Pedro Pérez a Gobernación? Para que en Gobernación descubrieran que Pedro Pérez era un excelente testigo contra Margarito. Es lo que digo yo de la política, aun los actos mejor intencionados terminan sirviendo a pasiones dudosas. El secretario de Gobernación andaba en busca de cargos contra Margarito. ¿Para qué? Para quitarlo y poner ahí a alguien más incondicional suyo. ¿Por qué? Porque Margarito no se dejaba de nadie y era un político muy hábil, lo conocía y lo respetaba toda la generación de los políticos revolucionarios, los que habían peleado de verdad en la Revolución y estaban vivos todavía. Margarito había sido gente bragada de la época dura revolucionaria de México. Había salvado a Álvaro Obregón en 1920, cuando Obregón, si no huye de la Ciudad de México, lo matan. Margarito era amigo y compañero de andanzas de toda esa gente revolucionaria y los licenciaditos que estaban ahora en la política no tenían fuerza suficiente contra esas influencias. Margarito se la había rifado también en la época cristera como gobernador de Jalisco. Una época terrible, esas épocas que crean solidaridades a muerte entre los hombres que las viven juntos, porque arriesgan la vida en esos lances. Como te digo, Margarito duró catorce años en el gobierno de Quintana Roo y nadie se explicaba por qué duraba ahí, si todo mundo en México quería tirarlo. Bueno, porque tenía a todo el mundo en contra, menos a los revolucionarios vivos.

—Y a los presidentes —acotó doña Luisa.

—Sí, pero por sus amistades de la época revolucionaria —contestó doña Emma—. A los presidentes les era indispensable andar bien con esa gente que olía todavía a pólvora. Un pleito con esa gente por Quintana Roo no valía la pena. ¿Qué importancia podía tener Quintana Roo? Ninguna. Es lo que te digo de la política: al final a los políticos no les importa sino fregarse o ayudarse unos a otros. Es una cosa entre ellos, el bienestar o los sufrimientos de sus gobernados son cosas secundarias, casi pretextos para ellos dirimir sus pleitos.

—¿Y qué pasó entonces con Pedro Pérez? —preguntó Rosario.

—Lo inevitable —dijo doña Emma—. Lo que habían construido los políticos. Pedro regresó a su casa ese día, envalentonado con el apoyo del secretatio de Gobernación y con sus copas de la larga noche, se topó con el matón que lo vigilaba, se hicieron de palabras, sacaron las pistolas y Pedro mató al tipo.

—Porque Pedro Pérez tenía entrenamiento en armas —explicó doña Luisa—. Era gente de aduanas y de migración, gente que recibía entrenamiento militar para su trabajo.

—Pues lo mata, muchacho —siguió doña Emma—. Y viene el lío y el juicio. Claro, apoyado por el secretario de Gobernación, el juicio es como debe ser, se finca un homicidio en defensa propia, a Pedro lo amparan durante el juicio y sale libre. Naturalmente, todo ese embrollo dura meses. Pues durante los meses que dura, en Chetumal corre el rumor de que Pedro Pérez está preso porque mató a un tipo en una borrachera. Se dice también que sus hijos viven de la caridad pública y de los dineros que les dan los que azuzaban a Pedro Pérez contra Margarito Ramírez desde la capital.

—Era una cosa contra Melgar —dijo doña Luisa—. Sonaba lógico en Chetumal que un exgobernador como Melgar protegiera a Pedro Pérez para fastidiar al gobernador siguiente, que a su vez había fastidiado a Melgar.

—Es lo que digo yo desde el principio —recordó doña Emma—. La pasión política enfermándolo todo.

—¿Qué pasó entonces? —dijo Luis Miguel—. Les recuerdo que tenemos que llegar a la noche canónica de Pedro Pérez. Han metido ustedes tantas interpolaciones en esta historia que ya casi no la reconozco.

—¿Pero qué es lo que pretende este morón? —preguntó doña Emma al resto de la mesa, descalificando la impaciente lógica narrativa de su hijo menor, al que adoraba—. Lo que pasó ya lo sabes, lo saben todos aquí: en cuanto Pedro Pérez fue declarado libre de culpa en México se volvió a Chetumal, precisamente a que lo vieran libre. Y como para ese momento no iba solo, sino que era ya protegido de la Secretaría de Gobernación desde México, era ya, como si dijéramos, el aviso viviente para Margarito de que le estaban contando los días en Gobernación. Entonces es que empieza esta cosa sorda y loca en Chetumal, este duelo verbal de Pedro Pérez, envalentonado, bebiendo y hablando como nunca contra Margarito y contra Inocencio Arreola y contra todo Dios. Dondequiera contaba Pedro Pérez su caso, burlándose y desafiando a Margarito con esa lengua ardiente que Dios le había dado.

—Para perderlo —sugirió con vuelo teológico doña Luisa.

—Para hacerlo su profeta —dijo Luis Miguel mi hermano, que insistía en su herética familiar, ahora con énfasis bíblico.

—Ustedes pueden interrumpir lo que quieran —dijo doña Emma, sin aflojar su tranco narrativo—, pero la lengua de Pedro Pérez siguió funcionando como la mía, más y mejor que antes. Dondequiera contaba su caso. Y dondequiera era cualquier parte, pero sobre todo la cantina de Fina Musa.

—¿Fina Musa? —preguntó Luis Miguel, que siempre recusaba con humor el increíble nombre de la increíble Fina Musa.

—Sí, Fina Musa, hermana de Julieta y Sara Musa —respondió doña Emma como al paso, pero se detuvo en el recodo para fastidiar otro poco a su hijo, diciéndole—: Y antes de que vengas tú con juegos, digo aquí que Fina Musa se llamaba así, no venía de ningún diccionario de la mitología griega, sino del Líbano, igual que tantos otros chetumalenses de primera calidad, llenos de apellidos que parecían nombres propios y de historias que no contó el ciego de *La Ilíada*. Por cierto, yo creo que ese ciego, si estaba ciego, no vio las batallas, ¿no?

—Las vio con los ojos de la imaginación —jugueteó Luis Miguel—. Pero no te nos pongas culta ahora. Tu compromiso es ser una narradora natural. Nada de refinamientos, ni alusiones al diccionario.

—Mi compromiso fue hacerte leer a ti lo que no pudimos leer nosotras —dijo doña Emma, incluyendo en ese *nosotras* a su hermana Luisa—. Y no sé si lo habremos logrado bien, donde tanto presumes. Lo que bien se sabe no se ostenta, pero tú, hijo mío, pareces diccionario cuando hablas.

—Todas las voces que incluyo declinan mi amor por ti —coqueteó Luis Miguel con su madre.

—Declinaciones es lo que tú necesitas —dijo doña Emma—. Mejor dicho: inclinaciones ante tu madre, que soy yo.

—Me inclino y me declino —dijo Luis Miguel, que en el entretanto llevaba varios brandys de sobremesa.

—Y sobre todo interrumpes —dijo doña Emma.

—De acuerdo, madre. Soy una calamidad genésica —dijo Luis Miguel—. ¿Pero qué pasó después?

—Llega tu padre un día muy preocupado y me dice: "Estuve donde Fina Musa. Si Pedro sigue hablando así de Margarito y de Arreola lo van a matar". Y le brinca tu tía: "No lo digas, porque lo convocas". Tu tía ya ves que ha sido siempre medio bruja.

—Bruja, nada —dijo doña Luisa, al sentirse aludida—. Todo el pueblo decía lo que yo, pero lo decían en voz baja. Ésa era la única diferencia.

—Pero vas a ver por qué tu tía fue una bruja en esto —siguió doña Emma—. Dice tu papá: "Pedro está contando unas cosas de Margarito que no tienen otra salida que el desastre. Y la gente de Margarito anda contando de él que mató a un hombre a sangre fría y que le ha pedido dinero al gobernador para callarse. Lo están provocando y él está tomando mucho.

Pinta muy mal". "¿Qué podemos hacer?", le pregunto yo a tu padre, y me dice: "Habla con tu comadre Mercedes y que se vuelvan a México. Yo me voy mañana a Fallabón", que era el campamento maderero de tu padre, en la frontera de Belice y Guatemala, "pero aquí te dejo este dinero y que se vaya Pedro con su familia de Chetumal, porque lo van a matar". Entonces dice tu tía, en uno de esos trances de calma que le dan, pero que la ponen a hablar como si no hablara ella, dice tu tía, con una vocecita perdida, mirando a la ventana: "Lo van a matar de noche, cuando tú no estés". Y tu padre, que sabía cómo se las gastaba tu tía Luisa, se pone como loco y empieza a gritarle a tu tía: "No hables así, cállate la boca, esa boca que tú tienes, Luisa, no la metas en este asunto que es muy serio". Total, tu padre se va a Fallabón, pasan los días y una mañana, poco antes de la comida, viene Antonino Sangri, muy divertido, diciendo: "Acabo de pasar una de las mejores cosas de mi vida". Antonino era el encargado de Mexicana de Aviación en Chetumal, despachaba y recibía los vuelos, los pocos vuelos que había en el pueblo, así que estaba al tanto de quién viajaba y quién llegaba. Había sido masón y comecuras, pero se había convertido al catolicismo. Lo criticaban mucho por eso sus antiguos compañeros y también la gente de Margarito lo criticaba, porque se había rajado, según ellos. Creo que ya les conté que la gente de Margarito era anticristera y mantenía su posición jacobina en Chetumal. Eran terribles, difamaban a los sacerdotes, ofendían a las monjitas, se sentaban afuera de la iglesia a burlarse de los hombres que iban a misa y a gritarles que comían en el mandil de sus señoras. Bueno, pues nos dice Antonino: "En el vuelo de hoy regresó de Jalisco Inocencio Arreola. Fue a la fiesta de veintiún años de su hija mayor. ¿Y qué creen que le pasó?", nos pregunta Antonino, tragándose las carcajadas. "¿Pues qué le pasó, Antonino?", le preguntamos. "Le pasó que, acabando de cumplir veintiún años, su hija lo llamó aparte y le dijo: 'Papá, sé que esto le va a doler como ninguna cosa, pero hoy cumplo veintiún años, tengo la mayoría de edad y puedo decidir lo que quiero ser en la vida. Quiero decirle que voy a dedicarme al magisterio de Cristo'. Lo cual, traducido al cristiano, quiere decir que se iba a ir de monja. Estaba el hombre desolado", nos dijo Antonino, "tanto, que apenas bajó del avión vino a donde yo estaba y me lo contó todo. 'Tenía que contárselo a alguien', me dijo. 'Llevo cuatro días con esa daga atravesada y no puedo reponerme. Llévame donde Fina Musa que voy a emborracharme como nunca en mi vida.' Ahí lo acabo de dejar", dijo Antonino, "desecho, porque él, el Anticristo de los Altos de Jalisco, tiene una hija que se va a ir de monja. ¿Qué te parece? Este señor Dios es experto en golpear los bajos, le gustan los descontones", nos dice Antonino, riéndose hasta retorcerse el condenado. Bueno, pues eso fue como a la una. No recuerdo que hiciéramos nada especial ese día. Abrimos la tienda por la tarde, cerramos por la noche, los acostamos a ustedes y nos sentamos tu tía y yo en el comedor a conversar con Ángela, la cocinera, ¿se acuerdan de Ángela?

—Nos acordamos, pero sigue —dijo Luis Miguel.

—Pues estamos conversando, en ese silencio único de Chetumal, donde sólo se oyen la brisa y los grillos en la maleza, estamos limpiando frijol, hablando, y en eso tu tía se pone de pie, va a la terraza, ve el cielo y regresa. Se está otro rato sentada, se pone de pie, va por un bordado y empieza a bordar. Al rato echa el bordado sobre la mesa, una mesa grande y redonda de caoba que teníamos en el comedor, y dice: "Voy a poner café". Pone el café, regresa, se sienta otro rato, vuelve a pararse y dice: "Voy a ver si están bien tapados los niños". Va a la recámara, regresa, vuelve a asomarse al patio a ver el cielo y cuando regresa le digo yo: "Coño, Luisa, quédate quieta un minuto, me estás poniendo nerviosa". Entonces se sienta tu tía en la mesa, toma el bordado, la estoy viendo como si la tuviera enfrente, y en lo que va a reclinarse en el respaldo de la silla para tratar de reiniciar su bordado, se oyen, en ese silencio único de Chetumal, los cuatro tiros.

Paf. Paf. Paf. Paf. Se para tu tía temblando, blanca, más blanca aún de lo que es, con los labios secos, como manchados de harina, y nos dice a Ángela y a mí: "¡Mataron a Pedro Pérez!" Salimos al corredor y nos quedamos ahí paralizadas un rato, cuando vemos venir por la acera al hijo de doña Paula Peyrefitte, que vivía enfrente de nosotros, lo vemos venir desencajado, corriendo, y le decimos: "¿Qué pasó, fulano? ¿Qué fueron esos disparos?". "Doña Emma", me dice el muchacho, temblando, "le acaban de disparar a Pedro Pérez y se lo están llevando al hospital muy mal herido". En eso se asoma papá y nos pregunta: "¿Qué pasó? Creí oír unos tiros". "Papá", le digo yo. "Le dispararon a Pedro Pérez y lo están llevando al hospital." Se puso papá una camisa y salió sin decir palabra al hospital. Como a la media hora regresó con la noticia: Pedro había llegado muerto al hospital, no habían tenido siquiera oportunidad de atenderlo.

—¿Pero qué pasó? ¿Cómo lo mataron? —preguntó Luis Miguel.

—Pasó que esa noche Pedro, como acostumbraba, se había ido a echar unos tragos a la cantina de Fina Musa y ahí se encontró a Inocencio Arreola, que llevaba tomando desde el mediodía. En lugar de retirarse, al ver a Arreola, Pedro fue y se sentó en otra mesa a pedir sus tragos. Naturalmente, al poco rato Arreola hizo un comentario en voz alta para que lo oyera Pedro Pérez, insultándolo. Y Pedro, con la lengua que tenía, algo le respondió. Al rato volvió a hablar Arreola y Pedro le contestó. Ahí se estuvieron un buen tiempo cambiando insultos y albures hasta que, como a eso de las nueve de la noche, Arreola, ya muy borracho, calentado por la lengua de Pedro, se para, va hasta su mesa y lo empieza a insultar sin más y a llamarlo poco hombre y qué sé yo cuánto. Entonces Pedro Pérez se pone de pie, ya también con sus copas, y le dice: "No traigo conmigo mi pistola, pero voy a buscarla a mi casa, y aquí nos vemos". Con la misma, sale de la cantina y echa a andar para su casa. Pero Inocencio Arreola no lo dejó. Salió tras él, lo alcanzó a la media calle y al doblar la esquina, a espaldas de nuestra casa, le disparó por la espalda. Paf. Paf. Paf. Paf. Los tiros que oímos en casa tu tía Ángela y yo. La misma gente de la cantina salió a recogerlo y lo llevó al hospital, pero no hubo nada que hacer. Cuando llegó al hospital estaba muerto.

—¿Y entonces? —preguntó mi hija Rosario, sacudida todavía por la nitidez de los disparos.

—Entonces empezó la infamia, hija —dijo doña Emma—. Al día siguiente, muy tempranito, en el avión de un comerciante de ahí, sacaron a Arreola de Quintana Roo, y empezaron a correr la voz de que Arreola había matado a Pedro Pérez por motivos políticos, como justificando el crimen por haber tenido móviles políticos. Como si el crimen político fuera justificable y los otros no. Así, tranquilamente, te decían en Chetumal: "El gobierno ayudó a Arreola a huir, porque lo suyo con Pedro Pérez fue una cuestión política", como queriendo decir que entre gitanos no se leen la malaventura y que todo lo que pasa entre políticos está justificado. Al día siguiente fue el entierro de Pedro Pérez. Ésa fue la otra infamia: hubo consigna del gobierno entre la gente bien de Chetumal, la gente acomodada, la gente con dinero, de que no se le hiciera mucho eco al entierro para no darle un cariz político. Con lo cual ya era la infamia redonda: el asesinato de Pedro Pérez había tenido un carácter político, pero su entierro no debía tener un cariz político. Por eso digo yo que la política es lo que los hombres han inventado para justificar sus peores aberraciones. Bueno, el caso es que de la gente de significación de Chetumal, sólo tu abuelo Camín marchó con el cortejo de Pedro Pérez, junto con Jesús Santa María y Pepe Almudena, los españoles del lugar que habían ayudado siempre a Pedro y no renegaron de él a la hora de su muerte.

—La gente bien no fue —acotó doña Luisa—. Pero del pueblo acudió todo el mundo al entierro de Pedro Pérez. Estaba el cementerio que no cabía nadie. En medio del calor estaba toda la gente ahí, porque Pedro era un hombre querido del pueblo.

—Tribuno del pueblo —insistió mi hija Rosario—. ¿Y qué pasó con la familia?

—Te puedes imaginar —dijo doña Emma—. Pedro y mi comadre Mercedes tenían cinco hijos, y estaba mi comadre esperando el sexto cuando mataron a su marido. Mucha gente los ayudó y hasta el gobierno quiso darles un apoyo para tratar de lavar un poco lo de Arreola. Pero mi comadre no aceptó nada. Se puso a trabajar y a hacer la lucha por todos lados. Los dos hijos mayores, varones, que eran unos niños de diez y ocho años, salieron a vender. Y ahí se fue levantando la familia de Pedro, a puro pulmón. La última ironía del asunto fue un ejemplo de eso que decía Antonino de que a Dios le gustan los golpes bajos. Van a ver: a Pedro lo mataron en octubre, estando Mercedes, su mujer, embarazada. Bueno, pues Mercedes dio a luz a una niña que vino a nacer nada menos que el 28 de diciembre, precisamente el día del santo de Inocencio Arreola, como para que recordara toda su vida que había nacido el mismo día que el hombre que mató a su padre.

—Eso es lo que se llama un final redondo —dijo Luis Miguel.

—Es un final como fue —dijo doña Emma.

—Pero falta el epílogo —recordó Luis Miguel.

—Qué epílogo ni qué ocho cuartos —rehusó doña Emma.

—Tiene un epílogo, madre —porfió Luis Miguel—. La única y verdadera historia de la noche que mataron a Pedro Pérez tiene un epílogo. Yo lo sé. No en balde llevo media vida escuchándola.

—¿Cuál epílogo? —preguntó doña Emma, entre divertida y desconcertada.

—Lo que pasó con Margarito después —dijo sin titubear Luis Miguel—. Y lo que pasó con la hija de Arreola.

—Ah, eso —dijo doña Emma—. De acuerdo. Lo que pasó es esto: Margarito salió de Quintana Roo, creo que a finales de los años cincuenta, y se regresó a vivir a Jalisco, donde uno de sus hijos, el mayor, llegó a ser un político muy importante, siendo muy joven todavía. Bueno, pues Margarito alcanzó a vivir para ver que a ese muchacho lo mataran en la calle, a tiros, por razones políticas. Nunca se supo quién lo mató. Alguien protegió a los asesinos, como antes las gentes de Margarito habían protegido a Inocencio Arreola.

—¿Y qué pasó con Arreola? —preguntó Luis Miguel.

—Otra historia increíble —dijo doña Emma—. Tu tío Ernesto se lo encontró aquí, en la Ciudad de México, por ahí de 1976. Se fueron a comer y a conversar, porque tu tío Ernesto se llevaba bien con todos ellos. Hasta la fecha dice que Margarito fue un gran gobernante de Quintana Roo. Y tiene sus buenas razones, no creas, sólo que nosotros recordamos otras cosas. Bueno, ¿pues qué crees que le había pasado a este hombre, Inocencio Arreola? Esto: su hija monja se había hecho guerrillera, se había puesto a asaltar bancos y a secuestrar gente importante. Y en uno de esos asaltos, durante un tiroteo, la habían matado unos policías en Guadalajara luego de una persecución. Y ¿dónde creen ustedes que cayó muerta? Frente a la Catedral, a media plaza, acribillada por la espalda, igual que Pedro Pérez.

—Ahí está el epílogo —dijo Luis Miguel—. Ni modo que nos fuéramos sin el epílogo.

—Se los cuento como fue —dijo doña Emma—. Y yo insisto en que ésa es la realidad de la política: regar por el mundo la basura que hay en el corazón de los hombres.

Hubo entonces un silencio viejo, perfecto, como los de Chetumal, interrumpido sólo por el rasquido de la uña melancólica y exhausta de doña Emma, que espulgaba las migajas del mantel frente a ella. Nadie habló ni se movió de la mesa y, en medio de ese silencio antiguo, apartado por un momento de la historia, creímos escuchar de nuevo los tiros que mataron y que hicieron vivir para siempre, entre nosotros, a Pedro Pérez.

Los motivos de Lobo

Aunque nací en la década de los cuarenta y apenas había cumplido veintidós años en 1968, el conjunto musical legendario de mi adolescencia no fueron los ubicuos Beatles, sino los ya olvidados Lobo y Melón. Es posible que, dentro de algunos siglos, los Beatles le resulten al cambiante mundo tan desconocidos como Lobo y Melón son hoy para la humanidad bailante de su patria. Pero hubo una época de la Ciudad de México en que ese desconocimiento hubiera sonado a estupidez o herejía. En aquel tiempo las casas de la ciudad abrían sus puertas generosas a la celebración de cumpleaños y graduaciones con tal fruición y frecuencia que era posible ir a fiestas todo el fin de semana, de viernes a domingo y de la tarde a la madrugada, sin haber sido invitado, mediante el simple recurso de ponerse traje y corbata, echarse a la calle y escurrirse con discreción en la primera fiesta que se cruzara, preguntando: "¿Ya llegó Roberto?".

Naturalmente, Roberto no existía, salvo para facilitar la impresión de que nos había citado él en ese sitio y, por tanto, teníamos una especie de derecho natural a deslizarnos hasta la cocina, pedir una cuba libre, inspeccionar las viandas y pasar luego al recinto propiamente dancístico para medir la intensidad y el atractivo de la fiesta, que podía consistir sólo en la mirada de alguna muchacha de buena familia, decidida, como uno, a dejar de serlo en cuanto lo permitieran las circunstancias. Si el alcohol era escaso, si las viandas eran pobres, si las muchachas eran tan decentes como uno, entonces uno podía seguir a la siguiente casa enfiestada, que solía estar en la misma manzana, para preguntar nuevamente por Roberto y reiniciar la inspección. Y así, hasta dar con la fiesta idónea a los caprichos de la caravana.

Bueno: en cada una de esas casas abiertas a la fiesta, en las divertidas y en las gazmoñas, en las ricas y en las pobres, en las alegres y en las taciturnas, en todas y cada una, como si uno pasara por diferentes canciones del mismo *long play*, los momentos culminantes del baile, de la sensualidad y de la diversión verdadera, que es la que quita los disfraces y reúne a la multitud en el eufórico olvido de sus nombres, venían unidos a la música y a las voces inolvidables de Adrián Navarro, Lobo, y Luis Ángel Silva, Melón, dos cantantes que habían armado el mejor conjunto de rumba del país y lo recorrían, en persona y en disco, haciéndolo bailar como nadie lo había logrado desde Pérez Prado y el mambo veinte años atrás.

En aquella ciudad perdida y provinciana Lobo y Melón encarnaron unos años fugaces el clímax de la furia tropical y romántica que por décadas, y aun por siglos, había llegado a México proveniente de Cuba. Al irse petrificando, la Revolución cubana se llevó los sueños revolucionarios de mi generación, pero secuestró también algo más imperdonable y fundamental: la extraordinaria música cubana, su inmensa capacidad de alegría sensual, pegada a los humores fundamentales de la tierra, a la risa y al baile, al deseo y a la urgencia del otro, a la comunión sudorosa de los cuerpos, devueltos por la música a la pulsión adánica de buscarse sin impedimento, ligeros e inocentes en su vocación de excitarse al golpe de cadera de un danzón, de ayuntarse al ritmo frenético de un guaguancó, de añorarse más tarde en los vaivenes melancólicos de una habanera. "Llegó el Comandante y mandó parar", recuerda un orgulloso estribillo musical de la Revolución cubana, aludiendo al fin de las miserias y los abusos en la isla. Entre las cosas que pararon se contó también la música viva de

Cuba, la música de siglos, venida del principio de los tiempos, la música loca y profunda que parecía manar sin cortapisa del alma impura y creativa de la isla.

El crecimiento absurdo de la Ciudad de México, por su parte, se llevó aquella nuestra ciudad de las fiestas ecuménicas, abiertas a los modestos intrusos que abusábamos de ellas; cerró las puertas de nuestras casas y volvió nuestras celebraciones un ritual endógeno, una colección de encierros familiares con recelosos derechos de admisión impuestos por una vida urbana demasiado sacudida por la inseguridad, el crimen y la desconfianza como para entregarse a sus ingenuos impulsos comunitarios de solidaridad y convivio.

También nosotros nos fuimos secuestrando y perdiendo en esos años —mi generación, quiero decir, los nacidos entre 1940 y 1950—. Fuimos perdiendo la soltería y la línea, el pelo y los sueños de una pronta solución a la injusticia esencial del mundo. Fuimos ganando peso, responsabilidades, familia, paciencia e ilusiones perdidas. Conservamos, sin embargo, al menos yo, a los amigos que aquella adolescencia fértil y extravagante nos legó, entre pleitos y desencuentros, como el mayor de sus dones.

Pienso ahora, particularmente, en Luis Linares, quien suplió, sin proponérselo ni saberlo, mis urgencias de un hermano mayor o un padre sustituto o un simple modelo a quien querer parecerse en la vida, mientras la propia vida nos enseña, irremediablemente, que no hemos de parecernos sino a nosotros mismos. Con Linares aprendí a fumar cigarrillos sin filtro y a beber sin perder el conocimiento; aprendí a adorar a las mujeres, a discutir y a leer no como un entretenimiento, sino como parte de la ingeniería de la propia vida; en su complicidad obtuve mi primera bienaventuranza sexual, y una larga pedagogía terrena sobre los bienes laicos de la vida: el amor y el desmadre, la libertad y el orgullo, la contención sentimental, la adicción a la fiesta, el valor de tener un punto de vista propio y defenderlo.

En la cercanía de Linares obtuve también el conocimiento personal de Lobo y Melón durante una de las célebres rumbeadas que se organizaban entonces en El Limonal, una casona del barrio de Coyoacán, propiedad de un viejo francés que combatía la evidencia entrecana de sus años llenando su casa de rumberos y licor, que a su vez atraían, como un imán, a racimos de muchachas encendidas y toda clase de especímenes de la golfería.

Recuerdo esa fiesta con peculiar precisión porque no hice en ella otra cosa que mirar cantar a Lobo casi una hora, antes de que se fuera, con el conjunto, a cumplir su trabajo nocturno en el cabaret Run Run, que estaba en la Reforma, junto al cine Roble, en un local que el terremoto de 1985 demolió y en donde, desde el cierre del Run Run, en los setenta, habían fracasado todos los negocios imaginables: un restaurante chino, un ristorante italiano, un lote de coches y cuatro centros nocturnos. Como si el declive de la rumba y de Lobo y Melón en la ciudad hubiera creado su propio vacío irrellenable.

Digo "mirar" a Lobo, porque de oírlo me había cansado en fiestas y discos, y porque su presencia era visible como pocas cosas: añadía un toque de veracidad rumbera a la música, un "toque santo", como sólo encontré después en Daniel Santos o en Celia Cruz. También, lo recuerdo ahora, en Omara Portuondo, a quien escuché una triste noche del 85, desarreglada y en chanclas chinas, en un triste bar de una Habana deteriorada y triste, el bar de donde salió caminando años más tarde José Antonio Méndez para perder la vida, atropellado, en la capital latinoamericana donde menos automóviles hay. (Aclaro que nunca vi en persona a ninguno de los otros monstruos: ni a Pérez Prado ni al Trío Matamoros ni a Benny Moré, ni a Olga Guillot, ni a la Lupe, aunque sí a Silvestre Méndez, que durante años hizo en el bar Cartier de la avenida Juárez la más eléctrica y orgásmica versión imaginable de "Chivo que rompe tambó".)

Lobo era moreno y delgado, de perfectas orejas, barba cerrada y unos labios gruesos, sensuales, en medio del rostro largo y fino; tenía las cuencas profundas y los ojos grandes, subrayados en su expresión melancólica por unas pestañas tan largas y rizadas que le sombreaban los pómulos. Melón era blanco, con una pinta amateur que no se borraba de su apariencia ni cuando cobraba, pero era el arreglista del conjunto, el compositor y el empresario, la parte sobria, madrugadora, de aquel barco nocturno, borracho de rumba y fandango.

Lobo cantaba, tocaba las claves, rascaba el güiro, golpeaba las tumbadoras, ritmaba el cencerro con un palo de batería. Pero era mucho más que eso, era la cara pública y la frescura del grupo, su ángel magnético capaz de todos los registros, de la nostalgia arrabalera del bolero al frenesí liberador del guaguancó. El timbre cambiante de su voz podía imponer igual los ritmos afros del batey o las nobles evocaciones del bohío, en una conjunción de fiesta y brisa que traía a la audiencia, casi físicamente, todas las cosas que el joven Carpentier había reconocido y recordado desde París en esta música: el paisaje cubano, "bañado por una luz de perenne incendio"; el "ritmo seco, obsesionante, todopoderoso" de la rumba; las tonadas que saben, según los casos, a "patio de solar" y "puesto de chinos", a "fiesta ñáñiga" o a "pirulí premiado". Y el son que debe amarse, por encima de las buenas costumbres, como hay que amar, en la memoria irrevocable de Cuba, "el solar bullanguero y el güiro, la décima, la litografía de la caja de puros, el pregón pintoresco, la mulata con sus anillas de oro, la chancleta ligera del rumbero, la bronca barriotera, el boniatillo y la alegría de coco".*

Lo vi cantar una hora y atender los ofrecimientos, bastante explícitos, de un trío de apetitosas locas que le pedían canciones en servilletas pintadas con bilé. Al final de su tocada, sin

---

* Alejo Carpentier, *Crónicas*, vol. II, Instituto Cubano del Libro, Editorial Arte y Literatura, La Habana, 1976, pp. 80 y ss.

embargo, antes de irse al cabaret, Lobo no buscó en ellas su compañía de la noche, sino que las rodeó y fue al fondo de la fiesta, en caza de su propia elección. Poco después pasó junto a mí, riendo y hablando en el cuello de una mujer de melena negra y bronceados hombros desnudos. Enfundaba la perfecta exhuberancia de su cuerpo en un vestido rojo que cortaba a la mitad las redondeces generosas de su busto y sus muslos. "Me la tenían escondida", dijo Lobo al pasar, dirigiéndose a mí, campechanamente, como si me conociera de años, riendo su atractiva sonrisa de labios gruesos y dientes blancos, parejos y luminosos, como el propio fulgor de su vida.

Lo escuché entonces, frente a mí, decirle en el oído:

—Esta noche no duerme Caperucita Roja. ¿Sabes por qué?

—No —dijo la muchacha, meciéndose en él, como si le hicicra cosquillas.

—Porque hoy le toca comer lobo —dijo Lobo, engarzándola por la cintura con su brazo.

La risa fresca de la muchacha siguió el trazo de sus cuerpos ya empalmados, y de mi envidia total, hacia la puerta.

Pasaron aquellos años, desaparecieron del mundo Lobo y Melón, igual que los hábitos y las fiestas que nos habían hecho entrañables sus voces. Durante los setenta, la rumba abandonó el centro de la escena musical. Se refugió en la memoria de sus cultivadores y en unos cuantos antros marginales, que consagraron sus noches a la repetición infatigable de viejas tonadas y clásicos probados de la isla. Era posible oír a Fellove y a Silvestre Méndez en algunos cabarets de tercera, meterse a bailar rumba en algunos salones de mala muerte, como el África en Bucareli o el Siglo XX en San Juan de Letrán. Sobre todo era posible atestar el pequeño Bar del León de la calle de Brasil para escuchar a Pepe Arévalo y sus Mulatos, un conjunto que pareció durante los setenta y los ochenta el albacea mexicano de aquella música prodigiosa.

Aunque estudiamos la misma carrera, que elegí para seguir sus huellas, Linares tomó su camino y yo el mío, no sin que antes me consiguiera un trabajo en una empresa de conductores eléctricos y otro, más tarde, en la Villa Olímpica. No obstante, después del 68 decidí abortar para siempre mi carrera de ejecutivo en comunicación, empecé a escribir reseñas literarias en los periódicos, ingresé a El Colegio de México para un doctorado en historia, me casé, tuve una hija, una breve carrera académica, un divorcio y una rápida carrera periodística que me encontró, en 1979, como coordinador editorial del diario *Unomásuno*, un diario crítico, de izquierda, que se había hecho su espacio de credibilidad y golpeteo entre las élites políticas y los sectores ilustrados del país. Antes del 68 Linares había cursado una maestría en la Universidad de Pensilvania, se había vuelto un alto y eficiente ejecutivo de la empresa privada, había consolidado un patrimonio familiar, procreado tres hermosas hijas y el futuro se abría para él promisorio y seguro. Entonces, ay, le dio por la política —en realidad le dio por la misma vocación de siempre, marinera y libre, gustosa del riesgo y el azar, numen consejero de los jóvenes, los que emprenden y los que se enamoran—.

Probó suerte sucesivamente en el PRI del DF, en la Secretaría de Gobernación, en la Secretaría de Comercio y en la Secretaría de Educación Pública. El año de 1979 lo encontró como director de comunicación de la Secretaría de Programación y Presupuesto cuyo ministro tenía aspiraciones y posibilidades presidenciales. No había dejado de ver a Linares, pero nos reuníamos poco, entre otras cosas porque no había vinculaciones prácticas en nuestras vidas. Su nuevo puesto político y mi posición en el diario facilitaron el reencuentro, de modo que volvimos poco a poco a tomarnos el pulso, saliendo a comer, cambiando información política y hasta conspirando un poco, juntos, en favor de su causa. Pero nada nos unió de nueva cuenta tan intensamente como el día en que Linares me llamó diciendo que había ido la semana anterior a un antro de rumba en el centro y que debíamos volver esa noche él y yo, juntos, sin falta, porque no podíamos perderlo.

Era martes, yo tenía al día siguiente un desayuno tempranero y una jornada larga de trabajo —los miércoles me tocaba escribir el editorial del diario y eso siempre terminaba tarde, por mi lentitud redactiva, rayando las doce—, de modo que le pedí que lo dejáramos para el viernes.

—No puede ser el viernes, cabrón. Tiene que ser hoy martes, hoy mismo —dijo Linares por el teléfono, con su vehemencia natural—. Y no alegues, porque no tienes una idea de lo que me encontré en ese lugar. Tenemos que ir.

—Tengo que trabajar, Linares.

—Qué trabajar ni qué la chingada. Esto es más importante que el trabajo —dijo Linares—. Esto es la vida. Paso por ti a las diez.

—No puedo, Linares.

—A las diez, cabrón. No te vas a arrepentir. Me cae de madre que no te vas a arrepentir. A las nueve y media estoy por ti en tu periodicucho.

A las nueve de la noche ya estaba en mi despacho —despacho es un decir: un espacio separado con mamparas en un ángulo de la redacción—, bien vestido y jovial, aunque calvo como siempre, explicándome su anticipación horaria:

—De ésta no te me escapas, aquí te espero hasta que acabes, porque de aquí te voy a llevar al antro, como quedamos. A ver, dame algo de leer de las mentiras que van a publicar mañana.

Como a las diez terminé y le dije:

—Vengo en un momento. Voy al baño.

—Te acompaño —me dijo, con una sonrisa maliciosa: una vez lo había dejado solo en un restorán con ese truco. Siguió—: Te acompaño al baño, al lavabo, al elevador y, si fuera necesario, hasta al portero del edificio.

Aludía con eso a un viejo chiste adolescente cuya última frase se había quedado en nuestro lenguaje como un dicho reflejo. El chiste recordaba la respuesta de un antiguo huésped de la casa de mi madre, Lorenzo Méndez, mejor conocido como el Cachorro, a quien otro amigo le preguntó, refiriéndose a una muchacha preciosa que caminaba frente a ellos: "Mírala bien, Cachorro, ¿se lo mamabas?". A lo que el Cachorro había contestado: "A ella, a su hermana, a su prima y, si fuera necesario, hasta al portero del edificio". Así que cada vez que estaba dispuesto a todo con tal de conseguir algo, Linares decía, viniera a cuento o no: "Y si fuera necesario, hasta al portero del edificio".

Me acompañó pues al baño, al lavabo, al elevador y no me dio tiempo solo hasta que llegamos a la puerta de su elegante coche oficial, donde esperaba el más paciente y entrenado chofer del mundo, que aguantaba a Linares, nada menos.

—Yo manejo —le dijo Linares. El chofer se pasó al asiento de atrás y yo subí adelante con su jefe.

—No tienes idea —dijo Linares—. Vas a ver esta cosa, no tiene madre. No lo puedes creer. Vas a ver.

—¿De qué se trata, Linares?

—Vas a ver, cabrón. Le vas a vivir agradecido toda tu vida a tu amigo Linares por esta excursión. Vas a ver. ¿No tienes hambre?

—Mucha.

—Vamos entonces primero aquí a La Posta, cenamos y luego nos vamos al antro aquel. Al cabo que empieza tarde, no tiene caso que lleguemos orita.

—Tengo un desayuno mañana, Linares.

—Qué desayuno ni qué la chingada —dijo Linares—. Llama que no puedes ir. Pero mira: vamos a La Posta, cenamos como marqueses, ahí está el trío del compadre Juan, que es mi escudero, y mientras cenamos, tirilín tirilín, nos tocan unas músicas, nos cantan unas clásicas y quedamos listos para la mera buena cosa a la que te voy a llevar.

—Pinche Linares. Hoy no quiero tomar.

—¡Aaaaaaah! —se espantó Linares—. ¿Pero quién ha dicho que vas a tomar, gran cabrón? Te estoy diciendo que vamos a cenar. ¿No te puedes imaginar ya una cena sin copas?

—Una cena contigo sin copas no me la puedo imaginar.

—Pues entonces tómate unas copas, muchacho. Pero no me eches a mí la culpa. Tú eres el que no puedes imaginarte el asunto. ¿Yo qué pitos toco en esa flauta?

—Pinche Linares.

—No tienes idea de lo que vas a ver, muchacho. Y a oír. No tienes una puta idea. Vas a ver. Tú déjame, yo me encargo.

Se encargó de nuestra cena en La Posta, que fue abundante en viandas y cubas, con un brandy al final y el trío de su compadre Juan que cantó sin parar todas las clásicas —José Antonio Méndez y Álvaro Carrillo—, mientras Linares me contaba los intríngulis de la política ministerial, las últimas pugnas macroburocráticas y la lista actualizada de reporteros y columnistas que cobraban aquí y allá para garantizar su independencia periodística ("La pobreza no da independencia", bromeaba Linares. "Eso dicen tus colegas periodistas. A ver, defiéndelos. No sé cómo te fuiste a meter en esas cuevas. No los puedes creer a estos cabrones").

—Ellos cobran, pero tú les pagas —le reproché el reproche de siempre—. ¿De qué te quejas?

—De ninguna manera les pago —dijo Linares—. Los estoy borrando a todos de mi lista.

—Te van a apuntar en la suya entonces —le dije—. Y van a tirarte a matar, hasta que te aniquilen.

—Que me aniquilen. No les doy un centavo. Ni un centavo.

—Haces bien, porque no quieren centavos. Quieren pesos. Miles de pesos.

—Ni un peso —dijo Linares.

—Dólares entonces.

—Ni un puto peso, ni un puto dólar, ni un puto viaje. Una fumigación general es la que necesitan, incluyendo tu periodicucho, que le juega al puro.

—¿Quién de mi periódico, Linares? Nada más no incluyas al director en tu denuncia, y de ahí para abajo, fumigamos al que quieras.

—¿Los corres?

—Los quito de mi lista, como tú.

—No le saques. ¿Los corres?

—Depende cuántos sean. ¿Ya te sabes el verso aquel sobre la bondad y la cantidad?

—No, ¿cuál es?

Le dije:

> Vinieron los sarracenos
> y nos molieron a palos
> Que Dios protege a los malos
> cuando son más que los buenos.

—Es una vergüenza nacional —dijo Linares.

—Los sarracenos terminaron siendo españoles, Linares.

—Son una vergüenza nacional tus colegas. Y además son muchísimos. Cómo hay periodistas en esta ciudad.

Pidió de últimas una tonada que echó sobre mí, como siempre que la escuchaba, una ráfaga voluptuosa del pasado. Cantó el trío "Niebla del riachuelo", una favorita de Lobo y Melón:

> Niebla del riachuelo
> amarrada al recuerdo…

—Hace años que no oía ésa —le dije a Linares, mientras el trío de su compadre Juan perdía la letra.

—Años —aceptó Linares, precipitándose sobre su brandy para contener el torrente de sus emociones.

Siguió el trío:

Este amor tan completo
me vas recordando…

—Así no es, don Juan —le reclamó Linares.

Nunca más le vio
—siguió el trío—
nunca más me oyó
nunca más su amor
estuvo ya cerca de mí…

—No, no, no, así no es, don Juan —dijo Linares—. La está usted inventando.

—A la canción que no sabemos le ponemos imaginación, don Luis —explicó don Juan.

—Si por eso es mi escudero este cabrón —dijo Linares, encantado con la respuesta de don Juan—. Pero, a ver, empiécela de nuevo que aquí este muchacho y yo se la vamos a cantar para que se la aprenda.

De no sé dónde, del arcón de la verdadera memoria, que es, desde luego, involuntaria, Linares y yo desempolvamos intactas las estrofas del principio de la canción que habíamos tarareado miles de veces, años atrás, sin pretender aprenderla nunca. Mal cantamos:

Turbio fondeadero
donde van a recalar
barcos que en los muelles
para siempre han de quedar.

Sombras que se alargan
en la noche del dolor
náufragos del mundo
que han perdido la ilusión.

Y más adelante, corrigiendo a don Juan pero no a nuestras voces:

> Nunca más volvió
> nunca más la vi
> nunca más su voz
> nombró mi nombre
> junto a míííí.

> Esa misma voz
> me dijo adiós.

—Puta, cabrón —dijo Linares, cuando terminamos de desentonar, acudiendo de nuevo a su brandy—. ¿Te acuerdas de El Limonal?

—Me acuerdo —dije yo, acudiendo también a mi brandy.

—Pues salud, cabrón.

—Salud —le dije.

Acudimos entonces los dos a nuestro brandy con la justificación del brindis y luego, sin darnos tiempo a que ese breve encuentro buscado nos obligara a encontrarnos de veras, Linares dijo y yo lo agradecí:

—Son las doce y media. Ya es hora del antro.

Pidió la cuenta, la pagó en efectivo y compartió después unos generosos billetes con su compadre Juan y los miembros del trío. Lo siguiente que recuerdo es que estábamos en una pequeña mesa cercana a la pista de, efectivamente, un antro del centro histórico de la ciudad. No conocía ese antro y no volví a él sino ahora que lo evoco, porque tuvo una vida efímera, como la vida misma de lo que quería conservar, quiero decir: la rumba de aquel tiempo, el enorme decorado de palmeras de satén y playas de lentejuelas, el mesero vestido de gala que ofrecía bebidas baratas y la fauna de mujeres jóvenes, viejas como su oficio, que se ofrecían desde la barra, ya un poco ebrias, adelantando su producto.

—Vas a ver —dijo Linares—. No das crédito a lo que vas a ver. Y cuando te pregunten quién te trajo vas a decir: "Mi amigo Linares". Porque no se te va a olvidar, y si se te olvida, que se muera La mujer del puerto.

Era otro resabio de nuestro código adolescente. Durante mucho tiempo Linares había vivido precariamente en la Ciudad de México con lo que le enviaban desde el puerto de Acapulco sus hermanas y su madre. En realidad se lo mandaban sus hermanas, Chelo y Diana, que trabajaban, pero acuciadas laboriosamente por su madre. Con el candor característico de las madres de entonces, doña Consuelo Zapata esperaba volver a Linares un hombre de bien, un profesionista próspero, capaz de rescatarla a ella de la viudez, a sus hermanas de la orfandad —el padre de Linares había muerto siendo ellos pequeños— y a las tres de la estrechez económica en que vivían. Todo eso sucedió con el tiempo —"más o menos aproximadamente", como gustaba de decir en forma pleonástica Linares—, pero hasta entonces, como todo varón que se respete, Linares había vivido su vida sin voltear a los lados, y mucho menos hacia las mujeres que apostaban cada mes por él y su futuro, remitiendo el poco dinero excedente que ganaban.

Las hermanas y la madre de Linares vivían en Acapulco y eran, al empezar los años sesenta, un trío extravagante de mujeres blancas y finas, tal como las soñaba y las inventaba Linares, y tal como las alucinaba y las miraba yo, elegantes y secretas en el aluvión retraído de sus tesoros femeninos: altas, lánguidas, contenidas, como dispuestas a entregarse una sola vez.

Linares era uno de los pocos en la casa de huéspedes de mi madre que recibía su pensión con puntualidad prusiana, pero no la recibía solo: toda la población hambrienta y mal provista de la casa acudía a la recepción de su giro para comprobar, una vez más, que había llegado el envío de La mujer del puerto, mote cariñoso y jodedor que la crápula amistosa había impuesto a doña Consuelo, aludiendo con ello al papel más bien antimaterno de una prostituta que Andrea Palma inmortalizó en la película mexicana del mismo nombre. Con el tiempo, Linares y nosotros todos acabamos refiriéndonos cariñosamente a doña Consuelo Zapata, como La mujer del puerto, expresión que Linares seguía usando veinte años después, dondequiera que doña Consuelo cruzaba por su memoria haciéndose recordar, lo cual sucedía —lo sé yo, porque a mí me pasaba lo mismo con mi madre y tampoco sabía confesarlo— todo el tiempo.

Explicado esto, puedo decir que llegaron los músicos y, con los músicos, un presentador viejo y relamido, como sólo pueden serlo los presentadores en los antros de cuarta, de modo que aproveché para ir al baño, ante las protestas de Linares:

—Espérate, cabrón. Ya falta un minuto.

—Pero si voy y regreso.

—Pero en lo que vas empieza todo.

—Pues lo veo empezado, porque si no, lo voy a ver húmedo.

Llevaba de verdad mucho rato pendiente y tuve en el mingitorio del antro uno de esos desahogos renales cuya desaparición es el primer síntoma claro de que la juventud se ha ido, una de esas descargas que no cesan de fluir, en las que uno tiene la sensación de que podría dormirse o fumar un cigarrillo mientras acaba, o simplemente se desespera y desea terminar, pero el chorro sigue fluyendo, autónomo, lejano ya del alivio o de la voluntad de orinar, pegado a su propio caudal terso, inoxidado, transparente, libérrimo.

Mientras eso pasaba por mi organismo, la voz del presentador iba y venía melosamente, rebotando en las paredes del baño, sin que pudiera entenderse bien a bien una palabra de lo que decía. En algún momento se calló y dio inicio la música. Es posible que fuera una extensión de la modesta eternidad líquida que cruzaba por mí o, más sencillamente, como diría Linares, porque la música, más que los olores de la magdalena proustiana, es el verdadero picaporte de la memoria. Lo cierto es que los primeros acordes de un bolero, sus ritmos familiares y entrañables, cayeron sobre mí en ese baño como una epifanía, una iluminación irresistible, que me hizo volver atrás, no exactamente a los años pasados, sino al lugar que esos años ocupaban en mi cabeza, esencializados en la nostalgia irredenta de haberlos vivido, a salvo ya de mí mismo y de los otros, y de la minuciosa imperfección de lo real.

Afuera, veinte años después, en el antro de cuarta que me había impuesto Linares, tocaban y cantaban Lobo y Melón. Oí su andanada introductoria guiada por las tumbas y la batería, y por un piano loco y juguetón que fintaba el inicio de "Amalia Batista" para detenerse a tiempo, en espera del aplauso que celebrara, anticipada y agradecidamente, la actuación del grupo. Alguien dio las gracias, el piano hizo un acordeón, el vocalista se aclaró la voz y empezaron, como siempre, como entonces, con una suavecita. Cantaron:

> Sobre todas las cosas del mundo
> no hay nada primero que tú.

Concluyó mi dosis de eternidad en el mingitorio y salí tarareando la canción rumbo al pequeño paraíso que me esperaba afuera. Pero no lo encontré. El grupo que tocaba era de unos ancianos mal mezclados con un muchacho que aporreaba sin piedad la batería y otro que se empeñaba en el piano en repetir la alegría infantil de las escalas de la Gallina, el pianista de Lobo y Melón. Pero no era la Gallina y hacía la chamba equivalente como si en efecto fuera una chamba y con tal esfuerzo que, aparte de las notas que salían de sus brazos enervados y rígidos, en su propio rostro joven había tal recuerdo de mejores tiempos por imitar, que era como un anciano más.

El grupo tenía al fondo un enorme gordo que soplaba un saxo trombón, justamente aquello de lo que el grupo de Lobo y Melón había carecido siempre, los ostentosos metales, y que le había permitido ser el mejor conjunto batachá del mercado conocido de la rumba, el combo pequeño, cuasi familiar, cuasi tribal, que no había dado el salto a la orquesta y que tenía suficiente con sus instrumentos de ritmo, las voces, el piano y, en el colmo del refinamiento, una flauta, nada más. Lo único interesante de ese paraíso perdido parecía ser el cantante, un cincuentón todavía en línea, pero estragado por sus excesos, que no parecía contradicho sino estimulado por la decadencia del contexto general en que proyectaba su hermosa voz cascada y sabia. Era una voz inclasificable, nasal, penetrante y simple, como la tonada que cantaba por enésima vez, con una frescura desengañada y hasta irónica, pero frescura al fin:

> Aunque a ti te parezca mentira
> las cosas del alma
> despiertan dormidas.

La verdad de esa voz y esa facha borraron el resto y tuve la siguiente epifanía de la noche; en realidad, una vaga estimulación que me dejó atrás sin entregarme del todo su secreto. El cantante era un flaco moreno, más moreno aún por el contraste de su piel de avellana con las dos largas patillas de canas que aspiraban a compensar el copete ralo, también plateado y escaso, aunque firme como una visera, que le corría coquetamente sobre la frente despejada. Supe quién era aunque no lo creí, y lo supe otra vez, crédulamente, mientras me acercaba a la mesa, preguntándole a Linares:

—¿Quién es?

—A ver, cabrón, ¿quién es? —contrapreguntó, beligerante, Linares.

—¿Te cae de madre, Linares? —le dije, mientras me sentaba, mirándolo no a él sino al vocalista, hipnotizado aún por su fragante y espantosa decadencia.

—Me cae de madre de qué, cabrón —jugó Linares, cruzado por la sonrisa indefensa que sólo sabía obtener en él la memoria de La mujer del puerto—. A ver, ¿quién es?

—Es Lobo, Linares —le dije.

—¡Pero claro que es Lobo, cabrón! —dijo Linares, golpeando en la mesa como si me otorgara el premio de los sesenta y cuatro mil pesos—. Personalmente y en persona, nada más ni nada menos que Lobo. Y atrás de Lobo, todo lo demás. ¿Te acuerdas de Lobo? ¿Te acuerdas de El Limonal? ¿Te acuerdas de María Rosa? ¿Te acuerdas de los sesenta? Pues ahí está todo. Oye: la música trae todo.

Lobo cantaba y su voz, efectivamente, traía sin mediación aquel pasado, epidérmico y terso, como acabado de vivir:

> Cada instante
> que paso a tu lado
> se impregna
> mi alma de ti.

—¿Te acuerdas de María Rosa? —volvió Linares, con el nombre de su novia acapulqueña que lo hizo escalar balcones, desfalcar al municipio, emborracharse hasta el vómito en el Waikikí, descreer de las mujeres seis meses seguidos y adorarlas después, con intermitencia y veneración, toda su vida—. Cómo bailé esto yo con María Rosa, cabrón. No hicimos nunca el amor, pero esto fue mejor. Es igual, vuelve todo. Mira, orita mismo con esa tonada estoy oliendo a María Rosa, tostada por el sol. La estoy oliendo, cabrón. Porque esta canción es la primera que bailé pegado con ella en el Mauna Loa de Acapulco. Hija de su madre, qué bien estaba, no tienes idea, cabrón. Puta. ¡Mesero!

—Y ahora a sudar, familia —dijo Lobo, luego del aplauso por la balada. Su conjunto contrahecho, su timbalero impreciso, su pianista manco le tupieron entonces con enjundia a la gran clásica del sudor y la rumba de otras épocas. Y con los acordes y los repiqueteos de la entrada se puso de pie todo el antro para sacudirse en la pequeña pista del lugar con "Pelotero la bola".

Linares no acudió a la pista, pero bailó en torno de la mesa como si los años no hubieran pasado por él, como había bailado toda su juventud, fina y ágil y cachondamente, marcando contratiempos y dejando la cadera ir de un lado a otro, hacia atrás y hacia adelante, sin que su torso se alterara un milímetro, recto y joven, en el centro de gravedad de los brazos, que volaban también completando y siguiendo la euforia rítmica de los pies, el giro de las rodillas, las piernas flexionadas en la dicha de posarse sobre el corazón mismo de la rumba, la rumba ligera y eterna que cuando anida en alguien, anida para siempre.

Mientras cantaba, Lobo se acercó a Linares, que daba su propio espectáculo, y le aprobó los pasos con una sonrisa y un pulgar levantado. Al terminar la canción se acercó a nuestra mesa y le dijo:

—Dos más y estoy contigo, socio.

—¿Te pido brandy? —le preguntó Linares.

—Doble, pero del mío, mi hermano —dijo Lobo—. El mesero sabe.

—¡Mesero! —dijo Linares y ordenó una ronda doble.

Lobo arrancó con "En un bote de vela". Linares volvió a enloquecer y a bailar junto a nuestra mesa, ante la risa abierta y lujosa de Lobo, que volvió a celebrarlo con un pulgar aprobatorio. Cantó Lobo:

En un bote de vela
sin marca y compás
rumbo no sé dónde
quiero naufragar.

—Tienes la boca santa, Lobo, carajo —le gritó Linares, quien había tomado todos los botes de vela que le había propuesto la vida.

Suévere bodá
Pará cutí bará
Suévere bodá.

Y de nuevo:

Suévere bodá
Pará cutí bará.

Terminó Lobo con otra balada ("Yo nunca entrego / el corazón así / Me lo robaste, / yo no te lo di) y, todavía entre los aplausos del respetable, llegó a la mesa y se bebió de un sorbo el primer brandy y de otro el segundo, antes de volver al sitio del micrófono, para acabar de agradecer.

Linares ordenó la reposición de sus tragos, de modo que cuando Lobo regresó de nuevo tenía sus brandys intactos enfrente.

—Gracias, socio —dijo Lobo, al reparar en ellos.

—Bebes como vaquero sediento del oeste —le dijo Linares.

—Hay mucha prisa, socio —dijo Lobo, jugueteando—. Andamos muy poco tiempo en esta fiesta y falta mucho por beberse. No nos acabamos el alcohol que hay ni velando. ¿Quieres dejarles a tus hijos un mundo lleno de alcohol?

—Eso sí que no —dijo Linares—. Nos lo bebemos todo nosotros.

—Ése es el reto, mi socio —dijo Lobo, y luego mirándome, con gran cordialidad y extendiéndome la mano—: Mucho gusto. Es un placer que esté usted aquí con el amigo Linares. ¿Hace cuánto que no nos veíamos, Linares?

—Puta, cabrón —dijo Linares—. Déjame, te digo: desde el carnaval del 67 en Tlacotalpan.

—¿Todavía estaba con Melón? —preguntó Lobo.

—¿Cuándo se separaron? —preguntó Linares.

—Por ahí del 67 —dijo Lobo.

—Entonces todavía andaban juntos —dijo Linares—. El carnaval debe haber sido en febrero o marzo. Pero no estabas ahí con él, ni estabas cantando. Ibas de civil. Con el que estabas era con el Rafico.

—Filisola Cobos Rafael, cómo no —dijo Lobo, con una enorme sonrisa—. ¿Te acuerdas que usaba lentes y cuando los traía puestos se sentía respetable?

—Sí, pinche loco —festejó Linares.

—Entonces —siguió Lobo—, si le gritabas por la calle: "¡Ey, Rafico!", se daba la vuelta hacia ti, venía muy serio, se te paraba enfrente y decía: "Soy el ingeniero Filisola Cobos Rafael, para servirle". Entonces se quitaba los lentes, los guardaba en su estuche y decía: "Ahora sí ya puedes llamarme Rafico, cabrón".

Nuestras carcajadas interrumpieron al trío que se esforzaba por cantar en la mesa de al lado.

—Tráeme otros brandys, mi socio —le dijo Lobo al mesero. Se los trajeron y siguió—: Tenía un club en Tlacotalpan el Rafico.

—Cómo no —dijo Linares—. El Club de los Tejones.

—¿Ya sabes cuál era el lema del club? —dijo Lobo.

—No —dijo Linares.

—"Para ser tejón hay que ser cabrón" —dijo Lobo—. Y lo eran, mi hermano. Qué partida de cabrones, no se les ocurrían más chingaderas porque no estaban más tiempo juntos. Un día mandó Rafico a sus lugartenientes a confesarse con los dos curas que había en la ciudad. Había el párroco, ya ancianito, rascando los sesenta, y un cura más joven, como de treinta. Pues no se le ocurrió mejor chingadera al Rafico que mandar a confesarse con ellos a sus lugartenientes, que eran dos muchachas preciosas del pueblo, una con cada cura. La que fue con el cura joven le confesó que se estaba acostando con el cura viejo; y la que fue con el cura viejo, le dijo que había incurrido en sodomía con el cura joven. "Les doy tres semanas para que caigan por su propia boca", dijo Rafico. No pasó ni una semana, hermano. Llegó a los pocos días un visitador eclesiástico de Veracruz y los cambiaron de parroquia a los dos curas. Resultó que los dos se habían denunciado entre sí con sus superiores. Fue un escándalo. El Rafico juntó entonces a las mujeres de su club y les contó todo el asunto, en medio de unas carcajadas que se oyeron hasta Cuba, mi hermano. Pero luego se puso los lentes y les dijo, con toda seriedad: "Ésta fue una lección cívica, juarista. Acaban ustedes de comprobar cuánto saben guardar su secreto de confesión los ministros de Cristo. Son más chismosos que mi tía Bengala, carajo. Allá ustedes si siguen contándoles sus intimidades".

—¿Amalia estaba en el club? —preguntó Linares.

—Estaba —dijo Lobo—. Aunque ella es mucho mayor que Rafico.

—Este muchacho aquí es como mi hermano —dijo Linares, señalándome—. Es periodista, escritor, y anduvo en todas aquellas rumbeadas de El Limonal.

—Es del arma entonces —dijo Lobo, brindando conmigo—. ¿De qué periódico eres?

Le dije, y respondió:

—Muy serio tu periódico. Muy profundo. Tanto, que no se le entiende nada, mi hermano.

Nos reímos, contagiados por la gracia de sus énfasis y sus rápidos giros verbales.

—No es cierto, mi hermano —dijo Lobo después—. No conozco tu periódico. No leo periódicos. Para malas noticias me basto solo.

Tomó del brandy que quedaba y Linares pidió de inmediato su reposición.

—Quiero que le cuentes la historia de Amalia —le dijo Linares a Lobo—. La que me contaste el otro día.

—¿Para su periódico? —preguntó Lobo.

—Para su consumo privado —dijo Linares—. Para que aprenda este cabrón dónde están las cosas importantes de la vida.

—Para eso hay que ver telenovelas, Linares —dijo Lobo—. Ahí está todo tal como es. La buena, la mala, la santa, la puta.

—El patrón, los sirvientes —completó Linares—. Tienes razón: nada más falta el Rafico.

—Y Amalia —dijo Lobo, yéndose por un momento fuera de su ánimo sanguíneo y cordial. Luego se volteó hacia mí—: Si me prometes hacer una telenovela con mi nombre te la cuento, mi hermano.

—Corre videoteip —le dije, asintiendo.

—Ah, caray: te pusiste muy técnico, socio —dijo Lobo y asintió imitando luego mi lenguaje televisivo—: Dale el quiú al mesero que nos traiga otra ronda.

El mesero trajo la siguiente ronda y Lobo se inclinó sobre la mesa:

—Es una historia muy sencilla, socio —dijo—. Tiene que ver con esta chiquita llamada Amalia, que ahora es una señora con hijos casi de tu edad. ¿Qué edad tienes tú?

—Treinta y dos —le dije.

—No, los hijos de Amalia son menos grandes que tú, pero ya grandes. Quiero decir que, para estas horas, ya está jamona y vivida y jodida como yo, mi socio, pero hace treinta años, cuando ella tenía quince y yo veinte, era una chiquita blanca y tierna y con todo el *saoco* que podían sumar juntas las riberas del río Papaloapan. ¿Sabes lo que es el *saoco*? —me preguntó Lobo.

—No —le dije—. ¿Qué es el *saoco*?

—El *saoco* es lo que hace que cuando una orquesta o una banda o un batachá toca, te den ganas de bailar —dijo Lobo—. Hay miles de orquestas profesionales en el mundo que no tienen *saoco*, nada más tocan bien. Pero la más desharrapada banda de pueblo de Cuba, Jamaica o Tlacotalpan tiene *saoco* a cubetadas. Nomás empiezan a tocar y te tocan, como si sus instrumentos y sus ritmos estuvieran en ti. Eso es el *saoco*, la magia de contagiar. Amalia Sobrino, mi chiquita, tenía sola más *saoco* que el Trío Matamoros y Benny Moré juntos. Qué les voy a contar, fue mi obsesión. Y a lo mejor lo sigue siendo. Me pasa una cosa curiosa. Hace como tres años fui a Tlacotalpan y la vi: jamona y jodida, como ya les dije. Pero yo no la vi así, Linares. Yo seguí viendo en ella a la chiquita con *saoco* de entonces, su carita blanca y sonrosada, sus ojos claros y los labios y los dientes, qué labios. Y qué piernas y qué hombros y qué caderas, mi hermano. Yo como la recuerdo más es caminando por la ribera del río una tarde, con una falda corta, descalza, los brazos desnudos y el pelo movido por la brisa de la ribera. Una diosa, mi hermano. Al menos para mí.

Lobo alzó la mano reclamando al mesero nuevos brandys, aunque tenía uno sin tocar todavía enfrente.

—Yo nací en Tlacotalpan —siguió—. Y ahí, desde muy temprano, empezamos con la rumba. Teníamos un conjuntito que tocaba en fiestas y donde se podía. Nos lo patrocinaba un tío del Rafico, un muchacho como nosotros, pero que también traía el guaguancó en las venas. Se llamaba Ramón Robles Perea, pero le decían Monchorro. Era rico, él compró los instrumentos, los timbales, el güiro, las tumbas y aportó tambien el piano, una reliquia que tenía en su casa y que su mamá hasta le celebró que se lo llevara. En una de las bodegas de la pulpería de su papá escombramos y pusimos nuestra sala de ensayos. Y a darle, mi socio. A darle a todo: rumba, fandango, sones de la región, y que si "La Bamba" y "El Querreque" y lo que fuera. Pues nos fuimos haciendo de público. Monchorro tocaba el piano y cantaba, yo cantaba y tocaba lo demás y ahí nos íbamos de pique, a ver quién le metía más cosas al arreglo y a ver quién hacía el mejor *jícamo* para jalar a la gente. ¿Saben lo que es el *jícamo*?

—No —dijo Linares.

—El *jícamo* es la improvisación de los gritos y las letras del conjunto. Por ejemplo, ya con Lobo y Melón, teníamos el mejor *jícamo* de México.

Cantó Lobo: "Guá parero papa parero guá, parero papa parero guá". Eso es *jícamo*: voces, ocurrencias, variaciones sobre la letra y los coros. Louis Armstrong es el rey mundial del *jícamo*, no puede cantar nada sin añadirle. Monchorro era muy bueno para el *jícamo* y bueno para el piano también. Pero era gordo, y aunque la rumba le brotaba a borbotones por todos lados no se la podías creer, porque era gordo. Bueno, pues Amalia entró a cantar con nosotros para completarme a mí. Y era todo lo contrario de Monchorro: le creías hasta lo que no traía encima. Si desentonaba, parecía estar haciendo variaciones; si cambiaba la letra por olvido, el cambio mejoraba la letra. Y no necesitaba empezar a bailar, insinuaba el primer paso y pensabas que lo siguiente era Ninón Sevilla. Yo apenas la vi, apenas canté con ella la primera vez, dije: "Ésta. No hay más". Ya ves que a cierta edad uno tiene obsesiones absurdas, como qué va a ser de grande y ese tipo de cosas. Yo tenía la obsesión de qué mujer iba a elegir y cuál era mi tipo de mujer. A los dos días de conocer a Amalia Sobrino dije: "Ésta". Y ésa fue. Pero lo fue tanto que me apendejé, mi hermano. Como dicen, el amor apendeja. Andaba con ella en todas partes: tocábamos juntos, ensayábamos juntos. Los domingos en la mañana nos subíamos en una lancha y salíamos al río. Pero nunca íbamos solos, ahí es donde estaba la pendejada. Siempre venía con nosotros Monchorro y siempre venía friegue y friegue con el asunto de quién era mejor rumbero, él o yo. Y que si yo no sabía más que cantar y rascar pero nada de música y él tocaba el piano, componía arreglos y tenía la voz mejor educada. Y luego, que si teníamos éxito por mi voz o por sus arreglos. Y luego, que le habían dicho que por qué me tenía al frente del conjunto cantando y él atrás. Puro pique, rivalidad. Lo cierto es que nos iba muy bien y hasta empezamos a ganar algún dinero de tocar en los pueblos de la ribera. No faltaban fiestas ni tocadas. En todas estábamos. Un día que volvíamos de una tocada nos tocó en la lancha juntos a Amalia y a mí. Estaba la luna grande y blanca en el cielo y su camino de plata sobre el río, como dice la canción. Entonces voy y le tomo la mano a Amalia de sorpresa, me la quiere retirar pero no la dejo y le digo: "Te adoro, chiquita. Quiero que seas mi mujer". No me dice nada, se queda como retraída y le insisto: "Quiero que seas mía. Me quiero casar contigo". Acababa de cumplir ella diecinueve años y yo tenía veinticuatro, así que estábamos tal para cual. Pero entonces me dice: "No puedo". "¿Por qué no puedes?", le pregunté yo. "Porque no", me dijo ella. "¿Por qué? ¿Por qué?", insistí yo y entonces ella me dijo: "Quiero a otro". Bueno, pues naturalmente me quise morir y anduve como un loco bebiendo y dando pena una semana, luego de lo cual me reintegré al grupo. Y me recibe Monchorro con la sorpresa: "No sabíamos cómo decírtelo", me dice el cabrón, "qué bueno que ya te lo dijo Amalia. El caso ahora es que, como Amalia y yo nos queremos desde hace tiempo, hemos decidido casarnos". "¿Tú y Amalia?", le dije a Monchorro, le grité. "Amalia y yo", me dijo Monchorro, muy serio. "Pero si tú no eres más que un pinche gordo", le dije. "¿Cómo crees que Amalia va a estar enamorada de ti? Se va a casar contigo por conveniencia, porque eres rico, cabrón." No había acabado de decirle eso cuando ya lo tenía encima tratando de triturarme. Me zafé como pude y luego abusé de él, pegándole por todos lados, bailando a su alrededor y esquivándolo cuando trataba de abrazarme. De ahí me fui directo a casa de Amalia. No quería salir, pero al fin se asomó a la ventana. "Te vas a casar por conveniencia", le dije. "Tú no puedes querer a ese pinche gordo. Lo que quieres es su dinero." No dijo nada, sólo se me quedó mirando y empezó a llorar. Y yo entendí eso como una aceptación de que se iba a casar por dinero. Entonces le dije: "Voy a volver a este pinche pueblo más rico que él y te vas a arrepentir de lo que estás haciendo ahorita". Yo había visto aquella película de Jorge Negrete y Gloria Marín donde no los dejan casarse porque ella es rica y él pobre y Jorge Negrete se va y regresa rico años después. Me dije: "Yo voy a hacer lo mismo", y así fue. De hecho ya tenía una oferta para irme a cantar con un conjunto a Veracruz. Acepté y me fui.

—Y empezó el éxito —dijo Linares.

—Empezó el éxito —dijo Lobo—. Mejor dicho: llegó. Llegó casi de un mes para otro. Me encontré con Melón, formamos nuestro conjunto y empezamos a tocar en fiestas y donde se pudiera. Casi todos los días teníamos a veces hasta dos tocadas. Empezamos a cobrar más y a meter nuestros propios arreglos. De pronto, en el curso del mismo mes, nos cayó una propuesta para grabar un disco y otra para tocar en un centro nocturno de la Ciudad de México, ganando el triple de lo que ganábamos. Pues de ahí para el real: tuvimos llenos sin parar en el centro nocturno, y cuando salió el primer disco, pas, en una semana diez mil discos vendidos, cincuenta mil en dos meses y cien mil ese semestre. Y la avalancha de lana y chamba y presentaciones. Y muchachas. El año del 59 fue el gran año para nosotros. De pronto estábamos en las fiestas de todo México y todo México venía a vernos donde nos presentáramos: en giras, en bailes de gala, en centros nocturnos, en los bailaderos populares, en todas partes… Menos en Tlacotalpan. Porque no quería yo volver a Tlacotalpan sino hasta que ese éxito fuera abrumador. Pero el éxito nunca es abrumador, Linares. Siempre quiere más, siempre está insatisfecho, exige siempre más de lo que tiene. Es como algunas mujeres, como las mujeres que valen la pena. Entonces no quería ir a Tlacotalpan, hasta que vino un día Melón y me dijo: "Tenemos esta oferta de tu pueblo hace un año. Empezaron ofreciendo menos que nadie y ahora pagan dos veces más que cualquier otro pueblo". "No es un pueblo, cabrón", le dije yo. "Es mi ciudad natal." "Igual pagan el doble", me dijo Melón. "Ya firmé que vamos. Si tú no quieres venir, yo voy solo. Total, cobro la mitad de lo que ofrecen pero gano doble, porque no voy a compartir contigo." Me mató con ese argumento. No por el dinero, porque el dinero nunca me importó ni me importa ahora. Me mató porque puso las cosas como eran, a ras de tierra.

—Y porque sabías ya lo de la quiebra de Monchorro —dijo Linares, que había escuchado la historia unos días antes.

—¿Cuál quiebra de Monchorro? —pregunté yo, que no la había escuchado.

—La quiebra de su familia —precisó Lobo—. El papá se metió en un lío de juego y el tío hizo un fraude de no sé qué. El caso es que vendieron la mitad del centro de Tlacotalpan, que era de ellos, y la fortuna se fue al caño. Se la llevó el Papaloapan, como decían allá cada vez que algo se perdía: gallina, mujer o riqueza. Monchorro conservó suficiente para poner una tienda de abarrotes y quedarse con una casa de las afueras, lo cual, para los Robles, su familia, era como vivir en el resumidero del río, en la mandinga, en la mierda. Ellos, que habían vivido por generaciones en el corazón de Tlacotalpan. Pero tiene razón Linares. Yo me había enterado de esa quiebra y, te lo confieso, hermano —me dijo a mí, como si me debiera esa lección y quisiera evitarme su comprobación en carne propia—, te lo confieso: por eso fui, no por otra cosa, porque quería llegar en triunfo, como me había propuesto, y verlos quebrados, viviendo en las afueras, donde yo había vivido siempre. Para mí eso había sido mi orgullo. Pero para ellos era la humillación. Y para mí, mi triunfo. Así de simple y triste es la venganza, mi hermano. Una mierda. Y un goce terrible. Así de simple. Llama al mesero que nos ponga gasolina.

No hizo falta. El mesero estaba ahí junto, escuchando la historia, y escuchó también la orden de Lobo, que seguía pidiendo por adelantado, cuando le quedaba todavía una copa sin probar en la mesa.

—Así fue, mi hermano —dijo Lobo, antes de emprenderla con ella.

Se quedó un rato callado, pasándose el dedo índice por el labio inferior, primero como si recordara cosas autónomas de su relato que lo hacían reír, luego con un gesto obsesivo y enfático, que deformaba su rostro.

—Entonces llegaron a Tlacotalpan —dijo Linares, desatando ese remanso de silencio imbécil y a la vez conmovedor, como si en él viviera todo el estupor de Lobo por el desenlace de su propia historia.

—Llegamos, mi hermano —dijo Lobo, llegando efectivamente a la orilla de su laguna—. Y era una fiesta Tlacotalpan, como si estuviera de carnaval. Los barcos en la ribera tocaban sus sirenas, repicaban las campanas de la parroquia, los niños de la escuela estaban formados haciendo valla y todos los conjuntos del Papaloapan tocaban a nuestro paso nuestras canciones. No puedes imaginar lo que fue esa llegada en nuestro autobús al centro. Era la rumbeada más grande del mundo, mi hermano. Te digo, como carnaval. Y así siguió, toda la tarde y hasta la noche. Cuando pusimos nuestros instrumentos en la plaza de armas había una multitud como de mitin político. Y en cuanto echamos el primer acorde, todos a bailar. Pura rumba, mi hermano. Ni una suavecita les echamos, pura rumba y guaguancó y africanadas. Y a sudar, mi hermano. Sudaron toda la sangre negra de Tlacotalpan esa noche, mi hermano. Veías ancianas y gente mayor moviendo el bote como si trajeran cuerda, horas y horas, hasta la madrugada. No nos dejaban ir, y no nos queríamos ir tampoco. Les tocamos tres veces todo el repertorio, hasta que Melón dijo: "Ya estuvo. Vámonos", y nos escurrimos al hotel sin decir nada, metiendo poco a poco a los suplentes para que la música siguiera sin nosotros. Llegué al hotel afónico, vaciado, feliz como no recuerdo haber estado nunca. Y para coronar la fiesta, quién crees que estaba esperandome ahí, en el *lobby*.

—Doña Amalia Sobrino —dije yo.

—Amalia Sobrino —dijo Lobo y agregó con su gentil ironía—. ¿Cómo adivinaste? ¿No será que ves demasiadas telenovelas?

—Ni una —dije yo.

—Pues por lo menos ésta que te estoy contando, mi socio —dijo Lobo.

—Ojalá fuera una telenovela —dije yo.

—Eso sí —dijo Lobo—. Nos hacíamos ricos, ¿no?

—¿Pero qué pasó con Amalia? —urgió Linares.

—La cosa más linda del mundo, mi hermano —dijo Lobo—. Ni una palabra nos dijimos. Se vino derechito a mí, como si acabáramos de vernos el día anterior, se metió bajo mi brazo y diez minutos después estábamos metidos en la cama, sin hablar, sólo haciendo y haciendo, ya sabes tú: haciendo y haciendo, mi hermano, nada de *jícamo*, puro *saoco*, hasta el amanecer. A veces pienso que todo el esfuerzo y la chamba de mi vida han tenido el único sentido de que pudiera yo vivir aquel día y aquella noche. Lo demás ha sido como un pilón, y así lo tomo: como un extra. Ahora te voy a decir lo que más recuerdo de esa noche con Amalia: luego de que termino, me recuesto a su lado y la veo que me mira sonriendo, maliciosa y maternalmente, como saben mirar las mujeres, y le digo: "¿De qué te ríes, chiquita?". Y me contesta: "De ti". "¿De mí por qué?", le pregunto. "Bueno, de mí también." "¿Por qué también de ti?", le digo. "Porque me gusta", me dice. "¿Te gusta qué?", le digo. "Me gusta como te vienes", me dice. "¿Cómo me vengo?", le pregunto. "Con mucho sonido", me dice. "¿Con mucho sonido? ¿Cómo?", le digo. Y entonces me dice la cosa que más recuerdo de todas: "Como sirena de barco", me dice. Hazme el favor, Linares, como sirena de barco. ¿Te han dicho eso alguna vez?

—No —reconoció, muy impresionado, Linares—. Ésa sí que no.

—Pues ésa fue, mi hermano: como sirena de barco —dijo Lobo. Volvió a ponerse el dedo índice sobre el labio y a repasarlo con un énfasis juguetón al principio y obsesivo al final.

—¿Y entonces? —volvió a urgir Linares.

—Entonces nos levantamos —siguió Lobo—, nos bañamos, nos vestimos, y le dije: "Nos vamos al mediodía en el autobús. Quiero que recojas tus cosas y te vengas conmigo". Y me dice: "No". Le digo: "¿Necesitas más tiempo? Vengo por ti mañana o la semana entrante. Cuando tú me digas". Y me dice: "No me voy a ir contigo". "¿Pero por qué, chiquita?", le digo. "Porque no", me dice. "¿Pero por qué, por qué, carajo?", le digo, gritándole casi. "Ya te lo dije", me dice la chiquita. "Quiero a otro." "Lo quieres fregar", le dije. "¿Cómo me vas a decir que quieres a otro después de la noche que nos pasamos?" "Yo te debía esa noche", me dijo. "Y me la debía también a mí. Porque me gustas mucho. Porque siempre me gustaste. Pero yo quiero a Monchorro, y así es." "No entiendo, chiquita", le dije. Y no entendía, Linares, todavía no entiendo bien ahora, pero entonces menos. "No entiendo", le dije. "¿Cómo es posible que te vengas a acostar conmigo y quieras a otro? No lo entiendo." Y me dice la chiquita: "Igual que tú te has acostado con otras queriéndome a mí". "No es igual", le digo. "Tú me rechazaste." "Es igual", me dice. "Y yo no te rechacé. Lo único que pasa es que yo quiero a Monchorro. Y vine a verte anoche para quitarte de la cabeza que me quedé con él por su dinero. No fue por eso. Fue por él." Entonces sí enloquecí, Linares. Tiré el pichel contra el espejo y empecé a brincar en la cama, de rabia, hasta que se rompió el tambor. Amalia se encerró en el baño. Al rato se me pasó el coraje y le toqué. Abrió y asomó su carita perfecta, blanca. "Ya entendí", le dije. Entonces ella empezó a llorar. Al rato también se le pasó. Recogió su chal y su bolsa y vino a despedirse. Me dijo: "Pase lo que pase, prométeme que te vas a acordar de esta noche conmigo". "Voy a comprar una sirena de barco", le dije. "Yo ya tengo la mía", me dijo. Me acarició la mejilla y se fue. Ya por la tarde, en el autobús, me quedé dormido y de pronto, en una curva, me desperté con el recuerdo de Amalia fijo dentro de mí. Y un vacío, mi hermano, como un golpe en el estómago. Y ahí están todavía: el recuerdo y el vacío, como letra de bolero. Yo digo que no me recuperé de ésa. Trae más brandy —le dijo al mesero.

Nos quedamos callados, viéndolo y él viendo un punto muerto en el piso del bar. Finalmente sacudió la cabeza y nos regaló su maravillosa sonrisa.

—Pues eso fue todo —dijo—. Ahora, por lo que se refiere al éxito, pues ya viste que siguió unos años. La gente, la rumba, las chamacas. Y qué chamacas, mi hermano. Pero ya todo fue como fiesta de carnaval, ¿no, Linares? Quiero decir, en el carnaval uno va de baile en baile, de trago en trago, de cama en cama, pero al día siguiente te bañas y todo se va por el caño. Nada se adhiere bien, nada se queda en ti. Pues yo digo que así fue para mí lo que siguió, como si le pasara a otro: el éxito, la lana, el trago, la buena ropa. Y las chamacas, siempre las chamacas. Sin presumir, no sé cuántas. Pero como les digo, igual que en el carnaval, tampoco puedo recordar prácticamente a ninguna. ¿Me crees, Linares? A ninguna.

—Yo recuerdo una con la que te vi salir de El Limonal, hace veinte años —le dije.

—¿Iba contenta, mi hermano? —preguntó Lobo.

—Desmayada —dije yo.

—¿Y estaba bien?

—Sophia Loren.

—¿Así de bien, mi hermano? —dijo Lobo—. ¿No tendrás a la mano su teléfono?

Reímos una vez más con la frescura y la rapidez de su humor, pese a la increíble colección de brandys que se había bebido.

En eso ocupó el escenario el último conjunto tropical de la noche y empezó a tocar "Amalia Batista". Lobo empezó a tararearla desde la mesa, pegando con el revolvedor en los vasos y creando con el tintineo una pequeña atmósfera musical para nosotros. "Ésa es la mejor de todas", sentenció cuando terminaron. Luego nos dijo:

—Les voy a cantar una para celebrar que me hicieron recordar a Amalia. Voy a cantarles la que siempre le he cantado a ella. Una de las pocas que sigo cantando como si la cantara por primera vez, porque me recuerda a la chiquita. Va para ustedes.

Le dio unas cuantas instrucciones al pianista y otras al cantante sobre los coros. En medio de los aplausos, tomó el micrófono y, sobre las primeras notas del conjunto, dijo: "Para unos amigos aquí presentes que me han hecho recordar mejores tiempos, esta canción que nos recuerda aquellos tiempos".

—Mira nada más la que va a cantar este cabrón —dijo Linares, desbordado de dicha.

Lobo empezó a cantar, efectivamente:

> Turbio fondeadero donde van a recalar
> barcos que en los muelles
> para siempre han de quedar.

—"Niebla del riachuelo", cabrón —dijo Linares—. Es la que estábamos cantando en La Posta.

Cantó Lobo:

> Sombras que se alargan en la
> noche del dolor
> náufragos del mundo que han
> perdido la ilusión.

La increíble melancolía de la canción manaba de su voz multiplicada, con el fulgor de una verdad densa y triste, casi voluptuosa en la desnudez nostálgica de su sufrimiento, casi celebratoria de su indigencia.

> Puentes y cordajes donde el viento
> viene a aullar.
> Barcos carboneros que jamás han
> de zarpar.

Las riberas del Papaloapan y el ángel pluvial que custodia Tlacotalpan bajaron hacia mí por esos versos, envolviendo con
la voz honda e inspirada de Lobo la imagen acuática, eterna-
mente joven, de Amalia Sobrino.

> Torvo cementerio de las naves
> que al morir
> piensan, sin embargo, que hacia
> el mar han de partir.

—¿Oyes la sirena de esos barcos, Linares? —le pregunté.
   —Completita —dijo Linares, y cantó desde su asiento,
con Lobo:

> Niebla del riachuelo
> amarrada al recuerdo:
> yo vivo esperando
> Niebla del riachuelo:
> este amor para siempre
> me vas alejando.

Entonces Lobo vino hacia nuestra mesa con su gran y fresca
sonrisa amistosa de toda la vida, y nos cantó enfrente los versos que no se habían marchitado en él y cuyo secreto era nuestro secreto de esa noche.

> Nunca más volvióó
> Nunca mas la vii
> Nunca más su voz
> nombró mi nombre
> junto a míííí
> Esa misma voz
> me dijo adiós.

—A él —dijo Linares—. Precisamente a él.

Nos despedimos de Lobo ya de madrugada, en las afueras del antro. Linares me llevó a mi casa, con su estoico chofer dormido atrás. No hablamos en el camino. Tampoco volvimos al antro la semana siguiente, como habíamos prometido.

Casi un año después llegó al periódico la noticia escueta de que Adrián Navarro, mejor conocido en el ambiente artístico de los años sesenta como Lobo, había muerto durante un descanso de sus *shows* en un cabaret de la Ciudad de México, donde seguía presentándose. Llamé a Linares para decírselo. Nos dolimos de nuestra indiferencia y de no haberlo ido a escuchar de nuevo. Traté de escribir entonces un relato contando la historia que Lobo nos había regalado. No pude. Hice sólo una mención de su muerte, en el cuerpo de un artículo sesudo que se quejaba, retóricamente, por no sé qué falsa calidad perdida de nuestra vida urbana. Cuando lo leí al día siguiente pensé que Lobo no lo hubiera entendido y reconocí sin más mi deuda con su historia, esa deuda inefable cuyo monto de dicha y desdicha no he podido pagar sino hasta ahora, cuando todo aquel mundo se ha ido pero queda sin embargo, para siempre, como la rumba, en nuestro cuerpo y en nuestro corazón.

El camarada Vadillo

Antes de que lo tomaran preso en 1968, el escritor José Revueltas vivió dos meses clandestino en la casa de Arturo Cantú, a unos pasos de la glorieta Mariscal Sucre, en la Ciudad de México. Esa glorieta se ha ido hoy de nuestra ciudad pero no de nuestra memoria, que vuelve nostálgicamente a ella y la recobra verde, casi negra, de tantos árboles y jardineras, con sus escaleras de granito y sus leones de bronce protectores de la paz gritona de los niños. Una dicha vacuna y materna reinaba dentro del perímetro floral de la glorieta, separándola así, como a nosotros el 68 y a Revueltas su trenza de sueños para el futuro, de la verdad violenta y reaccionaria del mundo.

Arturo Cantú trabajaba en *El Día*, un periódico que en su momento, por simpatías presidenciales, ayudó a fundar el senador Manuel Moreno Sánchez para que criticara al gobierno y rompiera la unidad conservadora de la prensa nacional, tan proclive a las notas solemnes de la ceguera oligárquica y a refrendar sus prejuicios en cocteles de la embajada americana. Cantú coordinaba la página cultural de *El Día* y era el autor secreto de uno de los palíndromos más naturales que registra el idioma castellano:

Sana tigre vas a correr rocas a ver gitanas

Si ponemos aparte la mesura norteña del alma de Cantú, diestra en la irónica frecuentación de los abismos, es difícil saber

---

por qué Revueltas escogió su casona para refugio. Indiciado como reo peligroso desde la toma militar de la Universidad, en septiembre de aquel 68, y buscado por todas las policías de la capital, acaso Revueltas sólo quiso poner en práctica la lunática sabiduría policiaca de aquel cuento de Poe, según el cual el mejor sitio para esconder algo es el que todos pueden ver. Lo cierto es que la casona de Cantú vivió su clandestinaje revueltiano del más aparatoso y visible de los modos. El pequeño estudio donde se instaló Revueltas, que Cantú había acondicionado sobre el garaje, en un rincón profundo de la casa, llegó a ser el más frecuentado escondite de la historia moderna de México, una especie de santuario laico por el que desfilaban los líderes prófugos del movimiento estudiantil igual que los periodistas extranjeros ansiosos de una entrevista con el escritor perseguido, renovado gurú de la disidencia mexicana.

El corazón aventurero de Revueltas había empalmado sin esfuerzo con el trasfondo anárquico de la marea juvenil de los sesenta, aquella loca y brusca necesidad de sacudirse que purgó las entrañas inmóviles del milagro mexicano, anunciando su término. Al amparo de la permisiva y tolerante presencia de Revueltas, las más extravagantes necesidades personales de miembros del movimiento eran satisfechas en el refugio de Cantú. Su hospitalaria clandestinidad empezó a serlo por igual para reuniones políticas del más alto nivel y para urgencias amorosas de parejas que pedían posada, en busca de un catre desvencijado donde cumplir el mandato lujoso de sus cuerpos.

Antes de dos semanas dormían regularmente en casa de Cantú, además de Revueltas, cuatro o cinco inquilinos trashumantes, cuyos rostros y atuendos cambiaban cada noche, a diferencia de su efectiva estrategia de ocupación, que ampliaba su dominio día con día: pasaban de la sala a las recámaras, de la timidez a la familiaridad y de la presencia ocasional a la invasión sistemática. Pasadas tres semanas de inútil resistencia, la familia de Cantú optó por retirarse del sitio y esperar en Monterrey, mil kilómetros al norte de la Ciudad de México, una solución providencial a la extraña tarea que les había asignado la historia.

Una vez desplazados del campo los únicos representantes de la normalidad, la casona rindió sus torreones a la incandescencia social de la hora y celebró sin pudor sus libertades caprichosas, guiadas por el ánimo festivo de Revueltas y por el genio elocuente que dominaba su espíritu. Trabajaba todo el día, hablando y escribiendo sin parar: dando entrevistas o calentando discusiones, escribiendo manifiestos o volantes, artículos para los periódicos o cartas para compañeros a los que otros compañeros verían durante el día, y llevando un cuidadoso registro, en su libreta de taquigrafía, de lo que otros hablaban, sugerían o proponían. De modo que, hablando o escribiendo, pasaba todo el día dando salida a la corriente continua de las palabras que eran el verdadero fluido de su cerebro proteico, capaz de todos los tonos, a la vez bullente y ordenado, juguetón y solemne, teórico y narrativo, volcado por igual sobre sí mismo y sobre la vasta solicitación de lo real.

A las ocho de la noche, libre de su rutina, Cantú volvía del periódico a la casa tomada, compraba una botella de tequila en la licorería cercana y se disponía, con Revueltas y la gente que hubiera, al único ritual invariable del día: beber y conversar sin agenda hasta las once de la noche, hora en que Revueltas, con rigor calvinista de reloj suizo o comandante en batalla, daba por clausurada la tertulia y se retiraba a teclear las últimas ocurrencias sintácticas de su duende infatigable.

Revueltas era entonces un mito viviente, el escritor mexicano más próximo a los candores de nuestra imaginación libertaria. Tenía cincuenta y cuatro años, y era a nuestros ojos la encarnación quintaesenciada de un gran autor maduro, forjado a contracorriente. Había luchado y perdido solo todas las batallas de la heterodoxia y la libertad que hubiéramos podido desear, como parte de nuestro destino en la tierra. Por decisiones del gobierno, había sufrido miserias y cárceles en castigo de su militancia comunista. Pero dentro de la jaula del comunismo mexicano había pagado también con calumnias, expulsiones y ostracismo su continua inclinación a la herejía. En los años cuarenta, por censuras y miserias de sus compañeros de partido —el Partido Comunista Mexicano, al que perteneció toda su vida y especialmente los años en que no formó en sus filas—, había retirado de la circulación una obra de teatro, *El cuadrante de la soledad*, y había incurrido en la autocrítica estalinista contra una de sus novelas magnas, *Los días terrenales*.

El timbre único y terrible de su voz se había impuesto tanto a la exclusión política gubernamental como a la ortodoxia inquisitorial de sus camaradas, y nos había enseñado a mirar, en los sesenta, el paisaje desolado y profundo de su obra. Mi generación leyó erróneamente esa obra como una extensión puntual del personaje que admiraba, el José Revueltas que había encontrado en el 68 —tarde y solo otra vez, cuando sus contemporáneos buscaban ya la consagración o la rutina— una nueva ocasión de probar sus anhelos contra las fuerzas petrificadas de lo establecido y de echar sobre la mesa su eterna apuesta juvenil y heterodoxa por el cambio, la vida y la revolución. Pero había otras cosas en esa voz, el eco quebrado de un mundo antiguo que a nosotros, en verdad, nos era desconocido, con su dolor religioso y su rara búsqueda laica del absoluto en el bosque de fantasmas que, según Novalis, pobló el cielo del hombre a la muerte de Dios.

Gracias a ese malentendido, yo, como muchos otros, tenía entonces por Revueltas la delirante pasión personal que no he vuelto a tener por otro escritor: la necesidad casi física de conocerlo y estar junto a él, oírlo, saludarlo, mirarlo de cerca, tener su autógrafo, guardar la servilleta donde hubiera garabateado mientras hablaba o escuchaba. Así que en cuanto supe —por indiscreción de Adolfo Peralta, el precoz trotskista y filósofo de Atasta (Campeche)— que Cantú guardaba en su casa ese tesoro, desplegué la estrategia cansina que al final me condujo por vez primera y única a la presencia sagrada de Revueltas.

Consistió esa estrategia en la más ridícula de las astucias. A saber:

Yo era colaborador de las páginas culturales de *El Día* y llevaba tres veces por semana mi colaboración a Cantú, generalmente al mediodía, con el cálculo, casi siempre satisfecho, de ver la nota publicada al día siguiente, porque entre la una y las seis de la tarde Cantú escogía los materiales de la edición. Cuando supe de la ocupación de su casa por el circo clandestino de Revueltas, cambié mi horario de entrega y empecé a llevar mis textos por la tarde, media hora antes de que Cantú terminara su trabajo. Era el único y abyecto propósito de mi cambio de horario salir con Cantú del periódico y abordar juntos el camión, con la esperanza de que alguna vez, al bajarme yo del autobús donde me tocaba, unas calles antes de Cantú, Cantú me dijera: "Hombre, por cierto: tengo a Revueltas en la casa y yo sé lo que lo admiras. ¿Por qué no vienes a verlo conmigo?".

Cantú no dijo nada las dos primeras veces, así que a la tercera busqué la forma de mejorar mi ingeniería y opté por desatar conversaciones interminables, sobre cualquier cosa, una cuadra antes de llegar a mi bajada. Podía así tener un pretexto y prolongar mi acompañamiento de Cantú hasta su propia parada, situación que acercaría el momento en que Cantú dijera: "Hombre, por cierto: ya que estamos aquí a un paso de mi casa y en mi casa, como sabes, está Revueltas, ¿por qué no vienes a conocerlo?". Recuerdo haber iniciado, a este propósito, una conversación sobre *Muerte sin fin*, el poema fundamental de José Gorostiza en el que Cantú era experto; en efecto, hablamos sin parar hasta la esquina donde debía bajarse Cantú, bajamos y seguimos hablando en la esquina media hora, pero sin que Arturo dijese, como era el objetivo de la estrategia: "Hombre, por cierto: José Revueltas, que está en mi casa y a quien supongo que te gustará conocer, conoció a Gorostiza y tiene anécdotas suyas. ¿Por qué no vienes y seguimos nuestra conversación con él en mi casa?".

Volví a la semana siguiente a desplegar mi pobre ingeniería, y dos veces inventé, en la esquina donde debía bajarme, conversaciones que lo impidieran. Seguí de largo y bajé con Cantú en la esquina que a él le tocaba sin que Cantú dijera lo que debía decir, aunque mirara con esa mirada inteligente y risueña, prematuramente adulta, que había bajo su frente generosa, como entendiendo a la perfección la maniobra y dejándola durar, en una burla norteña de la cortesía laboriosa del altiplano. La cuarta o quinta vez que puse en práctica mi estrategia, traté de meter a Cantú en una conversación sobre la pertinencia para México de las disquisiciones de Naphta y Settembrini en *La montaña mágica* de Thomas Mann. Fue entonces que Cantú me dijo a bocajarro:

—Tú lo que quieres es ver a Revueltas, ¿verdad?

—Sí —le dije.

—Pues por ahí hubieras empezado —me dijo—. Para qué tantas vueltas metafísicas en autobús.

Fue así, humillado y feliz, como llegué —cargando, a manera de tributo, la botella obligatoria de tequila y dos refrescos de uva— a la mesa donde esperaba Revueltas, circundado, con menos veneración de la que me pareció merecida y más naturalidad de la que me pareció respetuosa, por una pareja de estudiantes que se acariciaban sin cesar, y por Roberto Escudero, el dirigente estudiantil de la Facultad de Filosofía y Letras con quien habría de compartir años después una pasión por Malcolm Lowry.

Revueltas esperaba con ansia estudiantil la llegada de Arturo y su sacramento nocturno, de manera que, al encontrarnos, me sorprendió sobre todo la fruición graciosa y juguetona del ánimo con que recibió la botella de tequila, ese gozo llano y terrenal en un monstruo al que suponía imponente y terrible, casi sagrado en su majestad sobrehumana. Tomó él mismo la botella entre sus manos, la sacó de su bolsa arrugada de papel de estraza, como un niño que pela un caramelo, con gesto tan trivial y proclive a la dicha que ganó de inmediato mi adhesión democrática.

—En el caso de que Dios exista, compañero —me dijo, pulsando y agradeciendo, frente a mis ojos, la botella que yo había puesto en sus manos—, debe haber hecho el agave del que sale el tequila con la única intención de acercarnos a su causa. Porque Dios, compañero, si existe, habita un lugar sagrado en alguna parte de la vida que el tequila nos da. De manera que funge usted esta noche como el emisario de aquel dios mineral que buscaba nuestro poeta Jorge Cuesta en su *Oda a un dios mineral.* Y su obsequio nos recuerda por qué el amigo Cuesta no encontró lo que buscaba: porque buscó en el reino mineral lo que, de existir, existe en el reino vegetal, compañero. Más precisamente: en el agave, de cuyas entrañas generosas nos ha traído usted esta muestra perfecta y transparente.

Era un tequila blanco y su blancura añadía luminosidad a las palabras de Revueltas, que tenían para mí la transparencia del mismo Dios al que aludían.

—Hablas de Dios como si hubieras dormido con él, Pepe —le dijo Roberto Escudero, con tono sacrílego que hizo reír a Revueltas—. ¿No habíamos quedado en que Dios no existe?

—No existe —dijo Revueltas—. Pero en caso de existir, vive en una esquina del tequila.

—¿Pero existe o no existe, Pepe? —preguntó la muchacha, que acariciaba la melena de su novio sobre su regazo.

—No existe, compañera —dijo Revueltas, empezando a escanciar el tequila en los vasos que había traído Cantú—. Pero hay que darle la oportunidad metafísica de que exista. Si su noción existe en nuestras cabezas, algo existe ya de él.

Que lo hayamos imaginado es ya la prueba de que no podemos descartarlo, sin descartar a la vez lo que sí existe, a saber: la idea de su existencia en nuestra cabeza. Salud.

—Explícales la apuesta de Pascal —dijo Cantú, luego del religioso primer sorbo—. Y luego cuéntanos la tuya.

—En eso de la apuesta yo creo que me chingué al compañero Pascal —dijo Revueltas, jalándose varias veces la risueña barbita de chivo, veteada de canas, que se había dejado—. Lo aceptaría hasta el más mocho de los escolásticos. Verán ustedes, compañeros: Pascal inventó una apuesta muy práctica y muy francesa, muy acomodaticia pues, y muy inteligente, como son los cabrones franceses. Dijo: "No discutamos si Dios existe. Exista o no, nos conviene desde el punto de vista lógico apostar a que sí existe. ¿Por qué? Muy fácil: porque si Dios no existe, no se pierde nada apostando a que existe, igual nos vamos todos al limbo, al éter, a la inexistencia, a la nada. Pero si existe, compañeros, ah, entonces haber apostado a su favor nos permite ganar la vida eterna. De modo que lo racional", decía Pascal, "es apostar a la existencia de Dios, porque en esa apuesta llevamos todo que ganar y nada que perder". Muy chingón el Pascal. Pero, claro, como es natural, en cuanto los teólogos vieron el cinismo chingón y aprovechado de la apuesta de Pascal, sintieron que perdían la chamba y se le vinieron encima. Le dijeron: "Su apuesta no se vale, compañero. Las cosas de Dios no son de apuesta, sino de fe. Si usted apuesta a Dios por cálculo matemático y acierta, su triunfo no tendrá valor ante los ojos de Dios, porque su encuentro con él no habrá sido fruto de la fe sino, en el mejor de los casos, de la razón, y en el peor, habrá sido fruto del interés y la conveniencia". Con lo cual se chingaron al compañero Pascal, que era un gran matemático, pero sobre todo era un gran creyente atormentado por las dudas. Quería creer, y para hacerlo sin mala conciencia abstracta inventó su argumento de la apuesta. Yo he inventado una apuesta que se chinga a los teólogos por un doble carril: porque salva su seudoargumento de la buena fe y porque es una apuesta atea. Yo apuesto, compañeros, a que el compañero Dios no existe. Y no tengo en esa apuesta, como quería Pascal, nada que perder y todo que ganar. ¿Por qué? Porque si Dios no existe, no pierdo nada, ni siquiera la desilusión de haber pensado que existía. Pero si Dios existe, digo, en el remoto caso de que Dios exista, habrá de saber en su infinita y simultánea sabiduría que ahí abajo, en ese mundo pinche que él concibió, anduvo un pobre diablo llamado José Revueltas que creyó de buena fe, con todas y cada una de sus fibras, que Dios *no existía*. Y entonces el compañero Dios, en su infinita misericordia, tendrá que decir, a riesgo de contradecir su esencia infinitamente misericordiosa e infinitamente sabia: "Este Revueltas es un pendejo, pero creyó de buena fe, con toda su alma, que yo no existía. Lo menos que puedo hacer para honrar su fe atea de carbonero es salvarlo". Con lo cual Revueltas, el ateo, obtendrá su salvación de la misericordia de Dios, justamente porque apostó con todo su corazón a que Dios no existe. Lo he expuesto mejor en otras ocasiones, pero la apuesta es más o menos como les he dicho. Salud.

A petición del propio Revueltas, Cantú informó de las noticias frescas que traía del periódico. No las recuerdo con precisión, pero tenían que ver con los ecos de la llamada Manifestación del Silencio que hizo caminar a cientos de miles de jóvenes por las calles de la ciudad, sin proferir un grito, una consigna, un sonido.

—Es la manifestación que ha durado más —dijo Revueltas.

—La del 27 de agosto fue más grande —dijo Escudero—. Los contingentes tardaron en entrar al Zócalo cuatro horas.

—De acuerdo, compañero —dijo Revueltas—. Pero yo no hablo del tiempo físico, ni del tamaño aritmético de la manifestación. Yo hablo del tiempo real, de la duración interna o profunda del hecho. Durante la Manifestación del Silencio estuvimos en la calle sólo dos horas y media, pero fue como si transcurriera un siglo dentro de nosotros. Nunca vimos la ciudad tan clara como ese día, ni nos vimos nunca las caras una por una, como ese día. Teníamos todo el tiempo del mundo para hacerlo. Para prever: "Ah, después de esta calle donde vamos, de esa esquina donde está Mascarones, sigue la calle de Insurgentes". Y tuvimos tiempo de pensar entre nosotros: "Qué bonito nombre para una calle el nombre de los Insurgentes. Y qué chingón que sea el nombre de la única calle que cruza de extremo a extremo esta monstruosa ciudad de siete millones de habitantes". Esa manifestación duró dentro de nosotros mucho más tiempo que ninguna otra. La del 27 de agosto duró lo que un orgasmo. Fue más placentera, pero más rápida también, compañero. Se nos fue en un grito. Esta cosa del tiempo tiene su complicación, como la política mexicana: es una cosa por fuera y otra cosa por dentro. Si se la mira de un lado, parece una canana; pero si se la ve del otro, resulta puro encaje afiligranado.

—Cuéntanos de tu cita con Henestrosa —dijo Cantú, que gozaba como ninguno las ocurrencias de Revueltas y las tenía puestas en su corazón como un catálogo de amores—. Para que entendamos "esta cosa del tiempo", como tú le dices.

—Mi experiencia del tiempo —accedió sin remilgos Revueltas— se resume en aquella anécdota alcohólica que me recordó hace poco un amigo. Dice este amigo que estaba yo solo, ido, muy callado, en la barra de la cantina Puerta del Sol, la que está en Cinco de Mayo, donde Renato Leduc tuvo la inspiración primera para su *Prometeo sifilítico*. ¿Recuerdan eso? "Éter sulfúrico, bebidas embriagantes / claros raudales de Tequila Sauza…" Fue su respuesta al *Ulises criollo* de José Vasconcelos y a todo el prestigio helénico del Ateneo. Ah, cómo daban la tabarra con su helenismo de manual. El caso es que me vio este amigo tan desamparado y tan solo, acodado ahí en la barra, que no pudo contenerse y me preguntó qué estaba haciendo. A juzgar por lo que le respondí, deduzco que estaba dándome una vuelta por el tiempo. Le dije a este amigo: "Estoy esperando aquí a Andrés Henestrosa. Quedamos de vernos a la una". "Pues ya son las dos", dijo mi amigo. Y entonces yo le contesté lo que debió parecerme una explicación satisfactoria, que fue ésta: "Sí. Quedamos de vernos aquí a la una. Para hacer tiempo me vine a las dos. Voy a esperarlo hasta las tres. Si no llega a las cuatro, voy a irme a las cinco". Es la mejor anécdota que me han contado sobre mí mismo perdido en el tiempo.

Contó entonces Roberto Escudero su perplejidad por el hecho de que la memoria pudiera recorrer en instantes lo que en la realidad había tardado horas en suceder, y el modo como se despertaba a veces, en la noche, con la impresión de haber vivido un siglo desde que, dos meses atrás, había empezado el movimiento estudiantil del que era dirigente.

—Se debe a la falta de rutina —observó Cantú—. La vida transcurre rápida cuando los días se parecen a sí mismos y lenta cuando está llena de novedades y aventuras. Decimos de alguien que anda de peripecia en peripecia: "Vive demasiado rápido". En realidad es al revés: su vida dura más que la del sedentario. Vive, como se dice, dos o tres veces lo que el sedentario y recuerda, por tanto, dos o tres veces más. Si la memoria es el metro del tiempo, el aventurero tiene almacenados más metros de tiempo transcurrido en su cabeza, por decirlo así.

—Pero la memoria es una señora con voluntad propia —dijo Revueltas—. Recuerda sólo lo que quiere recordar. En cierto sentido, es el politburó de nuestra alma. Continuamente está borrando a Trotski de la historia. O, para el caso mexicano, a Agustín de Iturbide. Aquí hay algunos intelectuales, como Octavio Paz, muy querido y muy abusado don Octavio, que se horrorizan mucho del borrón de Trotski de la historia soviética. Pero nosotros los mexicanos hemos borrado nada menos que a Iturbide y quién sabe cómo le hacemos para que en la historia de la Independencia mexicana no aparezca, salvo como villano, el que la culminó de hecho, que fue Iturbide. Es como si los soviéticos hubieran borrado a Lenin, no a Trotski. Lo que quiero decir, en todo caso, es que una condición universal de la memoria es borrar lo que no le conviene. Yo siempre que pienso en eso y en el compañero Freud, recuerdo al compañero Luis Arenal.

—¿El cuñado de Siqueiros? —precisó Cantú.

—El que asaltó con Siqueiros la casa de Trotski en Coyoacán —asintió Revueltas.

—¿Y eso qué tiene que ver con la memoria? —dijo el muchacho, que seguía recostado en su aguantadora militante.

—En todo caso, tiene que ver con el cabrón de Stalin.

—Tiene que ver también con la memoria, compañero —dijo Revueltas, condescendiendo.

—Fue una chingadera —dijo el muchacho, que trascendía trotskismo por todos los poros que le cerraba el acné.

—Digamos que media chingadera, compañero —dijo Revueltas—. Porque sólo cumplieron la mitad de su propósito, que era doble: ametrallar la casa y matar a Trotski. Ametrallaron la casa, pero no mataron a Trotski, lo que en buenas matemáticas no da una, sino media chingadera.

—Fueron chingaderas de cualquier modo —se empeñó el muchacho, recostando su furia adicional sobre el regazo apacible que lo sostenía en la vida.

—¿Pero qué pasó con Luis Arenal? —preguntó Cantú.

—Sí, con Luis Arenal —dijo Revueltas, volviendo del rodeo mayéutico en que se había demorado—. Pasó esto: durante dos años traté de que este mudo que era Luis Arenal me hablara del asalto con Siqueiros a la casa de Trotski. Que me contara completa su media chingadera, ¿verdad? Traté de confesarlo por todos los medios. Lo llevé a comer, a beber, a bailar, lo invité al burdel de La Bandida en la Condesa, lo hice escuchar canciones revolucionarias, corridos norteños. Un día le soplé el *Réquiem* de Mozart. Siempre invitándole copas, porque le encantaba el chínguere, y siempre para ver si lo ablandaba y terminaba por contarme. Finalmente, una noche fuimos al Leda. Yo había terminado ese libro un día, quiero decir, ese día un libro. Nada menos. Y lo había terminado muy temprano en la mañana, inesperadamente. Había trabajado en ese libro durante casi nueve años y de pronto, cuando creí que me faltaban todavía dos capítulos o algo así, lo cual para mí quería decir que me faltaban dos años de trabajo, esa mañana escribí de corrido sin parar casi seis cuartillas y de pronto di con un párrafo que resumía muy bien las cosas y que cayó como recitado por mi nariz hacia mi mano. Puse el punto y aparte de ese párrafo, y en cuanto lo puse dije para mí: "Ya acabaste, Pepe". Me di una vuelta por el cuarto, incrédulo, y me argumenté: "Esto es un truco tuyo. Ya no quieres trabajar. Te inventaste un final". Pero un tercero dentro de mí, más poderoso y convincente, me dijo: "Acabaste, no le des vuelta". Le creí, porque me lo decía con esa sinceridad que uno no puede rebatir, aunque sea falsa, y entonces fui a echarme un tequila a la cocina. Pero eran apenas las nueve de la mañana, así que luego de echarme el primer tequila, me eché el segundo, a ver si me ayudaba a terminar el día. Porque de pronto me pareció que el compañero día no iba a terminar y que había que darle una ayudada. Le di su ayudada con una botella de tequila y así pasó con cierta suavidad, hasta el mediodía, en que me fui a comer con Luis Arenal. Al revés de lo que había hecho hasta entonces con él, esa tarde me dediqué a hablarle como un loco, sin darle pausas. Ni siquiera para que dijera, como siempre decía, su frase lapidaria: "Eso, ni Stalin". La usaba para todo esa frase. Por ejemplo, cuando uno le decía que había hecho el amor dos veces la noche anterior o había leído *La guerra y la paz* en la última semana, el compañero Arenal decía: "Eso, ni Stalin". Era su comparación favorita: lo que podía o no podía el compañero Stalin. El caso es que seguimos bebiendo como hasta las diez de la noche, hora en que recalamos en el Leda. Yo seguía hablando hasta por los codos, contándole mi libro y luego el libro que quería escribir después del que había terminado, hasta que llegó un momento en que ya estaba él harto de su propio silencio. Tan harto estaba, que me dijo: "Hablas más que Stalin tú, ni que fueras Stalin. Te voy a contar lo que nunca vas a poder contar si no me escuchas".

Y entonces se puso a contarme lo que le había pedido durante los últimos dos años: cómo habían asaltado Siqueiros y él la casa de Trotski en Coyoacán. Pero la vida es más mañosa que los vivos, compañeros. Y para ese momento ya llevaba yo tantos tequilas y tantos anises que me pareció, mientras la escuchaba, la historia más deslumbrante e increíble del mundo. Pero al día siguiente no pude recordar ni una sola de las palabras del mudo Arenal. Recordaba el efecto deslumbrante de su relato, pero ni una sola de sus peripecias. Como quien se acuerda del efecto deslumbrante del Quijote pero no puede recordar que Sancho Panza tenía un jumento. Me hizo un efecto absolutamente literario el relato del mudo Luis Arenal, pero lo que yo quería era un efecto histórico. Quería los detalles reales del hecho, no el impacto mágico de una narración del mudo Arenal. Para que vean cómo funciona el politburó de la memoria. Hasta la fecha, sólo sé que esa noche el mudo Arenal me abrió las compuertas del infierno y que estuve ahí, pero no sé cómo era el infierno, ni cuántos diablos rostizaban niños inocentes a su entrada. Borré una iluminación sólo comparable a la que no quiso entregarme, en su momento, el camarada Vadillo. Pero eso he de contárselos otro día.

—Tenemos tiempo hoy —dijo Cantú.

—Es una no-historia —se disculpó Revueltas.

—Las no-historias no existen, por definición —sentenció el compañero trotskista, que confundía la impertinencia con la sinceridad revolucionaria.

—Existen, a la manera de la Revolución mexicana, que fue una no-Revolución —dijo Revueltas.

—Será una no-Revolución —concedió, negando, Escudero—. Pero cómo friegan con ella.

—Tanto como nos friega, al menos a mí, la no-historia del compañero Vadillo —dijo Revueltas—. Cantú la sabe completa.

—Si la cuentas de nuevo, puedo aprenderla otra vez —dijo Cantú.

—Es una historia prohibida del comunismo mexicano —dijo Revueltas—. Ustedes deben saber que el comunismo mexicano está lleno como nadie de trotskis e iturbides. Hemos callado casi tanto como hemos hecho.

—¿Cómo es la historia? —preguntó la muchacha, que seguía acariciando a su trotskista con intención de cualquier cosa, menos de borrarlo de su historia.

—Cómo *no es* —dijo, insistió, Revueltas—. Lo fundamental de esa historia es que nunca fue contada. Quiero decir: sabemos sus alrededores, su principio y su final, pero no sus adentros ni sus enmedios. Es como si tuviéramos el hoyo del cañón pero no el acero que lo forra, ¿verdad?

—¿Dónde conociste a Vadillo? —dijo Cantú.

—En el potro del tormento de las juventudes comunistas de los años treinta —dijo Revueltas—. Principios de los treinta. Salíamos juntos a misiones del partido, que entonces tenía una fuerte presencia en ciertas zonas rurales, particularmente en Veracruz. Salíamos a cada rato. A organizar una huelga, a llevar un mensaje *secretísimo* a la familia del camarada Laborde, a *parlamentar*, como se decía entonces, con los matones de la CROM, que habían arrinconado a nuestros cuadros en Puebla. No parábamos. He llegado a preguntarme si las juventudes comunistas de entonces tenían más militantes que Evelio Vadillo, Miguel Ángel Velasco y yo. Porque apenas se ofrecía alguna tarea complicada, que exigía salir de la capital y correr algún riesgo, mandaban llamar al camarada Revueltas o al camarada Vadillo o al camarada Velasco, para que fueran a cumplir esta misión importantísima del partido. Y salíamos a rifárnosla sin chistar. Más que sin chistar: con alegría, con gozosa disponibilidad, sintiendo la corriente eufórica de la historia en nuestra minúscula biografía, como si estuviéramos conectados directamente con el futuro del hombre. Era un abuso de los camaradas, pienso ahora, pero no recuerdo una época más feliz, de una mayor armonía personal con el discordante universo, que aquellos años de tareas imposibles que solía encargarnos el partido. Recuerdo una misión de aquéllas. Venía escrita a máquina, con sus márgenes perfectos a lado y lado, y decía más o menos esto: "Se ordena al camarada Revueltas dirigirse a la brevedad a la zona de Pátzcuaro, en Michoacán, donde últimamente prolifera la inconformidad proletaria de los campesinos e indígenas de la zona. Deberá tomar contacto con los líderes populares de aquellas regiones, establecer una nueva organización de sus luchas, afiliar a la mayoría de los campesinos de la región al partido y generar una potente manifestación que demuestre a los pueblos del mundo que la llama de la lucha proletaria se extiende por México con fuerza incontenible y solidaria del movimiento de la revolución mundial". Yo tomaba esa orden y me iba a Pátzcuaro, con tres pesos en la bolsa, en un camión destartalado. Al llegar trataba, en efecto, de tomar contacto con la *inconformidad proletaria* del lugar, la cual se reducía casi siempre a algún pleito de linderos entre comunidades que habían peleado durante siglos por esa razón. Era suficiente para que yo empezara algún tipo de aleccionamiento histórico sobre las pugnas en el seno del pueblo, la historia de la opresión de los terratenientes sobre los campesinos y la necesidad imperativa, propiamente histórica, de que los campesinos reconocieran como vanguardia a las clases proletarias de las ciudades, donde al fin se dirimirían las cuestiones políticas fundamentales de la lucha campesina. De un modo o de otro, acabábamos cayéndoles bien a algunos de los escuchas, que nos invitaban a comer y a dormir en su choza. Luego de que habíamos hecho confianza, con esa sabiduría y esa suavidad insuperables de los campesinos y los indígenas mexicanos, nos preguntaban los compañeros: "¿Y ustedes qué andan haciendo aquí, si pueden estar en la Ciudad de México? ¿Por qué no se regresan? Sus papás deben estar preocupados". Todo eso bastaba para que redactáramos un informe al Comité Central, diciendo que habíamos tomado contacto con el movimiento local y que, aunque lento, el trabajo de concientización avanzaba hacia un estadio superior de lucha. Era muy frustrante, porque nosotros, con nuestros veinte años a cuestas, lo que queríamos en efecto era promover la Revolución, instaurar el comunismo en México. Esas palabras eran sinónimas, en nuestras cabezas, de la realización del hombre en la tierra. Queríamos, literalmente, hacer aquí una revolución soviética, que nos parecía lo más luminoso que pudiera proponerse la historia del hombre.

—Pero Stalin ya había tomado el poder en la URSS —reprochó el joven trotskista.

—Pero no en nuestras cabezas, compañero —dijo Revueltas, divertido más que irritado por los rigores del tribunal que, sin saber cómo, ya tenía enfrente—. Y el Stalin de que habla usted no había tomado el poder ni siquiera dentro del propio Stalin. Le estoy hablando del año 34, sólo cinco después del *crack* mundial del capitalismo y de la Gran Depresión. Como nunca, el capitalismo parecía entonces cumplir las profecías de Marx y encaminarse a su desaparición. Y la única alternativa a esa desaparición que había entonces en el mundo era la Revolución soviética. El Stalin que conocemos no existía aún, aunque ya venía en camino. Faltaban cuatro años para los procesos de Moscú, y otros cuantos para el asesinato de Trotski. Pero más que nada, compañero, eran los años en que queríamos y necesitábamos creer. Ya se sabe que la fe mueve montañas, entre otras cosas porque es ciega y no distingue las montañas del llano, ¿verdad?

—¿Pero qué pasaba aquí? —dijo Cantú, devolviendo a Revueltas a su historia.

—Aquí había sucedido ya una revolución —dijo Revueltas—. Y en nosotros, los jóvenes comunistas, había unas ganas incontrolables de prolongar la Revolución mexicana. Habíamos nacido una generación después, como quien dice. El *gran acontecinliento* nos había agarrado en camino. Yo nací el 20 de noviembre de 1914, el día que se conmemora la Revolución mexicana, nada menos. Precisamente el día en que yo nací, en Durango, las fuerzas villistas ocuparon la ciudad. Siempre he pensado que si hubiera nacido quince años antes habría formado parte de las tropas de Villa que tomaron Durango el día en que yo nací. Pero cuando abrí los ojos ya todo estaba hecho. Entonces, lo que queríamos yo y muchos otros de mi generación era que la película empezara de nuevo. Y esta vez para tener la revolución de a de veras, la revolución socialista. Queríamos con toda el alma que nos pasara algo grande, que "un chivo nos diera un tope y una cabra de mamar", como decía Renato Leduc. Por eso íbamos a los pueblos a donde nos mandaba el Partido, buscando lo que nos decían que había y lo que no. Fue así, buscándoles chichis a las culebras y mangas a los chalecos, como el camarada Vadillo y yo nos metimos en la bronca que nos hermanó para siempre.

—¿En Monterrey? —preguntó Cantú.

—En Monterrey —dijo Revueltas—. En 1934. Según el partido, estaba a punto de darse ahí una insurrección popular obrera. Y, naturalmente, nos mandaron al camarada Vadillo y a mí. Allá fuimos a dar llenos de ganas, con la modesta consigna de atraer la insurrección hacia el partido. Lo que había era un grupo de colonos molestos porque los habían desalojado del margen del río Santa Catarina, donde se habían asentado ilegalmente. Cuando nosotros llegamos, ya les habían dado terrenos en otra parte y hasta habían publicado en el periódico una carta de agradecimiento al gobernador, de modo que la insurrección había terminado y no teníamos nada qué hacer. Pero no podíamos resignarnos al ridículo de volvernos sin haber orientado un movimiento de masas. En eso estábamos cuando nos enteramos de que en un punto llamado Camarón, del mismo estado, había estallado una huelga de quince mil obreros agrícolas, que exigían el pago de salario mínimo. Allá nos fuimos de inmediato, a organizar a las masas desorientadas. Pero ese pleito sí iba en serio. Estaban los compañeros huelguistas muy bien organizados, muchos de ellos armados y apoyados por la vaga simpatía del gobierno estatal, que los había dejado avanzar sin obstaculizarlos mucho. No bien nos enteramos el camarada Vadillo y yo de la situación, mandamos por telégrafo una denuncia de los hechos a *El Machete*, que era el periódico del partido, con tan buena puntería, que alcanzamos la edición del día siguiente y antes de que hubieran pasado tres días de nuestro contacto con la lucha agraria neolonesa, precursora de la lucha agraria mundial, ya circulaba de boca en boca nuestro texto y lo leían en las asambleas los que sabían leer para que oyeran los que no. De inmediato los terratenientes dijeron que la huelga se había desvirtuado y que estaba infiltrada por agitadores comunistas. El anticomunismo era el deporte favorito de los políticos callistas de la época. El senador McCarthy que vino después en Estados Unidos hubiera parecido un pendejo, un tibio, comparado con el anticomunismo del Maximato mexicano de los años treinta. Así que más tardaron los terratenientes en decir que había comunistas tras la huelga de Camarón que las autoridades en ubicarnos a nosotros como los agitadores responsables, porque éramos las dos únicas personas de todo el lío que no eran del lugar y nadie nos conocía. Nos detuvieron un día por la noche, sin decir palabra, y nos subieron a un tren con custodia. Pasamos la noche pensando que nos aplicarían la ley fuga en cualquier momento, pero amanecimos en la ciudad de Querétaro, donde sin decir palabra nos treparon a otro tren rumbo al noroeste. Cuando llegamos a Mazatlán entendí, porque ya había hecho antes ese camino. Le dije al camarada Vadillo: "No te asustes, compañero, pero creo que nos llevan presos a las Islas Marías". "¿Presos por qué, Pepe? ¿Qué delito cometimos?", me dijo el camarada Vadillo, que era muy leguleyo y puntilloso. "Pues el mayor de los delitos", le dije, "porque nos llevan a la mayor de las prisiones de México". Nos llevaban, en efecto, a las Islas Marías, una prisión cuyos muros eran de agua, como escribí después en una novela, y que estaba destinada a los reos y criminales más peligrosos del país. Yo había estado ahí un año antes por delitos parecidos a los de ahora: "agitación", "incitación a la violencia", "infidencia" y "traición". Son los delitos por los que me han perseguido siempre, los mismos por los que me persiguen ahora en el 68. Si me hubiera dedicado toda mi vida a robar bancos, me hubiera ido mejor. El caso es que fuimos a dar a las Islas Marías, el camarada Vadillo por primera vez, yo por segunda. No teníamos aún veinte años.

—¿De qué los acusaban? —dijo Roberto Escudero.

—Nunca supimos —dijo Revueltas—. No hubo nunca juicio legal ni condena formal. Lo cual estuvo muy bien, porque cuando llegamos y nos reconoció el jefe del penal, vino y me dijo: "¿Qué haces otra vez aquí, muchacho? ¿Ahora sí delinquiste o vienes otra vez a lo pendejo?". Era un general Gaxiola, norteño, que se decía a sí mismo socialista, lo cual era común entre muchos generales de la época. Una excelente persona el general Gaxiola. En mi primera estancia en las Islas me había tratado bien, me había dado trabajo de oficinista en su despacho y habíamos terminado platicando mucho sobre la revolución y el socialismo. Y a la primera oportunidad de indulto que hubo, me había soltado, de manera que estuve ahí en las Islas sólo unos cinco meses. No los puedo contar, la verdad, entre los peores de mi vida. Mi segunda estancia en las Islas, con el camarada Vadillo, no fue tan amable, porque tuve que trabajar como todos, pero tampoco me quejo. El trabajo era agobiante. Había que cortar leña y alijar los barcos que llegaban con cargamentos de sal y víveres. Y se trabajaba sin parar ocho horas cada día, incluyendo sábados y domingos. Tenía las manos ampolladas y sangrantes la mayor parte del tiempo, pero el trabajo por lo menos evitaba pensar en la verdadera chinga que nos estábamos llevando. Por la tarde nos alcanzaba el tiempo para leer un poco en la biblioteca, que llenamos de literatura subversiva pidiéndole libros al general Gaxiola. Y hablábamos el camarada Vadillo y yo, hablábamos por la noche, como arrullándonos, hasta que el cansancio nos rendía. Durante meses, durante los diez meses que estuvimos en el penal, la última voz que oí por la noche antes de dormirme fue la voz de Evelio Vadillo, y él la mía. Y la recuerdo ahora, en medio de nuestra desgracia, casi como un bálsamo materno, como un sustituto de aquella voz esencial que nos guardaba cuando niños de demonios y fantasmas, que nos protegía del miedo y el riesgo, que nos volvía a meter al regazo seguro y cálido de la tierra. No hablábamos de nosotros, sino de la Revolución, de la lucha de los pueblos y del futuro. Yo me quejaba a veces de pensar lo que debería estar sufriendo por mi culpa mi familia. El camarada Vadillo ni eso. Pero el tema de nuestras conversaciones no importaba. Lo importante era escucharnos uno junto al otro en la noche infinita de las Islas, sabernos uno junto a otro, perdidos pero solidarios, en la inhóspita vastedad del mundo. Estuvimos diez meses juntos en las Islas Marías, como creo que ya dije. Salimos en febrero de 1935, con la amnistía que decretó el gobierno de Cárdenas. Y apenas salimos, alcanzamos nuestra recompensa, la más dulce y compensatoria, en efecto, que hubiéramos podido imaginar: fuimos invitados a formar parte de la comitiva del partido que acudiría al VII Congreso de la Comintern, la Internacional Comunista, a celebrarse en Moscú. Nada menos que Moscú, la capital del mundo nuevo. Y nada menos que la Internacional Comunista, la asamblea de los portadores del futuro comunista mundial.

—¿Cuándo fue el congreso? —preguntó Escudero.

—Julio de 1935 —dijo Revueltas—. Nosotros llegamos a Moscú el 25 de julio, justamente el día de la apertura. Llegamos el camarada Velasco, el camarada Hernán Laborde y yo. El camarada Vadillo había viajado dos semanas antes y ya nos esperaba. Moscú era una fiesta, la fiesta universal de los comunistas. Stalin habló el día de la inauguración. Y empezó ahí, en su discurso, la línea de la formación de los frentes populares, la alianza para la lucha contra el fascismo y de solidaridad mundial con la sobrevivencia del socialismo en la URSS. Luego, cada país cantó su himno: italianos, argentinos, españoles, peruanos. Nos abrazamos, nos vitoreamos. Tuvimos la experiencia candorosa, pero que no se parece a ninguna otra, de la solidaridad y la pertenencia a la cofradía de la verdad, a los batallones de la definitiva liberación del hombre. Me acuerdo de mi estremecimiento ante el desfile de los jóvenes soviéticos en la Plaza Roja, mi absoluta convicción de haber visto la verdad de la historia en sus rostros rubicundos y entusiastas, en sus banderas y sus saludos al presídium, que a su vez encarnaba la sabiduría, la honestidad, la rectitud, la absoluta comunión del individuo y la historia. Siempre la historia, ¿verdad? En todas partes la historia, en cada episodio un hecho histórico, en cada declaración unas palabras históricas, ¿verdad? Era como haber entrado a una esfera perfecta, donde todo tenía sentido, significación y armonía. El camarada Vadillo y yo nos quedamos en Moscú cuando terminaron los festejos, invitados por el Komsomol de la ciudad, la organización de las juventudes comunistas soviéticas. Nos cansamos de ir a reuniones, de admirar a nuestros camaradas y de hablar, hablar incesantemente, el camarada Vadillo y yo, de cómo alumbraríamos en México una realidad como la que veíamos, luminosa y perfecta. Porque así veíamos y sentíamos todo. Íbamos a museos, visitábamos centros de trabajo, caminábamos por el Kremlin todo el día y todos los días nos sentábamos en una cervecería del bulevar Pushkin a beber y seguir hablando, sin parar, interminablemente, de cómo llevaríamos a México lo que estábamos viviendo. Una de esas veces, con pudor y pena por las ventajas que representaba para él lo que iba a decirme, el camarada Vadillo me comunicó su decisión: lo habían invitado a quedarse como becario en la universidad para estudiantes extranjeros y había decidido aceptar la invitación. Me dolió como una traición. Que no me hubieran invitado a mí, primero, y que el camarada Vadillo no me hubiera puesto en el camino de recibir la invitación, que no hubiera condicionado incluso su aceptación a que me invitaran también a quedarme. Pero, conforme pasaron los días, me confesé que mi sentimiento era absurdo, porque yo en ningún caso hubiera decidido quedarme en la URSS. Yo quería regresar a México, a luchar por implantar el socialismo en México. También porque tenía por acá una camarada cuyos ojitos me llamaban casi tanto como la patria socialista. Y porque en esos días me llegó una de las peores noticias de mi vida: la muerte de mi hermano Fermín, en la Ciudad de México, una muerte estúpida, insoportable y prematura, como todas las muertes. Arreglé las cosas para volverme. La última noche la pasé tomando cerveza y despidiéndome del camarada Vadillo en nuestro segundo hogar moscovita, que era la cervecería del bulevar Pushkin. "Te envidio, porque regresas a nuestra dolida tierra", me dijo el camarada Vadillo, ya entrada la noche. "Yo me quedaría en la patria de Lenin y Stalin" le dije, "pero alguien tiene que trabajar allá para imponer en México el socialismo que aquí florece". "Tú lucharás allá y yo acá", me dijo el camarada Vadillo. "Y nos encontraremos, andando el tiempo, con la satisfacción del deber cumplido, en un mundo más justo y digno que el que nos heredaron a nosotros. Con eso nos daremos por satisfechos de haber entregado nuestra vida a la más justa y plena de las causas." Así hablaba siempre el camarada Vadillo, mirando hacia adelante, seguro y henchido de su misión en la tierra. Nos despedimos esa noche ya fría de Moscú, con un abrazo largo que disfrazó los nudos de nuestras gargantas. Era el fin de septiembre de 1935.

Calló Revueltas, como haciendo una pausa para beber su tequila. Pero luego de beber siguió callado, la vista ida, mirando al suelo.

—¿Qué pasó entonces? —preguntó Escudero, después de vaciar su propia copa.

—No sé —dijo Revueltas—. No volví a ver al camarada Vadillo sino veintitrés años después, hasta el mes de octubre de 1958.

—¡Cómo! —saltó la muchacha, que acariciaba la cabellera de su trotskista.

—Como suena —dijo Revueltas—. Ni yo ni nadie en México volvió a ver al camarada Vadillo, sino hasta su regreso al país en 1958, veintitrés años después de nuestra última cerveza en el bulevar Pushkin de Moscú.

—¿Qué le pasó? —dijo Roberto Escudero.

—Le pasó la historia del siglo XX —dijo Revueltas, volviendo a una racha de nerviosa espiga de su barbita de chivo—. Sabemos ahora lo que fue esa historia. Sabemos también que ya venía hacia nosotros mientras nos tomábamos aquellas felices cervezas en el bulevar Pushkin en el otoño de 1935. Quiero decir, estaba ya en curso la trituradora estalinista. A fines de ese año cobraría su primera víctima mayor con el asesinato del camarada Kirov en Leningrado. A partir de ahí se desató la gran purga de la vieja guardia bolchevique, que conduciría a los procesos de Moscú, la alianza con Hitler, la Segunda Guerra Mundial, el terror estalinista, los campos de concentración, el culto a la personalidad, el socialismo en un solo país. Todo lo que sabemos, aunque no sé si lo sabemos todo. No importa, en general sabemos esa historia atroz de la que fuimos cómplices candorosos tantos años y que avergüenza hoy nuestra moral de comunistas del mismo modo que la historia de los papas disolutos y sanguinarios avergüenza la conciencia de todo católico bien nacido. Pero lo que no sabemos es cómo pasó esa historia por la vida pequeña, invisible, del camarada Vadillo.

—Pero a ver, Pepe, más despacio —pidió Roberto Escudero—. ¿Qué pasó? Algo debe saberse.

—Muchas cosas —admitió Revueltas—. Y cosas terribles, pero generalidades, suposiciones, conjeturas, no la historia puntual, detallada, de lo que la historia del siglo XX hizo con el camarada Vadillo.

—¿Cuáles son las generalidades? —preguntó Escudero.

—Poco después de que yo volví a México, el camarada Vadillo fue arrestado en Moscú —dijo Revueltas—. Al parecer porque el dormitorio donde él vivía, en la universidad, apareció una mañana tapizado de volantes y consignas trotskistas en español. Los dormitorios eran casas donde vivían seis o siete estudiantes y nadie podía entrar a ellos sino los habitantes de cada casa. La conclusión de los investigadores fue que el responsable de tamaña conspiración debía estar entre los habitantes del dormitorio. Pero no pudieron establecer quién y procedieron entonces, con ese rigor lógico innato de las policías políticas, a detener a *todos* los ocupantes para interrogarlos. Lo que sigue no se sabe, salvo que fueron remitidos a distintas aldeas de trabajo en las provincias orientales. Lo que decimos genéricamente: "Fueron mandados a Siberia".

—¿Y qué pasó luego? —preguntó la muchacha, que por un momento había dejado de acariciar a su trotskista.

—No lo sabemos —dijo Revueltas—. Hay indicios de que pasó la guerra en distintos campos de trabajo en el norte y el oriente de la URSS.

—¿Pero nunca preguntaron ustedes aquí, en México, por la suerte de su compañero? —dijo la muchacha, más tocada por la historia que ninguno de los presentes.

—Miles de veces —dijo Revueltas—. Sus familiares y nosotros, sus camaradas y amigos. Pero las respuestas eran maravillosas. Según una de ellas, se había ido de voluntario a la Guerra Civil española y había vuelto tan cargado de honores que lo habían dado de alta como oficial en el ejército soviético. Luego, había decidido volverse ciudadano soviético y quedarse a hacer la guerra por la patria socialista, cortando todo lazo con su vida anterior. Al terminar la guerra se nos dijo que había marchado como voluntario a la Revolución china y lo imaginamos con naturalidad hablando chino y decidiendo la historia en el foro de Yenán. Lo cierto es que pasó todos esos años cautivo en la trituradora estalinista. Él, el camarada Vadillo, mexicano de Campeche, que no sabía ruso suficiente ni para pedir las cervezas que nos tomábamos en el bulevar Pushkin.

—¿Pero cómo se creyeron eso? —dijo el compañero troskista, acomodándose en el regazo hospitalario que lo había sostenido toda la noche.

—Como buenos y disciplinados comunistas —dijo Revueltas—. Igual que los cristianos primitivos se creyeron la resurrección de Jesús y los cristianos de hoy creen en la continuidad histórica de la Iglesia Católica Romana.

—¿Qué pasó después? —preguntó Cantú.

—La parte menos oscura de la historia —dijo Revueltas—. Murió Stalin y vino el XX Congreso del PCUS, donde nos enteramos parcialmente del horror que habíamos celebrado. Ya sabemos eso. Lo importante para el camarada Vadillo es que, con el deshielo, pudo salir de su cautiverio y regresó a Moscú. Pero nadie lo conocía en Moscú. Tarde o temprano alguien pidió sus papeles, rastreó su historia y sospechó desde luego de ese mexicano que alegaba haber sido prisionero del estalinismo y, por vía de mientras, fue confinado otra vez, ahora en las cercanías de Moscú y en un régimen menos opresivo, para dar tiempo a que se aclarara su situación. Ahí, en esa especie de reclusión benigna que le permitía trabajar como mozo y circular restringidamente en el área, pasó cinco años. Por fin, un día tuvo la ocurrencia de meterse a la embajada mexicana en la URSS y contar su caso. Se ofreció el embajador a gestionar su libertad y Vadillo lo autorizó a hacerlo, diciendo que estaba cansado y quería volver a morirse a México. Pero no le dijo una palabra de su experiencia en la URSS. Las gestiones duraron un año, porque no había registro en el gobierno moscovita de lo que había sucedido con un mexicano llamado Evelio Vadillo. En esas diligencias se enteró el embajador, vagamente, de las peripecias que yo les he contado. Finalmente, a mediados de 1958, Evelio Vadillo fue liberado de su confinamiento y autorizado a viajar a México. Llegó aquí en julio de 1958. Yo había roto con el partido en aquellos días y me tenían en la perrera, condenado al ostracismo, de modo que no supe que Vadillo había regresado sino por casualidad, dos meses después de su llegada. Averigüé su dirección y me presenté en su casa. No quiso recibirme. Le puse entonces una carta recordándole quiénes éramos. Como a la semana llegó a verme a la redacción de la revista *Política* una sobrina suya. Me dijo que su tío me esperaría la tarde del viernes siguiente en su casa, a las seis. Me pidió que fuera puntual y que, si podía, le llevara alguno de mis libros. Le llevé, dedicados, todos los que tenía y me presenté al cinco para las seis. Me hicieron pasar al departamento, muy modesto, de sillones raídos, en un edificio oscuro y que olía a caño de la calle de Álvaro Obregón. A las seis en punto apareció por la puerta de la recámara un anciano de cejas muy negras, encorvado, metido en un overol azul de obrero. "Quiobo, Pepe", me dijo. Por la voz reconocí, con horror y compasión, lo que los griegos describen con la palabra *catarsis*, a mi amigo Vadillo. Debía tener cuarenta y siete años, pero su aspecto era el de un hombre de setenta. Había perdido los dientes y el pelo, y le colgaban de la cara los cachetes y los carrillos de la boca como pellejos de guajolote. Lo abracé y al abrazarlo olí en su cuerpo el olor agrio de la vejez y el descuido. Me dijo al sentarnos: "¿Desde cuándo usas lentes? Te dan facha de profesor". Pensé que acaso él me estaría viendo tan viejo como yo lo veía a él, ya que la imagen recíproca que conservábamos era la de nuestros veinte años. "Uso lentes desde mi última expulsión del partido", le dije, bromeando: "Para no sentirme a ciegas en el mundo". Se rió sin convicción. "¿Cuántas veces te han expulsado del partido?", preguntó después. "Todas", le dije, "pero no me voy aunque esté fuera". "Algo de eso me han contado", dijo, y tosió discreta pero pinchemente. "Te traje los libros", le dije. "Son muchos", dijo él. "¿Cuántos más piensas escribir?" "Los que alcance", le dije. "Pero no vine a eso. Vine a verte a ti, a saber cómo estás, a que me cuentes lo que pasó." "Cómo estoy, ya lo ves: mejor que nunca", dijo

Vadillo, con exhausta ironía. "Y qué pasó, no vale la pena. No vale la pena hablar de eso." "Pero algo muy grave pasó", le dije. "Desapareciste un cuarto de siglo. Aquí hubo versiones: que estuviste de voluntario en la guerra española, de voluntario en la Revolución china." "En ninguna", dijo Vadillo. "Tampoco en el Ejército Rojo, aunque me hubiera gustado." "¿Dónde estuviste entonces, Evelio?", le dije. "En un pliegue de la historia, Pepe, como tú dirías", dijo Vadillo. "No vale la pena hablar de eso. Mejor háblame de ti. ¿Cómo ves el partido? ¿Tenemos posibilidades para el futuro?" "Ninguna", le dije. "El mexicano es un proletariado sin cabeza, sin vanguardia, sin partido." "Conozco tu alegato sobre eso", dijo Vadillo, aludiendo a mi libro sobre el proletariado sin cabeza. "No sé si eres del todo justo", agregó. "A lo mejor pecas de impaciencia." "Peco de impaciencia y de conciencia", le dije. "Pero te repito que no vine aquí a hablar de mis libros, sino de ti. ¿Qué pasó contigo estos años? Quiero saber." "No vale la pena", dijo Vadillo. "Es una situación que pertenece al pasado. Y no debe interesarnos el pasado, sino el futuro. Para eso hemos vivido y para eso hemos de morir." "¿Estuviste preso?", le dije, empezando a forzar la situación. "Digamos que viví, junto con todo un pueblo, una desviación histórica del socialismo", dijo Vadillo. "¿Preso?", insistí. "Yo no lo diría así", dijo Vadillo. "¿Cómo lo dirías, Evelio?", persistí. "Como lo decía Engels", dijo Vadillo: *La historia camina por el lado malo*. Avanza dando rodeos, se equivoca en apariencia, pero al fin llega donde tiene que llegar. Si queremos conquistar el futuro, hay que pagar el precio de no siempre caminar derecho hacia él. Eso es lo que pasó". "¿Pero qué te pasó a ti?", le dije, supongo que ya un poco exaltado. "A ti, no a la historia del socialismo: ¿qué te pasó?" "Lo que me pasó a mí no importa, ya te lo he dicho", dijo Vadillo. "Y no habrás de saberlo por mi boca. Los individuos no importamos en esto. Eso es lo que aprendí estos años. Somos a la vez todos y nadie. Mejor dicho: o somos todos o no somos nadie, porque nadie se salva solo."

Calló Revueltas otra vez, como olvidando que lo escuchábamos. Cantú se atrevió a romper ese silencio imponente y casi ritual, con una voz seca, quebrada:

—¿Y no te dijo nada?

—Nada —dijo Revueltas.

—A su manera, te dijo todo —sugirió Roberto Escudero.

—Según su curiosa dialéctica, sí —aceptó Revueltas—. Pero según la realidad, lo único que me dijo, como a las ocho de la noche, fue que debía descansar. Se metió al cuarto de donde había salido y vino su sobrina a acompañarme a la puerta. No volví a verlo. Murió un mes después. Un miserable publicó en el diario *Excélsior* un libelo culpándonos a mí y a otros de haberlo abandonado en la URSS.

—Nuestra prensa es una mierda —dijo el muchacho trotskista, todavía en el regazo de su soldadera, pero incómodo, herido y a la vez resuelto a no dejarse tocar por la no-historia del camarada Vadillo.

Su comentario acabó de matarnos y nos quedamos viendo la mesa, girando las copas vacías sobre los pulgares.

—A propósito de la prensa —dijo Revueltas, por fin—. Tengo que responder un cuestionario para el periódico estudiantil de la Universidad de Berkeley, y es la una de la mañana. Si no tienen otra moción, propongo un último brindis y a la cama.

—Se acabó el tequila —informó la muchacha.

—Un brindis de aire, entonces —propuso Revueltas—. Si el aire es el alma del mundo, hagámosla comulgar con la nuestra, tragándolo.

—Brindo por el camarada Vadillo, que creyó en el alma de la historia —dijo Cantú.

—Dos tragos grandes —aceptó Revueltas.

Se puso de pie, en posición de firmes, para dar dos mordidas al aire y tragar, concentrado, como si en verdad comulgara.

Reímos y lo amamos como sólo podía amársele en persona, con una ternura vecina de la risa y la alegría. Cayó preso mes y medio después, el 18 de noviembre de 1968, acusado de todos los delitos imaginables que él, en una confesión burlona, multiplicó hasta lo grotesco. Salió libre luego de dos años de prisión, tras haber escrito en su celda serena una de las obras maestras del horror carcelario, *El apando*, y se dejó morir una década más tarde, en su departamento, harto de vencer una depresión cósmica que los médicos no supieron y él no quiso combatir.

En julio de 1980, al cumplirse el cuarto aniversario de su muerte, llegó a la redacción de la revista *Nexos*, donde yo trabajaba, un sobre delgado de remitente anónimo. Traía una fotocopia del oficio de la Dirección Federal de Seguridad, la policía política de México, que entregaba al reo José Revueltas a la Procuraduría General de la República. Junto con el oficio venía un texto del propio Revueltas, escrito a manera de entrada de un diario, el día de su detención, en noviembre del 68.

Lamentaba Revueltas en su texto la muerte de Vicente Lombardo Toledano, el eterno líder de la izquierda reformista de México, porque había perdido para siempre la posibilidad de polemizar con él en vida, para "demoler una a una sus posiciones ideológicas". Decía no tener quejas de su captura, "salvo, desde luego, por la pérdida de la libertad", y se mostraba feliz por haber recibido de sus propios captores los libros más inesperados, desde el *Libro rojo* de Mao Tse-tung hasta el teatro completo de Chéjov. El texto terminaba así:

> Escribo estas notas como quien arroja un mensaje al mar dentro de una botella. ¿A manos de quién llegarán si a manos de alguien? Bueno, escribir ya en sí mismo es una forma de la libertad, que aun sin papel ni pluma nadie nos podrá arrebatar de la cabeza, a menos que nos aloje dentro de ella una buena bala con la que termine todo.

Sé que la imaginación de esa bala rondó sin melodrama su cabeza aquella primera noche de su última prisión. Me atrevo a creer también que, antes de dormirse, extrañó la voz fraterna, antigua, del camarada Vadillo, la voz que había cifrado para él, alguna vez, el sonido cálido de la madre y de la tierra, de la juventud y de la fe, la voz incontenible de la esperanza que había dado a sus vidas el fuego catecúmeno que las encendió hasta consumirlas, y a sus muertes el fulgor crepuscular del siglo donde aún crepitan, inconformes, sus rescoldos.

El regalo de Pedro Infante

—Quien expulsa de su vida la mentira, deja la verdad afuera —dijo doña Emma, mi madre, con su habitual talante enfático de después del café—. Igual que la ley estricta y la moral sin excepciones, son las excepciones de la justicia. Miren si no, que les cuente tu tía lo que pasó en Chetumal con Pedro Infante y la hija del Peruano. Para que vean los caminos torcidos que puede tomar la verdad y las trampas que hay que hacer a veces para que se imponga lo justo.

—¿Pero cómo te acordaste ahora de esa historia, Emma? —dijo doña Luisa, mi tía, sonriendo con beatífica fatiga—. Tiene todos los años del mundo sepultada.

—Las historias van y vienen —sentenció doña Emma con displicencia, pizcando con la uña las migajas vagabundas del mantel—. Cuando hacen falta llegan, cuando no sirven para nada se van. ¿Y para qué nos iba a servir a ti y a mí la historia del pelma ése, que no sabía otra cosa que cantar tonteras y comer langosta?

—¿Te refieres a Pedro Infante, ídolo y leyenda de México? —pregunté yo, con alarma retórica.

Desde el fondo de mi memoria infantil había coincidido con el reciente ensayo de un amigo postulando que Pedro Infante era nada menos que "el corazón del pueblo", tesis extrema, a todas luces insostenible, que mi amigo había presentado, sin embargo, con irrefutable maestría, y con la contagiosa pasión del admirador rendido, capaz de mirar sus fervores no como una debilidad, sino como parte del orden natural de las cosas.

—A ese mismo Infante me refiero yo —dijo doña Emma, presintiendo la pequeña tormenta que habría de suscitar su afirmación, pero dispuesta, como siempre, a pararse frente al adverso mundo con el único escudo de sus palabras—. Tú no hacías más que escucharlo todo el santo día en el tocadiscos de Chetumal y lo adorabas —me dijo a mí, con un remoto júbilo materno—, pero yo le supe otras cosas y no me pareció nunca más que un pelma, encumbrado por la generosidad de este pueblo sin guía.

—Entonces no sólo estás contra Pedro Infante, sino también contra el pueblo que lo idolatró —dijo mi hermano Luis Miguel, uniéndose por unos segundos risueños a mi alarma.

—Ayuda lo que quieras al pelma de tu hermano —le devolvió doña Emma, sin titubear—. Ninguno de ustedes sabe lo que yo de este asunto. No saben nada.

—Es el tercer "pelma" que nos recetas, en tres intervenciones —dije yo, entrando por un flanco inesperado.

—Que los estés contando muestra lo bien usados que están —se defendió doña Emma, conteniendo una carcajada—. Sólo a un pelma se le ocurre andar contando las palabras en una conversación. No sé cómo se dicen escritores ustedes. ¿Así escriben, contando las palabras?

—Sólo si deben dar endecasílabos —la esnobeó Luis Miguel.

—Pues debían poner más cuidado en lo que tienen que decir y menos en las palabras que usan —avanzó doña Emma—. Pío Baroja decía que los escritores deben ser como burros que se ponen en cuatro patas y escriben con la cola. Los demás, según Baroja, eran plumíferos, exquisitos, esnobs. Cualquier cosa, menos escritores. Así que ustedes díganme de cuáles escritores son.

—De los de tu establo, madre. Y meneando con énfasis la cola —la abrumó Luis Miguel, arrancando de doña Emma la risa que había contenido.

—Bueno, carajos, pero qué pasó con la historia de Pedro Infante y la hija del Peruano —se impuso mi hermana Emma, que se hartaba con facilidad de nuestra esgrima.

—Que se las cuente tu tía —delegó doña Emma—. A ella le tocó vivirla de cerca. En esos días nosotros no estábamos en Chetumal. Habíamos ido al campamento maderero en Fallabón. ¿Se acuerdan de Fallabón?

Nos acordábamos hasta la leyenda de Fallabón, el campamento mítico donde se había definido la ulterior desgracia económica de la familia y a cuyo nombre seguían atados algunos de nuestros recuerdos esenciales, la visión eterna de un río, el miedo bíblico al estruendo de una crecida, la secuencia húmeda de un bosque virgen, plagado de atentas iguanas.

—Pues ahí estábamos cuando vino el pelma de Pedro Infante a Chetumal a desamarrar algunos diablos del pueblo —completó doña Emma.

—Primera mención del diablo en estas historias primigenias —dijo, muy hermenéutico, Luis Miguel—. Hasta ahora sólo habíamos tenido el mundo pagano y originario de Chetumal, un mundo anterior a la culpa y al Nazareno. Ahora ya tenemos diablos sueltos.

—Lo de los diablos es un decir de tu madre —explicó doña Luisa—. Pero algo sí pasó en ese pueblo con la ocurrencia de este hombre de andarse haciendo el generoso en medio de los mendigos.

—Pero qué pasó, carajos —volvió a impacientarse mi hermana Emma.

—Pasó —dijo doña Luisa, aceptando el exhorto— que este hombre, Pedro Infante, con todo lo famoso que era, el más famoso cantante de su época, el más querido actor, el ídolo de todo mundo, a ése le dio por enamorarse de Chetumal. Y se paraba por ahí cada determinado tiempo, listo para hacer sus monerías. Tenía locura por la aviación y había convencido a los dueños de la empresa Tamsa, unos irresponsables, de que lo dejaran pilotar los aviones de carga de la compañía que venían de Mérida o Veracruz a Quintana Roo. Y allá se subía Pedrito a los aviones de Tamsa para volar a Chetumal. Le digo "Pedrito" porque todo mundo lo llamaba así en Chetumal, como si fuera su hijo o su perro. El caso es que cada tres semanas, cada cinco, allá venía Pedrito desde Mérida cantando en las alturas las mismas boberías que cantaba en el cine. Y ya que iba llegando se comunicaba por radio y mandaba pedir que le sacaran dos langostas medianas. Escucha esto: langostas medianas tenían que ser, porque según Pedrito así es como conservaban su verdadero sabor. Y tenían que ser recién sacadas, porque luego de unas horas fuera del agua, según Pedrito, las langostas no sabían igual. Seguían siendo un manjar, pero ya no un platillo del paraíso. Con eso del paraíso traía Pedro Infante mareados a todos los pelmas de Chetumal.

—¿Tú también nos vas a pelmear? —le dije a mi tía de inmediato, zafando al fin una carcajada de mi hermana Emma, que también contaba las palabras.

—Pero si es que para algunas cosas los hombres de Chetumal de verdad eran unos pelmas —dijo doña Luisa, disculpando su juicio sin retirarlo—. Eran unos pazguatos ignorantes, y unos entrometidos. Tu abuelo Camín decía que en Chetumal había algunos especímenes que probaban solos la teoría de la evolución de Darwin. "Aquí hay varios que se acaban de bajar de la mata", decía papá. Y era verdad. Tú no sabes las cosas que podía creer la gente en Chetumal. Un día llega a nuestra tienda una muchachita prieta y china como negro cambujo y me viene a preguntar la pobre, de parte de su mamá, que a qué horas me ponía yo a tomar la luna. "¿A tomar qué, muchacha?", le pregunto. "A tomar la luna", me dice la pobrecita, un bicharrajito así, que no levantaba ni cincuenta centímetros del suelo. "Mi papá dice que ustedes están así de blancas porque en lugar de tomar el sol toman la luna. Y mi mamá quiere saber a qué hora es mejor, para probar." ¿Puedes tú creer eso? Dime si no tenía ese hombre aserrín en el cerebro.

—Y la mujer que le hacía caso tenía viruta —dijo doña Emma.

—Era una pobre campesina ignorante —disculpó doña Luisa, con lejana ternura.

—Todas somos unas campesinas ignorantes hasta que mandamos a la mierda a los hombres por primera vez —definió doña Emma, con inesperado vuelco radical.

—Ortodoxias no, madre —suplicó Luis Miguel—. No me vengas con que a la vejez, viruelas feministas.

—Viruelas contra los hombres es lo que las mujeres deberían tener a la edad propicia —reiteró doña Emma—. Pero nadie ha inventado vacunas para eso.

—Por algo será —dijo doña Luisa, más ansiosa de seguir la historia que de discutir con doña Emma—. El caso es que en esa época, tan lejana que es difícil creer que existió alguna vez, Pedro Infante venía a Chetumal en su avión, cantando el pelma, porque no era más que un pelma simpático, en eso tu madre tiene razón, y venía por lo común a la casa de Pepe Almudena, un comerciante español de Chetumal que lo recibía siempre y le hacía grandes comidas con sus langostas medianas, acabadas de pescar. Era la época en que pescabas langostas en Chetumal como si recogieras arena del fondo del mar. Te metías un poco al agua y ahí estaba la langosta esperando. Cuando fue Cárdenas a Quintana Roo, iba llegando al muelle de Cozumel y se tiró al agua frente al muelle. Salió con dos tremendas langostas, una en cada mano. Todo era así en Chetumal, por eso nosotras decimos que era como el paraíso terrenal.

—Era un pueblo del Oeste con mar y sin caballos —definió doña Emma—. Nada faltaba ahí, pescado, frutas, langostas o pavos de monte. Cogías quetzales en el patio de tu casa y los venados venían a tomar al aljibe del pueblo. Había todo con sólo estirar la mano. Por eso era un pueblo tan pobre. No había que esforzarse por nada.

—Infante le había bautizado una hija a Pepe Almudena —siguió doña Luisa—. La hija menor, Araceli, y tenía siempre cuidado, eso hay que reconocérselo, de traerle cada vez un regalo a la niña, la Gallega, como le decían. El regalo acababa siendo la envidia de todo el pueblo, porque se lo había traído a la Gallega Pedro Infante y porque eran siempre cosas que no había en Chetumal, chucherías de cierto lujo o más sencillas, pero que en Chetumal no podían encontrarse. Y era llegar Infante a Chetumal y alborotarse el pueblo. Para todos tenía Infante una atención, también hay que reconocérselo. Con tal de agradar era capaz de todo. Un día, yo creo que para mostrar lo fuerte que era y para agradar a la gente del muelle, se puso a ayudar a la estiba de un barco de tu abuelo Aguilar. Ahí se estuvo media mañana cargando bultos con los marineros y los soldados, como uno del montón.

—El Preferido del Montón —precisó Luis Miguel.

—No dejaba de tener lo suyo —reconoció doña Luisa—. Después de todo, no tenía por qué tomarse tantas molestias para quedar bien con la gente de Chetumal. Pero el hecho es que el día que llegaba tenía que ver con todo mundo. "Ya llegó Pedrito", corría la voz desde el aeropuerto, aunque aeropuerto es un decir: era una pista ahí cualquiera de asfalto, con un bohío que servía de oficina a media selva. Pues Infante venía de allá hasta la casa de Pepe Almudena, hablando y liándose con todos, rodeado de gente, como en un carnaval. Se sabía el nombre de medio pueblo y con todos se saludaba y preguntaba por zutano, por mengano. Pepe Almudena era hombre de posibles y cuando llegaba Infante ponía en una de sus bodegas tremendos peroles de comida para la gente y dentro de la casa una mesa muy bien puesta para Pedrito y para el círculo más cercano de su familia y sus amigos de Chetumal. Tu abuelo Camín, por ejemplo, siempre estaba invitado a la mesa de Almudena cuando llegaba Pedrito. Pero fue una vez y no volvió. "La adulación no se lleva con mi digestión", decía papá, tu abuelo. Según él, la atmósfera de esas comidas era de una adulación grosera para Infante. Yo creo, Emma, ahora que lo pienso —le dijo doña Luisa a su hermana, interrumpiendo la narración—, que aquel rechazo de papá a las comidas de Almudena es lo que nos ha quedado a nosotras en contra de Infante. Porque papá no podía ni oír de esas comidas, de la gente desfilando para obtener un autógrafo, un saludo, una sonrisa de aquel hombre. No podía soportar la idea de esa procesión. Ni de ninguna otra. Papá era difícil para la gente, le daban urticaria las muchedumbres. "El que sigue a una muchedumbre", decía él, "nunca será seguido por una muchedumbre". Era como aristocrático, desencantado, qué sé yo. Siempre decía: "Mejor rey pobre en mi choza, que sirviente rico en el palacio de otro". Y ya se podía caer el mundo que a papá no lo movías una pulgada de su reino. Pues el caso es que entre tanta gente que iba y venía saludando a Pedrito, para después discutir durante semanas a quién le había sonreído mejor, a quién le había hablado más y otras boberas del estilo, entre toda esa gente se coló un día la hija mayor del Peruano, Violeta, una chiquita hermosa como no han vuelto a ver los cielos de Chetumal.

—Te recuerdo que ya otorgaste ese título a la hija de la mulata Morrison en otra ocasión —le dije yo, para matizar la hipérbole.

—Bueno —dijo doña Luisa, riendo la sonrisa que borraba los años de su cara—, la hija de la mulata Morrison era un sueño, una belleza extravagante que no podías dejar de mirar cuando la veías. Pero la hija mayor del Peruano era una aparición, blanca y fina como una *madonna*, una blancura que atraía la luz. De verdad, algo pasaba con esa muchacha, porque la veías venir por las veredas de Chetumal a larga distancia, entonces no había aceras todavía, eran veredas abiertas y bien chapeadas en el monte, la veías venir con sus vestiditos siempre zancones y con algún rasgón, una miseria traía siempre encima la pobre, y a lo lejos la veías como brillar, óyeme, blanca y rubita, caminando como un animal fino, en medio del verde del bosque y las casas de madera de Chetumal. Cuando esto que les cuento, era una muchacha de doce o trece años y era lastimoso verla, porque seguía usando vestidos de niña pero ya no era una niña. La edad avanzaba rápido en sus pechos y en sus formas y de un día para otro dejabas de ver a una niña preciosa con el vestido zancón y creías ver más bien a una mujer hecha y derecha medio desnuda. Era de llamar la atención, porque además bajaba del cerro, allá lejos por el aeropuerto, con su caja de chicles o de chocolates o lo que le tocara vender esa semana, y cruzaba todo el pueblo hasta el Parque Hidalgo o hasta el cine Juventino Rosas. Y era una de las mayores porquerías de Chetumal ver a los machos de porra del pueblo hurgarle las formas a la hija del Peruano con las miradas más sucias que puedas pensar. Una porquería insufrible en torno a esa beldad como iluminada, esa niña.

—Exactamente. La hija del Peruano era una niña —confirmó doña Emma—. Parecía más grande y más mujer, pero no era más que una niña. Con nosotros venía en esa época y se paraba en el mostrador de la tienda a pedir que la dejáramos andar en el triciclo de Héctor, que la dejáramos vestir las muñecas de Emma, y a pedir puras cosas de niña la pobre, con sus vestidos dejando ver sus ancas de mujer. Era una cosa de llamar la atención ese contraste horrible de una niña hecha mujer sin darse cuenta. Vaya, sin haber reglado siquiera.

—Qué tendrá que ver la regla en esto —se quejó doña Luisa, que repudiaba instintivamente toda alusión a las verdades del bajo vientre.

—Tiene que ver para que entiendan lo que estás hablando, no para irritarte a ti —dijo doña Emma, con superioridad tolstoiana.

—Pero si lo habían entendido —insistió doña Luisa—. No es que me irrite yo.

—Explícanos mejor quién es el Peruano —se metió Luis Miguel, que lo reinventaría más tarde, al Peruano y a su familia y a su amante negra, en una serie de poemas.

—El Peruano era un pobre tipo —siguió doña Luisa—. Era famoso en Chetumal porque estaba borracho todo el día y porque había venido del Perú contando unas historias marineras de grandezas sin cuento. Se había casado con la hija de un libanés contratista de madera, y luego de una vida de matrimonio normal, en la que tuvieron a esta muchachita Violeta y cuatro varones, el Peruano se fue a liar en Corozal con una negra malviviente y su mujer, una Dolores Abdelnour, no quiso tolerárselo, se fue de la casa diciéndole a todo Chetumal por qué y antes de que pasaran dos meses se puso a vivir con un primo en Carrillo Puerto, dejando atrás marido, hijos, padres y hermanos, porque no hubo quién estuviera de parte de ellos cuando decidieron juntarse. Su ausencia o el ridículo, qué se yo, destruyó al Peruano. Cuando Dolores se le fue de casa, el Peruano empezó a beber y no paró hasta que la bebida se lo llevó de este mundo. Perdió el negocio de importaciones que tenía, perdió la casa que se había comprado, perdió desde luego a la negra interesada de Corozal y se fue a malvivir allá por el cerro con sus hijos. Malvivía, como digo, de venderles ropa y manta cruda a los chicleros, aunque decían que también les vendía mariguana de un predio que había conservado por Huay Pix, monte adentro, junto a la laguna. La verdad es que el pobre hombre no pudo tragar lo único que debió tragar, el abandono de su mujer, y se dedicó a tragar todo lo que no debía. Entonces mandaba a la hija a vender cosas al pueblo, pepitas, cacahuates, dulces americanos, lo que fuera, y Violeta se cansaba de andar por el pueblo de arriba abajo mostrándose sin darse cuenta. Imagínate esa belleza paseándose todo el día por ese pueblo chiclero en el fin de la selva.

—Pero si era el paraíso —recordé yo.

—El paraíso también estaba dejado de la mano de Dios —acudió, herética y sonriente, doña Emma—. De otro modo no habría pasado ahí lo que pasó.

—¿Pero qué pasó con la hija del Peruano y Pedro Infante? —insistió Emma, mi hermana.

—Pasó —siguió doña Luisa— que uno de esos días de fiesta en casa de Almudena por la llegada de Pedrito, se presentó Violeta con su cajita de chicles, a ver qué podía vender o comer. Pues no bien la vio Pedro Infante, que sabía lo que eran las bellezas del cine mexicano, va y le pregunta a Pepe Almudena: "¿Qué es eso, compadre? ¿Dónde tenían escondida esta creación del Señor?". "Es la hija del Peruano, que no conoces", le contesta Pepe Almudena. Entonces Pedro Infante, que además de pelma era un cuzco, se va de cuzco a donde la Violeta, la toma del brazo, la lleva a la mesa donde iban a comer en casa de Almudena y empieza a hacerse el gracioso con ella. Pero no bien empieza la chamaca a hablar, Infante se da cuenta rápidamente de que tiene entre manos a una chiquilla, nada más. Entonces le cambia el interés del principio, pero igual decide que la mocosa se quede con ellos hasta el fin de la comida, porque es la cosa más bella que ha visto en Quintana Roo. Y ahí se pasa la comida admirándola, rendido ante la belleza de Violeta, la hija del Peruano. Tanto es así que al final de la comida le dice: "Me has alegrado los ojitos como pocas cosas, criatura, y te voy a hacer un regalo. ¿Qué se te antoja?". Y va Violeta y le contesta señalando a Araceli, la hija de Almudena: "Quiero lo mismo que la Gallega". Infante le había traído esa vez de regalo a la Gallega, la hija de Pepe Almudena, una muñeca holandesa de porcelana, una de esas muñecas de colección, con articulaciones en hombros y tobillos y unas facciones tan perfectas, tan expresivas, que en cualquier momento podían arrancarse a hablar. Le había entregado el regalo al llegar y ahí se había estado Araceli jugando con su regalo a la vista de todos. Bueno, pues el mismo tiempo que Pedro Infante pasó admirando a Violeta, Violeta lo pasó hipnotizada por la muñeca que la Gallega acunaba en sus brazos, vestía y desvestía, mostraba y celebraba, pero no dejaba que la tocara nadie, Violeta menos que nadie. De modo que cuando escuchó la oferta de Pedrito, sin pensarlo dos veces Violeta le dijo: "Quiero lo mismo que la Gallega". Se quedó Pedrito de una pieza, sin saber qué hacer, a la vista de todos. "Pues ahora sí me fregaste, criatura", le dice a Violeta. "Cualquier cosa pídeme menos la muñeca, porque no traigo otra y ésta ya la di." Entonces Violeta se hace ovillo y empieza a llorar, a llorar de tal manera que la gente se asusta, le preguntan si le duele algo, pero Violeta sólo llora y llora, hasta que Pedro Infante se acerca a consolarla y le dice: "Me parte el alma verte llorar así y ser tan burro, m'hija. Esta muñeca no te puedo dar, pero te prometo que la próxima vez que venga a Chetumal, y voy a venir al fin del mes, te voy a traer a ti una muñeca como ésta. Y para que no digas que es una pura hablada, orita mismo te voy a comprar la mejor muñeca que haya en Chetumal y te la dejo en prenda de la otra que te voy a traer. Pero no llores, que te pones fea. Aunque la verdad, criatura, hasta llorando y moqueando eres una bendición de Dios". Bueno, pues se calmó Violeta y Pepe Almudena mandó a uno de sus empleados a buscar la muñeca sustituta. Pero era domingo y todo el comercio en Chetumal había cerrado, además de que muñecas y juguetes en Chetumal no había más que por Navidad o cuando mandabas pedirlos al lado inglés. Así que el empleado regresó diciendo que no había una sola muñeca en todo el pueblo, la única que había localizado era la que estaba hace meses en el aparador de la Casa Aguilar, la tienda de tu abuelo, pero la tienda estaba cerrada y quién sabe si quisieran venderla, porque no se la habían vendido a nadie en ese tiempo. Entonces Almudena le mandó un recado a tu abuelo Aguilar explicándole la cosa y tu abuelo ordenó abrir la tienda y darle la muñeca al empleado de Almudena, una muñeca muy bonita también, pero sin punto de comparación con la otra. Pues muy bien, le dan su muñeca a Violeta, se termina la fiesta, Pedro Infante se trepa a su avión de regreso a Mérida y todo el mundo en paz y contento.

—Pedro Infante, corazón del pueblo —dijo Luis Miguel insistiendo en la tesis del ensayo de mi amigo, que también conocía.

—Vas a ver tu corazón del pueblo —saltó doña Emma—. Que te cuente tu tía lo que pasó en el corazón del pueblo.

—Pues eso es lo que queremos saber: ¿qué pasó? —dijo mi hermana Emma.

—Lo que siempre pasa, lo inesperado —dijo doña Luisa—. No bien llegó Violeta a su casa con la muñeca de la Casa Aguilar, el Peruano se le fue encima vuelto una fiera, gritándole, zarandeándola, preguntándole de dónde había sacado aquella muñeca. Le contesta la pobre muchachita que se la había regalado Pedro Infante. "Mentira", le grita el Peruano. "Te la dio el tal por cual de Epitacio." "Me la dio Pedro Infante", contesta lloriqueando Violeta. "Confiésame la verdad", le grita el Peruano. "Dime si te la dio Epitacio", y empieza a golpear a Violeta, borracho como estaba, como siempre.

—¿Pero quién es Epitacio? —preguntó mi hermana Emma.

—Epitacio era el capataz de tu abuelo Aguilar, un miserable que no lo puedes creer —accedió doña Luisa—. Un hombre malo y pervertido que sólo tu abuelo Aguilar podía controlar. Papá decía, elogiando a tu abuelo Aguilar: "Lupe es la única persona en Chetumal que puede sacar algo bueno de ese albañal llamado Epitacio Arriaga". Y así era. Don Lupe tenía domado al tal Epitacio, lo trataba como a un perro y como un perro Epitacio le era fiel. Cada vez que había una cosa miserable o peligrosa que hacer, tu abuelo Lupe mandaba a Epitacio. Si había que tirotear a los negros que se robaban las trozas de madera del Río Hondo, con Epitacio se apostaba tu abuelo Aguilar a cazar negros. Si había que sacar borrachos de la cantina, Epitacio llegaba a sacarlos. Si había que cobrar dinero a pagadores remilgosos, Epitacio iba de cobrador. Y ahí lo tenía tu abuelo como perro de presa a la entrada de la tienda, que era también de la casa, esperando sus órdenes. Siempre repelando, pero siempre obedeciendo, y trabajando como Dios manda, en lo que se le ofreciera a don Lupe. Pero fuera de esa como servidumbre con tu abuelo, una servidumbre yo digo más mental que otra cosa, Epitacio era un ser abominable. El tiempo que no estaba en casa de tu abuelo lo pasaba en el congal del pueblo hablando de sus hazañas y atormentando a las mujeres de ahí, pidiéndoles cosas perversas, lastimándolas. Había estado en la cárcel, porque el día de su noche de bodas golpeó a su mujer tanto que la dejó paralítica. Según él, no había sido señorita cuando se casaron y lo había engañado. Su obsesión eran las mujeres, las jovencitas en particular. No había muchacha joven y pobre en el pueblo, porque no se metía con las ricas, que no fuera recibiendo propuestas obscenas de Epitacio, según pasaban por la calle o se las topaba en un baile o se acercaban al mostrador de la Casa Aguilar a comprar algo. Una obsesión enferma y puerca de ese hombre por cualquier cosa joven con faldas que le cruzara enfrente. Un degenerado, un pervertido. Y la que caía en sus redes, casi siempre por dinero, no creo que ninguna de aquellas infelices lo hiciera por gusto o placer, mucho menos por amor, era después la única materia de su conversación en dondequiera, cómo era fulana y cómo había estado con él, y esto le había hecho y aquello le había tomado, con una majadería y una vulgaridad, que no lo puedes creer.

—Ésa es la palabra exacta: vulgar —apuntó doña Emma—. Epitacio era sobre todo un hombre vulgar, un hombre corriente. Repugnante de tan vulgar y tan corriente.

—Y también de mala índole, Emma. Tenía el alma torcida y retorcida —aceptó y agregó doña Luisa—. Porque no hubo en toda la vida de ese hombre una sola cosa limpia y normal, aparte de su lealtad perruna a don Lupe. Todo venía sucio, turbio, sudado y enlodado.

—Bueno, pero qué pasó —volvió a urgir mi hermana Emma.

—Pues que el Peruano, borracho como estaba, tomó el machete y fue a buscar a Epitacio —siguió doña Luisa—, convencido de que Epitacio había intentado o logrado algo con Violeta. Y va rumbo al aserradero de tu abuelo, allá del otro lado del muelle, donde dormía Epitacio en la caseta de vigilancia, y toca la casualidad de que esa noche, siendo domingo, Epitacio no anda en el burdel como acostumbra, sino que está durmiendo la mona del día anterior. Se mete el Peruano a la caseta y, antes de que los otros trabajadores lo detengan, alcanza a darle a Epitacio dos machetazos, uno en la mano que le lleva dos dedos y otro en la espalda.

—Ay, qué espanto —dijo mi hermana Emma—. Pobre hombre, qué vida.

—¿Pobre Epitacio? —pregunté yo.

—No, pobre Peruano —dijo Emma.

—Pero si el Peruano fue el que le dio de machetazos —dije yo.

—Pero por su hijita —dijo Emma.

—Por borracho —dije yo.

—Bueno, sí, por borracho, pero por su hijita —siguió enternecida Emma.

—Bueno —siguió doña Luisa—, los hombres se llevaron al Peruano a la comisaría y a Epitacio al hospital. Le pararon la hemorragia a Epitacio, que perdió dos dedos limpios, el índice y el pulgar; se conoce que metió la mano para detener el machetazo. La herida en la espalda no era muy profunda, más grave resultó lo de la mano. Mientras curan a Epitacio en el hospital, al Peruano lo interrogan en la comisaría. "¿Por qué quisiste matar a Epitacio?" "¿Qué te hizo Epitacio?" "¿Alguien te mandó o lo hiciste por tu cuenta?" Porque todo Chetumal estaba lleno de sospechas. Nadie hacía ahí una cosa por su cuenta. Era terrible. Todos los actos tenían una doble o una triple intención. Así era Chetumal. Pero el Peruano no dijo una palabra, se quedó callado, sumido en su borrachera y en su terquedad, repitiendo sólo que no iba a decir nada, que no iba a decir nada, que lo metieran a la cárcel si querían, que él había hecho lo que debía hacer y que no iba a darle cuenta a nadie de sus actos.

—Hay una cosa que no entiendo —dijo Luis Miguel, fastidiando a su amoroso modo—. Es esto: ¿cómo resulta que en el paraíso todo el mundo tiene sospechas de los actos de otros? Para empezar, en el paraíso no hay más que Adán y Eva. ¿Quieren decir que Chetumal no era del todo el paraíso?

—Queremos decir que te calles, carajo —dijo mi hermana Emma—. Lo que interesa ahora es qué pasó con el Peruano.

—Eso puede interesarte nada más a ti —contestó Luis Miguel, continuando su juego—. Pero el asunto de la metáfora sobre el paraíso le interesa a la mitología universal.

—Pues que venga a preguntar la mitología universal —dijo Emma—. Ahorita lo que a nosotros nos interesa es qué pasó con el Peruano...

—Y con Epitacio —dije yo.

—Con Epitacio también, pero eso nos interesa menos porque era un miserable —dijo mi hermana Emma.

—Me rindo —dijo Luis Miguel—. Pero hay una falla lógica en todo esto.

—¿Cuál falla lógica? —preguntó doña Emma.

—¿Por qué al Peruano se le ocurre que Epitacio es culpable de algo? —preguntó, exponiendo, Luis Miguel—. El Peruano lo único que ve es llegar a su hija con una muñeca. La hija da una explicación que al Peruano le parece absurda o increíble, de acuerdo: dice que se la regaló Pedro Infante. Pero ¿por qué el Peruano concluye de ahí que tiene que ir a darle de machetazos a Epitacio? Hay ahí un *deux ex machina*, como diría Pedro Infante. Un *non sequitur*, que habría dicho el Peruano.

—Éste se cree más inteligente que la realidad —dijo doña Emma litigando como siempre, amorosamente, con su hijo menor, a quien le diagnosticó, por añadidura—: Tú confundes lo que no sabes con lo que no puede ser.

—Pero en esto tiene razón —dijo doña Luisa—. Porque ésa fue precisamente la reacción de don Lupe Aguilar cuando supo el lío de los machetazos. Lo primero que pensó don Lupe cuando se lo dijeron fue lo que Luis Miguel: "Aquí hay gato encerrado".

—Qué diría Hegel —ilustró Luis Miguel, provocando la risa ecuménica de la mesa.

Siguió luego doña Luisa:

—Don Lupe pensó: "Aquí hay gato encerrado", y decidió ir a la cárcel a entrevistarse con el Peruano. "Déjennos solos", les dijo a los guardias. Los dejaron solos sin chistar, porque tu abuelo Aguilar puesto a dar órdenes era una fiera. Entonces tu abuelo se sacó del pantalón una anforita de aguardiente y se la dio al Peruano. "Toma", le dice. "Ya bastantes desgracias tienes tú encima para que además te falte guaro." Cuando el Peruano se hubo tranquilizado con el aguardiente, le dijo tu abuelo: "Ahora quiero que me cuentes a mí, nada más a mí, qué te hizo Epitacio". "A usted sí", le dijo el Peruano, y entonces le va contando. Resulta que el pervertido de Epitacio se había dedicado un buen tiempo a fastidiar al Peruano diciéndole que quería casarse con Violeta. Y le ofrecía esto a cambio de la mano de Violeta y le ofrecía aquello, le pagaba los tragos en la cantina al Peruano y se hacía el yerno, con su ridiculez de hombre de cuarenta años pretendiendo llevarse a su escondrijo aquel tesoro de catorce que era Violeta. El Peruano lo ignoraba, lo esquivaba, le palmeaba el hombro, pero no le decía ni sí ni no, tan descabellado le parecía el propósito de Epitacio, que no valía la pena ni hablar de ello. Pues un día se presenta Epitacio en la casa del Peruano con una muñeca preciosa, casi de tamaño natural, y le dice, fíjate, el lenón, el pervertido éste: "Aquí le traigo este regalo a Violetita. Quiero que lo acepte como inicio de nuestro compromiso para casarnos dentro de un año". "Tú estás loco", le dice el Peruano. "Ya te he dicho que de eso no hay ni qué hablar. Violeta es una niña." "Tu hija ya es una mujer", le contesta Epitacio. "Y el único que no se da cuenta de eso eres tú." Entonces el Peruano se enoja y empieza a insultar a Epitacio, sin reparar en lo peligroso que era ese hombre. Y al final le dice: "Tú eres el último hombre en el mundo con el que Violeta puede meterse. Tú eres un enfermo, un pistolero, y además estás viejo para ella". Epitacio lo deja terminar y le dice, sin inmutarse: "Quise llegar a tu casa bien y me insultas. Entonces voy a llegar como yo sé. Me voy a hacer de tu hija como yo pueda, y tú lo vas a saber. Voy a cambiar esta muñeca que traigo de regalo y que no aceptas, por la tuya. Cuando tú tengas esta muñeca en tu casa, será señal de que yo he tenido a Violeta en la mía". Y entonces va y pone la muñeca en el estante más alto de la Casa Aguilar, prohibida su venta, porque es de Epitacio, esperando cumplir su infamia con Violeta para mandársela de contraseña al Peruano. Bueno, pues ésa es la muñeca que en su prisa y sus ganas de quedar bien le localizan a Pedro Infante, la muñeca que Infante le regala a Violeta y la muñeca que Violeta lleva a su casa la noche de aquel domingo. Cuando el Peruano la ve llegar con la muñeca, lo que entiende es que Epitacio le cumplió la palabra y se aprovechó ya de su hija. Por eso sale con el machete a buscar a Epitacio, y por eso no quiere decir nada después, porque no quiere manchar más a Violeta voceando su deshonra.

—Fíjate el lío que armó Infante —dijo doña Emma—. Para que me digan si no fue un pelma. Y todo por quedar bien.

—Pero, mamá, cómo iba a saber —dijo mi hermana Emma.

—Si los hombres se quedaran quietos, en vez de andar haciéndose los interesantes, otro gallo nos cantara —dijo doña Emma, con vuelo estoico.

—¿Y qué hizo el abuelo Aguilar? —pregunté yo.

—Le dijo al Peruano: "Todo esto es un malentendido de película" —siguió doña Luisa—. Le explicó que él mismo había autorizado la entrega de la muñeca para Infante, porque se lo había pedido Pepe Almudena, y que Epitacio no había metido la mano en eso. "Por eso lo encontraste tan desprevenido", le dijo. "De otro modo, te hubiera estado esperando, y el que estaría a estas horas en el hospital, o en el cielo, serías tú. Pero no te preocupes. Entiendo tu rabia y te voy a ayudar." Con la misma, sale don Lupe de la cárcel y se va al hospital a ver a Epitacio. "Ésta te la ganaste", le dice. "Pero si no hice nada, don Lupe", le contesta Epitacio. "Con la intención que tenías es suficiente", le dijo don Lupe. "Que te matara merecías, pero nada más te hirió." "No me hable así, don Lupe", le dice Epitacio. "Mire, me chapeó dos dedos", mostrándole la mano izquierda vendada, ensagrentada. "Te sobraban para robarme", le dijo don Lupe. "Quiero que no pongas demanda contra el Peruano." "Don Lupe, pero si me dejó cucho ese hijoeputa. Eso no se puede quedar así." "Así se va a quedar", le dijo don Lupe. "Yo te voy a dar a cambio todo el dinero que necesites y una buena chamba en el campamento de Plancha Piedra, en Guatemala. Te va a convenir." "Exige usted mucho, patrón", le dijo Epitacio. "Y te aguanto mucho, también", contestó tu abuelo. "¿Quiénes estaban presentes de los muchachos cuando llegó el Peruano?" Le dice Epitacio y se va tu abuelo a buscarlos al aserradero. "Ustedes no vieron nada aquí", les dice. "Mucho menos al Peruano con un machete." "Pero don Lupe", le dice Encalada, uno que luego trabajó con tu padre, "si nosotros lo llevamos preso, ¿cómo vamos a decir que no lo vimos?". "Porque nadie les va a preguntar", dijo don Lupe. Al día siguiente fue a la comisaría a hablar con el juez y le dice: "Hay un error en la detención del Peruano. Ya hablé yo con Epitacio, el herido. Dice que el Peruano no fue". "Pero si aquí lo trajeron sus muchachos, don Lupe." "Mis muchachos no trajeron a nadie", dijo don Lupe. "Y el Peruano no pudo ser porque yo estuve bebiendo con él toda la tarde y la noche de ayer. Estuvo conmigo." "Pero si usted no bebe, don Lupe", le dice el juez. "Precisamente por eso me acuerdo", le contesta don Lupe. "Y tú, que entiendes muy bien las cosas, no te pongas delicado. Epitacio se merece lo que le pasó y más." Y entonces le cuenta al juez la confusión del asunto y la amenaza previa de Epitacio sobre Violeta.

"Pues tiene usted razón", dice el juez. "Y tengo también unos regalos para ti y tu familia", le dice don Lupe. "Pásate a buscarlos a la tienda por la tarde. Esta vez a la mejor violamos la ley, pero vamos a impartir justicia."

—Impartió justicia violando la ley —resumió doña Emma.

—¿Y qué pasó con el Peruano? —preguntó mi hermana Emma, que en verdad se había uncido a su destino.

—Salió libre por falta de méritos —dijo doña Luisa—. Todo el mundo se reía en Chetumal de la justicia de tu abuelo Aguilar, al extremo de que le pusieron el Rey Salomón y cada vez que había un pleito a machetazos entre chicleros o mayas, lo cual era cosa relativamente común, la gente decía: "Llamen a don Lupe, que hace justicia y desaparece hasta los muertos si hace falta". Luego le dio un empleo al Peruano, allá en unos negocios que tenía de traer y llevar mercancía por los pueblos de la ribera del Río Hondo, y se hizo cargo de sus hijos, los mandó a la escuela, los cuidó y hasta apadrinó a uno de los muchachos en su comunión, él que no creía en la existencia ni del pesebre de Belén. No creía en nada religioso, pero supongo que se sintió culpable de esos niños y de la tragedia que había estado a punto de provocar el Epitacio aquél, que era su protegido y su perro de presa. "Me salió barato", decía después el malvado viejo acordándose, el pícaro.

—¿Pero cuál tragedia? —alegó Emma—. Si salió herido nada más quien lo merecía.

—La tragedia que hubiera sido, hija —dijo doña Luisa escandalizada—. La tragedia de que Epitacio hubiera violado a Violeta. Que hubiera esperado al Peruano y lo hubiera matado. Y que tu abuelo Aguilar hubiera tenido que hacer frente a los crímenes de su cancerbero. Se le hubiera echado el pueblo encima a él.

—¿Y la bella Violeta? ¿Qué pasó con ella? —preguntó Luis Miguel.

—Pues mira lo que son las cosas —dijo doña Luisa—. Violeta creció, dejó de ser una adolescente y con la adolescencia aquella belleza suya turbadora, iluminada, como te digo, se eclipsó. Embarneció mal y se quedó chiquita, no muy alta, de modo que su esbeltez desapareció y quedó una mujer hermosa, claro, siempre muy hermosa, pero nada que ver con lo otro, de la época en que el Peruano madrugó a Epitacio. Ahora, a esa muchacha no la abandonó del todo la mala suerte. Luego que murió el Peruano, ahogado, porque se cayó en la noche, dormido, de la borda del barco donde llevaba su mercancía por el río: nunca lo encontraron, Violeta casó con un muchacho llamado Romero, un muchacho excelente, trabajador, serio, y adoraba a Violeta. Bueno, pues quién iba a decir que de pronto, sin ninguna razón porque en todo le iba bien, a lo mejor por eso, lo mismo que al Peruano, a Romero le dio por beber. Y en lo que tú volteas a ver, ya todo Romero era nada más beber. Beber, y beber, y beber. Tuvieron un hijo igualito al Peruano. Un día, borracho, Romero vino y le pegó una tunda chetumaleña a la Violeta, una tunda de las que estilaban los machos chetumaleños. Pero Violeta ya estaba curada de espanto con la historia de su padre, mandó llamar al hermano que ya era un hombrón y el hermano le dio una tunda de regreso a Romero que tardó días en poder decir su nombre de nuevo. Violeta nunca más volvió a ver a Romero, a dirigirle la palabra siquiera. Tomó a su hijo, salió de la casa del borrachín y hasta no verte Jesús mío. Nunca más.

—Un temperamento radical —bromeó Luis Miguel.

—Santo remedio —dijo doña Luisa—. Nunca más nadie le levantó un brazo a Violeta.

—¿Y Romero? —preguntó Luis Miguel.

—Romero siguió de borrachín —dijo doña Emma—. Pero ahora con la coartada de que tomaba porque Violeta lo había despechado y no podía vivir sin ella. Pretextos, porque ya bebía desde antes. Un día, borracho, se trepó a un bote en el muelle y se perdió en el mar. Luego Violeta venía y se paraba en el mostrador, preguntando, angustiada: "¿Lo habré matado yo despechándolo, doña Emma?". Y yo le dije: "No, lo mató el guarapo. Pero el guarapo y él te habrían matado a ti si no lo despechas". Un día, comentando el caso de Violeta y Romero, el obispo de Campeche, que llegaba a casa durante su visita pastoral nos dijo: "Existe el pecado de omisión, pero para serles franco yo creo más bien que lo que ha de ser no necesita ayuda. Díganle a esta muchacha que si eso le preocupa, yo la absuelvo, que venga por mi bendición". Se lo dijimos a Violeta, pero nunca vino. "Ya me absolvió en ausencia el señor obispo. No se vaya a arrepentir cuando me vea", decía la pícara.

—Bueno, ¿y Epitacio? —quiso saber Emma, su antifán.

—La porquería esa murió como lo que era, perdido en la selva de Guatemala —dijo doña Luisa—. A machetazos, como debió matarlo el Peruano, así murió, en una casa de mala nota de Plancha Piedra, a la entrada del Petén en Guatemala. Una basura, nadie lo lloró.

—A diferencia del pelma de Pedro Infante, a quien lo lloró todo México —dije yo—. A propósito, ¿y la muñeca de Pedro Infante?

—Nunca llegó a Chetumal —dijo doña Luisa—. En su siguiente vuelo a la península, no sé si iba a pasar a Chetumal, pero había despegado de Mérida, el avión que pilotaba Pedro Infante cayó en la selva y así murió, enterrado en una carga de pescado frío. De modo que el Peruano nunca escuchó de viva voz de Infante que lo que su hija le dijo era verdad.

—La verdad es una madriguera —dijo, filosófica, doña Emma.

—Una muñeca faltante —dijo Luis Miguel.

Hubo una pausa en la animación de la mesa y un callado regreso a la verdad trivial de la familia, los padres y los hijos, los grandes y los chicos, las memorias comunes y el temor al adiós de los que amamos.

El fantasma de Gelati

En noviembre de 1987 me mudé con mi familia a las llamadas calles de Gelati, en un tranquilo barrio de la Ciudad de México llamado San Miguel Chapultepec, frontero del Bosque y del Castillo del mismo nombre. Las primeras escaramuzas con la nueva casa fueron un asalto, una inundación y el espanto de Silvina, la asistente doméstica, porque la habían visitado por la noche unos fantasmas. La puerta de la habitación donde dormía Silvina, entre cajas de ropa y libros por desempacar, cedió el paso a una ráfaga de aire frío cuya única explicación verosímil para ella fue que la desplazaba un cortejo de fantasmas. La luz de la luna inundó el lugar, subrayando el momento con su palidez inesperada. Silvina pasó despierta lo que faltaba de la noche, rezando para combatir el llanto en sus ojos y el pavor en su alma fantasiega. Fue la única visita de ultratumba que Silvina recibió en la casa de Gelati, porque ese mismo día decidió marcharse, luego de una sentencia inapelable.

—En esta casa hay fantasmas —dijo—. Y no de los buenos, sino de los que vienen a perjudicar.

El paso de Silvina dejó entre mis hijos un dominio pleno sobre la mayor colección de obscenidades que hayan registrado bocas infantiles y en mí el sentimiento perturbador de que acaso hubiera dicho la verdad: seres de otro mundo recorrían la casa disponiéndose a escoger sus víctimas nocturnas para deslizarles al oído, en un murmullo, el mensaje espeluznante: "Estoy aquí". Lo cierto es que Silvina decidió irse y yo olvidé sus advertencias. Una noche, al meter el auto en la cochera que daba a un tramo oscuro de la calle de Gelati, me saludó por mi nombre, afable pero sorpresivamente, una mujer alta y delgada que se identificó entre las sombras como Laura Reséndiz, hija del historiador Laureano Reséndiz y ella misma historiadora del Instituto de Antropología, donde trabajamos juntos largos años y felices días. Me preguntó si nos iba bien en el nuevo barrio. Le dije que muy bien, pero que, la verdad, seguía temblando por el susto de su saludo inesperado en medio de la oscuridad. Agregué que era el segundo fantasma de mi breve estancia en la San Miguel Chapultepec. Laura me miró angélicamente con su cara recta y fina, como iluminada por el hallazgo de un alma gemela.

—Ésta es zona de muchos fantasmas —dijo—. No creas que eres la excepción.

Atestiguó mi horror desde la nobleza risueña de sus facciones y siguió, sin darme pausas, con su humor apacible:

—No olvides que en estos rumbos fue la famosa batalla de Molino del Rey contra el ejército norteamericano en 1847. Hubo muchas fosas comunes, muchos muertos sin enterrar. De modo que hay por aquí muchos huesos buscando cristiana sepultura. El hecho es que, si ya tuviste tu primer fantasma en la San Miguel Chapultepec, tienes que conocer a mi mamá para que te cuente del suyo. Tiene que ver directamente con el nombre de tu calle.

—¿Gelati? —pregunté.

—El coronel Gregorio Gelati murió en esa batalla —dijo Laura—. Si te interesa la historia, ven a visitarnos un día, mi mamá te la cuenta completa. Nuestra casa ya la conoces, está en la privada que sigue, el portón del fondo. Pasa cuando quieras, en la tarde siempre estamos ahí. Y bienvenido a San Miguel Chapultepec.

No alcancé, en mi desconcierto, a balbucir las cortesías vecinales del caso. Cuando volví en mí, ya Laura era una silueta que se perdía rauda y esbelta entre las sombras.

—Nuestra casa reposa sobre un cementerio anónimo —le dije esa noche a mi mujer—. Nos mudamos al corazón de una asamblea de fantasmas.

Le conté mi encuentro con Laura Reséndiz y el triste caso de la batalla de Molino del Rey, que abrió a las tropas de Winfield Scott el camino hacia el Castillo de Chapultepec y la ocupación de la Ciudad de México.

La serena sonrisa de Laura Reséndiz acompañó mis desvelos fantasmales de esa noche. Amanecí recordándome que entre Laura y yo había una relación de orden fraterno, impropicia a la aventura. Su padre había sido mi maestro. Conservaba de él una memoria a la vez radiante y melancólica. Había sido el historiador polémico de su generación, un espíritu iconoclasta empeñado en revisar los pedestales de los héroes y las mentiras piadosas de la historia patria. Había dedicado refrescantes ensayos a demoler las esencias y las grandezas históricas de México. Como maestro, era una leyenda viva, una fiesta de humor, precisión y elocuencia. No obstante todos aquellos prestigios, al acercarse a los sesenta años Laureano Reséndiz no había escrito aún el gran libro que todos esperaban de él y lo atormentaba la conciencia de su edad, que virtió con humor en su propio aforismo: "La historia es oficio de viejos, no de ancianos".

Los últimos años de su vida los había dedicado a la exhaustiva averiguación de lo que él creía decisivo en la historia del país. No sus momentos consagrados —las fechas, los héroes, los rituales patrios—, sino la sedimentación lenta de creencias y costumbres de lo que llegó a ser, con el tiempo, la nación mexicana. Reséndiz situaba el inicio de ese fenómeno en las postrimerías del siglo XVI y avanzaba rastreando sus huellas fundadoras y sus procesos formativos hasta bien entrado el siglo XX. Es decir, excluía de la noción de México su abultado pasado prehispánico. Había terminado la investigación y se disponía a escribirla cuando lo sorprendió el cáncer de páncreas que lo demolió en mes y medio. Desde entonces, cada vez que yo posponía algún proyecto intelectual para un indefinido "mañana", la memoria de Laureano Reséndiz venía a recordarme: "No hay mañana. Mañana es hoy. Cuando dices mañana, dices 'nunca'".

Como extensión del "inmediato magisterio de su presencia", condición que Borges impuso a la figura del maestro dominicano Pedro Henríquez Ureña, Laureano Reséndiz invitaba a sus alumnos a tomar café y oporto a su casa; su hija Laura, adolescente todavía, se unía a las tertulias con discreción acogedora. Yo recordaba la biblioteca de Reséndiz donde nos reuníamos, en particular su pared de primeras ediciones de obras de historia mexicana del siglo XIX. Pero había perdido en mi cabeza la ubicación exacta de la casa, al fondo de una calle ciega, sustraída a la cuadrícula de su entorno urbano por un aire de finca de campo que un altísimo cedro, rezumante de pájaros, confirmaba.

A la mañana siguiente, de paso al Bosque de Chapultepec para mi caminata matutina, me asomé a la privada que Laura mencionó. Reconocí el portón de pesados aldabones, los muros con bugambilias y la vereda de tierra que recordaba. Por la tarde eché mano de un libro mío de ensayos recién publicado, con la glosa de un aforismo de Laureano Reséndiz, y regresé al portón por entre las hortensias que escoltaban la vereda. Hice sonar el aldabón como en otros tiempos y como en otros tiempos la propia Laura abrió. Llevaba unos delicados espejuelos de arillo redondo sobre el puente alto de su nariz, a través de los cuales miraban unos ojos verdes que yo había olvidado, risueños y hospitalarios en la clara inteligencia de sus brillos.

—¿Volvieron los fantasmas? —preguntó, antes de cederme diligentemente el paso.

—No recordaba la ubicación de la casa —le dije—. Aunque vinimos tantas veces, sólo recordaba la biblioteca y la privada.

—Pues somos vecinos —dijo Laura—. Yo vivo aquí con mi marido y mi mamá. Desde antes de que muriera papá, la casa era demasiado grande para ellos. Ahora nos queda bien a todos.

—¿Tienes hijos? —pregunté.

—No, no —negó Laura, con una sonrisa sesgada, como quien aleja un mal recuerdo.

Todavía incómoda por el traspié, cerró el portón y caminó delante de mí. Como muchas otras casas de la zona, la de Laureano Reséndiz tenía un frente engañoso, estrecho, que abría a una vasta propiedad con un jardín selvático en el que convivían fresnos viejos y robustas araucarias. El terreno era irregular, más ancho al fondo que al frente. La casa estaba construida a la izquierda, según la vieja traza en C de las casonas de provincia, unidas por un pasillo exterior en torno a un huerto donde hacía gorgoritos una fuente de piedra. Al fondo estaba la biblioteca, a la que era posible llegar sin entrar a la casa, siguiendo un sendero de arcilla. Cuando Laura me condujo a la casa recordé que no había estado nunca en ella. Siempre había seguido por el sendero a la biblioteca. No había tenido nunca ocasión de cruzarme con doña Viviana León, entonces esposa y ahora viuda de Laureano Reséndiz. La había visto sólo una vez en una conferencia de su marido, impasible y derecha en la primera fila, mirando al conferenciante sin parpadear, con la absoluta certidumbre de que todos los demás la miraban a ella. Había sido una belleza legendaria y controvertida, casada muy joven con un anciano capitán de industrias. Al enviudar, antes de cumplir los treinta años, dedicó su fortuna a ejercer la libertad juvenil que su matrimonio prematuro había segado, y su cabeza a escandalizar a su clase con campañas pioneras en favor de la igualdad de la mujer, el control demográfico y la educación sexual. Según su propio relato, que yo conocí por Laura, una mañana, al entrar a la Biblioteca Nacional, Viviana León había visto sentado en un extremo de la sala, absorbido en un tomo de heráldica novohispana, a un hombre de huesos largos y mirada como un relámpago de acero. Al verlo, doña Viviana había decidido: "Con él". A él, que se llamaba Laureano Reséndiz, había dedicado los siguientes cuarenta años de su vida.

Laura me hizo pasar a una sala de sillones de altos respaldos con taburetes de cuero, en cuya pared mayor imperaban, equidistantes, los retratos de Viviana y Laureano en el medio siglo de su edad.

—Te sirvo un oporto antes de ir por doña Viviana —dijo Laura Reséndiz. Siguió hablando mientras sacaba la botella del arcón—: El sillón de brocado color verde claro que ves ahí perteneció a la antesala del emperador Maximiliano de Habsburgo, hace ciento veinte años, en el Castillo de Chapultepec. Siéntate en él a ver si te dice algo. La lamparita de los flecos que está en la esquina era de su secretario.

—Veo que se han apropiado bienes invaluables de la nación —jugué, pasando la mano espírita por el brocado de un siglo y los ojos envidiosos por la hermosa lámpara que alguna vez había alumbrado los memoriales de un imperio.

—Los vendieron como chatarra en una limpieza de las bodegas del Castillo de Chapultepec —dijo Laura, que volvía ya con el oporto—. Si insistimos, nos lo hubieran regalado. Aquí tienes tu oporto. Ahora vuelvo con doña Viviana.

Mientras esperaba contemplé el óleo de doña Viviana León. Admiré el limpio trapecio del pecho, el vestido entallado sobre el torso juvenil de sus cincuenta años. El brazo izquierdo, delgado y aristocrático, reposaba sobre la chimenea; le daba a la posición de su cabeza un toque alado. El brazo derecho estaba levantado hacia su frente para guiar con un toque de coquetería el abandono del rostro. Doña Viviana miraba al pintor en posición de tres cuartos de perfil, con una mezcla indefinible de complicidad y soberbia. El óvalo de su cara era largo, la frente amplia, la nariz recta, las cuencas de los ojos muy profundas sobre los pómulos. Me absorbí en esa contemplación. Volví a brincar sacudido por los fantasmas cuando la voz de Laura Reséndiz dijo a mis espaldas:

—Aquí estamos ya.

Desde su silla de ruedas, a la altura del vientre de Laura que la guiaba, me veía como desde un nicho el mismo rostro largo y esbelto del óleo, resuelto ahora en una piel que era sólo una laminilla dorada de arrugas. Rodeaba su rostro una cofia de cabello gris, cuya abundancia juvenil era tan sorprendente como la perfecta disciplina con que cada pelo ocupaba su lugar.

—Bienvenido —me dijo doña Viviana León, con una voz que alegró su rostro, llenándolo de gracia y simpatía—. Quizá debo decir: "Bienvenido, otra vez". Me dice Laura que era usted de los antiguos habitués de mi marido.

—Así es —dije.

—Todos fuimos habitués de mi marido en algún momento —dijo doña Viviana con una cortinilla maliciosa en los ojos claros, como los de Laura, sombreados de un gris discreto—. No había más que conocerlo para habituarse a él. Mi marido tenía lo que en mis tiempos se llamaba "don de gentes", y hoy hay que llamarle *charme*, porque ya nadie quiere hablar español.

Cazó mi copa vacía sobre la mesa con una mordida de los ojos:

—Veo que ya se tomó su oporto —dijo—. ¿Quiere otro? Diga que sí, para que yo tenga pretexto de pedir también. Déjame en mi lugar y tráeme una copita de oporto —le pidió a Laura, mirándola hacia arriba con ojos coquetos y admonitorios, para apagar sus protestas. Laura la puso en un lugar que había entre dos sillones bajo los retratos y fue al arcón para traer la botella.

—Uno nada más —advirtió a doña Viviana, sirviéndole un dedal de oporto.

—Me cuida como si a mi edad pudiera volverme alcohólica —dijo doña Viviana, demorándose en la observación del líquido bermellón, probándolo con la vista—. Hace unos días me caí, tenía un dolor muy fuerte en la rodilla. Le pedí al médico que me diera morfina. Me respondió: "La morfina crea

adicción". "Por poco tiempo", dije. Y él: "No, adicción dura-
dera". "En mi caso, doctor", le recordé, "incluso lo más du-
radero será poco tiempo". Hasta entonces comprendió, pero
igual me negó la morfina. Hay un lado ciego en los médicos.
Ven tanto dolor que acaban pasándole por encima. Bueno,
¿a qué debo el honor de su visita?

—Tuvieron un fantasma en casa —le informó Laura, evi-
tándome la explicación—. Se mudaron a la calle de Gelati y
tuvieron un fantasma el primer día.

—¿El primer día? —se alarmó doña Viviana. Me miró
luego fijamente, con repentina seriedad, y quiso saber—:
¿A quién se le apareció?

—Se le apareció a la muchacha que cuidaba a mis hijos. Es
decir, la muchacha dijo que se le apareció.

—¿Cómo era? —dijo doña Viviana.

—Se abrió una puerta con el viento y la muchacha creyó
que eran fantasmas.

—¿No vio nada? —preguntó doña Viviana.

—No.

—Menos mal —respiró—. Los fantasmas en general se
le aparecen primero a la servidumbre. Yo eso lo sé muy bien.
Pero si no vio nada, no es cosa seria. Aquí en esta casa nos
hicimos expertos en fantasmas.

—Algo me contó Laura —dije.

—Laura lo sigue tomando a juego, pero no fue un juego
—riñó amorosamente doña Viviana—. Cada vez que alguien
habla de fantasmas en el barrio, Laura lo cuenta jugando, pero
a mí se me paran los pelos. Me recuerda lo que pasé. Fíjese,
cuando mi marido y yo nos mudamos a esta casa, San Miguel
Chapultepec era una zona campestre. Llegaba un tranvía y
había luz eléctrica, pero la mayor parte de las calles no estaban
pavimentadas, eran senderos de pasto o de tierra. Las casas
no tenían bardas ni estaban unas junto a otras. Nos separa-
ban unas cercas de palo y había muchos predios sin ocupar.
Esta casa era una especie de quinta que nosotros adaptamos.

Donde está ahora la biblioteca teníamos un establo con vacas de verdad, que se ordeñaban para el desayuno. Teníamos también una buena población de gallinas que cacareaban todos los días su huevo real. Ya nadie toma de esa leche bronca ni come de esos huevos cimarrones. Nos darían diarrea esas cosas naturales de antes. Un día viene la muchacha, Dorotea se llamaba, y me dice que en el amanecer, todavía de noche, mientras empezaba a disponer la cocina para el día, vio pasar hacia el establo a un señor bajo, vestido muy raro, furioso y como empolvado. Mandé a Juan el mozo a que viera si había alguien por el establo. Regresó diciendo que no había nada. Mandé a Dorotea a que fuera con él para que se cerciorara por ella misma. No bien pasó un mes, me encontré a Dorotea llorando en la cocina, desencajada, a las ocho de la mañana, diciendo que el fulano se le había aparecido de nuevo y que esta vez la había mirado. "Me miró con sus ojos de capulín, doña Viviana. Eran todos negros, señora, no tenían blanco, como tenemos los cristianos." Me pareció que alguien andaba jugándole malas pasadas a Dorotea y decidí por lo pronto que durmiera dentro de la casa, no en su casita por el establo. Le pedí a Juan el mozo que estuviera todos los días temprano con ella en la cocina, para que no pasara sola esa hora del amanecer que era la de su aparecido. Así lo hizo Juan. Pasó un buen tiempo sin percance alguno, hasta que un día al levantarme me encuentro un nuevo alboroto en la cocina. El hombre había cruzado otra vez, pero ahora quien lo vio fue Juan el mozo, un muchacho bueno para todas las cosas del hombre, como se decía antes, lo más apartado de un pusilánime que anduviera inventando fantasmas. "Lo vi igual que Dorotea", me dijo Juan. "El hombre era bajo, traía un traje polvoso y un vendaje en la mollera. Pasó de largo y lo atisbé por la espalda. Se llegó al establo y escarbó junto al abrevadero. Luego junto a la tranca de las vacas, como si buscara algo. Lo más raro de todo: el Canelo no ladró", dijo Juan. El Canelo era el perro de campo que cuidaba la casa. Su especialidad verdadera era ladrar. Por todo ladraba, menos por ese intruso. El silencio del Canelo me dio qué pensar. Decidí conversarlo con Laureano, mi marido, que ni por aquí le pasaban los enredos domésticos. Él vivía en su propio mundo de libros viejos, razones y palabras. La historia del aparecido le dio risa. "¿Por qué no se te aparece a ti, que eres la dueña de la casa?", me preguntó como único argumento. Pensé que tenía razón, pero le dije lo que a usted: los fantasmas siempre han tenido proclividad a aparecérsele a la servidumbre. "La servidumbre suele ir de la mano con la ignorancia", dijo mi marido cuando le di ese argumento. No era fácil discutir con mi marido.

—Era un genio, mamá. No lo critiques —intervino Laura, risueña y coadjutora desde su propio sillón.

—Digo que no era fácil discutir con él —explicó doña Viviana—. Llegaba muy rápido a la esencia del caso y no se podía seguir adelante. Le dije: "Laureano, a lo mejor esta gente sencilla está más cerca de Dios y sus espíritus que nosotros, los propietarios. Y por eso ellos ven lo que nosotros no". "Si Dios existe y es perfecto, lo único que no puede hacer es excepciones", me contestó Laureano. Se acabó la discusión. Haga de cuenta que también se acabó el problema. El empolvado de la venda no volvió a aparecérsele a nadie. Todos contentos. Un día se le metió a mi marido la idea de construir una biblioteca en el lugar del establo. Ya no cabía con sus libros en la casa. Había libros en el baño y en los roperos, al pie de las camas, en los sillones de la sala. Una epidemia de libros. Laureano no podía resistirse a ese virus. Entraban y entraban libros, y no salía ninguno. Los libros eran su pasión, su manía. Acabó pareciendo él mismo un libro. Qué digo un libro: un papiro egipcio. Ay, mi pobre marido —suspiró doña Viviana—. Tan flaco, tan sabio y tan agnóstico, el pobre.

—Guapísimo, mamá —dijo Laura—. Mi papá era guapísimo, no digas.

—Dímelo a mí que lo aferré en la época en que lo andaba persiguiendo medio México —dijo doña Viviana León—.

Hasta una señora gringa vino a querérselo llevar. Una bibliotecaria texana que luego nunca se casó la pobre, desengañada, pienso yo, de que mi Laureano no emigró del nido. Ahora, mire usted, bien puesto este nido sí estaba. Habré leído pocos libros en mi vida, pero sé muy bien cómo me caen los vestidos y por dónde les ajusta el corazón a los hombres. ¿Sabe usted por dónde?

—No —sonreí—. ¿Por dónde?

—Por la comodidad y el chiqueo —sentenció doña Viviana con risueño desdén—. En el fondo todos son unos niños, y hay que saber darles todo sin cederles un ápice. Ojalá me entienda usted.

—Horrorizaría usted a las feministas —le dije.

—El feminismo es una forma de pensar demasiado en los hombres —respondió doña Viviana—. O será que ya estoy vieja y no entiendo nada. El caso es que empezamos a construir la biblioteca, yo para librarme de los libros de Laureano, él para librarse de mis campañas de orden que topaban en todas partes con sus libros. Un día, mientras escarbaban los cimientos, vino el maestro de obras a pedirme que fuera a ver lo que habían encontrado. Caminó delante de mí con la cabeza gacha, como avergonzado, hasta el fondo de la casa. Los albañiles miraban una zanja que habían abierto como si hubieran pecado. Me asomé a la zanja. Vi una calavera y un pie conservado hasta el último hueso, del carcañal a los dedos. No quisieron seguir trabajando. Se persignaron ante el despojo y fueron desfilando por la puerta. Llamé a Juan el mozo y entre los dos metimos los huesos en un saco de yute. "Ponlos al final del terreno, donde nunca pasamos", le dije. "Con su perdón, señora", dijo Juan. "Éstos son restos de hombre: merecen cristiana sepultura." "Ponlos en el depósito de carbón, que está vacío", le dije. "Voy por el señor cura que nos diga qué hacer." Me fui volando a la parroquia de al lado. Igual que en tantos pueblos, apenas teníamos aquí servicios públicos pero había una parroquia con altar recamado en oro. Yo no he sido creyente fanática, pero creyente sí, y amiga de los curas. Para mí los curas son los únicos varones tratables, sin sombra de pecado venial. Los hombres están siempre buscándole el lado a una. Los curas no, al menos yo no les doy ese estatus, no reparé nunca en sus picardías, hice buenas migas con ellos, participé en las cosas de la caridad, los dispensarios, etcétera. Con el cura de Tacubaya, sin embargo, me llevaba mal. Era un viejito cascarrabias. Quería verme en la iglesia todo el tiempo y que llevara a mi marido. Según él, derrotar el ateísmo de mi marido era mi tarea evangélica. Hágame el favor. Fui a contarle el problema de los huesos y me salió con su domingo siete. Dijo que no podía santificar un entierro de huesos sin saber de quién eran. Las inhumaciones clandestinas eran contra la ley, me dijo. Había que denunciar los huesos a las autoridades, y que ellas vieran qué hacer. La idea de tener al ministerio público averiguando en mi casa me pareció intolerable. Le sugerí al cura una cosa ilegal que le gustó, porque a los curas les encanta burlar a la autoridad. Le dije que yo enterraría los huesos en mi jardín y que él viniera a la casa para bendecir la obra de la biblioteca; luego de bendecir la biblioteca, de pasada, le daría la bendición a los huesos. Le encantó la idea de violar las leyes; vino a bendecir la biblioteca y los huesos. Juan y yo habíamos enterrado el saco de yute en un extremo de la finca y le plantamos encima una azalea. El párroco vino con sus ropas de gala para la bendición de la biblioteca un día que mi marido no estaba, porque todo esto era a espaldas de mi marido. Si se hubiera enterado, me mata. El párroco bendijo la obra, mojó con el hisopo la biblioteca a medio terminar y luego a todo mundo, a Juan, a Dorotea, a mí y hasta al Canelo. Cuando terminó de bendecir la biblioteca lo llevé al fondo de la finca, donde el entierro y la azalea. "Ahí", le dije al oído. Gruñó en señal de que había entendido. Se fue acercando, con desgana, al rincón secreto y le sacudió el hisopo encima. Lo tomé del brazo, lo acerqué otro poco al sitio y le pedí la bendición que había callado. "Dígale que descanse en paz", pedí. Él masculló: "Descanse en paz". Entoné un padre nuestro que todos secundaron. No tuvo más remedio que repetirlo con nosotros.

—Ay, mamá, dejarías de hacer tu voluntad alguna vez en tu vida —dijo Laura.

—Yo era la que iba a lidiar con el fantasma, no el párroco —se justificó doña Viviana—. Quería que lo aquietara y así fue. Terminaron la biblioteca, la casa quedó limpia de libros y la azalea siguió creciendo junto a la cerca, marcando el lugar bendito. Pasó el tiempo sin nuevos incidentes. Un día llegó Laureano con un libro de litografías. Venía como iluminado. "Aquí está todo, mira", dijo, y me fue mostrando los grabados del libro. Era una memoria de la campaña militar en Tacubaya contra las tropas norteamericanas. "Aquí estamos nosotros", dijo, señalando unas irregularidades del terreno en el croquis de la batalla de Molino del Rey, en 1847. "Por aquí estaba la primera línea de las defensas mexicanas. Y cuando digo mexicanas", explicó, "me refiero a que estos combatientes fueron la primera generación que estuvo dispuesta a matar y morir por el país que llamamos México. ¿No te emociona?". Le dije que sí, como siempre, aunque en realidad me afligía. "¿Quieres decir que aquí donde vivimos hubo una batalla el siglo pasado?", pregunté. "Aquí donde nosotros vivimos ahora hubo la famosa batalla de Molino del Rey", respondió Laureano. "¿Y hubo muchos muertos en esa batalla?", pregunté. "Unos ochocientos", dijo mi marido. "¿Dónde los enterraron?", pregunté. "A los oficiales mexicanos muertos los llevaron al panteón de Santa Paula", respondió mi marido, que sabía cualquier cantidad de detalles históricos de ese tipo. "¿Y a los no oficiales?", pregunté. "Quedaron en fosas comunes. Los recogieron sus deudos o los enterraron sus propios compañeros", me dijo. "¿Quieres decir que todos esos cuerpos quedaron regados en distintas fosas por aquí?", pregunté. "Por estos llanos, sí", respondió mi marido. Me quedé sin habla. La idea de haber levantado mi casa sobre un cementerio improvisado me tapó la cabeza. A partir de ese día tuve lo que se llama una obsesión respecto de mi jardín y de la azalea, que daba flores como una bendita junto a la cerca cuyo secreto sólo conocíamos Juan el mozo y yo. Los secretos son horribles, lo carcomen a uno. Empecé a buscar entre los libros de mi marido todo lo que había sobre la batalla de Molino del Rey. Quería conocer la ubicación de mi casa en el terreno de la batalla y saber lo que había pasado en ese tramo, tarea imposible, porque nadie llegaba a ese detalle en las crónicas. Un día, revisando un libro de uniformes militares de la época, tuve una idea y llamé a Juan el mozo. "¿Te acuerdas del señor que viste luego que Dorotea?", le pregunté. "Me he de acordar toda la vida", dijo Juan. "¿Te acuerdas que iba vendado de la mollera y tenía un traje polvoso?", le pregunté. "Me acuerdo", dijo Juan. "¿Cómo era, puedes describirlo?", pregunté. "Tenía abultado aquí en los hombros", respondió Juan, "y una tira de cuero a lo largo del pecho". "Quiero que mires estos grabados que voy a mostrarte y me digas si alguna de estas prendas se parece al traje que le viste a aquel hombre." Le mostré entonces el libro con los uniformes de la guerra del 47. Apenas le di vuelta a la página, me dijo Juan el mozo: "Era como ése". Señaló un traje militar azul, con charreteras finas y una tira de cuero para el espadín que cruzaba sobre el pecho. Pasé a otro volumen con grabados de gente de la época, en particular los oficiales que combatieron la invasión norteamericana. Le dije a Juan el mozo: "Quiero que te fijes bien en estos rostros y me digas si alguno se parece al hombre que viste". Le hojeé completo el libro y no reconoció a nadie. Pero yo me topé ahí con la efigie y la historia de Gregorio Gelati, en cuya calle vive usted. En cuanto vi su rostro joven, de patillas hasta la mandíbula, me dio un salto el corazón. ¿Sabe usted por qué?

—No. ¿Por qué?

—Porque era idéntico a mi primer marido, sólo que más joven. Un criollo con todos los agravantes, los rizos oscuros sobre la frente, la nariz española, grande, accidentada. Y el fuego en los ojos, esa fiebre buscona y sin llenadero que yo conocí ya como rescoldos en mi primer marido, pero que lo había movido toda su vida a buscar más, más, siempre más. Me capturaron el coronel Gelati y su terrible historia. Tenía cuarenta y cinco años cuando una bala de rifle le estalló la cabeza en la batalla de Molino del Rey. Para entonces, llevaba treinta años de vida militar. Se había enlistado en el ejército realista a los dieciséis en el Bajío, había hecho la independencia en 1821, había combatido en Tampico la invasión española de 1829, había hecho la campaña de Texas, con Santa Anna, en 1835 y 1836, y había bajado guerreando desde el norte contra la invasión norteamericana hasta que la muerte lo sorprendió en la batalla previa a la ocupación norteamericana de la Ciudad de México. Mientras lo veía en su grabado, mirando oscura y empecinadamente hacia el futuro, me preguntaba si la muerte no habría sido el menor de los males para él, a quien no le esperaba sino ver la derrota de su ejército y la ocupación de su país. Soñé esa noche con el coronel Gelati, y muchas otras después. Se convirtió en parte de mi obsesión por el cementerio sobre el que vivíamos.

—No sólo su casa, la nación entera descansa sobre el panteón de sus héroes —me entrometí.

—La nación, no sé —dijo doña Viviana—. Pero nuestra casa, desde luego. Es lo que a mí me obsesionaba. Me despertaba en la noche pensando en el entierro bajo la azalea y diciéndome: "¿Cuántos más habrá?". Volvía del tormento diciéndome: "Ocúpate del que sabes. Ése es el único que hay, mientras no aparezca otro". Con ése era suficiente para mi insomnio. Fue una temporada terrible. Me hundía en la obsesión como en un remolino que me dejaba libre sólo unas horas del día antes de volver a tomarme del cuello. Era un sentimiento tan desordenado y tan fuerte que no podía quedarse ahí, tenía que llegar a un clímax. Y llegó. Una madrugada me desperté sacudida por esas emociones y fui a la cocina por el único remedio que había encontrado contra el mal dormir. Eran unas infusiones combinadas de tila y valeriana, que si no me dormían al menos me tranquilizaban. Con la tranquilidad, poco a poco venía el sueño. Tomaba una taza antes de acostarme y dejaba en el termo otra ración. Pero como a veces despertaba dos veces en la noche, me terminaba también lo del termo, así que a la segunda despertada tenía que ir a la cocina por un nuevo brebaje. Fui esa noche y esa noche pasó. Cuando bajaba los potes de las hierbas de la alacena volteé sin pensar para el patio, por la ventana, y lo vi cruzar. Lo vi a lo lejos, pero como si estuviera frente a mí. Lo vi perfectamente, en la sombra, pero como si estuviera iluminado.

—¿A quién vio usted? —pregunté.

—Al hombre —contestó doña Viviana—. Al aparecido.

—¿El mismo que habían visto Juan y Dorotea?

—El mismo —dijo doña Viviana—. Tenía una venda sucia en la cabeza y el uniforme lleno de tierra. Llevaba una charretera desprendida y un brazo de la casaquilla separado de la hombrera. Iba caminando a grandes pasos, haciendo aspavientos, refunfuñando, maldiciendo su suerte. De pronto se detuvo y regresó hacia donde yo estaba. Entonces lo vi claramente, aunque estaba en la penumbra. Vi su rostro completo, de frente, y en medio de las manchas de pólvora y la suciedad del vendaje reconocí al coronel Gregorio Gelati. No tuve miedo, sino una rara simpatía de verlo tan sucio, tan desarreglado. Me llenó uno de esos impulsos que tenemos las mujeres de arreglar a los hombres para pasarlos impecables por la mirada de otras mujeres, como si fueran nuestros perros, si me entiende usted. Con la marca de propiedad en el atuendo. Ése fue mi impulso primero. Pero entonces, en su camino de regreso, en medio de sus gestos rabiosos, el coronel me miró. Es decir, miró hacia donde yo estaba, con el pote de valeriana detenido todavía a mitad de camino, el brazo levantado, paralizada por la aparición. Entonces sí que se me heló la sangre. Porque vi vacías las cuencas de sus ojos, pero al mismo tiempo llenas por ese fuego oscuro que le había visto en el grabado, el fuego que había visto siempre en el fondo de los ojos cansados de mi primer marido, a quien Dios guarde en su activa gloria. Se me fue el alma del cuerpo. Mientras el coronel daba vuelta de nuevo y caminaba hacia el final del jardín, me volví como pude a mi cuarto, apoyándome en las paredes, sintiendo el corazón salirse por mi boca y mi vientre ahuecarse como si estuviera pegado al espinazo. Me acosté en la cama boca arriba, respirando trabajosamente. Pero no pude sostenerme ahí. Abrí otra vez las sábanas y me metí junto a mi marido, pidiéndole entre ahogos que despertara, que me cubriera con sus brazos. Despertó y me consoló con sólo dejarme estar sobre su pecho. Tanto me consoló su cobijo, que no supe en qué momento me dormí. Me despertó un nuevo sobresalto. "¿Sigue la pesadilla?", preguntó mi marido, que me velaba el sueño sin moverse, a mi lado. "No fue una pesadilla", le dije. "Lo vi de verdad." "¿A quién?", preguntó Laureano. "Al coronel, al aparecido", le dije. "¿Cuál coronel? ¿De qué aparecido hablas?", me dijo mi marido. "Tuviste una pesadilla y despertaste a media noche gritando que te abrazara." "No", le dije. "Venía de la cocina cuando te desperté." "Tú no te has movido de esta cama", dijo mi marido. "Yo acababa de dormirme cuando me despertaste, y tenía el sueño intranquilo. Te hubiera escuchado levantarte, como siempre." Es verdad que me escuchaba siempre al levantarme, tenía el sueño ligero como los venados. Su cabeza estaba siempre en actitud de alerta. Me metió la duda de si había soñado o había visto al coronel Gelati. Porque lo había yo soñado otras veces, pero no así. Total, me volví a refugiar en Laureano y ahí estuve hasta que el ánimo me volvió al cuerpo. Decidí levantarme, pero no bien llegué a la cocina para disponer el día, volvió el remolino. "Tengo que hacer algo con ese entierro, o me voy a volver loca", me dije. Con la misma llamé a Juan el mozo que me acompañara. Nos fuimos al fondo del jardín a inspeccionar la azalea. Cuando llegamos vi al Canelo echado al lado de la azalea y una zanja cavada bajo su cuerpo. Fue un horror. "Algo habrá olido el Canelo que empezó a escarbar donde el difunto", me dijo Juan el mozo. Estuve a punto de confesarle mi aparición de la noche anterior, pero me contuve. Hay que mantener una distancia siempre con la servidumbre, por su bien y por el bien nuestro. "¿Había rascado antes?", pregunté. "No que yo haya visto", dijo Juan. "Pero así son los animales. De pronto algo les avisa y van a buscar. Éste ya olió al difunto bajo tierra." "No digas eso", ordené. "No repitas eso. Aquí no hay ningún difunto." Pasé un día terrible, cruzada de sofocos y desesperos. Por la noche, no pude más y le conté todo a Laureano, empezando por el principio y terminando por los escarbados del Canelo. Me escuchó con toda paciencia y toda incredulidad. Al final me tomó de la cabeza y me dijo mirándome a los ojos: "Si te demuestro que Gregorio Gelati está enterrado en otra parte ¿me prometes olvidarte de estas historias de aparecidos?". Lo ofendía la idea de que su mujer, o sea yo, anduviera creyendo historias de gente ignorante y supersticiosa. Le dije que sí, que con su demostración me bastaría, aunque en el fondo de mí yo sabía que era más grave que eso, no un asunto de pruebas y razones, sino de espantos y aparecidos. Me dormí otra vez pegada a él. Al día siguiente me levantó temprano, me hizo echarme un chal encima y salimos a caminar bajo su guía. "No vamos muy lejos. Es un buen paseo", me dijo. Caminamos hacia el Bosque de Chapultepec, subimos por un costado de la casa presidencial de Los Pinos, hacia la parte de bosque que estaba enfrente. Como a medio kilómetro de ahí, en un llano mal cuidado, había un monumento viejo, con las rejas oxidadas y una cúpula con una doncella de atuendos griegos reclinada sobre una urna. "Éste es el monumento a los caídos en la batalla de Molino del Rey", explicó mi marido. "Fue levantado en 1856 por el gobierno de Ignacio Comonfort. Aquí lo dice, mira." Me mostró la leyenda. La aprendí de un vistazo, y no la he olvidado. Decía: "A la memoria de los ilustres y esforzados mexicanos que, combatiendo en defensa de su Patria, le hicieron el sacrificio de sus vidas, en este mismo lugar, el día 8 de septiembre de 1847". "Ahora", me dijo Laureano, "quiero que leas aquí", y me mostró las inscripciones que había en los lados del monumento. Registraban los nombres de los héroes enterrados en el monumento. En la lápida poniente decía arriba, con letras muy grandes: ANTONIO LEÓN, y en el segundo lugar, con letras menos grandes: Gregorio Gelati. "Tu coronel aparecido reposa aquí, desde el año de 1856, en que fue erigido el monumento", dijo Laureano. "Sus huesos no andan buscando sepultura. Ya la tienen, y muy digna de sus hazañas." Me eché a llorar de alegría y gratitud viendo esa lápida que me absolvía del espanto de mi casa. Luego me empecé a reír con unas ganas que no he vuelto a tener. Si el matrimonio hubiera desgastado alguna vez mi amor por Laureano Reséndiz, esa mañana me habría reenamorado completa de él. Lo cierto es que ese paseo disipó completamente mi obsesión con el aparecido. Tanto, pienso ahora, que tuvo algo de artificial, como esas mejorías súbitas de enfermos graves que al final son flor de un día y precipitan el desenlace. No hubo mucho tiempo para pensar en eso. Justamente en medio de una de nuestras mejores épocas, cuando Laureano había encontrado al fin la forma de quitarse actividades y encerrarse a escribir el libro que había soñado veinticinco años, lo sorprendió el cáncer, como un rayo. Nos sorprendió a todos. Antes de que pudiéramos pensarlo, ya estaba en el hospital. Y antes de que pudiéramos acostumbrarnos a su nueva flacura, ya era una calavera, un guiñapo, consumido y seco, pero al mismo tiempo húmedo y lento, como viscoso. No sé cómo explicarlo. Vimos con horror cómo esa cosa lo drenaba a paletadas, día con día, llevándose a puñados su cabello, su color, su peso, la forma de su pecho, la belleza de sus huesos. Todo como a manotazos, arrebatándolo por dentro, podándole la vida. Laura tenía ya veintiún años.

—Veintidós —precisó Laura.

—Recuerdo que su padre le decía en el hospital dónde tenía cada cosa que había investigado —siguió doña Viviana—. Lo que iba en cada capítulo del libro que iba a escribir. Había leído todo, mi marido. Tenía un fichero con más de veinte mil tarjetas. Ahora son fuente de consulta para un montón de investigadores que vienen sobre todo de Estados Unidos. Pero entonces eran todavía un libro que sólo estaba en su cabeza. Quería que su hija supiera exactamente de qué iba a tratarse ese libro, como si estuviera pensando que ella lo hiciera por él. Pero Laura era una muchacha y apenas prestaba atención a lo que su papá decía del libro. El horror de verlo consumirse ocupaba toda su atención.

—Tengo los apuntes de entonces —me dijo Laura, insinuante—. Si los quieres ver algún día, te los enseño. No los conoce nadie. A lo mejor tú si entiendes lo que quería hacer y hasta escribes el libro.

—Ese libro es más grande no escrito —dije yo.

—Mi marido decía que los libros son mejores cuando se sueñan que cuando se escriben —recordó doña Viviana—. El caso es que cuando mi marido murió, yo no me puse de luto, sino que me morí también. Pregúntele a Laura. Aguanté la ceremonia de su entierro, que fue muy bonita, con las autoridades de la Universidad y sus alumnos, discursos, elogios en el periódico. Aguanté sin llorar, ecuánime, tratando de no fastidiar la ceremonia con mis mocos de viuda. Pero apenas terminó eso, luego de la cremación y de que traje las cenizas de mi marido a la casa, mientras decidía qué hacer con ellas, el mundo se me vino encima y yo dejé que me aplastara. No me importó nada. Tenía un dolor tan grande que no producía siquiera sufrimiento, nada más una apatía, una insensibilidad como de piedra. Estuve meses encerrada, pregúntele a Laura, sin hablar, sin salir, sin comer. Como al año di con mis huesos en el hospital, literalmente con mis huesos. Yo, que nunca he sido sobrada de carnes, por gracia de Dios, llevaba unos veinte kilos menos. Pensaron que tenía también un mal fulminante, como el que había devorado a mi marido. Me pasaron por todos los instrumentos imaginables. No encontraron nada, salvo la ausencia de Laureano. Estaban los médicos asustados. Al cabo de un tiempo me dijo una amiga en el hospital: "A tu edad no te puedes morir de amor, Viviana. Eso es para los jóvenes. Sería una ridiculez morirte de amor a los sesenta años. ¡Y de amor por tu marido! No puede ser". Me hizo reír Lolita Béistegui con aquella ocurrencia. Fue mi primera sonrisa en mucho tiempo, la primera señal de vida desde que había muerto mi marido. La segunda ¿cuál cree usted que fue?

—No tengo idea —dije.

—La noticia del monumento —reveló doña Viviana—. Me refiero al monumento de Molino del Rey que había visitado con mi marido. Resulta que apareció en el periódico que lo habían destruido, sin darse cuenta, durante unas obras de vialidad que hicieron frente a Los Pinos. Se hizo un escándalo. Imagínese usted: habían profanado el santuario de los defensores del 47. Hubo protestas de historiadores, urbanistas y herederos de los héroes. Pero lo que a mí me interesó fue que, en defensa del gobierno, salió una asociación de historiadores masones diciendo que el monumento aquel era un invento, que los restos enterrados ahí no correspondían a las personas que honraba el monumento, sino que eran huesos sobrantes del panteón de Santa Paula y les habían puesto los nombres que les dio la gana. Para probar eso, aquellos masones ponían el caso de uno de los dos generales ilustres que honraba el monumento, don Antonio León. Según distintas pruebas documentales, fotos y testimonios de los herederos, los restos del general León habían recibido cristiana sepultura en la catedral de Huajuapan de León, donde resposaban hasta la fecha. El escándalo, lejos de aminorarse con eso, se propagó. Luego de dos meses de guerrilla periodística a favor y en contra del monumento, el gobierno dispuso que se rehiciera y se reubicara. Pero pidió a una comisión de expertos del Instituto de Antropología que se exhumaran los restos y se autentificara si correspondían con los nombres de los héroes consignados en las lápidas. Le va a parecer absurdo, pero este escándalo fue el que empezó a devolverme la vida. Me pareció que mi marido y yo teníamos pendiente la batalla del entierro de Gregorio Gelati, porque el coronel seguía agitándose en su tumba, aunque mi marido lo hubiera logrado aquietar por un tiempo.

—Es increíble —le dije.

—La vida es increíble —aceptó doña Viviana—. La vida de cualquiera, la de usted, si se la cuenta usted completa a alguien, no se la creen. Porque la vida no es creíble. Son creíbles las novelas porque toman sólo una parte de la vida y la condimentan mucho. Pero eso es otro tema.

—¿Qué hizo usted entonces? —pregunté.

—Abusó de su hija chiquita —se quejó risueñamente Laura Reséndiz—. O sea, abusó de mí.

—Le pedí a Laura que se hiciera presente con los de la Comisión de Exhumaciones —explicó doña Viviana—. Le dije que se identificara como hija de su padre y les contara del interés y la veneración que su padre había tenido por ese monumento, los muchos libros que había en su biblioteca para documentar el episodio y la disposición de la familia Reséndiz a colaborar con ellos en todo lo que les sirviera de la biblioteca.

—Con una condición —recordó Laura.

—Con una condición —aceptó doña Viviana—: que Laura pudiera seguir de cerca sus descubrimientos y tener información de primera mano sobre lo que fueran encontrando.

—Nunca me contaste nada de esto —le dije a Laura—: ¿Fue antes de que coincidiéramos en el Castillo?

—Diez años antes —precisó Laura.

—Nunca me contaste.

—No eras del club de los fantasmas todavía —me dijo.

—Todavía no soy —recordé—. A mí no se me ha aparecido nada, todavía. ¿Qué dijeron los del Instituto?

—Aceptaron de muy buen grado —sonrió doña Viviana—. Entonces yo le dije a Laura: "Convéncelos de que empiecen por la urna donde están los restos de Gregorio Gelati. Diles que lo hagan por deferencia a tu papá, que vive en la privada de la calle de ese nombre".

—Fíjate las mañas de doña Viviana —jugó Laura, envolviéndome con la fragancia, cada vez menos discreta, de sus grandes ojos verdes.

—¿Y los convenciste? —pregunté.

—Completamente —se jactó Laura—. En cuanto levantaron las lozas y pusieron en orden las cajas con documentos y monedas conmemorativas del entierro, se fueron sobre la urna ocho que llevaba grabados los nombres de Gelati y otro señor que no me acuerdo.

—Rafael Linarte —precisó doña Viviana León—. Ése era el otro.

—¿Y qué encontraron? —pregunté.

—Encontraron al fantasma de Gelati —resumió Laura, riendo, como si me hubieran llevado con felicidad hasta el final de la trampa.

—¿Por qué? —dije yo—. ¿Qué encontraron?

—Yo tenía razón —dijo doña Viviana—. En la urna esa no estaban los restos de Gregorio Gelati. Había los huesos de un hombre no mayor de veintiocho años, cuando Gelati tenía cuarenta y cinco al morir. El cráneo que se encontró estaba roto e incompleto, pero se conservaba suficiente para observar que no tenía el disparo que le quitó la vida a Gelati. Había también un fémur amputado en una operación de campaña. Pero Gelati murió completo, no sufrió nunca la amputación de una pierna. En consecuencia, no podían ser los restos de Gelati, aunque lo dijera la lápida. Los masones habían tenido razón. Y yo también, en mis sospechas. No sabe usted las vueltas que dio Laura para no darme la noticia. Más vueltas que un perro antes de echarse.

—¿Por qué? —le pregunté a Laura.

—Porque no sabía cómo iba a reaccionar —explicó Laura—. No sabía cuánto la iba a afectar reabrir todo el asunto del fantasma y el entierro en su jardín. Ella misma parecía un fantasma que iba a desvanecerse en cualquier momento. Era impresionante verla. Estaba atada a la vida por un hilito. Yo tenía miedo de romper ese hilito con mi noticia. Cuando se lo dije, me acuerdo que estaba temblando. Ella también, un poquito. Pero cuando acabé, la vi respirar aliviada. Me dijo, nunca me voy a olvidar: "¡Bendito sea Dios que está enterrado en la casa!". A inmediata continuación pidió de comer. Ahí acabó su postración, como si le hubieran inyectado un chorro de vida. No paró hasta que los médicos la dieron de alta dos semanas después, con cinco kilos de más y una depresión de menos.

—Era claro que me quedaba algo que hacer en la vida —dijo doña Viviana—. Me quedaba, por lo menos, enterrar al coronel, el cual, para ese momento, era ya una y la misma cosa con el recuerdo de mi marido. Laureano, fíjese usted, se había quedado detenido en mi memoria ese día que fuimos al monumento y, como le dije, me reenamoré de él. Aunque me hubiera dicho mentiras, eso no importa. Fueron mentiras felices, que me hicieron feliz. Además, una no se enamora de las verdades. Generalmente una se enamora de las mentiras, ¿no cree usted?

—Absolutamente —concedí—. ¿Entonces qué hizo usted?

—Volví a mi casa. La limpié, la ordené, la puse a funcionar como funcionó siempre. Dorotea se había casado años atrás, y ahora tenía una asistente de entrada por salida. Pero Juan el mozo seguía con nosotros y para todo servía. Cuando sentí que las cosas volvían a ser lo que habían sido, y que yo misma estaba mejor de peso y de ánimo, viendo revivir mi casa, la casa que durante un año me pareció un ataúd, me dispuse a cumplir mi tarea. Busqué a un viejo amigo jesuita, amigo de mis épocas de caridades, amigo también de mi marido, porque tenía la debilidad por la historia, y le hice jurar que iba a ayudarme sin preguntar de más. Se comprometió a eso y le expliqué sin entrar en demasiados detalles. Le dije que quería enterrar las cenizas de mi marido en mi jardín y darle sepultura cristiana a unos huesos que mi marido había conservado durante años en su biblioteca, tratando de probar que eran los restos de Gregorio Gelati, el prócer que daba nombre a nuestra calle. Le conté el resultado de la exhumación del monumento y le dije: "Laureano no pudo probar sin género de duda que ésos son los restos de Gelati, pero yo los doy por buenos porque no quiero tenerlos más en la casa". Me gustó de mi amigo jesuita, Toño Paniagua, que no hizo un solo aspaviento. Se mantuvo en su compromiso de no preguntar mucho, aunque a las claras le vi en los ojos que no me creía una palabra. "Quiero que bendigas esas tumbas y les brindes la paz." "El día que tú me digas", aceptó. "No tengo impedimento." Tomé entonces el grabado con la cara de Gelati, que seguía recordándome a mi primer marido, y mandé hacer un ataúd con su efigie en la tapa y unas guirnaldas abajo, para darle apariencia de un escudo. Cuando llegó el ataúd llamé a Juan el mozo y le dije: "Vamos a escarbar en la azalea". Le oí crujir los ánimos, pero se echó para adelante sin chistar. La azalea ya tenía metro y medio de alto, había enraizado bien. Hubo que desenraizarla y ponerla a un lado, separando las últimas raíces del saco de yute y del sudario mismo, que ya había sido perforado por la mata. Como pudo, Juan el mozo separó las raíces y me dio el envoltorio completo. Tenía su peso. Apenas pude aguantarlo y ponerlo en el ataúd. "¿Vuelvo a sembrar la mata?", me preguntó Juan. "Pásala a la maceta que traje", le dije. "Porque va a viajar mañana." Me miró sin entender, pero obedeció en silencio. "¿A dónde ponemos el ataúd?", me preguntó. "En la biblioteca del señor Laureano", le dije. "Pero antes quiero que me ayudes a ver una cosa." "Usted dirá", contestó Juan, no muy convencido. "Abre el saco y levanta el sudario de esos huesos", le dije. Me miró con los ojos pelones de incredulidad, pero lo aplaqué con una sonrisa. Haciendo un esfuerzo se inclinó sobre el ataúd, abrió el saco y apartó el sudario. "Dame el cráneo", le dije, como si le pidiera un sartén. Lo vi titubear entonces sí, pero antes de que titubeara otra vez lo adelanté y tomé yo misma el cráneo del ataúd. Estaba incompleto, carcomido en la nuca y en uno de los parietales. Pero en el otro había una abertura que me pareció suficiente como huella del tiro que le había quitado la vida al coronel Gelati. Tuve una enorme pena, a través de los siglos, por su dolor y su valentía, y se me llenaron los ojos de lágrimas. Al día siguiente vino Toño Paniagua. Enterramos las cenizas de Laureano en el lugar que había quedado abierto con la azalea. Juan cavó medio metro más de profundidad y pusimos ahí la urna de acero. Toño Paniagua bendijo el lugar y Juan sembró después una bugambilia, para que creciera enroscándose en la cerca. Meses más tarde pusimos una placa con un perfil de Laureano y nuestro adiós. Ahí está todavía, si quiere verla antes de irse. Por lo que hace al ataúd, lo forré con una bandera mexicana, lo metimos a una camioneta y nos fuimos al panteón de Dolores, donde yo había apartado previamente un lote que costó carísimo, porque es un panteón saturado. Pero ahí me pareció que debía ser, porque es el panteón donde están los héroes del tiempo de Gelati; me pareció que era el panteón donde Gelati debía estar. Nos tocó un lote al fondo, junto a la barda, entre unos cipreses esmirriados. Los mozos del panteón bajaron el ataúd a mano, un poco extrañados, porque están prohibidos los ataúdes de madera en la ciudad. Pero a nadie se le ocurrió revisarlo, nadie me puso impedimento, y una vez frente a la tumba no hubo nada que hacer. Lo enterraron y ya. Acabé de persuadirlos dándoles una buena propina a cambio de que resembraran la azalea, que habíamos traído en su maceta. Toño Paniagua bendijo el entierro. Cuando terminó, yo empecé a cantar el himno nacional. Lo acabamos cantando todos, incluidos los mozos sepultureros. Dejé sobre la tumba un ramo de flores. Con el tiempo, mandé hacer una lápida con el retrato de Gelati, igual que en su ataúd, y una leyenda que todavía dice:

"Aquí yace en paz el coronel José Gregorio Gelati,
defensor de su patria.
Lo recuerdan sus deudos,
como el mexicano primero que fue."

Tomó respiro doña Viviana y volteó a verme, con los ojos nublados por la emoción.

—Usted me dirá lo que quiera —agregó, como cayendo en la cuenta de la impropiedad de su historia—. Pero esto que le cuento fue en el 66, hace veinte años. Y desde entonces no ha vuelto por aquí el coronel.

Respiró de nuevo doña Viviana y dijo, para terminar, con un rizo de ensueño en la frente:

—El único que sigue visitándome es mi Laureano.

Andrés Iduarte o la pérdida del reino

Dejé de fumar una noche de 1981 luego de un almuerzo que duró cuarenta y dos cigarrillos. De aquel almuerzo exhaustivo fue pareja Julio Camelo, entonces secretario del procurador de la República, Óscar Flores Sánchez, el fiscal de hierro, esposo de la actriz Patricia Morán, a cuya rubia irradiación me había rendido en la adolescencia durante las telenovelas de la tarde en las que ella actuaba y yo veía en un televisor blanco y negro, marca Motorola, durante muchos años el rey de la sala de mi casa de la colonia Condesa, en el número 15 de la avenida México, frente al parque del mismo nombre, situado hoy a dos cuadras de cualquier lugar de mi memoria, y a dos cuadras también del restorán Rojo Bistró donde, más de treinta años después de mi última noche fumadora, tuve con Camelo otro almuerzo memorable, esta vez porque Camelo terminó de contar la historia, irresuelta para mí, de Andrés Iduarte, escritor, diplomático, maestro y homicida.

Había registrado en un par de notas el principio y el fin de esa historia. El principio, referido por Octavio Paz a los postres de una cena en casa de Jósele y Teodoro Césarman. Paz hizo el apunte de Andrés Iduarte como un hombre de letras al que un azar funesto había alejado de su país, con pérdida para ambos. "Iduarte mató a su cuñado en un incidente confuso", dijo Paz, "un incidente ajeno a su naturaleza, refinada más que pasional, pese a ser oriundo de Tabasco, estado tumultuoso de la República. La pena elegida por el propio Iduarte fue el exilio, elección más dolorosa que la cárcel, porque fue como elegir una invisible cadena perpetua".

Supe el final de la historia de Iduarte por Bruno Estañol, también tabasqueño, médico y amigo de Iduarte, quien creía haber precipitado su muerte por haberle autorizado, al pasar, la ingesta de un plato de frijol con puerco, platillo yucateco transterrado a Tabasco del que Iduarte padecía aguda nostalgia. Iduarte murió de la conflagración gástrica resultante de aquella comida, la cual, según Estañol, no sólo había causado su muerte, sino que resumía su vida, toda ella un túnel de añoranzas y destinos cambiados. Iduarte había hecho la vida ejemplar que no deseaba, como académico cosmopolita maestro de Columbia University, y no la que deseaba como político activo, dispuesto a gobernar su país.

El día en que me reuní a almorzar con Camelo en el Rojo Bistró, el país que Iduarte no había podido gobernar parecía menos gobernado que nunca. Proliferaban los secuestros y las ejecuciones de bandas rivales de narcotraficantes. Por la tarde habría una reunión de seguridad en el Palacio Nacional para anunciar un acuerdo nacional que arreglara las cosas. Apenas me senté frente a Camelo, caímos en el tema. Lo acompañaba otro viejo amigo, Saúl López de la Torre, exguerrillero de los años setenta, amnistiado en la época del procurador Óscar Flores Sánchez y amigo desde entonces de Camelo, que lo ayudó a abrirse camino al salir de la cárcel. Camelo entró al tema de la inseguridad con lentitud y precisión características —lentitud hija de la cautela, precisión hija del conocimiento—. Dijo haberse reunido con generales retirados inconformes porque los hacían patrullar las calles como si fueran policías. También porque funcionarios civiles dieran órdenes a los militares. Luego cambió de tema.

—¿Sigues viviendo aquí en la colonia Condesa?

—Arriba —contesté—. En la San Miguel Chapultepec.

—¿Ésa es la colonia de calles con nombres de gobernadores del siglo XIX?

—Así es.

—Ahí había una casa de adeptos del rito hare krishna.

—A dos calles de mi casa.

—Me acuerdo porque en la contraesquina de los hare-krishnas vivía don Anselmo Carretero, un refugiado español muy amigo, entre otros, de Andrés Iduarte.

—¿Qué sabes tú de Andrés Iduarte?

—Fue amigo de la infancia de mi padre, en Tabasco. Casi vivió en mi casa después, cuando volvió a México, antes de su segundo exilio. ¿Pero estoy en lo correcto que las calles de tu colonia tienen nombres de gobernadores decimonónicos?

—Y de militares muertos en la batalla de Molino del Rey en 1847.

—¿Cuando la ocupación norteamericana de la ciudad?

—Así es.

—¿Tu vives en qué calle de la San Miguel Chapultepec?

—En la calle de Gelati.

—¿Es calle de exgobernador o de exmilitar?

—De exmilitar.

—¿Cómo dices que se llama?

—Gelati.

—Nunca había oído de él ¿Te sabes su historia?

—Me la sé muy bien. Hay la leyenda de que se aparecía después de muerto.

—Qué curioso —dijo Camelo—. Yo tengo una casona de campo en Villa García, Nuevo León, donde crecí y donde fui alcalde. Me la cuida una señora ilustrada, quiero decir, con algunos estudios. Pero me dice un día: "Mire, licenciado, aquí en la finca hay una mujer de blanco que se pasea por los corredores". Le digo: "Señora, ¿cómo puede usted creer en esas cosas?". Me responde: "Yo no creo en esas cosas, licenciado, pero la mujer de blanco se pasea". Fíjate qué interesante. Es un hecho que ella la veía. Pero ¿a qué venía todo esto?

—Hablábamos de mi colonia y de Andrés Iduarte.

—Ah, sí. Te decía que ahí en tu colonia vivió don Anselmo Carretero. Cuando me acuerdo de él me acuerdo de Iduarte porque cuando yo llevé las cenizas de Iduarte a Villahermosa, Anselmo Carretero fue uno de los oradores.

—¿Tú llevaste las cenizas de Iduarte a Villahermosa?

—A mí me encomendó sus cosas fúnebres. "Cuando me muera, me incineras", dijo. "Echas la mitad de mis cenizas en el Grijalva y la otra mitad en el Hudson." Iduarte vivió en Nueva York más tiempo que en Villahermosa, donde nació, y casi más tiempo que en México. Así que me dio esas instrucciones: "Echas mis cenizas en los ríos pero no las esparces, ni haces teatro. Te vas a la parte del río próxima a la calle de Lerdo donde nací, y ahí echas la mitad de mis cenizas de un golpe, como quien voltea un bote de basura. Y lo mismo en el Hudson. Sin ceremonia". Ésa fue su última voluntad. Antes había querido que echara sus cenizas en París, porque Iduarte era parisiense adoptivo, como mi padre. Decía: "Echas mis cenizas por la Coupole, por el Dome, o en el Boulevard Raspail. Hasta vuelto ceniza podré escuchar el taconeo de las francesas en la noche".

Ordenamos la comida a una mesera de piel blanca y radiante. Se fue con nuestra orden dejando en el aire una fragancia de lima.

—¿Iduarte se va de México porque mata a su cuñado? —pregunté.

—No. Iduarte mata a su concuño. Su concuño y paisano: Brown Peralta.

—¿Cómo?

—Brown Peralta había prometido matrimonio a la cuñada de Iduarte, la hermana menor de su mujer, Graciela Frías. Pero no cumple, se retira de su compromiso. Iduarte le reclama, se hacen de palabras. Son amigos de la infancia, de toda la vida, pero se retan a duelo. Es el año de 1934. Ya no hay duelos en México, pero ellos se citan a duelo en el Parque México, por aquí.

—Una cuadra a mi espalda —dije yo.

—Se citan con padrinos y testigos, a la antigüita. Los que van pasando se quedan a ver. Proceden al duelo. Quién sabe cómo, porque Iduarte no es gente de armas, Iduarte le pega un tiro a Brown Peralta, su amigo y concuño. Brown Peralta cae herido, pero no pierde el conocimiento. Iduarte se acerca a abrazarlo. Brown Peralta le dice: "¿Qué hemos hecho, hermano? ¿Cómo llegamos a esto?". Brown Peralta no se ve grave. Alguien dice: "Vamos al hospital". Lo llevan a la sala de emergencias de la Cruz Roja que entonces quedaba en la esquina de Durango y Monterrey, a unas calles de aquí. Llegan a emergencias todos: el herido, el heridor, los padrinos, los mirones. Iduarte y Brown Peralta siguen hablándose y pidiéndose perdón mientras los médicos atienden a Brown Peralta. No parece mal herido, pero el tiro de Iduarte le ha provocado una hemorragia interna. A la hora y media muere. Iduarte está desconsolado, no sabe qué hacer. Llama por teléfono a su primo, Rodolfo Brito Foucher, para contarle. Brito Foucher es entonces rector o exrector de la Universidad Nacional, hombre muy influyente. Le dice a su primo Andrés: "Tú y Peralta se habrán reconciliado y habrán quedado en paz, pero él está muerto y tú debes su muerte, eres un homicida. Tienes que escoger entre irte de México o irte a la cárcel. Yo creo que lo mejor es que te vayas de México". Sin entender bien lo que pasa, Iduarte acepta. Su tío Brito Fucher arregla que no lo detengan cuando sale del país. Y se va.

—¿A dónde se va?

—Se va primero a España. Trabaja con Narciso Bassols, que anda de embajador, también exilado. Lo han echado del gobierno por radical y para guardar la cara le dan puestos diplomáticos. Bassols ayuda a los republicanos que quieren venir a México. Iduarte conoce ese mundo. Escribe un libro olvidado: *Fuego de España*, un libro magnífico. De esas épocas viene su amistad con Anselmo Carretero, el que hace su elogio fúnebre en Villahermosa cuando echo yo sus cenizas al Grijalva. La echada de sus cenizas en el Grijalva no fue rápida como quería Iduarte, porque se enteró de la ceremonia privada el entonces gobernador Enrique González Pedrero, también parisiense adoptivo, admirador de Iduarte. González Pedrero me pidió que esperara unos días mientras él organizaba un homenaje digno de tan ilustre tabasqueño. Le dije que sí. Estuve un tiempo con las cenizas en mi casa esperando el homenaje. Debo decir que Andrés Iduarte nunca se me apareció. Nada que ver con el coronel Gelati de tu cuento, ni con la dama de blanco de Villa García.

—Es posible que no lo haya visto usted cuando se aparecía —bromeó Saúl López de la Torre.

—Es posible que el fantasma de Iduarte saliera a horas adecuadas para no molestar —admitió Camelo—. Hubiera sido muy de Iduarte hacer eso: aparecerse a horas adecuadas para no molestar. El caso es que cuando estalla la guerra, sale de España y viene a Nueva York. No puede regresar a México porque no prescribe todavía su delito. Se pone a dar clases de historia y literatura hispanoamericanas. Así inicia su carrera de académico en Columbia University. En 1946 termina en México el gobierno de Manuel Ávila Camacho y empieza el de Miguel Alemán. Alemán había sido compañero de Iduarte en la facultad de leyes de la Universidad Nacional. Lo nombra embajador adjunto en la Sociedad de Naciones, que se funda precisamente ese año, en San Francisco, pero con sede en Nueva York. Ese nombramiento le resuelve la vida a Iduarte porque sigue haciendo su carrera académica y tiene el ingreso de su cargo diplomático. Le va muy bien en los dos frentes durante el gobierno de Alemán, pero lo que él quiere es volver a México y hacer aquí una carrera en el servicio público. Para ese momento ya es una leyenda: mexicano cosmopolita, diplomático culto, hombre de letras. Cuando empieza el gobierno de Adolfo Ruiz Cortines, en 1952, invitan a Iduarte a ser director de Bellas Artes, que entonces era como ser el secretario de Cultura. Le gusta la oferta y se viene a trabajar bajo las órdenes del secretario de Educación, José Ángel Ceniceros. Regresa a México en triunfo, diecisiete años después de su salida. Resulta un éxito, haz de cuenta el hijo pródigo. Nadie se acuerda del incidente de Brown Peralta. Iduarte se vuelve un personaje de la vida cultural, ayuda a todo mundo, a todo mundo convence con su don de gentes, su cultura, su inteligencia. Es un maestro natural. Es cuando yo lo trato más, porque viene a mi casa a Villa García a quedarse días con mi papá y ahí me agarra de hijo putativo, porque él no tuvo hijos. Graciela Frías, su esposa, lo acompañó en toda su aventura de exiliado pero no le dio hijos. Se pasaba las horas contándome anécdotas, hablándome de sus amigos, de sus viajes. Era muy amigo de Rómulo Gallegos, pasaban juntos en Europa parte del verano. Creo que era feliz. Había querido regresar siempre, no había querido otra cosa. Y había regresado con honores. Así fueron esos años, yo creo que los mejores de su vida. Se le veía un horizonte muy prometedor en la política, pero entonces viene un aviso. Le da una condecoración creo que el gobierno británico. En México el Congreso tiene que aprobar que la recibas: un protocolo sin importancia, tanto que a las sesiones donde se aprobaban estas distinciones se le llamaba de las "corcholatas". A nadie le importaba. Pero cuando llegó el turno de la medalla para Iduarte y se dio la lectura de trámite al acuerdo, un diputado levanta la mano, sube a la tribuna y dice: "Señores: no podemos condecorar a un asesino. Andrés Iduarte es un asesino". El diputado era el único personaje en el país, creo yo, que no había olvidado aquel duelo. Era el hermano menor de Brown Peralta.

—Todo vuelve —dijo Saúl López de la Torre.

—Nada se va —completó Camelo—. Pero ése no fue el problema, pasó. El problema fue que poco después, cuando muere Frida Kahlo, deciden velarla de cuerpo presente en el recinto de Bellas Artes, acto al que viene todo mundo, en primera fila Diego Rivera, y toda la prensa. El caso es que a alguien se le ocurre cubrir el féretro de Frida con una bandera soviética. Se arma el escándalo. Es la época de la Guerra Fría, hay un ambiente anticomunista. La prensa se afrenta, la embajada protesta. Empiezan las acusaciones de comunista para Iduarte. El secretario de Educación, José Ángel Ceniceros, no lo defiende, se hace a un lado. La presión crece sin diques hasta que llega al presidente Ruiz Cortines. Lo último que busca el presidente es un conflicto con la embajada americana. El hilo se rompe entonces por lo más delgado. Cesan a Iduarte. De la noche a la mañana queda destruida su carrera en México. Pero fíjate lo que son las ironías de la vida: cuando cesan a Iduarte, lo saben sus amigos de Nueva York, y sucede que el presidente de la Universidad de Columbia, no el rector, sino el presidente de la Universidad, lo invita a ser profesor de tiempo completo en Columbia University. ¿Y sabes quién es ese presidente de Columbia University que lo invita? Pues nada menos que el presidente de Estados Unidos, Dwigth Eisenhower, que se oponía allá, en Estados Unidos, a que despidieran maestros por ser acusados de comunistas. Cuando ve que en México despiden a un hombre de letras bajo la acusación macartista de comunismo, Eisenhower le abre las puertas de Columbia University. Entonces Iduarte regresa a Columbia y hace su carrera como maestro los siguientes veinte años. No vuelve a México. Lo más que hace es venir a Monterrey de visita, a mi casa, y se regresa. Viaja mucho a Europa, con su esposa Graciela Frías que lo acompaña en todo. No necesita dinero. Termina el gobierno de Ruiz Cortines en 1952 y empieza el de López Mateos. Termina el gobierno de López Mateos en 1964 y empieza el de Díaz Ordaz. Termina el de Díaz Ordaz en 1970 y entra Luis Echeverría. Echeverría quiere mostrarse como presidente de izquierdas. Recuerda la injusticia cometida con Andrés Iduarte que entonces ya es una eminencia académica, un mexicano reconocido fuera de México. Yo era presidente municipal de Monterrey entonces y me dice Mario Moya, el secretario de Gobernación: "Oye, Camelo, el presidente tiene mucho interés en que Andrés Iduarte regrese a México y sabemos que tú lo conoces muy bien. Queremos que le preguntes si le interesaría regresar". Dudé, pero ya que me lo pedía el secretario de Gobernación, de parte del presidente, estuve de acuerdo y le dije a Iduarte. Ya estaba retirado o a punto de retirarse de maestro en Columbia University. Se la pasaba viajando, leyendo, escribiendo. Me dice: "No, mira. Ya ves lo mal que me han tratado allá. Yo no quisiera tentar al diablo otra vez". "No pasa nada", le dije. "Es una invitación del presidente. Ven y quédate un rato en México, vente a la casa de Villa García y vamos viendo." Le gustó lo de venir a Monterrey una temporada más larga. Vino a la finca de Villa García y se quedó un buen rato, un mes. Luego volvió y se quedó tres meses, luego seis.

—¿Haciendo qué?

—Leyendo, escribiendo.

—Hablando con la señora de blanco que se pasea por la finca —sugirió Saúl López.

—De fantasma a fantasma, de acuerdo —sonrió Camelo.

—¿Qué edad tenía? —pregunté.

—Bueno, él nace en 1905 y muere en 1984, a los setenta y ocho años. Muere exactamente quince días antes del día de su cumpleaños setenta y nueve, que era el 1º de mayo. Lo sé porque en los últimos años yo le hacía su comida de cumpleaños cada 1º de mayo. Invitaba a sus amigos: Andrés Henestrosa, José Iturriaga, Carlos Pellicer, Alí Chumacero, a veces Octavio Paz, la crema y nata de su generación, y algunos más jóvenes. En el mes de abril del año de 1984, poco antes de su cumpleaños, Iduarte se va a comer al restaurante español Guría y se pega un atracón. Por la tarde me llama, me dice que se siente muy mal, que comió algo que no le cayó bien. Por la noche se está muriendo, y está muerto antes de amanecer. Me había encargado todo lo de su muerte con el detalle que ya les platiqué, y yo cumplí. Llevé su cuerpo al crematorio, lo identifiqué antes de que lo pusieran en la banda, escogí la urna en una vitrina y esperé tres horas hasta que me dieron las cenizas.

Recuerdo que estaban calientitas todavía cuando me las dieron. También, todavía, cuando llegamos a su casa. Entonces me dice su esposa Graciela Frías: "Quiero pedirte una cosa". "La que quieras", le digo. "Tenías todo listo para hacerle a Andrés su comida de cumpleaños. Te pido que no la suspendas." Se me hizo rara una comida de cumpleaños a quince días de la muerte del festejado, pero acepté. Entonces me pidió Graciela: "Y quiero que la hagas cada año". Estuve de acuerdo. Así se lo comuniqué a los comensales de aquella primera comida de cuerpo ausente de Andrés. Todos estuvieron de acuerdo, creo que por darle gusto a Graciela. Pero Graciela no llegó al cumpleaños siguiente, se murió a los ocho meses de muerto Andrés. Yo decidí entonces celebrar el siguiente Primero de Mayo sin Graciela y sin Andrés, con los amigos que siempre venían, y seguí haciéndolo cada año. Lo sigo haciendo hasta ahora. Todos sus contemporáneos se han ido muriendo o ya no pueden venir, pero yo le hago su comida a Andrés Iduarte cada Primero de Mayo, como si viniera cada vez.

—Viene —le dijo Saúl López de la Torre—. Es el fantasma invisible: no necesita aparecerse para estar presente.

—Mi señora de blanco —dijo Camelo.

Estábamos en una mesa al aire libre del Rojo Bistró, en una muy grata imitación de las terrazas francesas del verano, salvo que en el verano de la Ciudad de México llueve ciclónicamente. Amenazaba lluvia y bajaron los toldos. Camelo fumaba un puro cuyo humo pasaba por su boca tan furtiva y tan irremediablemente como los fantasmas por nuestra conversación.

Dije que todo aquello me recordaba el epígrafe de la novela de José Bianco *La pérdida del reino*.

—No la conozco —dijo Camelo—. ¿El epígrafe de quién es?

—De Rubén Darío.

—Qué interesante. ¿Y qué dice ese epígrafe?

Repetí:

Y el pesar de no ser el que yo hubiera sido
La pérdida del reino que estaba para mí.

—Esos versos son buenos para todos —dijo Saúl López de la Torre.

—Para todos —repitió Camelo, y volvió a chupar su puro, dejando que el humo le corriera por el rostro y el aire arrebatara su forma fugitiva.

La elección de Ascanio

Tuve, recuerdo que la tuve, una amiga dulce que me hizo viajar. Removía con sus ofertas de noches comunes en sitios extraños mis hábitos comodinos de aventurero sedentario. Se llamaba Julieta y no sabía estarse en paz, acusando en su movimiento aquella condición de la que según Pascal vienen todos los males de los hombres: no poder estarse mucho tiempo en el mismo lugar. Yo viajaba todo lo que había que viajar en las páginas del periódico y de los libros. Era proclive a los amigos y a las cantinas, más que a los andenes y a los caminos. Con Julieta viajé sin embargo como no lo había hecho desde que un ciclón arrojó a mi familia del pueblo donde nací, y a mí del edén de mi infancia perdida, tan mejorada por la pérdida. Atribuyo a esta expulsión bíblica mi sedentarismo posterior que sólo Julieta supo vencer un tiempo, pues sólo con ella fui y vine por playas y hoteles, visitando ruinas, plazas, iglesias, jardines interiores de casonas de provincia que era su manía descubrir y fisgonear. Íbamos por todos lados, cada vez a un lugar distinto, mejorado por Julieta con la carnada de alguna historia que yo podría escribir, un paisaje que podría usar en un libro, un personaje que podría entrevistar para el diario. Yo no viajaba en realidad a los sitios que Julieta urdía, ni a las coartadas que los mejoraban, sino a sus brazos frescos, seguras sedes de mi lujuria.

De los viajes que hicimos sólo hay uno en mi memoria donde no predominan su risa y su cuerpo, sino una de aquellas historias que me prometía para arrastrarme al camino. Fue nuestro viaje a Tolimán, en el sur de Jalisco, la comarca real de la que había nacido la comarca afantasmada de los libros de Juan Rulfo, el gran épico mexicano de los muertos. Julieta me advirtió que si mi devoción por Rulfo era tan alta como pregonaba, me sería imposible rehusar la invitación a conocer ese pueblo que nos hacía su amiga Rosaura Cosío, antropóloga y anticuaria de la región. Rosaura necesitaba, según Julieta, celebración y amparo. Había empezado la más inesperada aventura amorosa con un personaje quince años mayor, a quien llamaba de partida el Anciano Compañero. El Anciano Compañero había rejuvenecido sus pasiones, drenadas por años de un mal matrimonio del que había sacado una hija, un divorcio, una golpiza de hospital, una fortuna y el fin de todas sus ilusiones sobre las ventajas de la vida en pareja. Después del divorcio Rosaura se había quedado sola cinco años, entregada a su niña y a su tienda, huyendo de los hombres y de las algaradas de su cuerpo, joven y esbelto todavía, como de muchacha, pero vidrioso por dentro, vejado por memorias y cicatrices de vieja. Al empezar el sexto año de su estación vacía, en medio del páramo elegido de su soledad, apareció de pronto aquel pretendiente de edad. El sol volvió a salir sobre el toldo de sus penas, se licuó el miedo y se aflojaron las riendas de su corazón. Una tarde, mientras se arreglaba largamente para cenar con el Anciano Compañero, Rosaura se descubrió golosa y cachonda, vibrante por la cínica alegría de saber que esa noche le harían nuevamente el amor, quisiera su acompañante o no quisiera.

Aparte de ser el resucitador amoroso de Rosaura, aquel príncipe viejo era, según Julieta, asiduo lector de mis artículos y propagandista de un libro mío sobre la Revolución mexicana. El Anciano Compañero tenía toda clase de prósperos negocios en Guadalajara pero residía la mitad del tiempo en Tolimán, su pueblo nativo, perdido en el tiempo del sur católico, agreste y ranchero de Jalisco. Dentro de la jurisdicción de Tolimán quedaba en ruinas la hacienda de la familia Rulfo, erigida y destruida a fuetazos por don Juan Nepomuceno, abuelo del escritor, figura legendaria de aquella región cuyos engendros habitan una de las obras literarias más breves y potentes del español del siglo xx. En dos libritos esenciales, uno de cuentos y una novela, Rulfo había inventado una voz única, antigua y castiza, agraria y trágica, para que conversaran, de tumba a tumba, o de rencor a rencor, aquellos fantasmas. En la voz viva del lugar, recobrada y borrada por la voz superior del escritor, quedaba al menos una historia no contada por Rulfo: la muerte de su abuelo, matado al pie de la cerca de su rancho a manos de un peón a quien amenazaba golpear con su fuete.

—Si no para ver a mi amiga Rosaura ni para conocer a tu admirador, tienes que venir a Tolimán a recoger la historia del abuelo de Rulfo —me instruyó Julieta—. Y no te digo más, sino que salimos el viernes y volvemos el martes, como todos los ociosos que respetan los puentes.

Era uno de los famosos puentes mexicanos que saltan días laborables aprovechando la contigüidad de fiestas cívicas o religiosas para estirar dos días los fines de semana. Yo tenía mis propios planes de escribir, leer y beber, pero ningunos tan atractivos entonces como la vivacidad de los amores de Julieta, adicionalmente colmados por su pasión cumplida del viaje. Cuando pregunté por la identidad del Anciano Compañero, Julieta me dijo:

—Lo conoces perfectamente porque es un hombre famoso, pero en cuanto te diga el nombre igual no quieres venir. Así que nos vamos a los hechos consumados. Tú primero vienes y después lo conoces. Lo único que te digo es que quiere hablar, beber y hasta fumar mariguana contigo.

—Mariguana no fumar —le recordé a Julieta, en el infinitivo sioux que era parte de nuestra tontera léxica—. Beber, hasta bebidas locales.

—Mariguana fumaremos entonces Rosaura y yo. Tú hablarás y beberás con el Anciano Compañero, y me harás el amor entre las nubes de la mariguana, aprovechándote de mi inconsciencia.

En efecto, perdía completamente la conciencia cuando fumaba mariguana.

—¿Nubes, dijiste? ¿Nubes de mariguana?

—Nubecillas —dijo Julieta—. Pero concentradas. La mota que siembran en Tolimán es famosa en el sudeste asiático. Y ya nos apartaron una paca.

—¿Paca, de las de heno?

—De las de heno, pero de mariguana.

Como Julieta, Rosaura era una morena bañada por el sol, doblemente morena de playa y aire libre. Yo la había conocido una vez, en sus rachas de pena. Me había hecho sentir su mal tiempo con un trato de gestos ariscos, cortantes de miedo y desdén. Había pensado al verla en los desperdicios de Dios, capaz de poner en una hija de tan frescas líneas tanta histeria. La Rosaura que nos esperaba en el aeropuerto de Guadalajara nada tenía que ver con mi recuerdo. Era una mujer radiante a la que el amor le brillaba en todas las partes del cuerpo. Se echó sobre Julieta con gozo infantil, dejándome frente al Anciano Compañero que extendió dos brazos grandes para tenderme la mano robusta de ranchero:

—Ascanio Morlet —dijo, presentándose innecesariamente—. Es un placer conocerte —siguió—. No pensé que fueras tan joven. Ni tan alto. Ni con tan buen gusto —agregó, sin dejarme hablar, volteándose a saludar a Julieta, que dejaba los abrazos de Rosaura.

Me quedé un tanto frío porque de pronto estaba frente a uno de los hombres más satanizados de la vida pública mexicana, y de mi propio diario. Durante el último año de un intenso debate sobre la conveniencia de que México ingresara al GATT o mantuviera sus candados, Ascanio Morlet había alcanzado las dimensiones del diablo para los defensores del proteccionismo comercial. Era el más deslenguado defensor del libre comercio y el libre mercado, el más acerbo crítico de los tabúes nacionalistas y de las ventajas de la economía mixta, eufemismo que designaba en los años setenta la presencia abrumadora de empresas del Estado en la industria, el comercio y las finanzas del país. Durante el último semestre Ascanio Morlet había levantado la voz para decir que el Estado debía salirse de todos los sectores productivos donde sólo generaba corrupción y competencia desleal. Las empresas estatales debían venderse todas a inversionistas privados y el gobierno dedicarse a gobernar, cobrar impuestos, aplicar la ley y equilibrar las brutales desigualdades de México con políticas públicas de educación y salud. La prensa nacionalista, que era toda la prensa, había caído sobre él imputándole los más oscuros vínculos con inversionistas americanos, sugiriendo su servidumbre como caballo de Troya en la penetración de la economía mexicana y en la entrega del país a la voracidad extranjera, siempre ávida, siempre dispuesta al saqueo de nuestras riquezas. Morlet había respondido con una comparación que acabó de incendiar los bosques en su contra:

—Hay mejores negocios en el mundo desarrollado que codiciar las riquezas de México. Toda la economía mexicana es la tercera parte de lo que produce la ciudad de Los Ángeles.

El presidente en funciones, herido en sus sentimientos patrióticos, descalificó a Morlet por su nombre en un discurso, llamándolo "trasnochado liberal manchesteriano". Hizo después el elogio del monopolio petrolero estatal como pilar de la fortaleza de México y defendió la economía mixta como un hallazgo histórico que combinaba lo mejor de la eficiencia capitalista y el irrenunciable mandamiento de la justicia social. Morlet respondió desafiando al presidente a que probara que la empresa estatal petrolera de México era más eficiente que sus competidoras en el Golfo de México y que la economía mixta había producido una sociedad más justa que las economías de mercado europeas y americanas.

—No lo podrá probar, ni aunque lo intente —dijo (cito de memoria)—. Porque en nuestra realidad económica no hay cuentas reales. Todas están maquilladas por el gobierno o son inaccesibles. Nuestra economía es una pila de medias verdades y es por eso también una economía a medias. Pero lo que no dicen las cuentas rancheras de nuestra economía lo dice la realidad. Y la realidad es que no producimos ni hemos producido más que aquellos países cuyos sistemas nos parecen inferiores. El presidente y sus colaboradores podrán decir que esto no es verdad, pero estarán diciendo una verdad para mexicanos. Es decir, una media verdad de autoconsuelo nacionalista. Nuestro nacionalismo es una colección de verdades a medias que al contacto con el mundo se vuelven puras mentiras.

En aquellos tiempos de presidencialismo ritual, tiempos en los que el presidente encarnaba la patria, el honor y el temor de cada uno, la irreverencia de Ascanio desató una avalancha de vengadores del mandatario. Morlet atrajo todas las diatribas al uso contra los vendepatrias locales, mexicanos descastados, insensibles a la pobreza y la dignidad de sus pueblos. Para nosotros, que hacíamos un diario bien pensante de izquierda, en cuyos mandamientos simples la libre empresa era el nido de la explotación y el Estado la alcoba de la tiranía, Morlet fue un villano natural por nuestras propias razones: porque no ponía en el primer sitio de su agenda la igualdad y la justicia, sino la riqueza, y no al pueblo pobre, sino al rico emprendedor. Yo mismo le había dedicado un artículo irónico celebrando su irreverencia pero condenando su cinismo y preguntándome por qué habría de interesarles a los inversionistas privados la riqueza de los mexicanos más que la suya propia. "Porque les conviene", me había escrito Ascanio en una carta. "Porque, como hubiera dicho Kant, el único seguro de la riqueza de unos es la riqueza de todos. Todo lo demás es un riesgo. Y eso lo entienden hasta los inversionistas, créame usted."

Rosaura me abrazó como si nos uniera una amistad de infancia y añadió su propia retahíla de saludos y advertencias:

—Ya que se pelearon una vez, tenían que contentarse una —me dijo—. Vas a ver que el monstruo es un encanto. Y a ti —le dijo a Ascanio— se te va a quitar siquiera tantito así lo reaccionario.

—Eso quisiera yo ser de verdad: un reaccionario —dijo Ascanio—. Pero me faltan congruencia y coraje.

—Qué tal si te sobraran, mi hijito —le dijo Rosaura—. Te hubieran colgado ya del Monumento a la Revolución.

—Necesitarían ampliar la bóveda —dijo Julieta, adulando la altura de Ascanio.

Cuando salimos al estacionamiento íbamos hablando los cuatro como si nos conociéramos de años.

Subimos a una camioneta que era como una sala de aire fresco y música amigable, los vidrios oscuros atenuaban el sol, los asientos de cuero añadían un barniz de austera bonanza, un toque de buen gusto sin ostentación: riqueza sin prepotencia. Rosaura y Julieta ocuparon los asientos de atrás y yo subí junto a Ascanio, que manejaba. Todo fue suave y grato, como el deslizamiento del vehículo hacia las afueras de la mancha urbana, rumbo al sur.

—Te preguntarás por qué insistí tanto en que vinieras —dijo Ascanio, sin saber que yo desconocía su insistencia—. Te digo de una vez por qué. Quiero contarte una historia que no le he contado a nadie. Leyendo esto —me dijo, agitando de pronto en la mano un libro de cuentos que yo había publicado ese año y que él sacó del cincho de su pantalón de mezclilla sobre la espalda—, decidí que eras la gente para saber esta historia y que a lo mejor hasta tenías una respuesta para ella. Te lo digo de una vez: al final de este viaje de facha inocente, pase lo que pase, te espera una historia que quiero contarte a ti, nada más a ti, para que tú decidas lo que haces con ella. Y como soy un hombre paciente, te pregunto de una vez: ¿qué vas a hacer con ella?

—Si es buena, puede que me la robe —le dije.

—¿Y si es mala?

—Guardaré un piadoso silencio.

—Vas a aullar —dijo Ascanio—. Como he aullado yo.

Dejamos atrás los libramientos espectaculares de la ciudad y salimos a la autopista apenas inaugurada, en un paisaje de industrias florecientes y envidiables casas de campo. La música y la charla se comieron el tiempo, la autopista se angostó en un tramo de curvas y fue volviéndose sólo una línea de asfalto cacarizo que cruzaba cerros agrestes, planicies lunares, pueblos viejos de pulperías somnolientas, iglesias despintadas, portales de perros famélicos.

—Cada vez que hago este camino —dijo Ascanio con la elocuencia natural de su campechanía— pienso que es como un túnel del tiempo. Un viaje a los distintos tiempos del país, un descenso al infierno de sus distintos tiempos. Llegas a un aeropuerto de primer mundo, subes a esta camioneta que no está mal, rodeas la ciudad en un libramiento tan moderno como el de cualquier país moderno y te encaminas al sur en un paisaje de prosperidad, industria y agricultura. Dejas la ciudad, tomas las curvas de la sierra y al llegar al otro lado te encuentras una ciudad mexicana de los años cincuenta, con tianguis domingueros y ferias agrícolas y ganaderas, una ciudad anterior a los aviones, los supermercados, y hasta al televisor. Dejas esa ciudad de los cincuenta y ya estás en una carretera sin acotamiento de los años veinte en un paisaje rural de campesinos durmiendo al pie de un nopal, con siembras de maíz magro por todos lados. Ves ahí pueblos viejos y pobres que se conservan como en el siglo XIX. Finalmente, pasas el llano, vuelves a estar de frente a las estribaciones de la sierra y ahí en el valle está un pueblo español del siglo XVI que es Tolimán, perdido en el tiempo, en medio de un paisaje de haciendas desbaratadas que tienen siglos de haberse fundado aquí y son las muestras mudas de lo que el tiempo se llevó.

Tolimán, explicó Ascanio, era un pueblo fundado en el siglo XVI por colonizadores españoles obedeciendo a tres razones: primera, no era zona de indios bravos; segunda, lo escoltaba un río; tercera, tenía de origen pastizales y bosques, que la misma colonización fue destruyendo, generación tras generación, en el curso de los siglos. El río lo habían detenido cauce arriba para una obra de irrigación en el siglo XIX y la erupción de un volcán en el XX había convertido parte de la antigua vega en un pedregal ceniciento. El caudal permanente del río se había vuelto una viborilla estacional y las vegas un llano en llamas, según las bautizó memorablemente el propio Rulfo. Las notas dominantes de aquellas planicies eran la sequedad lunar y el color pardo de la tierra, agotada por la mano del hombre. El tono de la vida se había secado junto con la tierra, la antigua abundancia se había vuelto escasez, los fastos optimistas de la fundación se habían drenado en cicatería. Los optimistas fundadores, abiertos a los horizontes, habían tenido descendientes proclives al encierro; la solidaridad originaria había devenido desconfianza, y la comarca rica, un rosario de pueblos agazapados contra el mal tiempo y la adversidad. Los pueblos pelearon por las buenas tierras que iba destruyendo su propia acción sobre ellas, las familias prósperas se atrincheraron contra las que dejaban de serlo y en medio de los vínculos del incesto universal, sin darse cuenta cómo, los siglos acumularon rencillas de parientes contra parientes, pleitos de la escasez, duelos de la privación, hasta volver aquel pequeño mundo una celda cainita, encerrada en sí misma, y en la memoria de sus riñas y *vendettas*. Durante la posguerra, mientras cambiaba el país y crecían otras zonas prósperas en el estado, el pueblo de Tolimán fue quedándose encerrado en sí mismo, prisionero de su antiguo esplendor, condenado a repetirse en su destino de mónada de la discordia y la autoconsunción.

—Piensa esto —dijo Ascanio, mientras cruzábamos los llanos duros que rodeaban Tolimán—. Cuando yo nací no había familia en mi pueblo ni en las rancherías de la región que no hubiera perdido a alguien en una riña a cuchillo o emboscado con escopeta. Ningún adulto hombre, ni los curas creo yo, había escapado de un duelo o una riña mortal en la que hubiera malherido o muerto a otro o lo hubieran malherido a él. Como en todas partes, aquí los niños se pelean en la escuela, pero en el Tolimán de antes, antes de cumplir diez años habías tenido una riña a cuchillo. Alguien en la catequesis o en el salón de clase te insultaba, reclamaba de ti alguna afrenta hecha por alguien de tu familia contra la suya, un muerto o un herido, y entonces debías pelearte, y la pelea podía ser mortal, porque no era con los puños o no sólo con ellos, sino, tarde o temprano, en la vera del camino o en la oscuridad de la noche del campo, un enganche de cuchillos o machetes, si no un tiro en la noche venido de una escopeta vengadora. Todos de alguna manera éramos familia, parientes de primer o sexto o décimo grado, de modo que al fin acababas hiriendo o matando una parte de tu árbol genealógico. Las ramas del árbol vivían chocando entre sí, vertiendo en distintos cuerpos la misma sangre, la sangre que corría por nuestras venas. Era una batalla campal acumulada por los siglos en las pasiones oscuras de estos cielos abiertos, donde reconocerse era odiarse y sobrevivir implicaba verter sangre remota de tu propia sangre, sangre enemiga de la misma que corría por tus venas. Así era aquí, y lo sigue siendo en muchos sentidos.

La traza española de Tolimán conservaba las calles empedradas, la plaza de armas dominada por la iglesia descalza frente al cabildo, de arcadas anchas y muros barrigones. En torno a la cuadrícula fundadora se extendía el pueblo irregular, con sus casas de adobe, sus techos de teja, sus bardas de piedras apiladas a mano para separar huertos familiares y sembradíos de maíz. Por uno de aquellos senderos, interrumpido por vacas y gallinas espantadas que frenaban nuestro paso, se llegaba a una especie de glorieta. Ahí terminaba el pueblo y empezaba la casa de Ascanio, en el centro de un prado verde donde crecían majestuosos nogales. Era el punto más alto de una tenue colina. Al fondo podía verse la planicie agostada caminando suavemente hacia la estribación del volcán que una manada de nubes de nácar ocultaba de la vista. La casa era amplia y fresca. Abría por todos los costados al horizonte pardo y a unos cielos azules de nubes relucientes como si acabaran de ser pintadas por principiantes académicos. La naturaleza es un pintor principiante en todas las cosas que no son nubladas, un pintor radical capaz de las combinaciones menos equilibradas de seres y cosas, grandeza y desgracia, cielos límpidos y tierras sucias. Eso fue lo que vimos desde la ventana de la habitación del segundo piso donde nos instalamos Julieta y yo. Se echó en la cama y dijo:

—Dime que no te arrepientes. Dime que son un agasajo mis amigos. Dime que estás feliz. Dime que me amas. Dime que nunca vas a amar a otra. Dime que lo único que quieres es quedarte en este cuarto metido conmigo.

—Eso es lo único que quiero —le dije.

—¿Y qué más?

—Un poco de vino.

—¿Y un poco de mí?

—Todo de ti. Pero después de un poco de vino.

Me sacó a almohadazos del cuarto en medio de fraternos improperios contra mi madre.

Para nuestra llegada Ascanio tenía listo un vino blanco frío, de su cava de cosechas francesas y españolas. Rosaura le llevó una copa a Julieta con el primer pitillo de mota. Ascanio tomó de una oreja la cubeta donde se enfriaba el vino y me invitó a recorrer la propiedad. La finca era un alarde de innovación tecnológica, sus techos eran celdillas de energía solar y sus veletas de energía eólica. Tenía un establo de vacas lecheras, un huerto experimental donde probaban semillas resistentes a las plagas y las temperaturas de la zona. Con ropas de vaquero, rendía su jornada un doctor en química de la Universidad de Kentucky. Sacaban agua de un pozo perforado a trescientos cincuenta metros de profundidad con técnicas de exploración petrolera. Había un pabellón de inseminación artificial, otro de injertos, otro de técnicas de riego por goteo.

Mientras caminábamos por la huerta hasta el represo donde terminaba la propiedad, Ascanio iba explicando cada cosa, sus costos y rendimientos. Todo el asunto se resumía para él en un doble aforismo económico. Primero: *Sólo lo que cuesta rinde y sólo rinde lo que cuesta*. Segundo: *Nada cuesta tanto que el trabajo no pueda comprarlo*.

Al volver a la casa, la botella estaba medio vacía. Rosaura y Julieta conversaban echadas en dos hamacas gemelas del corredor. Ascanio sirvió de lo que quedaba y dijo:

—Ya vieron la casa y el pueblo, ahora vamos a ir al campo.

—¡Noo! —gritaron Rosaura y Julieta.

—Pueden quedarse si quieren —concedió Ascanio.

—¡Nooo! —gritaron Rosaura y Julieta.

—¿Qué quieren hacer entonces? —preguntó Ascanio.

—We!... want!... love! —gritaron Rosaura y Julieta, la primera desatando la frase que siguió inmediatamente la segunda.

—¿Ahorita? —preguntó Ascanio, divertido y desconcertado.

Julieta se paró a soplar en el oído de Rosaura la respuesta, le marcó el tiempo y gritaron las dos al unísono, como en el catecismo:

—¡Ahora y siempre!

Se rieron como unas locas de su broma y volvieron a echarse en sus hamacas, satisfechas e indiferentes.

—Hay que darles una tregua —dijo Ascanio—. Ven, que abrimos otra botella de este vino.

Había otra botella puesta a helar en otra cubeta. Había dejado de sorprenderme su lujosa atención a los detalles, su lujosa previsión de lo que podríamos necesitar. Nos sentamos en la sala mirando el valle eriazo.

—Ya viste este pueblo —dijo Ascanio—. Y ya te conté algo de la historia de aquí. Ahora te digo mi proyecto reaccionario para este pueblo. Admíteme un poco de ideología antes de pasar a la literatura. Quiero la modernidad para este pueblo, lo mismo que quiero para el país. Pero quiero modernidad con historia. Quiero que sea campesino, pero con agricultura de exportación. Quiero que sea mexicano, pero que todos sepan inglés. Quiero que sea un pueblo viejo pero que lo crucen las comunicaciones, el teléfono, la televisión. Quiero una mezcla de caballo con jet. Que las señoras sigan echando tortillas a mano, pero que tengan refrigeradores, licuadoras, lavadoras eléctricas. Las tradicionales carnitas de cerdo, sí, pero con cerdos limpios de cisticercos. Esto es lo que yo quiero. Ahora bien, lo que importa no es lo que la gente quiere sino lo que la gente hace. ¿Qué hago yo para conseguir todo eso que quiero? Directamente, nada. Predico con el ejemplo. Lo que quiero para todos lo voy poniendo en mi casa y en mis tierras, con la esperanza de que vean y quieran imitar eso. O preguntar al menos. Al que pregunta le doy todo el tiempo de explicación que necesita, hasta asegurarme de que entendió. De los que entendieron, algunos vienen a preguntar cómo pueden hacerlo ellos. Al que quiere hacerlo y me pide ayuda le gestiono lo que puede ayudarlo a hacer lo que quiere. Y hasta ahí. No pretendo ser, me repugnaría ser, el "cacique bueno" de este pueblo. Yo creo que nadie redime a nadie. Cada quien tiene que redimirse solo. Y redimirse aquí quiere decir una cosa muy sencilla: parar las orejas y trabajar, decidirse a dejar el estado de ignorancia y resentimiento en que nace la mayor parte de mis paisanos. Ya me han venido a decir que si me hago alcalde, que si me hago presidente de la junta de mejoras, que si organizo una secundaria técnica. A todo me niego. El que quiere venir a mis siembras para ver y aprender, bienvenido. El que quiere saber cómo se consigue un crédito y dónde se compran las semillas, lo llevo al banco y le vendo las semillas a precio. No creo en la filantropía. Al cura, que es el propagandista mayor del pueblo, lo tengo en la nómina en calidad de instructor. Le doy una cantidad para su iglesia a cambio de que meta en todos sus discursos y en todo su trato con sus feligreses la idea de que hay que trabajar, de que trabajar es bueno y vivir bien es mejor. La idea protestante del trabajo en una parroquia católica de la contrarreforma perdida en el sur de Jalisco. Ésa es la realidad alrevesada que yo impulso aquí. ¿Demasiado teórico?

—Demasiado optimista —dije yo.

—El optimismo no es mi fuerte en estos días —dijo Ascanio—. Es lo que quiero contarte. Ya te contaré. Por lo pronto, quiero que veas el campo. Creo haber dado con una manera de hacer un vergel del llano en llamas. Pero quiero mostrártelo *in situ*.

—Si tú las arreas, voy atrás tuyo —dije, señalando con la cabeza a Rosaura y Julieta.

—¿Vienen o no vienen? —voceó Ascanio saliendo al corredor con la segunda cubeta de vino blanco detenida por la oreja.

—Vamos —dijo Rosaura—. A condición de que tu amigo venga a decirle a Julieta las cosas que le falta decirle.

—¿Puede ser en el oído? —negoció Ascanio.

Rosaura volteó a Julieta y Julieta aceptó. Fui y dije en el oído de Julieta las cosas que me faltaban. Era muy malo para eso y la contenté a medias, suficiente sin embargo para ponerla en pie de marcha.

Ascanio repartió sombreros y volvimos a la camioneta. A la salida del pueblo se detuvo en una casa que tenía un huerto largo.

—Aquí recogemos a mi hermano Rosario —explicó—. Rosario es mi socio, mi hermano mayor, y el cuentero de la familia.

Supimos luego que Ascanio era el benjamín de una familia de siete hermanos. En los distintos brazos de su Tolimán conquistada trabajaban todos salvo uno, el segundo, que resentía y negaba su autoridad desde un pequeño negocio de compra y venta de animales. Ascanio había vuelto riqueza las pérdidas de la familia. El rescate de su edén perdido había empezado por la compra de la casa natal, perdida luego de la muerte de su padre y abandonada desde entonces por el dueño. Había comprado después las tierras donde su padre ejerció la aparcería, cultivando una parcela de los dueños que prestaban su tierra a cambio de la mitad de la cosecha, una forma de asociación que ahorraba servilismos del trato pero no ofrecía independencia real: una servidumbre disfrazada de colaboración. Como toda epopeya, la de Ascanio había sido lograda a costa de otros. Incluso sus aliados, sus primos, sus hermanos, resentían en distintos grados la sombra del conquistador. Todos menos Rosario, que era doce años mayor que él y lo miraba como a un hijo triunfador más que como a un hermano contendiente.

Rosario era un güero de rancho, ya viejo de sesenta años, pero todavía hombre robusto, de piernas gruesas y manos con dedos como espátulas para abrir ataúdes. Pertenecía a la tribu de locuaces contadores de pueblo. Su locuacidad recordaba la elocuencia de Ascanio, pero ninguno de sus refinamientos intelectuales. Entre un hermano y otro había varios años y un estadio de civilización: dinero, refinamiento, dos grados universitarios, el idioma inglés aprendido en Oxford, el francés adquirido en Estrasburgo. Pero era la misma rama lenguaraz. Rosario empezó a hablar al subir a la camioneta, como Ascanio al verme en el aeropuerto, y no paró hasta el fin del recorrido. Con Rosario al habla, nos echamos al sendero polvoriento rumbo a las ruinas viejas y las siembras nuevas de lo que habían sido las vegas del río. Fuimos primero a las hectáreas donde los hermanos cosechaban sandía y tomate, dos anchas franjas de verdor en la línea caliginosa, desértica, del llano. Luego a los invernaderos donde cosechaban flores, por último a los pabellones de cría de pollos y cosecha de huevo de gallina. Cada una de las instalaciones era una excepción civilizatoria, un oasis de técnica y productividad en la desolación ancestral del llano. Rosario explicaba por Ascanio cada desarrollo; en los linderos de cada predio mostraba con la mano las tierras que estaban en los planes de expansión, las tierras que no eran de ellos todavía pero habrían de serlo en breve, y en ese tic mostraba su verdadera excitación, anterior al siglo XX, de poseer la tierra, de fundir su codicia con el horizonte que podían ver sus ojos y su certidumbre con el suelo que podía pisar como suyo. Llevábamos dos horas de recorrido, eran casi las tres de la tarde y el vino estaba por terminarse. En el último pabellón de cría de aves, Rosario señaló hacia el oeste.

—Esto va a crecer hasta aquella loma, que es la loma de la hacienda que fuera de don Juan Nepomuceno Pérez Rulfo.

—Vamos allá —dijo Ascanio—, para que le cuentes la historia de don Juan y su vaquero en la reja donde sucedió.

Fuimos por el sendero pedregoso hasta el nacimiento de la loma. En un recodo subía un camino estrecho. Rosario le pidió a su hermano que se detuviera. Era el lugar de la antigua cerca del rancho de los Rulfo, pero no había cerca, sólo un nicho de piedra con una flor seca, de las que suelen poner en los pueblos para marcar piadosamente el sitio donde alguien murió. Bajé de la camioneta y desbaraté entre mis dedos la flor mustia que parecía un terrón de adobe de tan vieja en la hornacina. Rosario bajó atrás de mí, lo mismo que Rosaura y Julieta. Ascanio se quedó al volante.

—Aquí este altarcillo evoca la muerte de don Juan Nepomuceno el grande —explicó Rosario—. Cayó aquí, muerto por la espalda, a manos de un vaquero que, anticipando equivocadamente su mal, prefirió matar a verse muerto. Según el vaquero, don Juan Nepomuceno iba a reclamarle alguna afrenta con el fuete. Porque don Juan era hombre de fuete y disciplina, lo mismo para bestias que para cristianos. Todo quería marcarlo con su fuete que era, como acá dicen, la serpiente de su mando. El aguijón de su capricho, digo yo. Lo mismo dijo el vaquero. Don Juan había ido a buscarlo al campo porque le tenía un reclamo. Lo hizo venir andando alguna legua, detrás de su caballo, hasta llegar a la cerca de la hacienda, que allí estaba y hoy no está, como la hacienda misma y como toda aquella historia. Don Juan paró el caballo para abrir la cerca, el vaquero pensó llegada su hora de encarar el fuete. Antes de encarar ese destino quiso que fuera don Juan el que alcanzara el suyo, y de espaldas, porque el vaquero no lo dejó voltearse, ahí mismo, por la espalda junto a la tranca que ya no está, le disparó la carabina a don Juan Nepomuceno. Murió don Juan de espaldas a su muerte, como dicen. Por eso es fama en estos rumbos que se aparece todavía por ahí pidiéndole a la gente que lo mire: porque no acabó de mirar al que lo mató. Vinieron a recogerlo las mujeres de su servidumbre. Ya no era caso. Echó la última boqueada en andas de la cocinera. Los vaqueros de la hacienda salieron a buscar al matador, que huyó a las estribaciones del volcán, donde huyen todos los que matan por aquí. Ni modo que al llano, en el llano no hay ni un árbol, ni una grieta dónde disfrazarse. Se van para la montaña donde hay barrancas y cuevas para hartarse. Judas hubiera huido aquí después de su traición y nadie lo hubiera hallado. Pero aquí se han huido tantos, y a tantos han ido a buscar para que paguen, que hay memoria y malicia hasta del último escondrijo de las estribaciones. Con otra: la montaña da escondite, pero no da de comer. De modo que al que persiguen con tesón, tarde o temprano lo hallan. Lo topan los guías o lo entrega el hambre. Ahora, si no los persiguen pronto ni mucho, ahí se están los prófugos un día o dos de lobos sueltos y luego se aparecen en las rancherías, esperan que amaine el duelo. Con el tiempo vuelven al pueblo, con el único pendiente de que los deudos del muerto vendrán a buscarlo alguna vez, si es que saben de cierto que fue él quien mató. Pero ahí ya empieza otro corrido: cuando vengan a buscarlo, igual le toca matar o que lo maten. Al matador de don Juan lo persiguieron los días suficientes. Se entregó en una de las barrancas muerto de hambre y sed, pagando alucinaciones, confundiendo a los que venían tras él con el santo del pueblo y con el séquito de la virgen, la cual, según los humos de su cabeza, venía a auxiliarlo. "Ése es el auxilio que vas a necesitar", le dijeron, y lo trajeron unas buenas leguas arrastrado de los caballos para colgarlo en el gran mezquite, donde se colgaba entonces, y todavía hasta hace poco, a los que matan con agravio, en mala ley. Ahí en ese mezquite tuvimos nosotros nuestro que ver, cuando mataron a mi padre. Ya Ascanio les contará si quiere y hay ocasión. El caso es que a los días de enterrado don Juan Nepomuceno, trajeron en un burro el cadáver del vaquero a que lo vieran sus deudos. Y lo enterraron también.

Cuando volvimos a la camioneta Ascanio estaba apoyado sobre el volante, sudando a mares, respirando con dificultad.

—¿Estás bien? —le dijo Rosaura.

Rosario dio la vuelta para medir el daño. Fue a la hielera que venía en la parte de atrás, echó hielo en su paliacate y pescó una botella de tequila. Le puso la bolsa de hielo a Ascanio en la cerviz y le impuso un trago de tequila. Poco a poco le volvieron el ánimo y el color.

—¿Quieres que yo maneje? —se ofreció Rosario.

—Estoy bien. Manejo yo —dijo Ascanio. Bajó a estirarse y a orinar en un mezquite.

—Se acordó, nada más —explicó Rosario—. Tuvo un ataque de recuerdos, como dicen aquí.

Dejamos a Rosario donde lo habíamos recogido y nos fuimos a la casa a comer solos. Al llegar al arco de hierro que daba entrada al lugar, Ascanio me dijo:

—Todo ha de ser simétrico y obsesivo en este pueblo. Aquí en la entrada de mi casa mataron también a mi padre. Ésa es la historia que te quiero contar.

No entendí al principio que hablaba de la simetría de la muerte de su padre y la del abuelo de Rulfo. Cuando estuvimos sentados otra vez en el corredor, esperando el almuerzo, luego de unas abluciones refrescantes para borrar el sol y el polvo del camino, confirmé:

—¿Mataron a tu padre en la entrada de la finca?

—En la puerta de la casa —dijo Ascanio—. Donde está el arco de la entrada ahora estaba entonces la casa. Donde estamos ahora estaban el huerto y la milpa. La casa original se destruyó con el tiempo y el descuido. La casa donde estamos la construí después, con rasgos de la primera, pero abierta a los puntos cardinales. Fue una decisión de arquitectura que en realidad fue un manifiesto vital.

—¿A tu padre también lo mataron por la espalda? —pregunté yo.

—Casi —dijo Ascanio. Empezó a pasarse la mano por el cuello como si empezara a sudar y a desvanecerse de nuevo—. Pero a él lo venían persiguiendo. Nadie le tenía miedo. Tenía miedo él.

Julieta hizo su aparición metida en un caftán blanco que encendía su piel canela. Llegó señorial y flotante, vanidosa de su efecto. Rosaura entró tras ella, con unos jeans y una blusa de hilo que descubría su abdomen y traslucía el botón oscuro de sus pezones, erguidos como cuernillos de becerro en la cima joven de sus pechos.

—Tengo unos vinos rojos difíciles de olvidar —dijo Ascanio, y se paró por ellos a la cava.

Comimos y bebimos largamente, contando historias, abusando de nuestra felicidad con toda clase de modales amorosos.

—Eres lo mejor que me ha pasado en la vida —le dijo Rosaura a Ascanio, parándose a besarlo a través de la mesa sobre los restos almibarados de una calabaza en tacha.

—¿Por el cuerpo o por el alma? —preguntó Julieta.

—Pasando por el cuerpo, hasta el fondo del alma —dijo Rosaura con la sugerente entonación debida.

Al filo del atardecer vinieron los cognacs y los pitillos de mariguana.

—No fumar —dije en nuestro infinitivo sioux, dejando que Julieta tomara mi parte de la colilla ardiente.

Ascanio rechazó también su cuota. Cuando bajó el crepúsculo anaranjado sobre el llano, la tierra se incendió un momento como una cama de brasas.

Rosaura y Julieta empezaron a reír por todas las cosas. Prendieron otro pitillo y caminaron a las hamacas en busca de su burbuja de tiempo gemelo.

Ascanio puso "La bohemia" en el tocadiscos. Al volver, traía unos puros. Fumamos y oímos. Cuando la ópera terminó era noche plena, plagada de estrellas.

—¿Te gusta el sitio? —preguntó Ascanio.

—Me gusta la serenidad que fluye del sitio —dije yo—. Te encuentro sospechosamente en paz contigo mismo.

—Puede ser —dijo Ascanio—. Según yo, el problema de la vida no es lo que eres, sino lo que quieres ser. No es lo que tienes, sino lo que pretendes tener. El déficit o superávit que hay entre una cosa y otra mide el índice de la felicidad. Podría hacerse una fórmula matemática sobre eso. Un exitoso escritor de novelas policiacas que quiere escribir literatura seria será más infeliz que un mediocre escritor de novelas policiacas que no quiere hacer otra cosa en la vida.

—¿Cómo se te aplica la fórmula? —pregunté.

—Yo hace mucho tiempo que soy más de lo que quise ser —dijo Ascanio—. Yo no quería sino rehacer mi casa de Tolimán, comprar las tierras que codiciaba de niño, junto al arroyo, enfrente de la hacienda de los Rulfo. Las tierras que viste, donde las hidroponias de tomate y sandía. Hace quince años que tengo las dos cosas. Extraño un sauce llorón que había en el cauce y quemó un rayo, nada más. El resto de los negocios ha sido una diversión, no una lucha conmigo mismo. Mucho menos una batalla contra el mundo. Traigo un superávit entre mis aspiraciones y mis logros. En todo, salvo en una cosa. Una cosa que ha regresado a mí en estos meses y casi me hizo desmayarme hace unas horas en la cerca de la hacienda de don Juan Nepomuceno.

—¿Ésa es la historia que quieres contarme? —pregunté.

—Ésa —respondió Ascanio—. Me parece que puedes entenderla y luego, quizá, escribirla, hacerla más clara para mí. Veo que te has colgado a fondo de la idea de combatir al México bronco, el México violento y loco, empapado de odio y frustración, el México que sabe vengar sus agravios pero no resolver sus problemas. Yo percibo en lo que tú escribes a un prófugo de la intemperie, a un buscador de la vida civilizada. La historia que quiero contarte yo la encuadro en el mismo tenor. Tú hablaste en un artículo de la "pulsión" y la "coerción civilizatoria". Y no creo sino en eso: la búsqueda moral de la civilización, como opuesta a la vida de guerra y privación que rige en la naturaleza. Creo que hay que hacer coerción sobre nuestra naturaleza para civilizarla, coerción sobre nuestros impulsos para hacerlos compatibles con los derechos de los demás. ¿Lo inventé o ésa es tu convicción en la vida?

—No lo inventaste —dije.

—Entonces tengo que contarte esa historia.

Julieta vino de la hamaca y me llevó al segundo piso. Volvimos en nosotros mismos casi a las diez de la noche, cuando la patrona de la casa vino a decir que la mesa estaba servida.

—Yo voy a cenar champaña nada más —dijo Julieta.

—Yo te voy a cenar bañada en champaña —dije yo.

Había una mesa de caviar, mariscos fríos y salmón, con espárragos de huerta, quesos frescos y una variedad de mostazas y mayonesas. La habían servido en la terraza del segundo piso, bajo el cielo cristalizado de estrellas. Había una brisa cálida, y una piel de plata sobre las cosas.

Rosaura y Julieta se echaron sobre la champaña como si vinieran del desierto.

—Advierto que voy a cantar —dijo Rosaura.

Cuando la cena estaba en las últimas trajo de la sala una guitarra y empezó a cantar. Me sorprendieron su voz profunda y el temple severo y dolido de su canto. Julieta prendió otro pitillo y fumamos todos. La noche se fue larga y lenta, en la somnolencia plácida de nuestras volutas. Rosaura se quedó dormida como una niña, ovillada en un señorial sillón de mimbre. Julieta siguió fumando en el otro, tarareando sonámbulamente las canciones que había cantado Rosaura. Ascanio trajo un coñac con dos copas gigantes que al chocarse sonaban como un diapasón.

—A mí me sacaron de este pueblo siendo niño —dijo—. Me sacó mi madre, en contubernio con el cura, porque no quería verme sembrado en el mismo surco que mis hermanos. Yo fui el menor. Rosario tenía dieciocho cuando nací y ya tenía dos heridas en el torso de pleitos que no buscó. Los otros llevaban el mismo camino. Un hermano intermedio, Arnulfo, murió en una emboscada que le tendieron a mi tío Martiniano, que era o había sido un matón de siete suelas. Lo esperaron en un recodo por lutos de treinta años atrás y lo cosieron a balazos de carabina junto con sus acompañantes. Venían en un cochecito, los cruzaron de balas a todos. Mi hermano Arnulfo venía junto a mi tío, y también murió. Mi madre tomó nota del asunto y decidió que sus hijos vivirían en otra parte. Como el último y más chico era yo, el menos contaminado, puede decirse, fue a ver al señor cura y le dijo: "De cada uno de mis hijos me ha ofrecido usted que lo mande al seminario en procura de letras y comida. Me he negado a todos, pero este benjamín que me ha llegado, luego de lo que sucedió con su hermano Arnulfo, no lo quiero en riesgo. Lléveselo usted, provéale las letras que deba enseñarle, el temor de Dios que no hay en este pueblo y los alimentos que no sé si su padre y yo podremos garantizarle en este llano". Fue así como a los ocho años me mandaron al orfanatorio de Zapopan, en preparación para el seminario. Hice la escuela primaria en el orfanatorio. Enseñaban latín en lugar de inglés, y tenían los curas un pabellón especial para los niños de talento que reclutaban en los pueblos. Los traían para las vocaciones, con anuencia de sus padres. Para que se hicieran sacerdotes. Digo niños de talento, pero quiero decir simplemente niños sanos que daban muestra, como yo, de no ser unos oligofrénicos. Todos teníamos madre o padre con ansia de civilización, es decir, con la idea de que sus hijos salieran a otra parte, se asomaran al balcón de las cosas que nunca iban a ver por la ventana de su pueblo. Fue mi separación originaria: alejarme de mi madre y de mi pueblo. Ése era el mundo encantado para mí: mi madre, mi pueblo, ir después de la escuela a lo que quedaba de la vega del río, bañarnos ahí, regresar tirando piedras por el terregal para que fueran levantando polvo. Odié a mi madre y a los curas que me llevaron. Lloré todos los días, varias veces al día, al solo recuerdo del único nogal que había entonces en el huerto de mi casa. Por eso, cuando pude llené de nogales el jardín, para compensar la memoria de aquella privación. De modo que yo fui lanzado de Tolimán por mi madre. Me cortó el cordón umbilical de un modo tan drástico que no volví a ser de Tolimán, dejé de pertenecer realmente a este pueblo y a este mundo.

—Pero volviste a él como si nunca te hubieras separado —dije yo.

—Por elección más que por destino. Volví a Tolimán de un modo, digamos, intelectual. Regresé movido por emociones potentes pero tamizadas por mi decisión de vivir aquí contra la corriente, sembrando lo contrario de lo que había vivido aquí, siendo lo contrario de lo que esto ha sido. No vine a refugiarme en este mundo, sino a cambiarlo. Pero no a cambiarlo yo, sino a que cambie por sus propios medios. Todo esto es teología de las emociones y las intenciones, pero también es verdad. Fui arrancado por mi madre de mi pueblo, de mi familia, de ella misma. Fue una herida enorme, una mutilación. Aquella herida ya no es sino una cicatriz. Enorme si se quiere, pero cicatriz al fin. El caso, y en eso tienes razón, es que lo único que me pica en la vida es esa cicatriz. Venía al pueblo un fin de semana cada dos meses, y en las vacaciones. Mi madre venía a verme al seminario cada vez que lo permitía la locura de trabajo y alcohol de mi padre, a quien nunca le alcanzaba el tiempo para sembrar su predio de aparcería. Sólo le alcanzaba para tomar. Así fue siempre, y empeoró con el tiempo. Al año de aquel régimen volví a Tolimán como un nuevo extraño.

Yo leía los breviarios todos los días, repasaba las estampas, las narraciones portentosas de la historia sagrada, mientras mis hermanos apenas podían leer el hierro de las ancas de sus caballos. No tenían capacidad de estarse quietos más de unas cuantas pulsaciones de su corazón. El mío lo habían domado los horarios y la disciplina del orfanatorio, que no era sino levantarse a la misma hora, hacer ejercicio un tiempo igual a la misma hora, bañarse con agua fría a la hora prevista, desayunar lo mismo, con algunas variantes, y empezar cada día con el calendario de materias, hasta el almuerzo. Comíamos con alguien leyendo lo que otros no sabíamos leer aún, pasajes del evangelio, cuentos de historia sagrada. Por la tarde, otro poco de ejercicio y a hacer la tarea, todo con horas fijas, y cenar otra vez con lectura, y largarte al catre que te tocaba en la hilera. Apagaban la luz apenas empezaba la noche, exactamente a la misma hora todas las noches, para que pudieras levantarte, fresco y ansioso, antes del amanecer, con las gallinas, a la hora prevista, para empezar tu nuevo día, idéntico al anterior. Esa disciplina de las horas fue la mayor enseñanza para mí, la que hizo mi diferencia: la enseñanza del tiempo medido, la noción de que el tiempo pasa y sólo puedes atraparlo sudando cada una de sus fracciones y llevando cuenta de ello. A la fecha mido cada media hora, cada cuarto de hora y evalúo si fue bien o mal empleado. Contra lo que puedas pensar, esa obsesión del uso de los minutos no me ha traído angustia ni prisa, sino libertad y calma. Es una modesta certidumbre en el caos del mundo: disponer de tu tiempo, controlarlo, no dejar que se te vaya entre los dedos de las manos. El tiempo es poroso. Nuestra vida también. La mayor parte de nuestra vida la pasamos distraídos, somnolientos, jugando a medio gas, a medio esfuerzo, viviendo a media intensidad.

—¿Cuánto tiempo estuviste fuera?

—En el orfanato del seminario hice mi educación básica. La secundaria, o su equivalente, la hice en el seminario propiamente dicho. De los siete a los dieciséis años. Pero desde el principio dejé de ser de Tolimán. Venía al pueblo en vacaciones y participaba en lo que los otros niños. Iba a sembrar, a cazar; nos íbamos en caballo a las estribaciones a buscar vetas. Una pasión loca del pueblo es que la estribación brilla en la noche, queriendo decir con eso que hay vetas de oro o plata. Nos pasábamos días picoteando la montaña a ver si nos daba su tesoro. Acampábamos a la intemperie. Eso era maravilloso, a cielo abierto, con los coyotes aullando en las serranías como si te aullaran en la oreja. Pero aunque viniera y participara en lo mismo que todos, había una película entre ellos y yo. Íbamos de cacería, yo disparaba bien, tan bien como ellos, pero a la hora de recoger el conejo o el venado y cortarlo, quitarle la piel, limpiar las vísceras, fíletearlo, ellos —mis hermanos, mis primos— se daban a la tarea sin parpadear, hasta con entusiasmo. Yo tenía accesos de náuseas a la sola idea de meter mi cuchillo en la pieza y mojarme con su sangre. A veces no podía ni ver que lo hicieran otros, podía llegar a no comer de lo que habíamos cazado si había visto también que lo destazaran con sus propias manos mis hermanos, mis parientes, los que lo habíamos cazado. Hacíamos lo mismo, nos llamábamos igual, matábamos juntos, pero estábamos en mundos aparte. Frente a las costumbres del pueblo donde había nacido yo ya era, como si dijéramos, un inútil moral. Finalmente llegó el momento de quedarme en el seminario para hacerme cura, o para irme a la ciudad a seguir mis estudios. Cura no me iba a hacer, porque todos mis impulsos eran laicos. Mi religiosidad era sincera pero mis gustos pecadores. No había relación entre mi fe y mis querencias. Con otro amigo del seminario, que hoy es gobernador, nos escapábamos desde muchachos de los claustros a buscar mujeres en las casas malas, que eran las buenas para nosotros. Nos conocían amigablemente como "los curitas". Yo fui precoz para los números. Un día empecé a llevarle las cuentas a una madrota para pagar las mías. Le ordené sus libretas de ingresos y gastos. También en el seminario llevaba cuentas precoces. Era el contador habilitado.

Me di maña luego para organizar la siembra y la venta de los enormes huertos que tenían los curas. Tenían manzanos, limoneros, una romería de hortalizas, herencias maravillosas de la propiedad eclesiástica colonial. La organización que yo inventé les dejó dinero a los curas y conocimiento práctico a mí. Aprendí la siembra de las huertas, el trajín de las ventas con bodegueros y transportistas. Fueron mis primeros negocios: las cuentas de la mala vida y los huertos de la casa de Dios. De hecho, cuando me fui a la ciudad, mi primer negocio para mantenerme fue alquilar unas bodegas para vender y comprar hortalizas.

—No te has ido a la ciudad —dije yo, tratando de volver al punto donde iba su narración—. Estás todavía en Tolimán, decidiendo si vas a seguir tus estudios. ¿Qué decidiste: irte o quedarte en Tolimán?

—Yo no decidí, decidió la suerte. Ésa es la historia que quiero contarte —dijo Ascanio—. La que te prometí desde la mañana, a ver qué haces con ella. Mi situación era complicada porque las economías de la familia iban de mal en peor. Las tierras no daban, mi papá bebía lo que no ganaba y mis hermanos con él. Yo veía la posibilidad de hacer con las hortalizas de la región lo que había hecho con las del seminario. Pensaba por lo pronto instalarme en Tolimán, abrir una casa de noche, como la que había visto rendir carretillas de pesos en Zapopan. En alguna parte de mí quería pertenecer, radicarme, meterme otra vez en la piel de la que me habían sacado, hacer el camino de regreso a Tolimán. Mi madre se oponía, mis hermanos me apoyaban. Tenía ya un lugar apartado en una universidad de curas de la Ciudad de México, gestionado desde el seminario. Pero con una gran duda en el ánimo sobre si acabar de arrancarme de Tolimán o reinjertarme. Un Sábado de Gloria tuve mi revelación sangrienta. Mi padre había estado bebiendo toda la semana, con Rosario y con otro de mis hermanos, el único que no trabaja conmigo ahora: Primitivo. Como a las cuatro de la tarde mi mamá estaba en la iglesia, yo solo en la casa, y llegó Primitivo buscando la carabina. Atrás de él llegó Rosario buscando la otra carabina y el machete. "Están provocando a papá donde Clemente", dijo Primitivo, refiriéndose a la cantina de un barrio del pueblo. "Ve a avisarle a mi tío Epigmenio, que traiga su rifle también, y se vienen a hacer montón a donde Clemente para que esos cabrones vean juntos a todos los Morlet. Muchos tendrán que matar si quieren ofender a uno." Yo tomé el revólver y me fui tras ellos, pero al llegar a una esquina se volteó Primitivo y me gritó: "Ve por mi tío Epigmenio, cabrón. Por mi tío, que esto es cosa de hombres". Fui a buscar a mi tío Epigmenio, dolido y algo más por las palabras de Primitivo, según las cuales yo no era hombre para ésas. No lo era, tenía razón, y eso es lo que me dolía más. Cuando llegué a tocar la puerta de mi tío Epigmenio se oyeron ya los primeros disparos en el pueblo. Volví a la esquina donde me había separado de mis hermanos y escuché otros tres disparos, pero en el rumbo contrario de donde mis hermanos se habían ido. Escuché los disparos por el rumbo de mi casa. Corrí a la casa. Al llegar vi a mi padre tirado en la puerta, los rastros de su sangre sobre la pared blanca donde había resbalado cuando le dispararon. Tenía la camisa blanca empapada. La sangre le corría de dos hoyos, uno en el corazón y otro en la barriga. Lo levanté para tratar de meterlo a la casa. Me di cuenta entonces de que tenía también un agujero en la nuca, porque me manchó el hombro mientras lo cargaba. Antes de que lo acabara de acostar en el piso de adentro llegaron Rosario y Primitivo. Se echaron a llorar al verlo, graznando y chillando como pájaros. Atrás de ellos llegaron mi tío Epigmenio y mis primos. "Fue el cabrón de Vinicio Rosales", dijo Primitivo, "porque los Rosales lo estaban jodiendo donde Clemente cuando Rosario y yo vinimos por las armas". Vinicio Rosales era tres años mayor que yo. Habíamos hecho unas vacaciones juntos, le había enseñado a leer y a sumar, de modo que era uno de mis discípulos en el pueblo. "¿Cómo lo sabes?", pregunté. "No sé", dijo Primitivo. "Todos los Rosales

están calle arriba", dijo Primitivo. "Uno de ellos herido, y sólo Vinicio anda perdido. Vinicio mató a mi padre." "¿Cómo
no se encontraron a mi padre en el camino?", pregunté yo. La
calle por donde mis hermanos se fueron era la única que iba o
venía de mi casa a la cantina de Clemente. Nadie me pudo
responder. En ese momento la respuesta hubiera sido peor que
la ignorancia. Según se aclaró después, mi padre, borracho
donde lo de Clemente, empezó a insultar a los Rosales, que lo
habían estado fastidiando toda la tarde. Cuando vieron subir
de tono la esgrima verbal, Rosario y Primitivo fueron corriendo a la casa por armas, en previsión de lo que pudiera
pasar, porque los Rosales estaban armados. Mi padre estaba
tan borracho que no se dio cuenta de que sus hijos se habían
ido. De pronto empezó a insultar a sus rivales. "Aquí están mis
hijos para que les respondan en el terreno que sea menester",
dijo al final. Entonces volteó y se percató de que sus hijos no
estaban. El alcohol que llevaba dentro lo llevó al pánico y su
miedo atrajo la jauría. Salió corriendo de la cantina de Clemente. Los Rosales salieron atrás de él. Mi padre disparó a
ciegas mientras corría. Cayó el viejo Rosales herido leve, a
sedal. Dos de sus hijos se quedaron con él, Vinicio y otro siguieron a mi padre. Mi padre vino corriendo, muerto de miedo, por entre los huertos, saltando de casa en casa para que no
lo alcanzaran por las calles del pueblo. En una de esas bardas
uno de los perseguidores cayó en falso y se quebró un tobillo.
Sólo quedó Vinicio en la persecución. Vinicio vino siguiendo
a mi padre hasta la puerta de la casa, y aquí frente a la casa lo
mató, a pesar de que mi padre le gritaba pidiéndole perdón.
Eso fue al menos lo que oyó el vecino. Vinicio no lo perdonó,
le disparó dos tiros al cuerpo contra la casa; luego, a sangre
fría, uno en la nuca, de gracia. Que mi padre hubiera corrido
y viniera muerto de miedo huyendo del que lo iba a matar es
algo de lo que nunca se pudo hablar entonces ni se puede todavía hablar en esta casa: que hubiera muerto como un cobarde, y que su cobardía envalentonó a su matador, como se dice

aquí. "Fue el cabrón de Vinicio Rosales, y la debe pagar", sentenció mi tío Epigmenio, que para entonces era el Morlet mayor de la familia, pues habían matado antes a su hermano Martiniano, y ahora a su hermano Rosario, mi padre. Mi madre llegó de la iglesia al velorio de su marido. En lo que se organizaron los rezos se organizó también la partida que iba a perseguir a Vinicio, mi discípulo de letras y números, el matador de mi padre. Antes de decidirlo, ya estaba yo montado en el caballo corriendo junto con mis primos, mis hermanos y mi tío tras el asesino de mi padre. Salimos en grupo acordados en parejas que no debían separarse bajo ninguna eventualidad. Yo, que era el más chico de la partida, me acordé con Rosario el mayor; los demás, mis hermanos y primos y mi tío Epigmenio, en parejas también. Salimos en grupo hacia donde se fugaban todos, no hacia el llano, sino hacia las estribaciones. Había luna llena o casi, como ahora, todo estaba bañado por esa luz irreal. Por momentos podíamos ver el rastrito de polvo que dejaba el caballo de Vinicio huyendo hacia la montaña, se perdía por un momento cuando entraba en una barranca y volvía a aparecer. "Lo va a rastrear la luna", dijo Rosario. "Nosotros nada más vamos a matarlo." Finalmente lo perdimos de vista y no apareció más, no salió más de la barranca que le tocaba sino que se fue por ella buscando la cueva donde iba a meterse. Cuando llegamos a la hondonada entendimos por qué se había quedado en ella. Era la que llamaban barranca plana, tenía un kilómetro de ancho, con ramificaciones y barranquillas cada veinte metros. Martiniano y mis primos se conocían todos los vericuetos de la barranca plana, porque iban casi todas las semanas a cazar conejos y tórtolas. Eramos ocho. Dieron instrucciones de desplegarse por parejas a lo ancho de la barranca, para peinarla metro por metro. La barranca bajaba de norte a sur; se iba ahondando conforme avanzaba hacia el sur y se iba también haciendo angosta, como si confluyera a un embudo. Quiero decir que la barranca, anchísima en el norte, terminaba en el sur en un pequeño farallón de paredes altas. "Si lo arrinconamos en el sur caerá solito", dijo mi tío Epigmenio. Eso hicimos: peinar la barranca plana de norte a sur, escudriñando hasta la útima cueva, hasta la última conjunción de piedras que sirviera como escondite, hasta los últimos matorrales y arboledas. Rosario y yo quedamos encargados del filo poniente de la barranca. Anduvimos serpenteando por el terreno, siempre hacia el sur, todo nuestro tramo. En ese serpentear de pronto estábamos juntos y de pronto lejos diez o veinte metros, aunque sabiendo siempre en qué rumbo estaba el otro y hacia dónde buscarlo en caso de cualquier indicio. Rosario había bebido todo el día anterior y a la media noche no pudo más, simplemente se dobló sobre el caballo. Lo acosté contra un árbol, le amarré el caballo al lado y seguí serpenteando como me había dicho. Al bajar una hondonada oí un gemido. Del fondo de la hondonada vino hacia mí, como si lo hubiera arrinconado mi presencia, un caballo sin jinete, dando relinchos de miedo y advertencia. Corría volteando el cuello a un lado y otro, sacudiéndose una carga imaginaria. Pasó de largo junto a mí. Corrió dando reparos hacia el terraplén donde empezaba la hondonada y se perdió en la noche de luna, con el lomo echando luces y los dientes pelados, chisporroteando de miedo y de rabia. Oí el segundo gemido, como de un niño que se quejara. Si has oído cómo se aparean los gatos, sabrás lo que es ese sonido. No alcanza a ser un llanto sino una queja. Bajé de mi propio caballo y me acerqué con la pistola. La había usado para cazar ratones y conejos, para competir con mis hermanos a tirarles a botellas de cerveza, y me había parecido siempre un juguete. De pronto tenía un peso y un tamaño descomunales en mis manos. Iba a dispararle a un hombre o él iba a dispararme a mí. Caminé agachado, casi en cuclillas. Oí de nuevo la queja pero ahora atrás, a mi derecha. Entendí que me había pasado del sitio donde estaba mi fugitivo. Volví hasta un arbusto y me asomé por encima. Ahí estaba tirado Vinicio Rosales tratando de enderezarse. Cada vez que trataba el dolor lo hacía gemir, se ahogaba y dejaba escapar ese sonido de niño quejándose. El caballo lo había tirado ahí luego de tropezar con algo. Había perdido la conciencia. El caballo lo había esperado al pie de su caída, hasta que me sintió llegar y salió dando reparos. Fui rodeando el arbusto por su espalda hasta ponerle la pistola frente a los ojos, cuidando de verlo y de que me viera a través del cañón, como mi padre lo había visto a él a través del suyo. "No me mates, Ascanio", gritó cuando me vio tras la pistola. Igual debió gritar mi padre, pensé. "Tú no eres para matar", dijo Vinicio. "No me mates." Estaba tan asustado como debió estar mi padre. Verlo indefenso aumentó mi rabia, o la despertó. Trató de incorporarse, pero el dolor de la espalda le quitó el aliento. Cayó sobre uno de sus brazos, desmayado. Viéndolo desmayado me abrumó la evidencia de que había matado a mi padre. Le puse la pistola en la cara, pero no disparé. Me dije: "Quiero dispararle cuando se dé cuenta, cuando sepa perfectamente él quién y cómo lo mató". Llevaba mi cantimplora, le mojé la cabeza, le di de beber. El agua lo revivió. Me dio una patada en el pecho. Caí de espaldas, pero no tuvo fuerzas para darme otra. El dolor volvió a ahogarlo, dejándolo inmóvil en el piso. Volví con la pistola, la puse atrás de su oreja, en el lugar donde le había disparado el tiro de gracia a mi padre. "No me mates, Ascanio", volvió. Oí a alguien que era yo contestarle: "Ruega, cabrón. Quiero matarte rogando, como mataste a mi padre". "No me mates, Ascanio", rogó Vinicio Rosales. "Rogando te vas a morir, como mataste", le dije. "Quiero matarte cuando me estés rogando. Ruega", le dije: "Ruega, cabrón". Me dispuse a matarlo, y él a morir. Puse su cabeza contra la tierra, el revólver en su nuca y levanté la cara para apretar el gatillo. Entonces vi al caballo de Vinicio que había huido de mí, recortado sobre el terraplén, mirándome, inmóvil, atento, majestuoso diría yo. Iba a ser mi testigo bajo la soledad del cielo, en una noche como la de hoy, vibrante de luna. Ésa fue mi escena fundadora, la escena que me definió la vida. Yo aprendí todo ahí. Por ejemplo esto, lo único que sé de matar: sólo se mata sin testigos, como Caín mató a Abel. Sólo mata el que ha suspendido los testigos, dentro y fuera de sí. El caballo fue mi testigo y no pude disparar. Fui por el caballo de Vinicio, que accedió sin reparos a que le tomara la rienda. Le eché a Vinicio encima, al través, aunque aullaba del dolor en la espalda, y regresé con mi rehén donde Rosario estaba todavía durmiendo la borrachera. Eché dos disparos al aire como habíamos convenido para reunirnos todos al inicio de la barranca larga. Rosario despertó con los disparos. "Infeliz", dijo, cuando vio a Vinicio sobre el caballo. Lo tundió con el fuete hasta cansarse, mejor dicho, hasta que lo detuve. Una hora después nos reunimos en el inicio de la barranca. "Al mezquite con este cabrón", dijo Primitivo, mi hermano, con lo que quería decir que iban a lincharlo. "Vas a pagar con la tuya hasta la última gota de sangre de mi padre", dijo Primitivo. "Yo voy al pueblo", dije. "No, cabrón", me gritó Primitivo. "Tú vienes al mezquite, como todos, para hacerle pagar a este la muerte de tu padre." "Voy al pueblo", repetí yo. "Yo encontré a este cabrón, pero no voy a matarlo." "Maricón, como todos los curas", dijo Primitivo. "Ascanio cumplió encontrándolo", dijo Rosario. "Muy su derecho retirarse." Las palmadas de felicitación que me habían dado al encontrarnos fueron miradas de hielo y reproche cuando monté al caballo y volví las riendas al pueblo. Había oído que lo del mezquite era una ceremonia larga, pues incluía la vejación y la tortura de la víctima. Me fui a galope al pueblo en busca del comisario municipal, que era un hombre valiente y de bien. Le conté lo sucedido, le dije que iban mis primos y hermanos rumbo al mezquite para linchar a Vinicio. A un hermano menor del comisario lo habían linchado años atrás, confundiéndolo con un robador de vacas que apareció meses más tarde confesando su culpa, de modo que el comisario era enemigo personal de la tradición del mezquite. Llamó a los tres soldados que había en la guarnición y se fue en un *jeep* de la comandancia hacia el mezquite para evitar que mis parientes colgaran a Vinicio Rosales. Yo me quedé con mi madre y le conté todo. "He perdido para siempre el respeto de mis hermanos", le dije. "Has ganado el respeto de Dios", dijo mi madre. El comisario llegó a tiempo para evitar el linchamiento. Mis primos y mis hermanos entregaron a Vinicio Rosales pero no me perdonaron a mí, sino años después, y Primitivo nunca. Quedé como el traidor de todo el asunto. Al día siguiente, después del velorio de mi padre, Primitivo entró al cuarto donde estaba y me dio con el fuete hasta cansarse. Nunca más cambiamos palabra. Rosario vino por la tarde y me dijo: "Si tienes ese lugar en la escuela de México, vale más que lo tomes y esperes que se calmen las cosas aquí". Mi madre se prendió del argumento de Rosario: "Dios sabe sus caminos, así de torcidamente escribió el tuyo para impedir que te quedes en este pueblo que no ha de darte nada sino lo que ya te dio: dolor, tontera y muerte". Fue así como salí por segunda y definitiva vez de Tolimán, de todo lo que Tolimán era, de todo lo que Tolimán significaba, dentro de mi país, en mi familia, para mí. Fue mi adiós a ese mundo: una traición. Una traición a sus leyes, a sus furias vengadoras, a su herencia de sangre. Y a costa de la sangre de mi padre. Nada menos. "Maricón", había dicho Primitivo. Su voz resonó en mí muchos años. Pero en toda aquella jornada no tuve miedo, no hubo en mí un momento de temor, salvo el momento, como un relámpago, en que iba a disparar y vi al caballo sobre el terraplén mirándome, juzgándome, testigo entero de la creación. Estoy en la teología de los sentimientos, pero eso sucedió, así fueron las cosas. El resto de mi vida ha sido una consecuencia de ese momento. Salí de Tolimán, estudié administración de negocios en la Ciudad de México, luego economía en Inglaterra, luego finanzas internacionales en Estrasburgo. Mi madre murió mientras yo estaba fuera. La casa de Tolimán, esta casa donde estamos, se perdió por deudas. Cuando regresé a México de Europa, un poco secretamente, como a escondidas, vine a Tolimán a poner unas flores en la tumba de mi madre.

Sólo Rosario me acompañó. En el terreno profesional decidí no emplearme con nadie, ni entrar al gobierno, donde tenía algunas ofertas, sino hacer mis propias empresas. Me fue muy bien. Cuando vine a ver tenía una red de empresas. Entonces acepté que mi única asignatura pendiente en la vida era volver a Tolimán, rescatar la casa y el respeto de los míos, pero en mis términos. Volví, encontré menos odio del que imaginaba mi cabeza. Compré la casa y los terrenos colindantes hasta volverla esto que ves. Compré las tierras que habían sido nuestra obsesión familiar, las tierras donde mi padre se empleaba como aparcero. Traje ingenieros agrónomos, semillas mejoradas, técnicas de cultivo. Fui metiendo a mis primos y a mis hermanos en el negocio. Todo ha ido bien, tú lo has visto, salvo con Primitivo, que nunca volvió a levantar la cortina para que nos miráramos de frente. Ya vendrá.

—Parece un cuento de hadas —dije yo.

—En cierto modo lo es —se rió Ascanio—. No puedo quejarme. En particular por aquello que te dije: cuando colonicé Tolimán supe que no quería más en la vida, que mis aspiraciones fundamentales no iban más allá, que tenía mucho más de lo que había ambicionado nunca. Me he dado el lujo hasta de echar a la plaza pública mis opiniones heréticas sobre cómo manejar la economía del país y, ya ves, hasta he discutido con el mismísimo presidente. En fin, el hecho es que, coincidiendo con aquella polémica o un poco antes, desde el conflicto ése en que me volví la encarnación del mal mexicano, han vuelto a mí todas aquellas cosas, el tipo de cosas que uno tiende a guardar bien guardadas en el tapanco de su memoria. Hace como medio año soñé por primera vez la escena de la cueva que acabo de contarte. A los pocos días la soñé otra vez. Desde entonces me despierto por la noche con la escena donde tengo la pistola sobre la nuca de Vinicio y no la disparo. La quiero disparar y no la disparo. Las ganas de disparar me despiertan entonces, como han de despertarse, supongo, los animales domesticados ante el recuerdo o la necesidad de una sangre fresca, de algo que ellos hayan matado por sí mismos. Tengo otro sueño recurrente, éste de degüellos, matanzas, cimitarras. No es un sueño inocente. Quiero decir, no se queda del lado de allá. Cuando lo tengo, su residuo me acompaña todo el día, me llena de ira, insatisfacción y mal humor. Un día que lo había soñado, hace cuatro semanas, fui de cacería. Tuve la fantasía, las ganas en realidad, de dispararle a todo lo que se movía frente a mí. Estuve apuntándole un buen rato, entre burlas y veras, a uno de mis compañeros de caza, uno de mis primos que había estado en la persecución de Vinicio Rosales. Quince días después tuve la misma fantasía con dos de mis hermanos. He decidido no salir más de cacería. Supongo que hay un salvaje asomándose en mí que quiere sangre. Será porque no me eché al que lo merecía, y se me quedó esa cuenta pendiente, esa rendija pidiendo la dosis de salvajismo que hubiera sido humano ejercer. Me civilicé de más, digo, pero una parte del salvaje se quedó intacta, queriendo saltar, dentro de mí. Ésa es la historia que quería contarte, a ver qué se puede hacer con ella. ¿Qué vas a hacer con ella?

—Voy a esperar a que termine —le dije.

—¿Quieres decir que no ha terminado?

—Sobre todo quiero decir que terminará —improvisé.

—¿Quieres decir que se irá como vino? —sonrió Ascanio—. ¿Un día no soñaré más? ¿Otro día querré ir de caza como antes?

—Supongo que sí —dije yo.

—Voy a brindar por eso —dijo Ascanio—. Por que eso que dices sea verdad.

Fue a la hielera y abrió una botella de champaña. Se había agitado y echó un borbotón espumoso al dispararse el corcho que dio en el techo y cayó sobre Rosaura. Ascanio llenó nuestras copas. Las burbujas subieron ansiosamente al trasluz de la luna. Cuando chocamos los cristales para brindar había una sonrisa en los labios de Ascanio pero en sus ojos había un fuego oscuro, la huella del insomne corriendo de sus sueños.

Desayunamos tarde la mañana siguiente. Rosaura parecía feliz, y Ascanio descansado. No vi en sus ojos la huella del insomnio que había creído ver, sólo la del desvelo de la noche anterior. Estaba tranquilo, fresco, húmedo de la ducha reciente, afable y decidor, sin el menor rasgo físico de los estragos de su historia. Rosario, su hermano, vino al mediodía. Traté de imaginarlo dormido junto al árbol la noche de la borrachera filial en que mataron a su padre. No encontré rastro de aquella noche en su talante cordial, campechano. Había pasado todo aquello y no había pasado nada. Todo y nada.

Julieta y Rosaura parecían más maltrechas que nosotros, que habíamos bebido y recordado más. Pasamos unas horas montando a caballo. Al atardecer, luego de otro almuerzo regio, emprendimos el camino de regreso.

—Volver de Tolimán es menos interesante que ir —dijo Ascanio, al volante—. Cuando regresas ya sabes algo, cuando vas todo es novedad. Saber es aburrido, descubrir no. Eso pienso yo, pero no discuto. ¿Se saben ustedes el chiste del tipo que se conservaba joven y su amigo le preguntó por qué? "Porque no discuto", contestó. "Eso no puede ser", le dijo su amigo. "Tienes razón: no puede ser", contestó el otro.

Siguió hablando todo el camino.

***

Ascanio Morlet y yo volvimos a vernos algunas veces, para comer en la Ciudad de México. La última vez él había perdido a Rosaura, que casó con un hombre menor, y yo a Julieta, que fue a estudiar al extranjero, huyendo de la Ciudad de México como Ascanio había escapado de Tolimán.

—¿Qué hay de aquellos sueños sarracenos? —le pregunté una vez.

—Se fueron —me dijo—. He vuelto a cazar. Pero cuando uno está loco, está loco. Ahora sueño con la escena de una película de Elia Kazan en que un ejecutivo triunfador sale de su casa rumbo al trabajo, sonriente, radiante, feliz, y al rebasar un tráiler gira el volante y se mete bajo la mole rodante para que lo triture.

—¿Has dejado de manejar? —pregunté.

—Tengo un chofer hace dos meses —sonrió, alzando las palmas al cielo, con festiva resignación.

Poco tiempo después Ascanio Morlet fue postulado a la gubernatura de su estado por un partido de centro derecha. No pude creerlo hasta que no lo oí de su propia voz, por el teléfono.

—Tú eres el que no quería tener nada que ver con la política —le dije.

—Todo cambia, y yo también —me respondió como único y suficiente motivo.

Arrancó adelante en aquella otra carrera de caballos, llevado también en esto, como en todo lo demás, por la felicidad de su buena estrella. Una noche, sin embargo, al regresar de la diaria gira por una ristra de pueblos, en una recta del sur de Jalisco, cerca de Tolimán, su pueblo natal, la camioneta en que Ascanio viajaba fue arrollada por un tráiler. Nadie sobrevivió a la colisión, ni el chofer del tráiler ni los que viajaban con Ascanio. Para efectos de esta historia importa precisar que la camioneta no la manejaba Ascanio, sino un chofer de confianza.

Han pasado muchos años de aquello. Todavía se escribe en algunas columnas políticas que la muerte de Ascanio Morlet no fue un accidente, sino un atentado. El primero, se dice, de los que vinieron después. Yo no sólo no he vuelto a Tolimán sino que por momentos, ahora, dudo de que exista.

Prehistoria de Ramona

Life has no sense without nonsense.

EMILIO GARCÍA RIERA

—Todo lo que sucede es para bien —dijo doña Emma a los postres, consolando una desgracia menor de la familia—. Incluso en la peor cosa hay algo bueno. Recuerdo al médico Miranda de Chetumal que había perdido el oído derecho y entonces se acostaba a dormir sobre el lado izquierdo para que nada lo despertara en la noche. Decía: "Para algo habría de servirme el oído que perdí".

—Lo perdió de un tiro —dijo doña Luisa, murmurando con fijeza de anciana en un extremo de la mesa, a mi lado—. Y de otro tiro perdió la vida después.

—¿Cómo estuvo eso? —pregunté sin pensar.

—Ah, es una historia muy larga —rió doña Luisa, como volviendo a la vida desde muy lejos—. Nunca se dijo quién lo mató, aunque todo el mundo lo sabía. Lo mataron en la noche y atraparon a Judith Laguna, la enfermera, diciendo que ella lo había matado. Pero ella no fue.

—¿Quién fue entonces?

—No importa ya. Pasó hace tanto tiempo —descartó doña Luisa.

—De acuerdo —accedí yo—. Pero ¿quién fue?

—No puedo decirlo —se cubrió doña Luisa—. Todavía no. Aunque haya pasado tanto tiempo. Pero no fue Judith quien mató al médico Miranda. El propio encargado de la zona militar dijo que la pistola que habían llevado no correspondía al arma asesina, que ella no había sido. Y en Chetumal creó indignación su captura. Judith Laguna era la mujer más noble y servicial del mundo. Venía a inyectar a tu abuelo Camín y a ponerle sus compresas para la carcoma en los ojos, sus gotas. Ardían como salmuera esas gotas; tu abuelo pataleaba y sudaba del dolor. Pues ahí se estaba Judith, quitándole el sudor de la frente y cantándole. Era oaxaqueña, cantaba canciones mixtecas que fascinaban a tu abuelo. Tu abuelo fue lo más español que haya parido España, y entonces yo pensaba, maliciosamente, porque sólo se piensa maliciosamente: "Éste es el mismo canto que debió encantar a Hernán Cortés". Porque Cortés era señor de tierras en Oaxaca. Bueno, pues Judith curaba a tu abuelo y le cantaba. Quién sabe cuál sería más cura, si las gotas o los cantos. Cuando la metieron presa fue un escándalo en el pueblo, porque Miranda era un médico muy querido y nadie creía que Judith lo hubiera matado. Pero nadie tampoco quiso ir a verla cuando estuvo presa. Nosotras sí. Supimos que la pasaba mal porque no tenía ni un jergón dónde dormir, ni una cobija con qué taparse. Allá fuimos tu mamá y yo con una canasta de fruta y comida, y unas ropas, y nos presentamos en la cárcel, con nuestros sombreros de jipijapa contra el sol, a ver a Judith Laguna. Hubo gran revuelo en la comisaría, al grado de que se apareció por ahí tu tío Ernesto, que entonces era subdirector de policía, diciendo: "Esta cárcel no recibirá nunca visitas más ilustres que ustedes, así que vamos a tomarnos unas fotos". Y paf paf, nos tomamos unas fotos con tu tío Ernesto, otras con los sardos de la entrada y otras con Judith Laguna, en la celda de porquería donde la tenían encerrada. Entonces dice tu tío Emesto: "Ustedes no pueden estar ahí en esta celda que parece un chiquero. Voy a ponerle una custodia a Judith para que puedan hablar con ella en una banca del parque, fuera de la cárcel". Así fue. Tuvimos nuestra entrevista con Judith fuera de la prisión, en el Parque Hidalgo, que quedaba enfrente.

—¿Pero quién mató a Miranda? —porfié yo, sabedor por años de que sus circunloquios solían ser astucias naturales de narrador, pero también elegantes ocultamientos de secretos.

—Yo sé quién lo mató —saltó doña Emma, como si se lo hubiera preguntado a ella.

—Ya metió su cuchara —reprochó doña Luisa.

—Lo de Judith fue una infamia —reiteró doña Emma, con su vehemencia habitual.

—Pero no estoy hablando de la infamia —concilió doña Luisa—. No quiero hablar de eso, sino de Judith.

—Ah, Judith era una señora mixteca —siguió entrometiéndose doña Emma—. Ya hubieran querido las que tanto hablaron de ella la mitad de su temple y su dignidad de mujer.

—Precisamente de eso estoy hablando —se avivó doña Luisa, tratando de recobrar los fueros de su relato—. Nadie quiso ir a verla a la cárcel, ni los que tantos secretos le debían.

—¿Secretos? ¿Qué secretos? —pregunté .

—Secretos, hijo. Tú no sabes las cosas terribles que una enfermera y un médico llegan a saber en un pueblo. Sólo el sacerdote llega a saber tanto y quizá menos, porque la miseria que ven los médicos no tiene el velo morado del confesionario. Los médicos ven al hombre dejado de su espíritu, roto, enfermo, loco de dolor, vuelto una basura. Lo que sabía Judith Laguna fue en parte la razón de su desgracia.

—¿Qué sabía? —volví.

—Cuánto no sabría —se escurrió doña Luisa— que años después, cuando el licenciado Cámara tuvo a su cargo el ministerio público, rebuscando en los archivos se encontró las fotos que nos habíamos tomado con Judith en la cárcel y en el parque y las trajo a casa, diciendo: "No sé qué tienen que hacer las fotos de ustedes en el expediente de Judith Laguna. ¿No saben ustedes lo que esto las puede perjudicar? ¿Cómo se les ocurrió ir a tomarse estas fotos?".

—¿En qué podía perjudicarlas? —pregunté.

—Por el fondo que había en el caso de Judith Laguna, ya te lo expliqué —dijo doña Luisa.

—¿Cuál era el fondo?

—Tú eres escritor y curioso —sonrió doña Luisa—. Pero yo soy vieja y terca, y tengo mis mañas, así que nada te voy a decir.

—No me digas quién fue. Dime sólo cómo fue, sin el culpable.

—Cómo fue, lo supo todo mundo en Chetumal —dijo doña Luisa, volviendo a poner sus inmensos ojos fatigados en una franja joven de su memoria. Sus ojos eran ya enormes al natural pero se magnificaban hermosamente tras los lentes para miope de sus espejuelos—. Era la época en que, por ley, el que embarazaba a una mujer tenía que casarse con ella. Y entonces, en ese pueblo promiscuo donde había sólo unas cuantas prostitutas, pero sobraban mujeres dispuestas a meterse con cualquiera, todo el tiempo había familias buscando cómo deshacerse de los compromisos adquiridos por sus varones. ¿Ya me entiendes? Embarazaban a las muchachas y luego no querían saber nada de ellas. Sobre todo eso pasaba entre las familias bien, que querían para sus hijos varones "lo mejor". Pero sus hijos varones querían a la primera mujer que pasara dispuesta a darles lo que ellos buscaban tras cualquier mata de plátano, para luego venir jimiqueando, las vivas: "Me embaraceeé". Entonces, en los ciclos de brama, que eran casi siempre cuando arreciaba el calor, aparecían por todas partes del pueblo muchachas que se enfermaban de "paludismo". Y se oía por todos lados: "Fulanita no puede salir porque se enfermó de *paludismo*". "A Zutanita le dio *paludismo*." "Menganita cogió unas fiebres que seguramente son de *paludismo*." Entonces mandaban llamar a Judith Laguna, Judith les ponía una "inyección" y a los cuatro días reaparecían Fulanita y Menganita curadas de su *paludismo*. ¿Ya me entiendes? Pues eso es lo que pasaba con el *paludismo*, el calor y las matas de plátano. Bueno, pues un día llaman a Judith Laguna a atender un caso de *paludismo*, en casa de la mulata Morrison, que tenía una hija bella como un amanecer, de ojos verde grillo y una tez tan pulida que tenía como un halo. Era hija de un capitán norteño, blanco, guapo y bruto como no pasó otro por Chetumal. Vino con la rebelión delahuertista en los veinte y se fue con ella, pero dejó atrás a esta hija, que fue lo mejor que hizo nunca en su vida el semental de porquería. Pero el médico Miranda, que era una fiera, cuando se enteró de que a la belleza aquella le había dado *paludismo*, agarró su maletín y se fue con Judith a verla diciéndole: "Vamos a ver de qué se trata este *paludismo* que tú vas a curar". Y va y se encuentra con que lo que quiere, no la muchacha, sino la familia del sementalito que había embarazado a la muchacha, un inútil de porra, feo como desecho de Dios, es que le hicieran un aborto. Y el médico Miranda dice: "No, señor. Aquí no hay aborto ni hay nada, porque esta niña va en el cuarto mes de embarazo y si se nos muere matamos lo más hermoso que ha pasado y pasará nunca por este pueblo de mierda".

—¿La hija de la mulata Morrison? —confirmé yo.

—¿Dije yo el nombre Morrison? —preguntó sorprendida doña Luisa.

—Morrison dijiste —reprendió doña Emma desde el otro lado de la mesa—. Ésta es la que no iba a decir de qué se trataba.

—Ave María —dijo doña Luisa—. Pues si ya lo dije, dicho está. La verdad no puede borrarse callándola.

—Dinos entonces también el nombre del sementalito —pidió mi hermano Luis, que escuchaba frente a mi madre con su puro risueño en la boca.

—No digo más nombres —juró doña Luisa.

—Dinos qué pasó entonces con la muchacha Morrison —se resignó Luis Miguel.

—Ella no se llamaba Morrison —precisó doña Emma.

—Calla, Emma —suplicó doña Luisa, regateando su secreto y su relato—. No se llamaba Morrison —reiteró—. Tenía el nombre del capitán, que la reconoció antes de irse, pero ese nombre no lo diré.

—¿Qué pasó entonces? —dije yo.

—Mandaron a la muchacha para Mérida a que le curaran su *paludismo* —siguió doña Luisa—. Pero la muchacha se asustó con lo que dijo Miranda de que podía morir y se negó a que le sacaran al niño.

—¿Y hubo boda? —pregunté yo.

—Hubo —dijo doña Luisa—. La boda más desdichada del mundo, porque ese mismo día, por la noche, el muchacho, que no tenía ya ninguna ilusión de luna de miel porque la había tenido tras la mata de plátano, se emborrachó, tomó una moto rumbo a Calderitas, se fue a estrellar en un manglar y un palo de esos lo cruzó por un flanco del pecho de lado a lado. Entonces, la familia del muerto juró vengarse del médico Miranda y, como tenían una posición importante en el gobierno, lo mandaron matar. Le echaron la culpa a Judith Laguna, diciendo que por celos lo había matado ella.

—¿Por celos de quién? —preguntó Luis, mi hermano.

—Por celos de la muchacha Morrison —dijo doña Luisa—. Porque es verdad que, desde que vio embarazada a esta muchacha, el médico Miranda se dedicó a ella como si fuera su hija. Y cuando quedó viuda, el mismo día de su boda, prácticamente la adoptó. La llevó a su casa con todo y la madre, que vivía en una champita, en un bohío de guano por el cerro. Atendió su parto, la curó, la protegió. Meses después la muchacha tuvo una niña, cuyo nombre también me callo. Pero la familia del padre muerto se negó a darle su apellido. El médico Miranda la bautizó entonces con el suyo. Naturalmente, aquella belleza jovencita en casa del médico dio de qué hablar. De eso se aprovecharon para decir que Judith Laguna lo había matado por celos. Pero la acusación era absurda, porque nada coincidía, ni la pistola, ni la hora en que se dijo que Judith lo había matado, ni nada. Entonces intervino el gobernador del territorio y prepararon las cosas para que Judith Laguna se "escapara" de la prisión. Y así fue. Estaba tan preparado el asunto, que Judith hasta vino a despedirse de nosotras y de tu abuelo. "Canta, Judith", le dijo tu abuelo. Y se puso a cantar. Así de tranquila estaba el día de su fuga. No la volvimos a ver, ni supimos más de ella.

—¿Y quiénes armaron todo eso? —porfié.

—Eso no lo puedo decir, ya te lo he dicho —recordó doña Luisa—. No conviene que lo sepas.

—¿Razones políticas? —pregunté, ironizando por la extrema lejanía en el lugar, el tiempo y la política de los hechos narrados.

—En parte, hijo, en parte —dijo doña Luisa, volviendo con una risa al lugar de su secreto y a su fatiga.

Un año después de aquella escena encontré en la cantina Mar Caribe de Chetumal a un viejo amigo de la infancia que, al paso de una conversación sobre el pueblo anterior al ciclón de 1955, me dijo como referencia de dónde vivía: "Por donde la casa de la mulata Morrison". La historia inacabada vino a mí con nueva fuerza y empecé ahí mismo mi nueva pesquisa sobre el paradero de aquella estirpe.

—La hija se fue de aquí a vivir a Campeche, con un árabe comerciante de artículos eléctricos —me dijo Chicho Burgos, mi amigo de la infancia—. Y luego supe que se fueron a México. Creo que ahí están todavía.

—¿Sabes el nombre del árabe?

—No —dijo Chicho—. Pero tu tío Raúl lo conoce muy bien. Hacían la tertulia en el mostrador de su tienda todas las noches.

De mi tío Raúl obtuve el nombre de Nahím Abdelnour. Crucé la calle a la esquina de enfrente donde despachaba mi también amigo de la infancia, Félix Amar, sobrino de Abdelnour. Félix me dijo que su tío había muerto a principios de los sesenta en la Ciudad de México

—¿Y su mujer? —pregunté.

—Casó de nuevo con un señor Enríquez —dijo Félix—. Un músico famoso de allá.

El apellido Enríquez me volteó por dentro.

—¿Hablas de Raúl Enríquez —pregunté—, el director de la orquesta sinfónica de la Universidad?

—Creo que sí —dijo Félix.

—¿Crees o sabes?

—Creo. Pero mi mamá sabe de cierto. Le preguntamos ahora mismo. ¿Por qué te pusiste pálido? ¿Dije algo malo?

—No —le dije—. Pero pregúntale a tu mamá.

De la casa que empezaba tras la tienda vino doña Silvia Abdelnour, prima de Nahím, el segundo esposo de la hija de la mulata Morrison.

—Enríquez el músico, sí —confirmó doña Silvia—. El director de la orquesta.

—¿La señora se llama Raquel? —pregunté.

—Así es —dijo doña Silvia.

—¿Y la hija? —pregunté—. ¿Cómo se llama la hija?

—La hija se llama Ramona —dijo doña Silvia.

—¿La Monchis Enríquez? —acorté.

—La Monchis, de acuerdo —dijo doña Silvia, sonriendo—. Adoptó el apellido del último marido, pero es hija del primer matrimonio de Raquel. Una tragedia. No la puedes creer.

—Conozco la historia —dije.

—Y a la Monchis, ¿la conoces? —quiso saber doña Silvia, trasluciendo el brillo de antiguas y eficientes coqueterías—. Un bombón. Debe ser mayor que tú diez años.

—Cuando yo tenía veinte y ella treinta, le aseguro que no se notaba —le dije.

—Ésa es nostalgia de viejo —dijo doña Silvia, volviendo a iluminarse bajo los polvos sonrosados que avivaban la blancura inmaculada de su cutis.

Volví a la Ciudad de México después de las vacaciones y al sábado siguiente, antes de la comida, encerré a doña Emma y a doña Luisa en su cuarto y les conté lo que había descubierto.

—Me falta un eslabón —dije.

—¿Cuál eslabón? —preguntó doña Luisa sintiendo, con molestia amorosa, reabrirse la pesquisa.

—¿Cómo supieron ustedes que yo anduve con la Monchis Miranda Morrison Enríquez?

—Nos lo dijo Raquel —confesó doña Emma—. Nos la presentó aquí en México tu tía Licha y la llevamos varias veces con María Conchita a que la orientara.

—Calla, Emma —murmuró doña Luisa.

María Conchita era su cofrade espírita, su guía en los arcanos del mundo y de la vida.

—¿Por qué no me lo dijeron? —pregunté.

—Para no lastimar tu recuerdo de Ramona —dijo doña Emma—. Tu amor de entonces. Porque según Raquel te prendaste de Ramona, ¿así fue?

—Como el médico Miranda de su madre —dije—. Pero ya pasó y ni modo, está olvidado. Ahora, a cambio de eso que no me dijeron, voy a contarles una cosa que hice en Chetumal.

—¿Qué hiciste? —preguntó doña Emma.

—Localicé la tumba del médico Miranda y fui a dejarle un recado.

—Ay, hijo —dijo doña Luisa.

—¿Qué decía tu recado? —preguntó doña Emma, más curiosa que compungida.

—Decía que si todo aquel infierno tuvo que pasar para que yo me encontrara a Ramona, había valido la pena.

Salí de la casa con una sensación de plenitud literaria y vacío sentimental. Estuvo bien. La verdad es que no había localizado la tumba del médico Miranda ni dejado un mensaje absolviendo la inutilidad de su trágica vida. Pero tampoco me había olvidado nunca de la Monchis Miranda Morrison Abdelnour Enríquez, Ramona de todos los nombres y todos los pasados, mi Ramona.

Mandatos del corazón

Luego de cumplir treinta años empezó a ser claro para todos, incluso para mí, que había pasado los últimos diecisiete buscando un sustituto de aquel padre que se fue de su mujer y de mi casa cuando yo tenía sólo el desconcierto de su ausencia y de mis trece años. No sé si es exacta la aritmética de la frase anterior. Lo fue mi necesidad de un padre sustituto que aliviara aquella soledad adolescente con lo único que en verdad puede curarla: una figura paterna que resulte insoportable y exija, por salud, el parricidio. Hallé algo parecido a eso en distintos tutores de la adolescencia, más tarde en el presidente mexicano Gustavo Díaz Ordaz y después, sucesivamente, en distintos personajes emblemáticos de la autoridad que sirvieron de tambores alternativos a las furias de mi pena filial.

Por fortuna no fue todo. Un aire más sabio y más risueño que el aliento vengador de aquellas sustituciones vino hasta mí con la figura desmesurada, que los años llevaron a la devoción, de don Bernardo Ruiz Portuondo, padre de mi amigo fraterno Herminio Ruiz Vitelo. Don Bernardo Ruiz Portuondo había vuelto humo una fortuna mayor que la que mi casa abandonada seguía regateando de mi padre. Pero al revés de mi padre, que salió huyendo tras su pérdida a un sitio mitológico del vacío, don Bernardo había soltado simplemente una carcajada de amor por la vida, y le había dado la cara a su mujer y a sus hijos para llevarlos a la más memorable aventura de sus vidas: un itinerario de deudas, cobradores y mudanzas que tendrá pocos competidores en el libro de marcas de cualquier familia decente.

Doña Isaura Vitelo de Ruiz Portuondo, esposa de don Bernardo, era la exquisita heredera de un padre rico que perdió por igual hija y caudales en las aventuras del yerno. Invirtiendo la fortuna de doña Isaura Vitelo, don Bernardo Ruiz Portuondo alcanzó a ser pionero de todas las cosas. En una escuela de su inventiva se dieron las primeras clases de aviación comercial del país. Fue precoz consumidor de la vida nocturna que apareció en la capital de la República hacia los años treinta del siglo pasado, y el primer cortejante público de aquella Mariana Placeres, que llenó con su nombre los sueños de todos y con su cuerpo las manos de unos pocos habitantes de los años cuarenta de aquella era. Bernardo Ruiz Portuondo fue el primer vendedor de condominios de lujo en los barrios elegantes de la ciudad; también el introductor de las primeras cápsulas de penicilina que aliviaron a las víctimas venéreas de la tortura del neosalvarsán, y de aquella quemadura de nitrato de plata que se aplicaba por el conducto uretral y se llevaba la enfermedad junto con las erecciones del usuario. Había traído la primera computadora al campus de la Universidad Nacional, una máquina aparatosa que requería dos pisos de espacio y cuatro horas de tiempo para imprimir los trescientos doce cheques que cobraban los doscientos veintinueve empleados de la Rectoría.

Cada aventura pionera se había llevado una tajada de la herencia, hasta dejar a la familia Ruiz Vitelo sin otros medios que los muy exiguos procurados por don Bernardo.

Un día, por escasez incluso de esos medios, la familia hizo su primera mudanza salvadora, para dejar atrás unas deudas inquilinarias que era imposible saldar si al mismo tiempo debían pagarse los gastos alimenticios de la casa y los escolares de los hijos. Fue el inicio de un estilo. Conforme el tiempo pasó, las anticipaciones al progreso de don Bernardo se multiplicaron y las mudanzas siguieron practicándose como un recurso financiero de la familia.

La odisea de domicilios hizo a doña Isaura acreedora del mote con que terminó su edad adulta: Santa Isaurita de las Mudanzas.

En los tiempos de la aclimatación de las mudanzas don Bernardo emprendió dos aventuras decisivas en la memoria de los suyos. Primero, la promoción de la visita a México del papa Paulo VI, que nunca cuajó, pero mantuvo a la familia en trance durante meses de espera. Segundo, la organización de la pelea de campeonato mundial de peso pluma entre el británico Howard Winston y el mexicano Vicente Saldívar. La pelea tuvo lugar en la Plaza del Toreo de Cuatro Caminos. Fue un éxito arrasador de público y de patriotismo deportivo (ganó Saldívar), pero su saldo económico, inexplicado siempre para la familia Ruiz Vitelo, no fue el de las jugosas utilidades esperadas sino un pleito judicial por cuentas incobrables que don Berna, como empezaban a llamarlo por igual sus íntimos y sus cobradores, resolvió prometiendo pronto pago y mudándose de casa. Aquella pérdida fue cruel, incluso devastadora en la vida de mi amigo Herminio, el hijo mayor de don Berna, porque a partir de entonces no pudo asistir más a escuelas privadas y empezó con sus hermanos un periplo por escuelas públicas que lo marcó de vergüenza y rebeldía: la vergüenza de una familia de clase media venida a menos, la rebeldía de un niño enfrentado de pronto al poder sentimental de la falta de dinero.

A fines de los setenta, la vida y el mercado llevaron a don Berna a la contratación mundial, para América Latina, de la famosísima moda californiana de la lucha de mujeres en patines, hazaña comercial de que no hubo otro resultado memorable que la entrada de don Berna una tarde al restorán Seps de la calle de Tamaulipas del brazo de la negra más alta y de más altivas nalgas que hayan visto los ojos de la colonia Condesa —barrio donde se asienta el restorán—. La hermosa negra patinaba en uno de los equipos de aquella ilíada femenina que don Berna trajo a la capital y nadie aprovechó, salvo él y la negra, y otros pocos mexicanos de estirpe, sin prejuicios raciales.

Los años ochenta sorprendieron a don Berna organizando su siguiente camino a la gloria empresarial: un espectáculo para turistas en las inmediaciones de la Plaza de Toros México, consistente en la simulación de una corrida de toros. Manolas, gitanas y torerillos actuaban en un bar los tercios de la fiesta, ante los cuernos y lomos de un toro mecánico que pasaba por las mesas invitando a las señoritas, en inglés, con voz gutural e irresistible de computadora, a tomarse una copa para honrar la valentía de los toreros.

Fueron años difíciles, iluminados sólo por la más involuntaria de las empresas de don Berna, a saber: uno de sus talentosos hijos, el siguiente de mi amigo Herminio, resultó furioso objeto de la pasión de la hija de un ministro, cuyo porvenir presidencial parecía más cierto que todas las aventuras que don Berna hubiera perseguido hasta entonces. Don Berna persiguió entonces la empresa de las posibilidades matrimoniales de su hijo. Hizo migas casi amorosas con su futura suegra, trató de persuadir a su hijo de las tareas históricas que el azar le imponía. Repartió la noticia adelantada de las bodas, disfrutó como ninguno aquella alianza posible, y se dejó invitar y cortejar como Suegro Inminente. Al final, cuando su hijo salió huyendo de la hija presidencial hacia los brazos plebeyos de otra, don Berna explicó a todo mundo que su hijo, como él mismo, no sabía amar sino a quien amaba y rehusaba toda idea de un matrimonio por conveniencias.

Don Berna cumplió sus sesenta y tres años lleno de proyectos y apuestas al futuro, asentado establemente, por primera vez, en un departamento que sus distintas buscas le permitían pagar y dispuesto como siempre a recibir a los amigos de sus hijos con unos tragos y unos bocadillos de su invención. Un sábado al mediodía, sin otro plan que esperar la llamada de unas amigas para acordar una noche de rumba, mi amigo

Herminio Ruiz Vitelo y yo nos sentamos con don Berna en la sala de su casa, como tantas otras veces, a beber, escuchar historias y a punzar su orgullo, Herminio con alusiones al término de los vigores sexuales de su padre, yo con inquisiciones sobre sus aventuras amorosas.

—Háblenos de faldas, don Berna —pedí yo, ritualmente, al inicio de aquella sentada.

—Yo ya no estoy para faldas, joven Honorato —respondió don Berna con maliciosa beatería, llamándome Honorato por alusión a Balzac, por decirme escritor y burlarse de mis pretensiones literarias, mismas que compartía con su hijo Herminio, más inclinado a la filosofía, y a quien don Berna llamaba Jean-Paul, en alusión burlona a Jean-Paul Sartre—. Las únicas faldas que me falta ver a mí son las del cura que vendrá a darme los santos óleos —siguió don Berna—. En esas materias ando ya como el coronel Romero.

Siendo un habitual de las anécdotas de don Berna, nunca había oído el nombre del coronel Romero. Pregunté, en consecuencia:

—¿Quién es el coronel Romero?

—Fue un viejo español, amigo mío, esclavo de una manía sin precedente —dijo don Berna—. ¿No le he contado a usted la historia del coronel Romero?

—No —dije yo.

—Pues te la va a contar —advirtió Herminio—. No ha hecho otra cosa este año que contar la obscena historia del coronel Romero. Entre más viejo se pone más la cuenta. Yo creo que es lo único que se la levanta ya: recordar las gimnasias amorosas del coronel Romero.

—También me la pueden levantar tus noviecitas —devolvió don Berna, como quien habla para sí.

—No más de media vela en ningún caso —atajó Herminio, con estudiada indiferencia.

—Media vela es la que te falta, fíjate, para algunas de tus novias —dijo don Berna.

—Con media vela te tapo el santo —dijo Herminio, reputado por el tamaño de su instrumento.

—Ésa es la parte mía que heredaste mal, fíjate —dijo don Berna—. Todo se te fue en rabo. Un poco más y contigo la especie humana muta en burro. Esas degeneraciones que te salieron a ti no eran bien vistas en mi época.

—Época de medias velas —volvió Herminio—. ¿De qué tamaño era la vela del coronel Romero?

—Tamaño guerra civil española —definió don Berna—. Corta pero matadora. Y con una manía sin precedente. Pero pensé que no te interesaba. ¿Quieres que cuente la historia del coronel o que me calle?

—Que la cuentes —concedió Herminio.

—Te va a costar servir los tragos —dijo don Berna.

El relato de anécdotas locas era uno de los encantos de don Berna. Herminio aceptó el pago exigido. Mientras reponía los tragos en la cocina, don Berna se dispuso a contar, nuevamente para su hijo y por primera vez para mí, la compulsiva historia que llamaba la obra de varón del coronel Romero.

Cuando Herminio regresó con los tragos, don Berna empezó sin más remilgos:

—Según el coronel Romero, los españoles sólo están cómodos cuando son jóvenes o cuando son viejos. Pero al morir todos tienen cara de no haber follado suficiente. Follado dicen ellos por fornicar. Follar les suena más impuro y venéreo. Más contrario al sexto mandamiento, que es su obsesión. El coronel Romero fue un republicano que emigró a México y se dedicó a los negocios sin abdicar nunca de sus convicciones progresistas. Heredó todo lo suyo a una cofradía de beneficencia, porque murió viudo y sin herederos. El dios de la cama le concedió a la vez la lujuria y la infertilidad. Nadie habrá disparado tanto semen inútil en la primera mitad del siglo xx como el coronel Romero. Cuando yo lo conocí era un hombre de casi ochenta años y no tenía cabeza más que para recordar a las mujeres que se había follado. Invirtió todo su tiempo en hacer una fortuna y la mitad de su fortuna en hacer obra de varón, como llamaba él al asunto. Al final de su vida sólo quería que le trajeran una nueva mujer para añadir a su memoria. Muchachas las quería, y le parecían muchachas las mujeres de cuarenta años. Encontraba su piel buena y sus carnes duras, pieles y carnes que yo, entonces de treinta años, encontraba ajadas y blandas, indignas de tanto gasto. Con el tiempo entendí mi error. Hoy me pongo de manteles largos hasta con una contemporánea. Quiero decir: a mis sesenta y pico de años, una jovencita de cincuenta me alcanza a levantar los pelos de la nuca.

—Serán los pelos —dijo Herminio—. Porque lo otro duerme el sueño del volcán.

—Pregúntales a tus noviecitas si duerme o está en vigilia, o si se agita dormido —ripostó don Berna.

—Siga, don Berna —pedí yo.

—Las urgencias del coronel llegaron a nuestro conocimiento por lo que llamaremos "el negocio de la hotelería" —siguió don Berna—. Mi amigo de toda la vida, Radamés Vicario, y yo teníamos unas novias en el restaurante de un famoso hotel de la época. Eran dos meseras que nos habíamos conseguido al final de una parranda. Íbamos a verlas de vez en cuando. Las esperábamos a que salieran del turno y las llevábamos a una garzonier que Vicario tenía en la colonia Nápoles. Se divertían con nuestros teatros. Nos vestíamos de romanos y les declamábamos versos obscenos de Renato Leduc. Les contábamos la historia pornográfica de Caperucita y el lobo. Radamés les inventaba unas orgías en la casa presidencial donde el presidente terminaba orinándose sobre los guardias desde la ventana más alta de la residencia.

—¿Se las follaban? —preguntó Herminio.

—Les enseñábamos filosofía —contestó don Berna—. Un día, frente a una de las posiciones malabares de Radamés Vicario, al que le daba por saltar desnudo de la cómoda a las camas, el famoso salto del tigre, una de las muchachas le dijo a la otra: "Cuéntales del coronel". "Yo no estuve ahí", dijo la otra. "A mí me contaron, no vayan a pensar que yo anduve en ésas." "Cuéntales", dijo la otra. Se resistió un poco, pero nos contó que a una de sus compañeras la habían invitado a casa de un coronel español retirado para que le hiciera los favores. Por temor de que el viejito entregara su alma al cielo mientras lo servían en la tierra, tenían en el cuarto una enfermera. Le daba los primeros auxilios al terminar de echar él sus gotas. Radamés se puso como loco con la historia. Empezó a preguntar detalles, en particular los rumbos de la casa. La mesera que nunca estuvo ahí dio las señas con bastante precisión. "Ese anciano no puede ser otro que el coronel Romero", diagnosticó Radamés. Conocía al coronel de familia y de negocios, pero sobre todo por los rumores que corrían sobre su edad insaciable. "Si es él", sentenció, "hemos de estar presentes en una de sus tenidas. Eso es algo que no podemos perder. Tú sabes, Portuondo, que he decidido ser un testigo de mi tiempo. No puedo perdérmelo". A la semana siguiente Radamés me fue a buscar al bar Jena, donde solíamos vernos antes de la comida para el aperitivo. "Ya averigüé", me dijo. "Lo tengo todo organizado. El próximo lunes por la tarde vamos a llevarle una muchacha al coronel Romero." "¡Estás loco, Vicario!", le dije. "Yo he sido todo en la vida menos un conseguidor de mujeres, y no voy a empezar ahora." "No es un acto de proxenetismo, sino de caridad", dijo Radamés. "Yo tampoco voy a conseguirle nada. Ya le hablé al conseguidor, que para eso está. Nosotros lo único que vamos a ser es testigos de calidad. Tienes que venir." Me extendió una nota. Juré que no iría, pero el lunes me entró el gusanito. Ya sobre la hora tomé un taxi y le dije: "Rápido, a esta dirección. Es cuestión de vida o muerte". Llegué con el corazón en la mano, unos minutos tarde, pensando que me había perdido algo. Era una mansión en Las Lomas de Chapultepec, con planta baja de dos salas y paredes cubiertas de madera. En un gabinete esperaba Radamés Vicario, hablando con un hombre joven, calvo prematuro, con una barba muy bien afeitada, dos labios rosados y unos ojos cuya parte blanca brillaba como nácar. "El doctor Manceves", me lo presentó Radamés. "Asiste al coronel en sus trances." El joven doctor Manceves me sonrió y dijo: "Es el trabajo más grato que he tenido como médico: asistir al coronel en sus amores. Nuestro trabajo de médicos tiene que ver por lo general con dolores y agonías. Algo de agonía hay aquí, pero es la mejor que puede tener un hombre. Vengan, voy a mostrarles los dispositivos, ya que así lo ha ordenado el coronel. Parece haberle alegrado la fantasía el que ustedes quisieran estar presentes. ¿Ustedes guardan amistad vieja con el coronel?". "Yo, desde muchacho", mintió Vicario. "Mi amigo Ruiz Portuondo lo visita por primera vez." Manceves nos llevó a la planta alta de la mansión por una escalera de granito dominada por un óleo inmenso. En el óleo había una mujer rubia entrando a la vejez con traje sastre. "Doña Mercedes de Romero", dijo Radamés con voz solemne, como queriendo probar su familiaridad inexistente con la casa. "Murió hace quince años, los que lleva de viudo el coronel", añadió. Pasamos de largo la puerta de la recámara principal hasta la biblioteca. Tenía una pared de incunables y otra de crónicas de la Guerra Civil española. Una puerta de doble hoja comunicaba con la recámara. Hacia allá nos llevó el doctor Manceves. Era una recámara grande. Tenía en la pared central una cama con cabecera y columnas de madera labrada. Las columnas terminaban en un pabellón reforzado con trabes de hierro. De las trabes colgaban dos poleas con cables cuyas asideras llegaban hasta la cama. Supuse que el coronel las usaba para incorporarse cuando estaba acostado. "El coronel está en la otra recámara", informó Manceves. "Mi asistente lo está reforzando." "¿Reforzando?", picó Radamés, testigo insobornable de su tiempo. "El coronel vive bajo nuestro cuidado tres semanas para poder acceder a esta experiencia", dijo Manceves. "Lleva un régimen alimenticio y un régimen vitamínico. Una hora antes del clímax, todavía estamos reforzándolo con sustancias y alimentos especiales, para que mejore el tono muscular y el ánimo: un poco de cafeína, un poco de glucosa, y algunos anestésicos leves que disminuyen el dolor en las articulaciones al moverse. También lo limpian, lo bañan, lo empapan de agua de rosas para refrescar su piel y su olfato. Bueno", concluyó Manceves, "éste es el escenario y éstos los procedimientos. Regresemos ahora a la biblioteca donde va a alcanzarnos el coronel cuando esté listo". Fuimos a la biblioteca y nos sentamos a esperar. A los pocos minutos entró el coronel en una bata color obispo con solapas negras. Era un hombre pequeñito, cuadrado, con una cabeza enorme y unos ojos caídos, como perro de aguas. Había perdido casi todo el pelo pero el que conservaba no era una pelusa de viejo sino un redondel de cerdas erizadas que le cubría la nuca y las sienes como una corona de laurel. Caminaba con prestancia de topo, mirando al piso, como si buscara algo. "Bien, bien", dijo al vernos. Fue hacia Radamés. "Me alegra que estés aquí. Si tu padre el general fue como mi hermano, tú has de ser como mi sobrino. Así te recibo, como parte de la familia que nunca tuve. Usted también siéntase en casa", me dijo el coronel, sin tenderme la mano. Dio una vuelta por la biblioteca girando en redondo. Me acerqué al oído de Radamés para increparlo: "¿Cuál tu padre el general?". "Mi tío", respondió Radamés en mi oreja también. "Le dije que era mi padre para abreviar protocolo. El coronel fue amigo de mi tío el militar. Hicieron negocios. Ha tenido un impulso de padre al verme a mí, confundiéndome con el hijo de aquel su amigo. No quise desilusionarlo." El coronel daba vueltas por la biblioteca, con paso militar, las manos a la espalda, diciendo: "Bien, bien". Vino a nosotros para dar instrucciones. "Ustedes permanecen en esta biblioteca", pidió. "Para mí estas ceremonias no son materia de recato o vergüenza, sino de felicidad y aun de orgullo. Por eso los he invitado a venir. Pero hay ciertas reglas. Ustedes pueden oír y asomarse lo que quieran sin que yo los vea, pero no pueden entrar a la recámara y hacerse presentes. La mirada masculina es lo más inhibidor que puede haber de mis esporas." "¿De sus esporas, coronel?", preguntó Radamés. "Quiero decir por esporas las rendijas por donde hierve la pasión amorosa", explicó el coronel. "Vulgo: las ganas de follar como Dios manda, sin remilgo alguno." El teléfono sonó y lo levantó Manceves. "Llegó la contraparte", dijo con alivio. "Voy a recibirla a la escalera." "Bien, bien", musitó el coronel. Testigo insobornable de su tiempo, Radamés salió atrás de Manceves. "Me llamo Linda", se oyó la voz fresca, joven y tonta de la muchacha en la escalera. "Bienvenida, Linda", dijo el doctor Manceves. "Pase por aquí." Entró a la biblioteca una mujer de pelos largos y tacones altos, acostumbrada a vencer su timidez con una mirada desafiante. Tendría treinta años, dos tetas como melones y unas nalgas donde podía jugarse baraja. El coronel la miró, salivando por los ojos, las manos tras la espalda. "Bien, bien", dijo, y caminó hacia ella. "Muy linda está Linda", le dijo, tomándola de la mano para besarla. "Muy a la orden", contestó Linda, con una sonrisa que descubrió sus dientes blancos. "Hermosos dientes", dijo el coronel. "Y todo lo demás." La llevó de la mano a un secreter, del secreter sacó un cofre, del cofre dos centenarios de oro. "Toma, bonita", le dijo a Linda, poniendo las monedas en su mano. "Ténme compasión a la hora buena, sujétame bien. Necesito amarres a esta tierra. Ve a que te expliquen, anda, yo te alcanzo en un minuto." Con un ademán envió a Linda hacia Manceves, que esperaba en la puerta de la recámara. Radamés fue atrás de Linda y yo atrás de Radamés. Manceves le mostró a Linda los dispositivos. "Usted puede sujetarse de estos cables para no gravitar demasiado sobre el coronel", le explicó, señalando las poleas que colgaban del pabellón. "Es su palanca de Arquímedes para dosificar los roces. Ése es el primer cuidado: no pesarle de más. Lo segundo es que tiene usted que estimularlo verbalmente. Eso le prende la fantasía. Si usted grita lo que siente o lo que debe sentir, le hará mucho bien a la consecución del propósito que nos ha reunido." "Este médico es un genio", me dijo Radamés. "Hay que contratarlo para nuestras cosas. Es un intermediario natural. Y muy fino. Parece diplomático." "Aquella puerta es un baño. Puedes dejar tu ropa ahí", explicó Manceves a Linda. "A la orden", brincó Linda y se fue dando zancadas que movían sus frondosas nalgas. Manceves pasó entonces al capítulo de las luces. Dejó el cuarto en una penumbra muy adecuada para el propósito que nos tenía reunidos. El coronel ya venía cruzando la biblioteca, Manceves nos invitó a salir. Al cruzarnos con el coronel, Radamés le dijo: "Suerte, matador". "Gracias, hijo", dijo el coronel, levantando la mano en saludo torero. Manceves cerró la puerta y dio principio la ceremonia. "Ven, que te llevo a la cama, papito", se oyó la voz tonta de Linda. "Llévame a la gloria", dijo guturalmente el coronel. "Entre mis piernas, papito", completó Linda. "Es una artista", concluyó Radamés. "De aquí nos la llevamos nosotros a que nos suba a la gloria." Se fue a mirar después por la cerradura de la puerta. No se apartó de ahí hasta que terminó la ceremonia, salvo para venir a decirme al oído de cuando en cuando: "Esto rebasa todo lo que imaginé, Bernardo. Esto es lo más cachondo que yo haya visto. Asómate". "No", le dije. "Ya me basta con lo que oigo. Si me asomo, no respondo de mí." Oía a Linda gimiendo como una loca colgada de las poleas, gritándole al general cualquier cantidad de obscenidades. "Rebasa todo lo que yo haya visto", le dijo Radamés a Manceves. Manceves asintió beatíficamente, con placidez benemérita, como responsable de la puesta en escena. Entre los gritos de Linda oímos un gemido del coronel: "¡Me muero!", dijo. "¡Me cago en Dios!" "Se muere", informé a Manceves. "Termina, nada más", explicó Manceves, beatífico nuevamente ante la conclusión venturosa de su obra. Hubo un grito más del coronel, como una rajadura en el techo, sobre los gemidos de la propia Linda. "¡Sí, carajo, sí! ¡Que sí, que sí!" Luego echó un ay desmayado. Después se oyó la voz tierna y sonsa de Linda: "Ay, papito, papito. Qué lindo mi papito". A seguidas le cantó una canción de cuna. "Es una artista", insistió Radamés. "Me la llevo pensionada por el resto de la primavera. Con que me diga 'papito' me tiene listo. ¿Ya podemos entrar, doctor?" "Creo que ya", autorizó Manceves. Radamés entró el primero y yo atrás de él. Linda iba rumbo al baño. Radamés le dijo: "Si no tienes compromiso, vente conmigo". "Tengo", respondió Linda y se metió al baño con una sonrisa. "Es una artista", concluyó Radamés. El doctor Manceves y su enfermera acudieron al lecho del coronel a picarle el brazo con sueros y a ponerle sales en la nariz para volverlo en sí. Linda lo había envuelto en las sábanas como a una momia. El coronel levantó el brazo libre para advertir que estaba bien. Alcanzó a musitar: "Qué bien grita". Cuando Manceves y la enfermera se retiraron, Radamés se acercó y yo atrás suyo. El coronel abrió los ojos de perro, acuosos y sonrientes. "¿Cómo fue esa faena, coronel?", preguntó Radamés, testigo insobornable de su tiempo. El coronel volteó la cara y resumió, angélicamente: "Un terremoto, hijo. Un terremoto".

La carcajada de don Berna arrastró la nuestra, y la nuestra la de él, haciéndolo toser y caminar al baño con una urgencia que le impidió cerrar la puerta. Lo vimos orinar de espaldas a nosotros, con la próstata y el brazo sacudidos por la risa. Volvió al final de varios esporádicos chorritos, prendió un cigarrillo, volvió a reírse de la memoria de haberse reído, y nosotros también. Cuando la calma nos cubrió de nuevo, don Berna dijo:

—De todo lo que sucedió esa tarde en la mansión de Las Lomas, durante la obra de varón del coronel Romero, nada me escandalizó tanto como el sonido —dijo don Berna—. Las cosas que gritó esa mujer.

—¿Nunca te han gritado las mujeres? —punzó Herminio.

—Sólo reproches —dijo don Berna, y volvió a su recuerdo—: De veras. Lo impresionante para mí de aquella ceremonia del coronel Romero, aquel tremendo coito al pie de la tumba, no fue la edad del coronel ni la lubricidad de su pareja, sino los gritos. Tanta calentura hecha palabras. Me pareció contra natura. Es imposible decir los deseos sin arruinarlos. El coronel Romero pedía de la muchacha que hiciera como que se venía y ella gritaba que se venía diciéndole "papito". ¿Puede haber algo más ridículo que eso? ¿Más contrario al momento de venirse? Uno se viene solemnemente, pienso yo. Puede reírse y juguetear antes, pero el sexo urgido es una cosa seria. Por otra parte, yo siempre entendí que el amor era una cosa de caballeros. Una cosa que debe hacerse en secreto y sin aspavientos. El amor es serio, incluido el amor mercenario. Se facilita mucho con la risa. Suele empezar y terminar en circo y en risas, pero en el momento de la verdad tiene siempre un rictus de tragedia. Es la muerte chiquita, como decía Radamés Vicario. La gente no puede decirse lo que siente sin arruinarlo todo.

Herminio fue a servir nuevos tragos, meneando la cabeza en desautorización juguetona de su padre. Don Berna se inclinó hacia mí y bajó la voz para señalar el ánimo confidente de las palabras que seguían:

—El asunto central de esta historia no puedo contarlo con Herminio presente —me dijo—. El caso es que muy poco después de aquella experiencia descubrí que el coronel Romero tenía razón en aquel teatro. Las palabras teatrales son parte esencial del amor. Porque la esencia del amor es la exageración, el no va más, si usted me entiende, eso insaciable que yo encontré, óigame bien, porque no quiero que lo escuche mi hijo Herminio, cuando encontré en mi camino los amores de una mujer de la que no he hablado nunca, ni voy a hablar.

—¿Cómo se llamaba esa mujer? —pregunté yo.

—Laura Portales —dijo don Berna, todavía en susurros.

—¿Laura Portales? —pregunté yo, que no había oído bien el nombre, rompiendo los susurros de don Berna justo en el momento en que Herminio regresaba de la cocina con los tragos.

—Los portales son una tradición de la arquitectura mexicana —improvisó don Berna para tapar mi delación involuntaria.

—¿Dijeron Laura Portales? —nos intervino, sin piedad, Herminio—. ¿Ya llegaron a la historia de Laura Portales?

—¿Cuál historia? —dijo don Berna tratando de sortear la intrusión de su hijo.

—Tu historia con Laura Portales —dijo Herminio con cara de palo.

—¿Qué sabes tú de Laura Portales? —lo desafió don Berna.

—Todo lo sé de Laura Portales —dijo Herminio—. Lo que nunca has contado. ¿Cómo lo supe? Del siguiente modo: hace unos días, el martes pasado, para ser precisos, me aborda una señora en el centro comercial y me dice: "Eres idéntico a tu padre. No me digas tu nombre: te llamas Bernardo Ruiz Portuondo". "Ése es el nombre de mi padre", le dije yo. "Mi nombre es Herminio Ruiz Vitelo, soy su hijo. ¿Usted conoció a mi padre?" "Tu padre me dio la muerte y me salvó la vida", me dijo la señora, en un tono que califiqué más bien de teatral. "¿No te ha hablado de mí? Mi nombre es Laura Portales." "No, señora", le dije. "Es difícil hablar de las cosas centrales", me dijo ella. Y después me contó todo.

—¿Cuál todo? Ningún todo —se defendió don Berna, mientras arrebataba su trago de manos de Herminio. Bebió con pulso firme, como Sócrates la cicuta—. ¿Cuál es el todo que sabes de la señora Portales?

—Todo lo que no has contado —dijo Herminio—. En esta casa —me dijo a mí, mientras me daba mi propio trago— llevamos el censo de todos los deslices maritales del jefe de casa, con la invaluable ayuda documental de sus propias confidencias. Todas sus aventuras están censadas, con nombres y adjetivos: la sensual e inolvidable Yolanda Dupeyrón, la aristocrática y malograda Georgina García Lizama, la innombrable y mítica Mariana Placeres, doña Eugenia de Landa, heredera alabastrina de los llanos de Apam, y así: todas y cada una. Pero la historia de Laura Portales se la ha callado hasta ahora. Empieza a aflorar, sin embargo, como aflora siempre la verdad, por más que la entierres. Doña Laura Portales, señora de no malos bigotes —concedió Herminio volteando a mirar a don Berna—. Ya estará en sus cincuenta y medio, si no es que tan viejita como tú —le dijo a don Berna—, pero se la ve todavía con las cosas en su lugar y el ánimo calientito. La lengua no le para, eso sí. Nos tomamos un café y me contó todo.

—No tienes idea de lo que estás hablando, fíjate —se rebeló don Berna—. Oyes un nombre por ahí y empiezas a improvisar.

—Tiene los ojos verdes —describió Herminio, en prueba de sus dichos—. Es una mujer alta, de tu talla casi, un poco más baja que yo. La conociste en la escuela desde adolescente y saliste corriendo. Eso me contó.

—Yo no he corrido nunca de ninguna mujer, no seas mentecato —farfulló don Berna—. Mi defecto en todo caso ha sido correr hacia ellas.

—Tenemos constancia familiar de tal tendencia —aceptó Herminio—. La hemos padecido en todas las edades.

—Padecer ni qué padecer —negó don Berna, volviendo a sorber su trago analgésico—. Mientes tú y miente ella, fíjate, si te dice que yo salí corriendo. La primera vez nos apartaron sus padres, no tuvo nada que ver con nosotros. Su padre tuvo miedo de lo que pudiera pasar.

—¿Por qué habría de tener miedo padre alguno de un caballero como tú? —preguntó Herminio.

—No entiendes nada, fíjate —saltó don Berna—. Eres un boquiflojo de cuarto para las doce.

—Me lo contó todo, aunque te duela —remachó Herminio—. Por lo demás, entiendo que te dé miedo enfrentarte a la verdad del escondido caso adúltero de la señora Portales.

—¿Adulterio? —chilló don Berna—. No tienes idea de lo que es el adulterio, fíjate. El adulterio es una cosa muy seria, una cosa sacrosanta. No cualquiera puede lidiar con eso. No es para aprendices, es un arte mayor. No sabes nada de eso, fíjate. No tienes autoridad para hablar de adulterio.

—Algo he aprendido sobre el tema en esta casa —dijo Herminio—. Pero el problema aquí es si nos vas a contar de la señora Portales o si vas a dejar que predomine en mi cabeza la versión artera de las cosas que me contó la anciana en el centro comercial.

—Eres un miserable —dijo don Berna—. Me estás manipulando. Eso sí no tiene precedente: el hijo ordeñando los secretos de su padre. Tu morbo no tiene precedente, fíjate.

—Tú eres el de la historia con la señora Portales. Yo simplemente me la encontré en el centro comercial.

—No tienes madre, que Dios la guarde. Mira que haber inventado el encuentro con la señora Portales.

—No inventé nada —dijo Herminio—. ¿Vas a contar o no la escondida historia de la señora Portales?

—¿Es todo lo que te interesa? ¿La historia de las calenturas de tus padres?

—Las de mi madre no —precisó Herminio—. Ya sabemos que es una santa. Me interesan nada más las tuyas, por si toca realizar una versión inexpurgada del kamasutra.

—Con esas cosas podrás engatusar a tus noviecitas —dijo don Berna—. Pero a mí me resbalan tus culteranismos.

—¿Vas a contar o no? —remató Herminio—. ¿Cómo fue que los padres de aquella adolescente se interpusieron y la hoy anciana señora Laura Portales no pudo ser tu mujer? Puedes empezar por ahí.

—A ti no te cuento nada, fíjate. En todo caso al joven Honorato, que es gente seria y tiene controlado el morbo.

—Cuéntaselo a quien quieras —dijo Herminio—. Yo lo único que quiero es escucharlo.

—Lo primero que tienes que escuchar —dijo don Berna, hablándole a Herminio todavía— es que yo a nadie he querido de verdad sino a tu madre. Y ésa es la explicación de mi vida. No vaya a escucharme porque me cose a tijeretazos por cursi, a nuestra edad. En lo que se refiere al asunto de la señora Portales, que inventas de oídas, lo primero que puedo decirte es que frente a eso eres y serás siempre un aprendiz. Cuando recuerdo las cosas que me pasaron con la anciana señora Portales, como tú la llamas, ni yo mismo me las logro creer.

—¿Por ejemplo? —dijo Herminio.

—Por ejemplo lo que acabas de decir. Veinte años después de nuestras cosas, aborda al más boquiflojo de mis hijos y le cuenta la historia que ha sido nuestro secreto. No es a ti a quien voy a contarle esos secretos, fíjate, sino al joven Honorato, que es gente seria y de pasiones atemperadas.

Don Berna se volteó hacia mí para contarme, excluyendo retóricamente a su hijo de la narración:

—No se ría usted, joven Honorato, que esto es un asunto serio. Juzgue usted si no. Yo conocí a Laura Portales en el jardín de la casa de mi abuela, la esposa del general. Ni ella era mi abuela ni él era general, sino que ella era mi tía abuela, la hermana de mi abuela muerta, y él, su marido, un jefe de rurales de la época porfiriana. Se quedó sin grado durante la Revolución, pero hizo una fortuna importando maíz de los alrededores de la ciudad en los años de la escasez revolucionaria. Tenían una casona de dos torreones en Tacubaya, y un jardín silvestre con una higuera grande y una araucaria. Había una fiesta familiar, los jóvenes llegamos como se acostumbraba entonces, de corbata, en trajes que habían dejado de quedarnos el mes anterior, los pantalones brincacharcos nos descubrían los tobillos y nos marcaban de más las nalgas. Cuando llegamos había un escándalo en el jardín. Unas señoras gritaban, otra lloraba y todos miraban al cielo como pendientes de que algo cayera. Lo que había en el cielo era una niña con su vestido floreado hasta el huesito y sus trenzas sobre el pecho, parada en lo más alto de la higuera. Se había trepado ahí rama por rama y ahora no sabía cómo bajar. Llevaba media hora tratando de bajar, tenía a toda la fiesta en vilo. Nadie se atrevía a subir por ella. No había más hombres en la casa que el general en silla de ruedas, y mi tío Herminio, tan borracho que saludaba a la bandera y hablaba solo por los rincones. Yo puse una escalera y trepé hasta donde estaba la niña, en cuyo rostro había cualquier cosa menos aflicción o miedo. "¿Quién te dijo que me quiero bajar?", me dijo, sonriendo, cuando llegué a su rama. Tenía dos ojos verdes, fijos como remolino de hipnotizador. Les juro por mi madre muerta que así eran. Mi madre muerta, que en gloria esté, a salvo de su hijo y sus nietos. Me quedé un instante clavado en los ojos de Laura Portales, luego la tomé del brazo y le ordené, sin discutir: "Te cuelgas de mi cuello con las dos manos y yo te bajo". "¿Cómo?", preguntó ella, echándome los brazos al cuello. "Así", acepté. "Así me gusta", dijo ella. "Colgada de ti, sí me quiero bajar", y se apretó a mi cuello poniéndome la mejilla en los labios. Era una niña y yo ya un adolescente.

—¿Es decir? —interrumpió Herminio.

—Es decir que yo ya tenía flores en la jardinera y levantamientos en la plaza de armas —dijo don Berna—. Ella tenía diez años. Pero sólo de edad. No se rían. Les juro por mi madre, que en la gloria está por todas las causas, salvo la de haberme parido, que esa niña sólo lo era por su edad. Cuando la iba bajando de la higuera, la siento que me pone un beso en el cuello. Un beso con chupete, como sólo había visto yo en las películas. Desarrollé una erección como un himno nacional. No se ría, joven Honorato. Esto es muy serio. Mientras bajaba por la escalera no sabía dónde guardarme la cosa enfrente de mi abuela y de mis tías. "¿Te gustó?", me dijo la niña cuando aterrizamos. "Tú eres una cosa muy seria", le dije. "Yo soy Laura Portales", me dijo. "Mi papá se murió cuando yo tenía tres años. Ahora vivo con mi mamá y con mi padrastro. Puedes venir a visitarnos cuando quieras." Ni loco que estuviera, pensé para mí. Me pasé el resto de la fiesta perseguido por su mirada, de modo que puede decirse que empecé a correr de Laura Portales desde el mismo día en que la conocí y desde ese mismo día me enredé con ella.

—Padecías una temprana satiriasis —diagnosticó Herminio—. Historia del Joven Degenerado y la Niña Ninfa. Muy buena pareja. ¿La fuiste a visitar?

—Nunca, ni loco —gritó don Berna—. Me visitó ella en sueños, pegada como un vampiro con su beso. Yo, nunca. Corría de su recuerdo como Drácula de la luz del día. No se rían, es verdad. Me santiguaba al recuerdo de los ojos de Laura Portales. No volví a verla, sino años después cuando coincidimos en el colegio. Ella había dejado de ser una niña. Era ya una adolescente, pero también sólo de edad, porque de todo lo demás era una mujer hecha y derecha, de echarse a correr.

—¿De ella o hacia ella? —preguntó Herminio.

—En las dos direcciones —sentenció don Berna—. No se ría, joven Honorato. Cuando le cuente, me entenderá. Por lo pronto, si el chismoso quiere seguir oyendo, que sirva otros tragos.

Herminio accedió y fue por los siguientes tragos. Don Berna esperó mirando al techo como si ahí flotara, envuelto en brumas doradas, lo mejor de su memoria.

—Hice un año en California —empezó a contar don Berna, cuando su hijo Herminio volvió con los alcoholes—. Fui a un *high school* militar, favorito de las familias bien de México. Al regresar, entré al Colegio Americano, uno de los pocos, si no el único, colegio privado mixto, de hombres y mujeres. Ahí volví a ver a Laura Portales, cinco años después de nuestro primer encuentro. Yo iba en último de prepa y ella en primero de la secundaria. Le llevaba cuatro años de edad y de escuela. Supe quién era desde el primer día, aunque había cambiado. Ya no era una niña, sino una muchacha. Una muchacha llena pero esbelta y ágil, que daba volantines en el equipo de porristas de la escuela. Tenía las piernas largas y fuertes, el busto breve, la cintura chiquita, la espalda larga, los hombros fuertes, los brazos redondos. Llevaba el pelo bailándole por las clavículas, un pelo rubio y brillante. Nadie hubiera reconocido en ella a la niña de cinco años antes. Yo sí, por los ojazos fijos. Seguían mirando como si traspasaran. De esas miradas, joven Honorato, sólo una en la vida. Da mareos por siempre.

—¿Qué hizo usted? —pregunté.

—Fingí demencia, que es mi especialidad. Anduve unas semanas escabulléndome como escarabajo en los pasillos y en los recreos, tratando de evitar a Laura Portales. Finalmente, coincidimos en el gimnasio. Mejor dicho, ella fue al gimnasio durante los entrenamientos, con el pretexto de que hacía un artículo para el diario estudiantil. Otra vez estuve bajo su mirada mientras jugábamos, como en la fiesta donde la conocí. También traté de escabullirme. Pero al terminar el entrenamiento vino a hacerles preguntas a los jugadores, preguntas sobre su edad, sus aficiones, su familia. Cuando me llegó el turno, guardó su libreta de notas en la mochila y me dijo: "¿Si me subo a la higuera me bajas de nuevo?". "No, ni loco que estuviera", le dije. "¿Por qué?", me dijo. "Porque chupeteas", le contesté. Me salió del alma el recuerdo del chupete en la higuera. A ella le salió también del alma lo que respondió: "Si no te gustó aquel chupete, te puedo hacer uno nuevo. He practicado. Ya no soy una niña". "Tú nunca has sido una niña, fíjate", le dije. "Niña, Alicia en el País de las Maravillas. Tú de niña no has tenido más que las trencitas." Se puso a reír con malicia de bruja. No se ría usted, joven Honorato. Era una cosa desquiciante para mí. Lo siguió siendo todo el tiempo que estuvimos en ese colegio. Si me oye mi mujer me extirpa la próstata, pero el caso es que Laura Portales me atraía tanto que no podía acercármele, como las olas altas o las llamas del fuego en la hoguera. Son un imán y un miedo, si me entiende usted. Y no quiero ponerme poético a lo tonto como su amigo aquí presente, no se ría. Se lo digo de verdad, yo no miento. Andaba por el colegio buscándola y corriéndole. Tarde o temprano me alcanzaba ella y me hacía brincar como si se me hubiera aparecido mi santa abuela, que en gloria esté pero que se le apareció a mi padre con el cinturón en la mano hasta en el lecho de su muerte, mi pobre viejo que Dios tenga en su trono por el hecho de haberme aguantado, como su madre viuda lo aguantó a él.

—¿Pero qué pasó con la Portales? —exigió Herminio.

—No pasó de que nos encontráramos en los recovecos de la escuela y nos dijéramos cosas. Ella me traía cartas de amor, yo le compraba dulces. Se los chupaba enfrente mío como queriéndome decir que recordaba el chupete de la higuera. Para mí era claro que el teatro no iba a durar mucho tiempo sin que se cayera parte del cielo, con todo y decorado. Así fue. Un día me llaman a la dirección y está con el director el padrastro de Laura Portales, un hombre grande, malencarado, hijo de puta a decir basta. Sin grandes preámbulos se me queda viendo y arranca con su queja. "Me dice mi hija Laura, jovencito, que le hace usted planes de boda y planes de fuga y otros planes absurdos. Quiero pedirle que suspenda sus asedios o me veré forzado a darle una lección física. Lo digo aquí, delante de las autoridades de la escuela, para que haya un antecedente de mi molestia. Quiero que usted sepa, jovencito, que mi preocupación puede tener consecuencias." Pinche viejo embustero, pensé yo. Que me dejaran contigo a solas y te descoso a cachetadas, fanfarrón. Me defendí como pude, inútilmente. Cuando el padrastro de Laura Portales salió, le dije al director: "Le juro que no he cruzado una palabra de ésas con Laura. Es ella la que me manda cartas con planes para el futuro, sin que yo le haya propuesto o aceptado uno". "Vamos a aclararlo con ella", dijo el director. "Bastará con que no siga contándole a su padrastro lo que le sucede contigo en la escuela." "Conmigo no le sucede nada en la escuela", dije yo, "porque no hago nada". "Me refiero a lo que ella dice que le sucede", accedió el director, no muy convencido de mi inocencia. Mandó llamar a Laura, que estaba en clase de deportes. Llegó brincando con su falda blanca de porrista a la mitad del muslo, las mejillas y los labios encendidos por el ejercicio. Qué muslos, carajo, pensé yo dentro de mí. Chance que sí me la robo y no la devuelvo nunca. Ella hizo toda la aclaración con una cachaza que no tiene precedente. "Desde luego todo lo que le conté a mi padrastro es mentira", confesó, riendo, ante la estupefacción del director. "Las cosas que le digo a mi padrastro son las que a mí me gustaría escuchar de Bernardo: que se va a fugar conmigo, que me va a hacer una montaña de hijos, que se quiere casar conmigo por un rito que no sea el católico, que me va a llevar a Singapur, que me va a poner un nido de amor donde sólo tengamos cabida él y yo. Son invenciones mías que ojalá se hagan realidad. Se las cuento a mi padrastro para molestarlo y para darle unas pistas de por dónde ando, porque no entiende nada el buen hombre, ni de lo que me pasa a mí ni de lo que pasa con mi mamá. Y como además está enamorado de mí, me gusta reprochárselo provocándole celos." "Tienes que dejar de contar esas falsedades", demandó el director, con los ojos redondos, abiertos como platos, tratando de disimular su estupor por lo que oía. "Tienes que dejar de contárselas a tu padre y a todo mundo." "Lo haré a condición de que Bernardo me las cumpla", dijo Laura. "Laura", la reprendió el director, "una cosa es la fantasía y otra la inmoralidad". "No hay nada inmoral en mi amor por Bernardo", dijo Laura. "Hasta las cosas más obscenas son limpias y hermosas con él." "¿Cuáles cosas obscenas ha habido entre ustedes?", preguntó el director alarmado. "¡Ninguna!", grité yo. "Las únicas cosas que hay entre nosotros son las que yo me imagino y quiero", dijo Laura. "Las que Bernardo se imagina y no se atreve. Las cosas normales del amor. Yo las quiero hacer todas y hasta inventar algunas con Bernardo." "¿Pero no han hecho ninguna todavía?", preguntó el director. "En mi cabeza han sucedido todas", dijo Laura. "En la realidad no, porque Bernardo no ha querido." "No le he tocado ni la mano, director", dije yo, curándome en salud. "Porque tienes miedo", dijo Laura. "Pero en tu cabeza yo sé perfectamente que soy desde hace tiempo tu mujer.

Desde el día que me bajaste de la higuera." "¿Eso fue aquí en el colegio?", preguntó el director. "No", le dijo Laura. "Dentro del colegio no ha sucedido nada. Todo ha sucedido en nuestra imaginación. Y cuando digo todo, es todo y algo más. Y si no, que me desmienta Bernardo." "No ha sucedido nada, director", dije yo. "Y cuando digo nada, es nada y algo menos. Laura y yo sólo somos amigos." "Pues síganlo siendo sin pasar a los hechos", ordenó el director. "Voy a hablar con tu padre, Laura, y a decirle que aquí no ha pasado ni pasará nada." "Es mi padrastro, no mi padre", corrigió Laura Portales. "Mi padre murió cuando yo tenía tres años." "De acuerdo", dijo el director con la cabeza ya como una piñata llena de las cosas de Laura Portales. "Voy a hablar con tu padrastro. Y ustedes sepan desde ahora que la primera noticia que yo tenga de que han cruzado de la fantasía a la realidad, será materia de expulsión del colegio y no podrán volver aquí." "Eres un cobarde", me dijo Laura Portales cuando salimos del despacho del director. "Has negado nuestro amor por miedo al carcelero. ¿No te das cuenta de que él está más muerto de miedo que nosotros? Ahora es cuando podríamos amarnos sin ninguna consecuencia." "Tu estás completamente loca, fíjate", le dije. Creo que desde entonces se me quedó eso de decir "fíjate" cuando quiero ser convincente y no tengo argumentos. "Tú estás completamente loca, fíjate. Quieres que venga tu padrastro con una pistola y me saque de este mundo. ¿Luego qué vas a hacer sin mí? ¿La viuda eterna?" No se ría, joven Honorato, ni tú tampoco, Jean-Paul. Óiganme escrupulosamente lo que les estoy diciendo, porque es la verdad, yo no miento. Imaginarse la viuda eterna la consternó un poco, fue una de las pocas cosas en la vida que le bajó los humos. "No puedo imaginarme el mundo sin ti", me dijo, con sufrimiento de actriz de telenovela, y se puso tranquila. Me fui a mi casa ese día con una angustia de santo pecador. No se rían, les estoy mostrando el alma. Me dije: "Este demonio de Laura Portales va a estar ahí todos los días, todas las horas del día, colgada de mí, generando ocurrencias. ¿Qué voy a hacer con esta bruja encima lo que falta del año de colegio?" Sin embargo, también me iba diciendo, porque la carne es flaca, joven Honorato, y siempre anda hambrienta: "Qué lujo de amor el de Laura Portales, qué buena está, qué piernas, si le digo mañana que me la quiero tirar en el baño, llega al baño con los panties en la mano, dispuesta a todo y algo más". Era mi tortura de santo pecador: temor y tentación de la carne. No se rían. Piensen en aquellas épocas en que escaseaban tanto las mujeres. No había más que mujeres del callejón y novias de mano sudada. Incurrir en obra de varón con la novia decente era tren directo al matrimonio. Si no querías casarte, te ibas con las suripantas del callejón. Pero tener a la mano una belleza dispuesta como Laura Portales era una fantasía. Y una imposibilidad. Laura tenía quince años, era menor de edad. Nada más en los años, como digo, en todo lo demás era la reencarnación de Mae West, que entonces era el símbolo sexual de Hollywood, una rubia caliente que nos la levantaba con la pura voz.

—Sería con media voz —acotó Herminio.

—¿Cómo terminó la cosa? —pregunté yo.

—Providencialmente, joven Honorato —respiró don Berna—. Auténticamente por intervención de Dios. A las pocas semanas de sus amenazas, el padrastro de Laura entró en unos líos judiciales y tuvo que salir del país para evitar la cárcel. Se llevó a toda la familia. Se fueron de un día para otro. Laura alcanzó a ponerme contra un rincón del pasillo de la escuela. "Me voy a ir" dijo, "pero prométeme que me buscarás". "No puedo prometerte eso", contesté. "Prométeme entonces que me esperarás", exigió Laura. "Te esperaré", le dije, aunque pensando dentro de mí: "Para seguir huyendo de ti". Me dijo ella: "Prométeme que siempre vas a querer bajarme de la higuera". "Siempre", le prometí, y pensaba dentro de mí: "Ojalá no vuelvas". Así desapareció Laura Portales de mi vida por segunda vez. Fue un alivio y una tortura. Su memoria siguió en mí como un quiste. No se rían. Empecé a sentir que me estaba volviendo loco. La certidumbre de que no iba a tenerla, de que no estaría cerca, soltó las riendas en mi imaginación. Que me perdone mi mujer, a quien Dios guarde, pero yo entonces no la conocía. Laura Portales se echó a retozar por mí con la fuerza de un gran amor perdido, aunque nunca le hubiera tocado una mano y no tuviera de ella sino aquel beso de niña caliente en mi cuello. Como les dije, cuando la tenía cerca no podía acercarle la mano, lo mismo que a una hoguera. Pero vista de lejos, la belleza de aquel fuego era total. El hecho es que estaban siempre ahí, en mi cabeza, en mis sueños, la cara de Laura Portales y su cuerpo de piernas largas dando volantines en el gimnasio, mostrando sus caderas redondas y la tijera blanca de sus piernas. ¡Qué tijeras! Eran para suicidar al más pintado. No se rían, son mis penas juveniles. Díganme al suicida juvenil más conocido de los libros que han leído.

—Werther —dijo Herminio.

—Pues las mías eran cuitas suficientes para el tal Werther —dijo don Berna—. Bien vistas las cosas, estoy aquí de milagro. Me pude haber quedado como el Werther ese aquellos días.

Brindamos por Werther, en amigable deferencia a las hipérboles de don Berna. Supimos de inmediato por su boca que Laura Portales no regresó a México sino diez años después, casada ambiguamente con un marido que huía de distintos lugares del mundo. Vale decir, que volvió sola, con un aroma inconfundible y vago de mujer fatal.

—Yo me había enamorado de mi mujer y estaba en las vísperas de mi boda —siguió don Berna—. Iba al sastre para las pruebas del jaqué que mi suegro exigió para la ceremonia. Mi suegro quería una boda de jaqué y champaña, la más grande de la temporada, porque se casaba su hija única, Isaura, mi mujer. Teníamos dos años de noviazgo, era mi prometida oficial, previa petición de mano y entrega de anillo de compromiso. Estaban terminando de poner cortinas y alfombras a la casa donde íbamos a vivir. Se habían mandado imprimir las invitaciones, con este litigio: mi suegro, que en gloria esté, quería poner el escudo de armas de su familia, validado según él por la casa real española. Yo no tenía escudo de armas, con trabajo un apellido rimbombante, Portuondo. Mi suegro insistió en que sacaran una heráldica de mis apellidos y la pusiéramos en la invitación junto a la suya. Fuimos a la casa de heráldica, una oficina de charlatanes puesta a todo lujo en el centro de la ciudad, gran negocio para ingenuos y vivales, con clientela garantizada, desde luego, porque de ambas cosas siempre habrá bastante. Mientras recorrían libros buscando algo que pudieran inventar para darles antigüedad a mis apellidos, entró a la tienda con altos tacones, vestido negro de noche y una estola de visón, nada menos que Laura Portales. Traía un tocado con redecilla que le cubría la cara. A través de los agujeros de la redecilla, háganme el favor, fumaba con una boquilla de diez pulgadas. "¿Qué haces tú aquí?", le dije, estúpidamente. Tenía un doctorado en decirle estupideces a Laura Portales: "Dijiste que ibas a volver pronto", rematé. "Para tu alivio y para mi desgracia, no fue así", sonrió, amorosamente, Laura Portales, los ojos fijos como siempre. "Vi en el periódico que te estás casando", agregó, sin dar rodeos. "Sólo quiero preguntarte esto: ¿te casas enamorado?" "Enamorado", afirmé yo, con la verdad redonda en la mano. Laura me miró burlonamente con sus ojazos verdes y me dijo: "Entonces no te importará que nos veamos. No turbaré tu amor". "No", dije yo. Preguntó ella: "¿No te importa que nos veamos o no crees que turbaré tu amor?". "Las dos", mentí yo, porque su sola aparición lo había turbado todo. No se ría, joven Honorato, la situación era muy seria para mí. Y tú, el chismoso del barrio —le dijo a Herminio—, te guardas esto en el colon porque si tu madre se entera de una palabra me corta las amígdalas con las tijeras del jardinero, y yo a ti.

—En materia de chismes, soy una tumba —dijo Herminio.

—¿Qué hizo usted? —le pregunté a don Berna.

—Primero tuve la aflicción, joven Honorato. Pero en medio de la aflicción tomé debida nota de aquel portento de mujer. No se ría usted. La vanidad es más grande que la angustia. No se ría, es la verdad. Me la quedé viendo a Laura hasta el último milímetro. Era una beldad como salida del cine de la época. Como si hubieran sacado a Greta Garbo de la pantalla y la hubieran puesto a caminar por los establecimientos de nuestra ciudad. No exagero, la exageración era ella. Estaba toda la tienda en vilo mirándonos a nosotros, como si nosotros estuviéramos en la pantalla, si me entiende usted. Y yo del brazo de Greta Garbo mientras hacía mis arreglos heráldicos de boda. No se ría. A eso es a lo que me refiero con la vanidad. Me puso una tarjeta en el bolsillo del traje con su dirección y me dijo: "Ven a verme esta noche o cualquier noche". Eso dijo, lo juro por mi madre. Me quedé temblando en la tienda, ahora sí con una media erección de día de duelo nacional, ganoso y miedoso, qué le voy a exagerar.

—O sea que, desde entonces, sólo media vela —aprovechó Herminio.

—Me ha alcanzado para más mi media vela, fíjate, que la tuya completa —dijo don Berna—. A las pruebas me remito.

—¿Fue a visitarla? —pregunté yo.

—Sí —dijo don Berna—. Pero no la primera noche. Deshojé la margarita una semana. Estaba a tiro de piedra de mi boda y no quería riesgos, aunque sabía desde el principio que iba a ir. Fui. No la llamé para advertirla. Me sorprendió que al abrirme estaba vestida de largo y de negro. El vestido era de tirantes, con un escote hasta el nacimiento de la nalga. Era un departamento en el quinto piso de un edificio viejo de la colonia Roma, de techos altos. Tenía una sala y un comedor cerrado con mesa para doce personas. Tenía también una terraza que abría a una plazoleta y a la copa de un fresno. Laura me llevó al comedor. Estaban puestos dos lugares para una cena con velas. Había un olor a guiso, y una botella de champaña puesta a enfriar en la sala. "Te he estado esperando con la cena lista todos estos días", dijo. "Me debes varias cenas con sus noches, porque también te estuve esperando por las noches, después de la cena." Abrí la champaña y me la bebí como medicina, para darme fuerza. A mí la champaña me saca lo pirujo. En serio. Las burbujitas me aligeran las esporas, como diría el coronel Romero. No miento, se los juro por mi santa madre, que Dios guarde en su gloria. Bebí media botella en un suspiro, antes de voltearme al compromiso que tenía enfrente. La llevé a la terraza y brindamos junto al fresno. La abracé. Era casi de mi altura y sentíamos todo a la altura debida, si me entiende usted. Ahí le di el primer beso de mi vida. No se ría, joven Honorato, y tú —increpó a Herminio— no vayas a llevar agua a tu molino con lo que voy a decir. Cuando le estaba dando el beso supe que no se me iba a levantar. Iba a incurrir en gatillazo, como decía Radamés. De ahí en adelante, la noche fue una tortura. La pasé metido en la nube mental de que se me iba a quedar dormida la carabela justo a la hora de descubrir América. Estaba dormida, en efecto, como muerta. Fui al baño y le di dos respingones: muerta. Recordé las tijeras de Laura Portales, sus panties con encajes de la falda de porrista. "Despierta", le dije a la compañera. "Mira dónde vas a pernoctar. No me falles ahora." Muerta. Ni media, ni un cuarto, ni un diezmo de vela: nada.

—¿Qué hizo usted? —pregunté yo.

—Me puse táctico —dijo don Berna—. No llevé la cena hacia nada que implicara cama. Me puse en plan hipócrita de encuentro de viejos amigos. Hice que Laura me contara sus cuitas, su matrimonio por conveniencia según dijo, hecho para aliviar la quiebra familiar. El matrimonio quebró también, pero no del todo. Laura seguía atada a su marido por lazos legales, que garantizaban la manutención de sus padres en España y le daban a ella, en México, el departamento donde estábamos cenando. El marido la había especializado como frente para sus negocios de joyas. Llevaba y traía joyas al Oriente Medio y a la América Latina. No podía entrar por razones legales ni a Colombia ni a Brasil. Entonces mandaba a Laura como su representante a realizar las operaciones. De ahí los disfraces de mujer fatal, muy adecuados para el medio. "Los comerciantes de joyas pueden ser legales o ilegales", me dijo Laura. "Pero todos tienen alma de casino. A los casinos les va bien la facha de mujer fatal." Laura Portales tenía un empaque perfecto de mujer fatal. Empezando por el pelo rubio, las cejas arqueadas, la mirada fija. Me decía todo esto mientras la oía, esperando el primer calambre de la carabela, ya sabe usted. Al primer calambre, pensaba yo, me le tiro encima sobre el sofá y con la media vela que haya navegamos de emergencia. De tanto pensar, el calambre no llegaba. No se ría, joven Honorato. Era un trance terrible. El marido venía poco a México, me explicó Laura, siempre de manera rápida y misteriosa, con grandes preparativos. Algo podía deber también en México, pero ella no sabía qué. Pensé: "Nada más me faltaba caer en medio de una banda de traficantes de joyas". Me dispuse a correr otra vez de Laura Portales. A la primera oportunidad me despido y salgo corriendo de esta mujer, pensé. No es para mí. Terminamos de cenar y le eché un discurso despeditorio. Estaba por casarme con la mejor mujer del mundo, le dije, la que quería como un loco, etcétera. Todo eso era cierto, como han demostrado los años. Santa Isaura de las Mudanzas ha sido mi mujer en todos los trances, de todas las formas y todos los años. A las pruebas me remito. Eso digo ahora y eso le dije entonces a Laura Portales. Yo no miento. Me felicitó, me deseó que fuera feliz y me acompañó a la puerta. Ya con la puerta abierta se me quedó viendo. Se bajó uno de los tirantes del vestido, lo pasó del hombro al antebrazo, como un rizo de cabello que se le hubiera zafado. Muy perversas son las cosas de la próstata, joven Honorato. Vi ese tirante flojo en el brazo de Laura Portales y fue como si me entrara un aluvión por el aparato. De un solo tiempo, como en los buenos tiempos, estaba rompiendo el pantalón. Como el ciclón que se llevó su pueblo.

Un ciclón, como he dicho, se había llevado mi pueblo. Don Berna no se cansaba de oírme contar esa pérdida.

—¿Qué pasó en su ciclón? —pregunté.

—Se llevó todas las casitas, como el suyo —dijo don Berna—. Cayeron las paredes y en lugar del convento donde quería estar, aparecí en el cuarto mayor de Sodoma y Gomorra, si me entiende usted.

—Entiendo, don Berna —dije.

—No hubo cuartel, joven Honorato. Tampoco voy a presumir, pero le aseguro a usted por mi santa madre, que en gloria está, que no hubo límite de levantamientos ni de bajas esa noche. Usted es aficionado a la ópera. Baste con decirle que esa noche Laura Portales y yo cantamos completa "Madame Butterfly" en una sola cantada. No se ría. Usted ha oído el momento del Ave María en que Maria Callas se va al cielo con su voz. Haga de cuenta Laura Portales colgada de quien habla. Usted ha oído al tenor Giuseppe D'Stefano al final de esa aria de *Turandot* donde habla de las estrellas y termina diciendo *venceré*. Haga de cuenta yo, colgado de Laura Portales.

—Colgado a medias —se metió Herminio.

—No terminó ahí —lo ignoró don Berna—. Al amanecer le dije: "Haz una maleta y nos vamos a Cuernavaca. Yo voy por la mía y estoy por ti en una hora". Dos clientes de Radamés Vicario acababan de inaugurar en Cuernavaca unos bungalows con alberca propia. Discreción garantizada. Le hablé a Radamés y me gritó por el teléfono: "Pero si te casas en dos semanas, ¿qué estás haciendo?". "Todos los planes con Isaura siguen igual", le dije. "Es sólo que me agarró el ciclón y no tengo cómo soltarme." "Estás loco, Portuondo. Esas cosas no se hacen", dijo Radamés. "Se te va a luir el escroto. ¿Tiene una amiga para mí Laura Portales?" "No", dije. "Te consigo los bungalows con una condición", dijo Radamés. "La que quieras", respondí. "Me cuentas hasta la última cochinada que hagas ahí", dijo. "Hasta la última", prometí. Al mediodía estábamos en Cuernavaca haciendo las cochinadas que se nos habían quedado pendientes. ¿Entiende usted lo que quiero decir, joven Honorato? Fue una marejada.

—Entiendo —dije yo—. ¿Cuánto duraron las olas?

—Toda la mañana. Por la tarde amainaron, y no fuimos sino dos exhaustos. En esa placidez empezó el pago de las cuentas. Todo se paga en esta vida, joven Honorato, no se haga ilusiones. Se paga la felicidad y se paga la desdicha. Todo tiene su precio. El precio de Laura Portales era que no tenía medida. Le faltaba termostato, como dijo en su momento Radamés. Apenas terminamos nuestros amores de aquel día, volvió a la carga. "Soy tu esclava", me dijo. "Soy tu destino. Estoy hecha para llenar tu vida." "No hables así", le dije, "porque me siento en una radionovela". "No soy yo quien habla así", me contestó Laura Portales. "Es la voz del dios del amor. La letra del canto del destino." "De veras, no hables así", le dije. "Me pones muy nervioso." "Yo te curaré de todas las penas del mundo", me contestó. "Yo seré tu bálsamo, yo seré el valle de tu placer. El palacio de tu calma." Tuve entonces, como es lógico, ustedes me entenderán, el síndrome de la alfombra de Aladino. ¿Conoce usted el síndrome de Aladino, joven Honorato?

—No, don Berna.

—El síndrome de la alfombra de Aladino consiste en que se corre usted una parranda y despierta en brazos de una mujer. Lo que quiere usted en ese momento es irse, desaparecer. Entonces lo único que quiere usted es que venga la alfombra mágica de Aladino y se lo lleve a usted por los aires sin tener que despedirse. Bueno, a la tercera parrafada amorosa de Laura Portales tuve el síndrome de la alfombra de Aladino. Pasó, y seguimos. En la madrugada estábamos otra vez más allá de las palabras: sólo gemidos. No se ría, es la verdad. A la siguiente mañana, plena luz del día, sin la complicidad de la noche, Laura Portales regresó: "Tú eres mi dios. Eres mi rey. Eres mi lobo. Eres mi infierno y mi paraíso. Yo soy tu paloma y tu leona. Nada quiero sino fundirme en ti". Le dije: "No estoy acostumbrado a estas elocuencias. Me pones nervioso". Pero ella siguió: "Yo te llevaré al lugar de la calma, al valle de la serenidad. Te llevaré en mis brazos. Serás mi pequeño que duerme en el reino del amor". ¿Por qué me ruborizaban esas cosas? ¿Por qué quería salir huyendo de tanta cursilería? La cursilería es la materia misma del amor, es su salsa y su prueba. Dios nos libre de mujeres sin cursilería, mujeres como nosotros que no sepan decir ni cuchi cuchi.

—¿Cuchi quéé? —berreó Herminio.

—Cuchi cuchi, mamaguchi —dijo don Berna—. Lo que sea. Hace falta cursilería para decir lo que sentimos. Los sentimientos son simples, las palabras complicadas. Por eso nunca coinciden. Eso es lo que he aprendido, yo no miento. El caso es que volvimos de Cuernavaca tres días después. Laura Portales declamaba a todo trapo lo que sentía, rizaba muy alto el rizo de los mandatos de su corazón, como ella decía. "Son los mandatos de mi corazón los que te hablan, no soy yo." Eso decía. Yo escapaba de esos mandatos como un súbdito perseguido. Llegamos a la Ciudad de México, la fui a dejar a su departamento y nos despedimos. Me dije: "Aquí terminó esto. No vuelvo a verla ni de casualidad". Al siguiente día estaba en su puerta, con flores y champaña. Pasamos el día juntos. Cuando nos despedimos, me dijo: "Tú eres el rey de este palacio. El dueño de toda la princesa". No vuelvo ni loco, pensé yo. Al día siguiente volví. Así pasó una semana. Una noche la encontré llorando. Tardó en poder hablarme. "Llamó mi marido", dijo al fin. "Tengo que alcanzarlo en Nueva Orleans." "No puedes dejarme así", le dije. "Es la sinfonía inconclusa de mi vida", me dijo. "Tengo que alcanzarlo. No por él, sino por mis padres, que dependen de él. Yo no he querido a nadie en la vida más que a ti. Y después de estos días, te querré siempre." No invento, ni presumo. Yo no miento. Digo las cosas como fueron, sin quitar ni añadir, con riesgo de que mi mujer se entere y me reviente el prepucio, Dios la guarde.

—¿Entonces? —pregunté.

—Se fue al día siguiente sin dejar huella —dijo don Berna—. No dejó dirección, ni teléfono, ni nota de despedida. El departamento cerrado. Laura Portales desaparecida.

—Tomó su propia alfombra de Aladino —dijo Herminio.

—Puede verse así —dijo don Berna—. Pero no fue así.

Calló entonces un momento, como para asimilar el hecho de que hubiera encontrado vacío el departamento de Laura Portales.

—¿Fue así como nos salvamos de la señora Portales? —preguntó Herminio, zumbando siempre, en asedio amoroso de su padre—. ¿Porque ella se fue con su marido el gángster?

—Yo me hubiera casado con tu madre de todas maneras —estableció don Berna—. Eso nunca estuvo en duda para mí. Fue después, ya casado y ustedes nacidos, cuando estuve a punto de abandonarlos a todos por la señora Portales.

—¿A nosotros y a mi mamá? —respingó Herminio, con mal fingida incredulidad.

—A ustedes y a tu madre —confirmó don Berna—. Tu madre es una santa, pero no era tan santa entonces, sino una señora de armas tomar. Por eso me gustaba, me gustó siempre y me gusta ahora. Pero en el regreso de la señora Portales, no supe de mí. En materia de amores, me había especializado en el juego de la oca: uno, dos, tres y vuela. Sólo amores migratorios. Nada de hacer nido, nada de hacer costumbre. Yo no miento. De la repetición viene la necesidad. No hay adicción más fácil de contraer que la de un cuerpo a la medida. Pero la historia con la señora Portales siguió su propio vuelo, ni ella ni yo pudimos migrar, dejarnos. Reincidimos, y al reincidir aquella cosa llegó a su capítulo más duro.

—¿Cuándo fue eso? —preguntó Herminio.

—Ya habían nacido ustedes, tus dos hermanos y tu hermana Eloísa —fechó don Berna—. Tu madre y yo teníamos quince años de casados. Tú tenías trece. Yo estaba en medio del negocio del box, organizando la pelea de campeonato mundial entre Saldívar y Winston. No había vuelto a saber de Laura Portales. Un día, al salir de un restaurante en el centro, me la encuentro parada en la calle. "¿Qué haces aquí?", le digo, como si la hubiera visto el día anterior. "Esperando a que salieras para verte", me dijo. "Estás hecho todo un hombre." Se refería, supongo, a que tenía quince años y quince kilos de más. "Y tú estás hecha toda una mujer, como siempre", le dije yo, que me había especializado en decirle estupideces. Tenía cuarenta años bien llevados, pero era por primera vez una señora. No una niña, la niña de la higuera. Tampoco una muchacha, la muchacha de la falda de porrista. Ni una joven deslumbrante, vestida de mujer fatal. Era una mujer madura, con los ojos llenos de vida, de lo bueno y lo malo de la vida. Ojos llenos de pasión y tristeza. "Necesito tu ayuda", me dijo. "Y tu amor también, como siempre." Nos vimos esa noche en su casa. El departamento se había esfumado, vivía ahora en el cuarto de una posada que ella había mejorado con unos toques de elegancia. "Necesito trabajo y dinero", me dijo. "Necesito también tu comprensión." Me contó a brochazos el desastre de su matrimonio. Su marido había caído preso aquí y allá. Se habían separado, pero mantenían el vínculo legal. Él tenía una demanda en México de la que ella era corresponsable. Le habían quitado el departamento y faltaba una suma grande que saldar para no ir a la cárcel. Escuché todo eso encantado, como oyendo un cuento de hadas. Me importaban nada su marido, las joyas y los jueces. Lo único que quería era llevarla a la cama. Lo digo como era, yo no miento. Pero buscaba yo en el cuarto y pensaba: "Lástima que no hay aquí las poleas de la cama del coronel Romero. Este encuentro va a estar de medalla olímpica". Cuando terminó de contarme, tenía yo un levantamiento general en la plaza de armas. La abracé y me aceptó. "¿Te acuerdas de todo?", me dijo."Me acuerdo", le contesté. Es un hecho que los cuerpos recuerdan independientemente de la memoria de sus dueños. No había dado la medianoche cuando Laura Portales y yo lo habíamos recordado todo. Llegó entonces la temida fase en que Laura Portales empezaba a hablar después del amor. Empezó a hablar. Había cambiado ella o había cambiado yo. El hecho es que las cosas deschavetadas que decía me enloquecieron, en lugar de asustarme. Las cosas tremebundas que decía me habían asustado siempre. Las gozaba sólo en el recuerdo. Las cosas tremebundas que Laura Portales decía ahora me encantaron. Tocó unas fibras que ni yo me sabía. Unas fibras en donde yo necesitaba justamente esos amores exagerados. Necesitaba que me hicieran sentir joven, que me adularan. Como en aquella canción: "Miénteme más, que me hace tu maldad feliz". No eran maldades las cosas sin rienda que ella sentía, eran cosas nacidas de su corazón que salían por su boca sin censura, felices de su propia cursilería.

—¿Que cosas, por ejemplo? —preguntó Herminio.

—Tienes el morbo a flor de piel —lo increpó don Berna—. No sé a quién le heredaste esas morbosidades. De mis genes no puede haber salido tanta morbosidad sin precedente, fíjate.

—Cuenta lo que te decía —pidió Herminio—. Si ya te tomaste la mitad de la sopa, qué más da otra cucharada.

—Se lo cuento todo a usted, joven Honorato —dijo don Berna—. Que él escuche bajo protesta. Pero no se carcajee, porque me desconcentra. Laura Portales me decía cuando estaba llegando al clímax, entre aullidos que despertaban a los vecinos: "Qué privilegio amarte, tenerte, venirme como una loba contigo. Mi lobo, mi Dios, mi todo".

—¿"Mi lobo"? —gritó, exultante, Herminio—. ¿"Mi Dios"? ¿"Mi todo"?

—Por la vida de tu madre, eso me decía —juró don Berna—. Y se ponía a recordar. Era una amenaza recordando. Me pregunta un día: "¿Te acuerdas de Cuernavaca?". "Me acuerdo", contesté. "¿Pero te acuerdas de lo mismo que yo me acuerdo?", preguntó ella. "De lo mismo", le dije. "Estábamos en la noche junto a la alberca", recordó Laura Portales. "Estaban tocando una canción de Agustín Lara. Me dijiste: 'Nunca voy a ser tuyo como en este momento'. ¿Te acuerdas de que me lo dijiste?" "Sí", le dije, pero de lo único que me acordaba era de Laura Portales tirándose un clavado en la alberca y entrando en el agua como una sardina, sin sacar un gorgorito. "Nunca voy a acabar de arrepentirme de aquellos días, de haberme ido de ti", dijo Laura Portales. "No nos dimos cuenta entonces. No me di cuenta de hasta qué punto tú eras el amor. No pude aceptar que me moría por ti. Tú no pudiste aceptar que te morías por mí." Otro día me dijo: "Haces ruiditos". "¿Quéé?", le dije. "Haces ruiditos como un zorro mascota que tenía. Eres la reencarnación de mi zorro y te escucho desde el más allá." A sus cuarenta años —resumió don Berna— Laura Portales era la misma mujer desaforada de siempre. Una mala actriz de sus emociones. O una actriz precisa de sus emociones excesivas. Esta vez no me espantó, ni me hizo salir corriendo. Me hizo correr hacia ella. Un día cité a Radamés en el bar Jena y le dije: "Me voy a fugar con Laura Portales". "Eso es imposible", me dijo Radamés. "Tienes que organizar la pelea de Winston y Saldívar." "Terminando la pelea recojo el dinero y me fugo con Laura Portales", le dije. "Estás loco", me dijo. "Las fugas son cosas de jóvenes. Consíguete siquiera un modelo nuevo." "Me voy a fugar con ella", insistí. "¿A Europa o a Sudamérica?", preguntó Radamés. "Qué importa dónde", dije. "Recomiendo Río de Janeiro", abundó Radamés. "¿Por qué Río?", pregunté. "Porque en Río están las mujeres más sensuales del mundo", explicó Radamés. "¡Me estoy fugando *con una mujer*, Radamés!", le recordé . "Eso no es obstáculo, nunca lo ha sido. Si te vas a fugar, fúgate a Río. ¿Vas a dejar a tu mujer?" "No, la vamos a llevar de chaperona", le dije. "No te vas a encontrar en el mundo otra mujer como Isaura. Eso sí te digo. Ni en Río." "No", acepté. "Cuando te hayas ido, ¿puedo ir a visitarla?", me dijo Radamés. "Tú te metes con mi mujer y yo te cuelgo de las bolas en el Ángel de la Independencia", le dije. "Si la vas a dejar, no veo el problema", dijo Radamés. "El problema es que tú eres un degenerado", le dije. "Puedo cambiar", dijo Radamés. "Tú puedes cambiar tanto como las pirámides de Egipto y la órbita del Sol, fíjate: nada." "Entendido", dijo Radamés. "¿Cuándo es la fuga?" "Terminando el negocio de la pelea", decidí yo. "¿Quieres una fiesta de despedida?", preguntó Radamés. "Si no es boda", le dije. "Es una especie de boda", dijo Radamés. "Además, hace tiempo que no agarramos una parranda larga. En fin, como tú quieras. Si quieres destruir tu vida, cuenta conmigo." Menos avisarle a mi familia, hice todos los preparativos de la fuga. Pienso ahora qué andaba buscando. Salvo destruirme, no encuentro explicación. Uno busca destruirse muchas veces en la vida. Casi siempre sin convicción profunda, en liga amateur. Así me había pasado en mil negocios. Todo sobre ruedas y de pronto una firma de más, un gasto de menos. Y todo por la borda: a pagar. La pelea de box fue un negocio perfecto. Recogimos dinero a paletadas mis socios y yo, pero yo me puse en camino de destruir mi matrimonio en el momento del triunfo. Pasó la pelea, recogimos el efectivo y quedaban muchas cosas por cobrar. Fui con mi socio Benavides y le dije: "Ya tengo mi parte de lo que entró. Te vendo mi parte de lo que falta". Acepté un precio bajo. Benavides me compró. Era un jueves. Compré boletos para el sábado siguiente salir a España. Decidí no decirle nada a Isaura. Iba simplemente a desaparecer, como aquel que dijo: "Voy a comprar cigarrillos" y no volvió más. Junté mis dineros como Judas Iscariote, aunque yo en fajos de dólares. Los metí en un maletín, en la parte profunda del armario de mi hija Eloísa. La noche del viernes para amanecer sábado llevé a cenar a mis hijos y a mi mujer al restorán de chinos. De regreso compré un pastel, que comimos en dobles raciones hasta chuparnos los dedos.

—Me acuerdo de eso —dijo Herminio—. Fue una noche memorable.

—Luego me puse a ver la televisión —siguió don Berna—. Mi mujer y mis hijos se durmieron. Como a la una, después de medianoche, estaba todo en calma. Me dispuse a hacer mi movimiento. Desde el principio me había dicho: "No voy a llevarme nada. Vida nueva, ropa nueva, todo nuevo". Iba a llevarme sólo el dinero que estaba en el maletín. Estuve perdiendo el tiempo, no sé en qué. Cuando vi el reloj eran las tres de la mañana. Entré al cuarto de mi hija Eloísa, que dormía sola. Los tres varones se encimaban en el otro cuarto. Eloísa dormía con una lamparita prendida, porque tenía miedo de la oscuridad. Saqué el maletín del armario, lo revisé. Estaba tan lleno que al abrirlo se salieron unos fajos de billetes. Me los puse en el saco y cerré el maletín, de modo que iba ya, literalmente, forrado de dinero. Me dispuse a salir del cuarto con el maletín en la mano. Al llegar a la puerta, con el rabo del ojo, vi sobre la pared, junto a la cama de mi hija, el cuadro del paisaje de los volcanes que me había heredado mi padre. Estaba mal colgado, chueco, con una punta hacia arriba y la otra abajo. En medio de mi fuga, entre las sombras de mi casa, pensé que debía enderezar el cuadro. Siempre he tenido esa manía: poner derechos los cuadros. Un día en que fui a pelearme con mi hermano lo estaba amenazando cuando vi atrás de él un cuadro chueco. "Permíteme un momento", le dije. Fui, enderecé el cuadro y regresé. "Ahora sí", le dije. "Eres un tal por cual por esto y aquello." Igual me pasó esa noche, una manía sin precedente. Voy saliendo para siempre de mi casa entre las sombras y veo el cuadro chueco sobre la cabecera de mi hija menor. Voy a enderezar ese cuadro y cuando lo enderezo veo la cara de mi hija, sus rizos sobre la frente, sus cachetes rojos, durmiendo como una virgen italiana. Ahí, en lo que estoy arreglando el cuadro y viendo la cara de mi hija, me cae la vida real como un culatazo en la nuca. "¿Qué estás haciendo, animal?", me digo. "Eres un sarraceno." Y en lo que me digo sarraceno, como si mi padre me dijera maricón, su peor insulto sobre la tierra, pienso: "Esto no puede ser. Esto es como cortarme las manos, como sacarme los ojos. ¿Qué estoy haciendo?". Me senté en la camita de mi hija, con los fajos de billetes en las bolsas y en el maletín. Me dije: "Esto no puede ser". Me dio entonces un dolor de película en el pecho. "Infarto", me dije. Y luego, sin pensar: "Que venga de una vez. La mejor solución". Me doblé en la cama de Eloísa y me puse a esperar la muerte. Estuve un rato esperándola. Un rato largo, porque cuando volví en mí ya estaba amaneciendo. Había pasado toda la noche en un instante. Fui al baño y me eché agua. Mi mujer me oyó, preguntó qué estaba haciendo. "Ahora vengo, voy a comprar el periódico", le dije. "Compra pan dulce para el desayuno", me dijo ella. Me fui a donde Laura Portales. Entendió lo que pasaba con sólo verme. "Vienes a matarme, ¿verdad?", me dijo con la elocuencia desorbitada de siempre. "A eso vienes: a quitarme la vida." "No puedo irme contigo", le dije. "Simplemente no puedo. Pero aquí está el dinero para que resuelvas tu problema." "Me salvas y me matas con esto", me dijo Laura Portales. "Me das la muerte y me salvas la vida. Pero la vida que salvas no tiene sentido sin ti." Me contagié de su tono y le respondí, con fanfarrias atrás: "La vida tiene sentido por sí misma. La vida siempre tiene sentido". Puse el maletín en sus manos. "¿Quieres que me quede o que me vaya de la ciudad?", me preguntó. "Quiero que te lleves este dinero tú", le dije, lo cual quería decir que se fuera de mi lado. Si se quedaba en México, la mayor parte de ese dinero se iba a ir en que pagara la deuda de su marido para evitar la cárcel. Me di la vuelta y regresé, huyendo de ella ahora como iba a huir de mi mujer y mis hijos horas antes. Cuando llegué a la casa descubrí que tenía los fajos en las bolsas del traje. Fui a comprar pan dulce para el desayuno. Volví con el pan, hice café y esperé que la familia despertara para desayunar con ella.

—¿Le regalaste nuestro dinero a Laura Portales? —saltó Herminio—. ¿El dinero que hubiera cambiado nuestras vidas? ¿El dinero que hubiera evitado tres mudanzas y mi salida del liceo francés?

—No hables como Laura Portales —pidió don Berna—. A ella se le perdona porque era una belleza y estaba loca.

—¿Le regalaste *todo* nuestro dinero? —insistió Herminio.

—Quedó para un coche y un televisor —dijo don Berna.

—Pero si era una fortuna.

—¿Cómo sabes que era una fortuna?

—Por el tamaño de las deudas que quedaron —dijo Herminio.

—Más se perdió en la Revolución mexicana y nadie se queja —dijo don Berna.

—Me has dado una estocada irreparable —se impostó juguetonamente Herminio—. En lo sucesivo hablaré sólo como Laura Portales. Hay en mi corazón un viento adverso y una furia de reinos perdidos por mi padre.

—Que no se vaya a enterar tu madre de esto, porque me arranca el píloro —dijo don Berna—. Ahora, acá entre nosotros: Laura Portales, ¿dónde está?

—Eso sí que no te cuento, fíjate —le dijo Herminio—. No haré propicio el día para resembrar el amor de tu vida. Yo seré en adelante un monumento de lealtad filial a doña Isaura Vitelo, autora de mis días y arca de mis gratitudes.

—Laura Portales no fue el amor de mi vida —dijo don Berna—. El amor de mi vida ha sido Isaura Vitelo. Y a las pruebas me remito. De esos amores no puedo hablar en público con ustedes, porque son palabras mayores. Tendrían que haber cumplido medio siglo.

—Cuando yo cumpla medio siglo, tú estarás viendo crecer las raíces desde abajo —dijo Herminio.

—Tengo garantizado un siglo de vida —dijo don Berna.

—¿Garantizado por quién? —lo increpó Herminio.

—Por la gitana del mercado —dijo don Berna—. La misma que le pronosticó el supiritaco cerebral a mi abuela, que no es mi abuela, y la parálisis al general, su marido, que no es general. A mí me dijo que iba a vivir cien años.

—¿Cuánto le pagaste?

—Le di una propina especial por su buena voluntad, pero sólo después de que me hizo el diagnóstico.

—¿Diagnóstico? —saltó Herminio—. Diagnostican los médicos, las gitanas embaucan.

—Su diagnóstico se ha cumplido hasta ahora —dijo don Berna.

—Tenemos que irnos —cortó Herminio—. Nos esperan unas amigas allá abajo en La Tierra.

—¿No quieren el último trago? —ofreció don Berna.

—El último —acepté yo.

Con virtuosa disciplina, como en toda la tarde, Herminio se paró a servirlos.

—Gran historia nos ha contado hoy —le dije a don Berna.

—La tenía atravesada hace años, joven Honorato. Ahora que la dije, siento que la acabé de digerir. No crea, de pronto me despierto envuelto por Laura Portales. Sus visitas son amables. Asaltos que no duelen. Es mi invención, desde luego. La Laura que me visita sigue joven. No niña, ni muchacha. Está cuarentona. La edad que tenía cuando la dejé. Joven en sus cuarenta años. Pasa el tiempo y esa mujer cuarentona es cada vez más joven para mí. Más viejo yo, más joven ella. Anoche tuve una de sus visitas. Ya ve la consecuencia: conté todo. Pienso que me equivoqué a fondo en esos días. Fui cobarde como amante y cobarde como padre —resumió don Berna—. No le di a cada quien lo que debía darle. Amor a Laura Portales y seguridad a mis hijos. Troqué los dones. Di a cada quien el don equivocado: dinero y desamor a Laura Portales, inseguridad y amor a mi mujer.

Nuestras amigas llamaron y acordamos irnos de fiesta a un antro. Cuando salimos de su casa, le pregunté a Herminio:

—¿Tuvimos una revelación hoy con la historia de don Berna? ¿O sólo la tuve yo?

—La tuvimos —dijo Herminio—. Aunque la historia central de la señora Portales ya la sabía.

—¿Te la contó ella?

—Nunca me encontré a la señora Portales —dijo Herminio—. Al que me encontré fue a Radamés Vicario. No lo había visto en años. Se distanció de mi padre por alguna razón. Me llevó al bar y se tomó unas copas. Como ya se emborracha a la primera, a la segunda me contó la historia de Laura Portales. Me dijo: "Ésta es la historia secreta de tu padre. Haz que te la cuente, lo va a aliviar. Es el único secreto que le queda y lo atormenta. Ya ves que ha vivido en torre de cristal, mostrando al mundo grandezas y miserias, sin ocultar nada. Es la grandeza de tu padre: ha sido un ser humano redondo, sin vergüenza de serlo". Le pregunté la historia escondida y me contó la historia de Laura Portales. Me la contó sin gracia, sin los detalles. Hoy, cuando oí que ustedes mencionaban a la señora Portales, forcé la ocasión para que mi padre contara.

—¿Qué hubieras hecho en su lugar? —pregunté yo—. En lugar de tu padre...

Pensó un rato, cabeceando.

—Ya que mi madre está prohibida para mí, me hubiera ido con Laura Portales —dijo Herminio.

Nos fuimos de rumba. A medio convite, le pedí a mi amiga:

—Te propongo un juego.

—El que quieras —aceptó.

—Vamos a decirnos los amores que nos pasen por el cuerpo. Vamos a ahogarnos de cursilerías, como amantes de telenovela.

—Es la proposición amorosa que he esperado toda mi vida —dijo ella.

Agradecí su instantánea comprensión del juego. Pasamos la noche dejándonos gobernar por los mandatos del corazón, tocando las puertas del castillo donde Laura Portales había levantado su reino, el reino intolerable y maravilloso de los amores que no sólo se atreven, sino que no se cansan de decir su nombre.

El amor imperativo de Alejandro Villalobos

En mi paso por el circo de pequeñas intrigas y odios inmortales que es la redacción de un diario aprendí que un jefe de información debe ser implacable en el mando tanto como en la defensa de sus reporteros. Aprendí eso en el primero de los diarios donde fui no sólo colaborador, sino parte del cuerpo directivo, allá por el fin de los años setenta del siglo pasado. Un aire de reforma política abría entonces las puertas del periodismo profesional a las izquierdas. El diario de que hablo era un hervidero de periodistas incendiarios y militantes clandestinos que ocultaban su filiación pero no podían ocultar sus pleitos. Nos habíamos dado la misión periodística de transformar el mundo. El primer paso en ese camino era regañarlo en nuestras páginas. La máquina de escribir de cada reportero era un surtidor de denuncias; la cabeza de cada colaborador, una olla de soluciones imposibles. Había en el diario un ethos de cruzada fraterna, al tiempo que una guerra civil de méritos y posiciones. Era un medio sulfúrico y sulfurado, una colección de egos robustos que actuaban y escribían su propia novela de lucha contra la naturaleza injusta, o reaccionaria, de las cosas.

La profesionalidad apacible de Alejandro Villalobos era una excepción en aquel campo de batalla. No tenía enconos políticos, ni misiones ideológicas. Tampoco parecía incómodo en la diaria constatación de las miserias de su entorno. No abanderaba causas, no cargaba las tintas, no tenía esa pasión loca, peculiar de los periodistas, de dejar grabado su nombre en el acontecer de cada día. ¡Ah, el fulgor del nombre propio impreso en la primera plana, el rastro de las propias huellas digitales, únicas e intransferibles, en la molienda anónima de los hechos del mundo! Villalobos apenas había cumplido veintiséis años, pero tenía una parsimonia de viejo, una mirada limpia que lo hacía preciso en sus datos y claro en su escritura, aunque casi siempre para documentar asuntos de poca monta noticiosa. Por su falta de espíritu mordiente y ácido, sin el cual la profesión periodística es como comer sin ganas, tenía un altercado permanente con su jefe, el responsable de la sección de provincia, que andaba siempre a la búsqueda de conflictos locales, escándalos de parroquia, catástrofes o peligros que hicieran atractivas las páginas de los estados para el resto del diario, cuya obsesión era, desde luego, lo que sucedía en la capital. La Ciudad de México era grande en noticias y despropósitos, el mayor de los cuales era creer que lo que pasaba en ella resumía el acontecer de la nación.

Villalobos era corresponsal del diario en un estado minúsculo del occidente de México, un estado rico, ya que no próspero, por su muy poca población, concentrada en unas cuantas ciudades pequeñas. La vida política de la entidad transcurría entre la somnolencia de la rutina y la conciliación universal del gobierno. Como en otras partes del país, en la patria chica de Villalobos la política era asunto de unas cuantas familias. Había en ella fortunas y clanes diversos, pero tarde o temprano, por una línea o por otra, todas las vertientes del poder y el dinero venían de o llegaban a unos cuantos linajes extensos. Los de aquel lugar eran linajes de poder extrañamente bien avenidos. Su secreto acaso fuera que ninguna familia sobresalía de más sobre las otras y que los hombres de edad y poder de la región solían retirarse a tiempo. El único señor de preponderancia que hubiera podido extender opresivamente su dominio sobre el resto de sus coterruños se llamaba Adrián Sansores, había tenido seis hijos varones y se había retirado a plantar limones a la edad de sesenta y cinco años, repartiendo sus poderes y sus bienes entre los hijos, que iban entonces en escalera de los cuarenta a los veinticinco años. Sansores tenía también una hija pequeña de dieciséis años, llamada Camila, palanca inesperada y radiante de esta historia.

A fuerza de que nada grave sucediera en el estado, los despachos de Villalobos habían acabado por ocupar, rutinariamente, el último peldaño de la columna de Breves de la Provincia. Como he dicho, aquella falta de fuego noticioso había predispuesto al jefe de corresponsales contra Villalobos. Lo sé porque yo era a mi vez el jefe de información del diario y tenía bajo mi mando al jefe de corresponsales de provincia, quien cada tres o cuatro semanas me proponía despedir a Villalobos y emplear el dinero que se le pagaba en otro corresponsal del mismo estado o en el refuerzo noticioso de regiones donde sí pasaban cosas. Pero la cantidad que ganaba Villalobos era insignificante en los costos de nuestra plantilla y yo había adquirido una debilidad por él desde que, al entrar al diario, leí un despacho suyo que ni siquiera apareció en la columna de Breves…, pero que yo rescaté para el suplemento literario y usé después como modelo en unos cursos de redacción del diario. Era un reportaje de tres folios sobre un programa del gobierno local para evitar la desaparición del árbol canónico de la región, un árbol noble y grande llamado parota, inconfundible en su majestuosidad, portador de una de las maderas más duras y milenarias del mundo. El reportaje de Villalobos empezaba así:

Del océano de parotas que los meshicas pudieron ver en la Sierra Madre Occidental hace cuatro siglos, durante su peregrinación a Tenochtitlan, sólo quedan en nuestro estado setenta y nueve árboles plenos y ciento doce renuevos en crecimiento, los cuales tardarán ciento y diez años en alcanzar su plenitud. Así lo anunció ayer la delegación forestal del gobierno, por boca del ingeniero Rubén Cáceres, hijo del mayor talador de parotas de la región, encargado, sin embargo, de la conservación del árbol. Al preguntársele cómo podía saberse el número exacto de parotas sobrevivientes, el ingeniero Cáceres, viudo joven, huérfano de madre, respondió: "Las hemos contado una por una. Las hemos fotografiado y bautizado una por una, con diferente nombre de mujer".

El reportaje de Villalobos consistía en la historia de diez de esos árboles en cuarentena y de las aldeas en cuyos montes vírgenes habían crecido. Junto al majestuoso capricho vegetal de cada parota, Villalobos dibujó el caprichoso desorden humano de los pueblos, más reciente y efímero, pero más conmovedor, que el de la extinción de aquellos árboles centenarios, indiferentes a sus propias muertes. Los asuntos con sustancia histórica o humana, pero sin garra noticiosa, eran la materia habitual y anticlimática de Villalobos. Por eso, el día que Villalobos envió el primer despacho de una serie denunciando, con lujo de detalles, la infestación de su terruño por las yerbas y los ejércitos de la droga, hubo en el diario algo más que una sorpresa: un jolgorio de iniciación ritual. En una serie de cinco artículos enconados, Villalobos describía las oscuras telarañas del narco en su región, dando como patrono del tráfico al retirado señor Adrián Sansores, santón empresarial del estado. Según Villalobos, con maligna discreción de padre de pueblos, Sansores había tejido una red minuciosa de siembra, cosecha y tráfico de estupefacientes. La red de Sansores empezaba, según Villalobos, en la protección cómplice del gobernador del estado; terminaba en las oficinas de la policía política del país. Un excomandante de la policía, que rehusaba decir su nombre pero del que Villalobos ofrecía, fuera del reportaje, para consumo del diario, una identificación precisa, era la fuente central de la historia. Villalobos había completado la versión de su informante yendo a los lugares de la siembra, siguiendo las rutas del dinero de la droga por los negocios de la familia Sansores y censando con punción de agente migratorio la lista de fuereños que habían goteado a las pequeñas ciudades del estado para alzar en ellas grandes casas con mansardas protectoras, por cuyos portones de hierro entraban y salían flotillas de automóviles de vidrios oscuros como no se habían visto en la historia automotriz de la región.

El reportaje era delirante en su denuncia, pero cuidado y preciso en sus datos, como todo lo que enviaba Alejandro Villalobos. Todo esto sucedía, como he dicho, a finales de los años setenta del siglo pasado. La droga y sus ejércitos no eran noticia todavía, ni sus tentáculos tan largos como habrían de ser después. El narcotráfico era entonces un mundo raro, una leyenda marginal de bandas sueltas que servían de correos para organizaciones internacionales.

La junta editorial que decidía la publicación de reportajes juzgó los materiales de Villalobos exagerados y un tanto fantasiosos, pero era el tipo de denuncias que el diario gustaba de publicar, porque los lectores las devoraban y porque era nuestra tarea sacudir las conciencias empolvadas del país con retratos electrizantes de sus miserias. Queríamos ser insobornables en la exhibición de las miserias nacionales, sus patrióticos divulgadores, dispuestos a desplegarlas en nuestras páginas con la misma facundia con que los adolescentes exageran sus borracheras y los amantes sus penas. Decidimos publicar los reportajes de Villalobos por cálculo más que por convicción periodística, para medir el impacto de nuestro diario en una región a la que llegaba poco, y por curiosidad ante las reacciones que pudieran provocar en tantos flancos públicos implicados: un patriarca local, un gobernador y los agentes de la Dirección Federal de Seguridad, que seguía siendo la policía política del gobierno, pieza clave, hasta entonces intocada, del ministerio del interior, responsable de la paz pública y de la seguridad nacional.

No puedo decir que me sorprendiera o me asustara, más bien puedo decir que me halagó la inmediata respuesta del mundo oficial desafiado. Rompiendo el alba del día en que apareció publicada la primera entrega del reportaje de Villalobos, cortó mi sueño la llamada telefónica de un viejo condiscípulo de la preparatoria que había hecho su camino de abogado penalista y funcionario público hasta la posición de joven subprocurador general de la República, el segundo puesto en la procuración de justicia del país. Me refiero a Ignacio Velderráin, el enjundioso y deslenguado Velde, compañero adolescente del basquetbol y las excursiones iniciáticas a los antros de putas que habían prohibido en la ciudad y se habían radicado, por tanto, fuera de ella, justo en el perímetro de la jurisdicción prohibida. Habíamos compartido novias y sueños en el colegio, pero la Universidad nos había separado llevándonos por caminos vocacionales distintos, él hacia las leyes, yo hacia la literatura y el periodismo. Nuestras profesiones volvieron a reunirnos cuando él tuvo a su cargo la oficina de prensa de un famoso fiscal de hierro, urgido de simpatías en la opinión pública, y yo empecé a publicar con alguna fortuna mis primeros artículos periodísticos. Nos vimos entonces con frecuencia, al punto de renovar nuestra amistad juvenil, recogida ahora en el perol de nuestra pasión por la vida pública, pasión común asumida desde campos opuestos, él desde los mostradores de la autoridad, yo desde las galerías de la disidencia.

—Usted es el borracho y yo soy el cantinero —definía Velde conservando en nuestro trato aquel usted que en su lengua norteña era indicio de intimidad—. Usted puede emborracharse y gritar. Yo tengo que atenderlo y hacer las cuentas. Usted grita lo que cree, yo hago lo que debo.

Desde que ocupé la posición directiva en el diario, los deberes de Velde se ampliaron a la tarea de mantener conmigo un contacto profesional de informante, es decir, de lector interesado en que no faltara el punto de vista de la autoridad en nuestras páginas, siempre contrarias a ella. Recibía por lo menos una llamada semanal de Velde puntualizando informaciones; comíamos una vez al mes, para nutrir nuestro amistoso diálogo de sordos. Nunca, sin embargo, Velde había interrumpido mi sueño con una llamada tempranera, antes incluso de romper el alba, para ofrecerme su reacción a la lectura de nuestras galeradas justicieras. El reportaje de Villalobos lo sacó de su rutina y a mí del sueño bien ganado por la jornada del día anterior que había terminado, como casi siempre, en las primeras horas de la madrugada.

—Ahora sí se inventaron el viaje a la Luna —me dijo Velde por el auricular—. Supongo que rompieron un récord mundial —agregó, entre divertido y enconado—. En la edición de hoy han publicado la mayor cantidad de infundios en la menor cantidad de palabras que registra la historia del periodismo. Han embarrado a medio mundo, empezando por las páginas de su diario.

—¿Te dijeron algo? —pregunté, buscando la confirmación de que el reportaje había calado.

—Llevo una hora con ese lío —dijo Velde, quien entre sus funciones informales seguía encargado de las relaciones del gobierno con la prensa arisca, una minoría que, como suele suceder, anunciaba el futuro—. El primero en llamarme fue don Eugenio, pidiendo una explicación o una disculpa.

Llamaban don Eugenio al jefe de la policía política del gobierno, un hombre que hacía gala de sus modos atrabiliarios y su disposición a la mano dura, y que entre otros hábitos de temer tenía el de levantarse de madrugada para recabar el diagnóstico político fresco sobre el amanecer de la República, el cual llevaba todos los días en persona al presidente, media hora antes de su desayuno.

—La explicación tendrán que darla ellos —dije yo, con típico reflejo de mi tribu—. Nosotros sólo publicamos lo que ellos andan haciendo.

—Una explicación es lo que quieren darte —dijo Velde—. Pero me temo que al final de la explicación ustedes van a tener que pedir disculpas.

—Las pediremos si es el caso —mentí, sabiendo que no las pediríamos ni si nos demostraban que la tierra era redonda—. ¿Cuál es la explicación que quieren darnos?

—Acabo de colgar con el procurador del estado de tu corresponsal. Me ha ofrecido una relación de los hechos muy distinta de la que ustedes han publicado. Debes conocerla hoy mismo. Le he pedido que traiga sus informes. Te hablo temprano para pedirte que apartes la hora del almuerzo y escuches lo que tiene que decirte. Puedes traer al almuerzo a quien quieras, el director incluido, pero creo necesario que escuches lo que tienen que decirte. Además de periodista, eres un escritor, y ésta no puedes perdértela ni como periodista ni como escritor.

—Si tú lo dices, así ha de ser —respondí con adecuado escepticismo—. Nos vemos a las tres donde me digas.

—Donde siempre —dijo Velde—. Ve preparado. No te vas a arrepentir.

Acudí solo a la cita con Velde. Algo en su tono irónico me alertó sobre la posibilidad de que sus cartas fueran sólidas esta vez y nos hubieran atrapado en falta. No quería testigos del posible entuerto. Cuando llegué al lugar donde siempre comíamos, un restorán francés hoy desaparecido, único de la ciudad donde podía tomarse confit de pato con vinos del Pomerol, mis sospechas crecieron. Velde esperaba ya junto a un ceremonioso personaje que tenía las manos juntas, una sobre otra, en el borde de la mesa, y miraba el mundo con nerviosa paciencia a través de unos lentes de arillo redondo. Tenía la cabeza de huevo y una frente amplia de calvo prematuro. Una corbata delgada de nudo impecable hablaba de su meticulosidad, dividiendo por el centro exacto un tórax leve pero recto y duro, como respaldo de confesionario. Era el procurador Faustino Remolina, "esclavo de la ley y tinterillo de la justicia", como se presentó él mismo con sarcástica elocuencia. El brillo de sus ojos y la rapidez de su lengua acabaron de convencerme de que esta vez quizá sí estaba atrapado en la jaula. Luego de pedir unos aperitivos, me dispuse a escuchar sin conceder.

—Ustedes son faros de la opinión pública, profesionales de la tecla —empezó Remolina con su estilo arcaico y burlesco, mejorado por una cara de palo donde se movían sólo sus labios diminutos, sonrosados como pezón de rubia—. No juzgo ni juzgaré en esta audiencia el reportaje que publicaron, que no es de mi oficio. Informo de los posibles móviles del texto. Lo que he traído es la historia secreta de quien lo escribió, la cual pudiera ser de interés para usted y aun para sus lectores. Si usted me permite, no quiero empezar por el reportaje, sino por los hechos que lo anteceden, que acaso lo explican. El asunto empieza en la soledad de su colaborador Alejandro Villalobos. Como usted sabe, Villalobos es huérfano de orfanatorio, vale decir, desde su edad temprana; desde que se le recuerda en nuestra ciudad ha vivido solo, metido en su cuarto y en las redacciones de nuestros pasquines locales, que podríamos llamar periódicos sólo por una licencia de lenguaje. El hecho es que a nuestro amigo Villalobos no se le conoce un amigo, un familiar, un círculo de trato. Vaya, ni siquiera una mascota, llámese ésta perro, canario o tortuga. Si usted me entiende bien: estamos frente a un militante de la soledad, hombre talentoso, por cierto, como le constará a usted por sus despachos, y equilibrado hasta la extrañeza, como le constará también, hasta este caso que nos ocupa, en que se le han despegado las juntas y los canarios se le han salido de las jaulas, si me perdona usted el símil mecánico-zoológico.

—¿Usted habla siempre así o lo memoriza? —dije yo, convocando la risa de Velde y la mirada de entendimiento y malicia de Remolina.

—Puedo subirle o bajarle de grado retórico según la ocasión —dijo el procurador, aceptando el juego—. ¿En qué intensidad lo quiere?

—La que lleva está bien —dije yo—. Lamento haberlo interrumpido. Estaba usted en el tema de la soledad de Villalobos.

—Así es. Digo que la soledad engendra sus propios fantasmas —siguió Remolina, como si leyera—. Lo sé de tan buena fuente como yo mismo, que provengo también de la tribu de solitarios donde mora Villalobos. Por eso he podido entender, mejor de lo que pudiera expresarlo, el camino de Villalobos a la obsesión y al delirio, pues de obsesión y delirio estamos hablando aquí, muy aparte, repito, de la calidad del reportaje tan profesionalmente publicado por ustedes. Éste es el motivo de la obsesión y el delirio —dijo Remolina, echando sobre la mesa la primera de las evidencias que traía dispuestas en una carpeta de cuero con separaciones interiores en forma de acordeón.

El sobre contenía las fotos de una muchacha inconsciente por igual de su belleza y del fotógrafo que la había sorprendido en delicada variedad de poses y circunstancias. En una serie, con el uniforme del colegio, la melena castaña alzada por el viento contra el corredor de laureles de una plaza de armas. En otra serie, recortada frente al mar de una playa desierta, con un mínimo atuendo descubriendo el poder de sus piernas, la abundancia de sus nalgas calipigias, el largo talle y los senos de pie, sin sostén, intocados por nadie además de la brisa. En ambas series, bañada por el aura de la mirada del fotógrafo que la sabía esperar hasta que brillara, ella, que brillaba de por sí.

—Esta encarnación terrenal de la lujuria de Dios se llama Camila Sansores —informó Remolina— y es la hija menor de don Adrián Sansores, mismo patronímico aunque no misma persona a quien se refiere el día de hoy el reportaje tan atractivamente publicado por ustedes. Quiero decir que el Adrián Sansores descrito en sus páginas no coincide, en absoluto, con el Adrián Sansores que conocemos nosotros en la tierra natal. Por las razones que pueden suponerse viendo estas fotografías,

Villalobos fue en algún momento arrebatado por las pudriciones del dios Cupido, plaga de los espíritus y de las carnes. Lo peculiar de estas fotografías, y me adelanto con ello al final de la narración, es que fueron tomadas por el propio Villalobos en una secuela de persecución blanca, con lo que quiero decir, no hostilizante ni perversa, del entendible objeto de sus sueños. Es el caso, mis amigos, que la soledad de Villalobos engendró la fantasmagoría de enamorarse a solas y sin remisión de Camila Sansores. Cómo fue esa íntima sustanciación de sus deseos, no lo sabemos. Adivinamos su fuerza por las consecuencias, como aquellos sabios que creían saber de la existencia de Dios por el tamaño de sus devastaciones. Nosotros, la autoridad, y digo autoridad con una sonrisa, vinimos a saber del asunto cuando los daños estaban ya adelantados, quiero decir, cuando todo había sucedido ya en el corazón de Villalobos y no teníamos sino que lidiar con los resultados. De los resultados vinimos a enterarnos por la inspección ocular del lugar donde vivía, de donde obtuvimos toda la evidencia que aquí traigo, esas fotos incluidas. ¿Por qué caminos llegamos a la dicha inspección? Por petición de la propia familia Sansores, la cual juzgó conveniente hacerla luego de varios meses de incidentes con Villalobos. ¿Cuáles incidentes? Los que siguen. En primer lugar, la animosidad del impregnado Villalobos contra un joven futbolista que cortejaba a Camila, a quien Villalobos amenazó públicamente en la plaza de armas con el único resultado de recibir una andanada de golpes de parte del amenazado, personaje más físico, digamos, y menos amenazable, que Villalobos. Aquel futbolista hacía las glorias del equipo local que los Sansores patrocinan desde sus fuerzas inferiores. Habrían de romperle la pierna más tarde, como suele suceder en los negocios donde deben exponerse las piernas, y salió del futbol y de la memoria de los aficionados, pero entonces era la sensación del estado, siendo rubio además, y de abundantes vellos en el pecho. Visto el valor erótico de los pelos, fue probablemente el amor primero de Camila. Según consta en la carta respectiva, Villalobos atisbó los paseos de la pareja durante semanas, antes de increpar al intruso. Aquella carta fue el primer indicio que tuvo la familia Sansores de que rondaban a su hija los amores de un cazador oculto, a quien ni ella ni nadie conocía. Aclaro aquí, por si hiciera falta, que el ardor amoroso de Villalobos creció dentro de él hasta consumirlo sin haberle hablado nunca a Camila, ni habérsele hecho presente de otra forma que mediante una inflamada correspondencia, rebosante de amor un día y de celos otro. La había apartado para sí sin hacerse conocer de ella, siguiéndola sólo obsesivamente a todos sitios, como muestran esas fotos que he podido conservar a espaldas de la familia, lo mismo que el puñado de cartas, cuyas copias fotostáticas también porto conmigo.

Remolina sacó de su carpeta la segunda evidencia que puso sobre la mesa, la carta de los celos de Villalobos por el aciago futbolista. Me la dio a leer. Decía:

> No andes, Camila, en malos pasos con falsos héroes del común. Reserva tus encantos para quien ha de merecerlos algún día, para quien bien te quiere y te ha de hacer feliz. Ha de llegar el día en que ese que te ama como nadie se presente ante ti y sea digno de tu amor. Mientras tanto, Camila, aguanta, espera, cree y cuida para quien ha de recibirlos hasta el último de tus pensamientos.
>
> ¡Aguanta! ¡Espera! ¡Cree!
>
> ALEJANDRO

El mensaje estaba escrito a mano, con letra menuda y nerviosa, pero de una caligrafía rebuscada, perfecta y serena, extrañamente superior a las locuras que expresaba.

—Ése fue el primer incidente —siguió Remolina—. El segundo y definitivo, vale decir, el que decidió la inspección, vino también del bosque de los celos que es, como usted sabe, pasión no sólo mortífera sino mortal; quiero decir: pasión que mata y nos hace morir. Algún primo lejano vino de fiestas navideñas a la hacienda de los Sansores y paseó con su prima Camila, alegremente, por toda la heredad familiar, que es como decir, aquí entre nos, todo el estado, con lo que quiero sugerir que se dejaron ver en todas partes, siempre riendo y embonando naturalmente por los respectivos brillos de su índole caucásica, gente blanca, tostada al aire libre, bien nutrida genéticamente, y mejorada con los años por la distinción y el dinero. Villalobos mandó entonces su segunda carta, cuya copia no tengo pero cuyo original recuerdo porque me fue presentado como causal suficiente de la inspección que nos era demandada. Se trata de una misiva de tintes revolucionarios que incluía desprecio por los ricos y alusiones sibilinas a la justicia que vendría alguna vez a poner las cosas en su sitio. Al final de esa carta, recuerdo bien, había una línea ambigua que se prestaba a las peores interpretaciones. Decía: "Lo que no arregle el tiempo lo arreglaré yo, y antes de lo que ustedes piensan". Desde la primera carta, Adrián Sansores se había tomado el trabajo de investigar al tributario oculto de su hija, lo había identificado clasificándolo como era: inofensivo y deschavetado, dicho sea esto con todo respeto y con independencia de sus méritos profesionales de periodista, los cuales ustedes han de juzgar mejor que yo en todos los casos. El hecho es que la segunda carta hizo dudar a don Adrián Sansores de su impresión primera. Siendo don Adrián hombre de ley y respeto, antes que tomar el caso en sus manos lo puso en las nuestras. Fuimos un día de mañana, con la debida orden de cateo, a inspeccionar la vivienda de Villalobos. Él mismo nos abrió. Al enterarse de nuestro propósito se le cayó el alma al piso, o al menos la cabeza, porque no volvió a alzar la vista ni a mirarnos de frente durante toda la ceremonia. Va a ser difícil para usted creer lo que encontramos ahí, pero he traído fotos de aquella inspección para validar mis dichos. Aquí las tiene —avanzó Remolina, echando un nuevo juego de fotos sobre la mesa—. Se explican por sí mismas. Como usted puede ver en ellas, lo que Villalobos tenía en el escaso cuarto y medio de su vivienda puede describirse bien diciendo que era un santuario de adoración a Camila Sansores. Las paredes estaban tapizadas con fotos de Camila; en cómodas y armarios rebalsaban fetiches amorosos de Camila, con las fechas y las ocasiones en que habían sido colectados. Villalobos tenía servilletas de tela que Camila había usado en distintos restoranes, pañuelos que Camila había olvidado o dejado caer al descuido en un baile o una misa, colecciones de conchas de la playa recogidas en días que Camila había caminado por ellas, tazas donde Camila había tomado café dejando marcas de lápiz de labios, un suéter que Villalobos hurtó de una banca del parque donde Camila lo había dejado mientras jugaba con sus amigas, un arete de procedencia inexplicada. Al cabo de nuestra inspección, me senté a tratar de tener una explicación con el obnubilado Villalobos. No pude extraerle palabra. Le expliqué que no había nada contra él pero que debía abstenerse en lo sucesivo de importunar a Camila y de pensar siquiera en hacerle daño. "Ustedes no entienden nada", masculló. Eso fue todo lo que dijo. Hablé ese mismo día con don Adrián Sansores, el hombre que nosotros conocemos allá, no el que aparece en su reportaje de este día, y le confirmé mi impresión, vecina de la suya, de que Villalobos era un muchacho deschavetado, con independencia, insisto, de su calidad profesional, pero inofensivo, no obstante lo cual nos mantendríamos alertas y agradeceríamos nos informara de cualquier incidente al respecto.

—¿Hace cuánto tiempo sucedió esto? —pregunté.

—La inspección fue practicada hace ocho meses —contestó Remolina.

—¿Y qué pasó desde entonces? ¿Qué tiene esto que ver con el reportaje que hemos publicado?

—Indirectamente todo, directamente nada —sonrió Remolina—. Lo que siguió fue una época de silencio de Villalobos y luego una tanda de cartas de amor que llovieron sobre

Camila como llueve a veces en mi estado, noche y día. La familia rompió esas cartas, pero quedan éstas como testigo caligráfico de la veracidad del hecho.

Remolina sacó de su carpeta dos copias fotostáticas de otra carta que Villalobos había enviado a Camila. Era una carta salida de la misma mano y de la misma pluma ardiente que la anterior, pero sus timbres ocultos no eran la ira o la soberbia, sino la súplica y el desfallecimiento amoroso. Una decía:

> Al salir de casa digo tu nombre como amuleto, al regresar como bienvenida, al dormirme como rezo, al despertar como escudo, cuando voy por la calle para marcar mis pasos, cuando escribo para que no se resistan las palabras, en la iglesia como credo, en el campo como mugido de las vacas vacunas, en la plaza de armas como bando municipal, en el cuartel como orden del día, en la explanada como eco, en el cine como sombra compañera, en la ducha como canción de agua, en el billar como carambola, y en la cara de todos, como afrenta. Ujier y palafrenero de tu nombre quisiera ser para ser yo solo el que grita, el que murmura, el que dice a todas horas tu nombre, Camila, nuestro nombre:
>
> Camila, Camila, Camila, Camila.

El texto estaba escrito a mano pero el nombre de Camila venía dibujado en letras más altas, por la misma mano loca y la misma caligrafía serena.

—¿Qué pasó luego? —pregunté.

—Vinieron las vacaciones —dijo Remolina—. Se supo en el pueblo, como se sabe todo de los Sansores, que Camila iba a marcharse los dos meses completos del verano a un campamento en los Estados Unidos. Si ha de creerme usted, ésa fue la gota que derramó el vaso y que conduce, digo yo, como hipótesis de trabajo psicológico, a la pregunta de usted y al tema que tan fortuita como afortunadamente nos ha reunido en esta mesa, a saber: el reportaje que ustedes han empezado a publicar hoy.

—¿Cómo pudo ser eso? —pregunté.

—Como son las cosas en el mundo sin fronteras de Alejandro Villalobos —contestó Remolina—. Villalobos esperó un domingo fuera de la iglesia, en plena misa de doce, la salida de don Adrián Sansores, hombre de ley y religión, y lo detuvo en medio de la calle, señalándole con el dedo, para gritarle: "Si usted saca a su hija del estado y de mi vista, yo lo pondré en la picota pública. Contaré todo. Le haré todo el daño que pueda hacerle". Los guardianes de Sansores lo hicieron a un lado. Más que por temor a Villalobos, porque las vacaciones se acercaban, Sansores adelantó las fechas y sacó a su hija del estado, rumbo al campamento de verano que pasaría en el este americano. Villalobos le envió una nota rabiosa, cuya fotostática aquí le entrego.

La fotostática que recibí de manos del procurador decía:

Usted le ha declarado la guerra a nuestro amor, yo le declararé la guerra a su perfidia. Todo saldrá a la luz. Ha terminado para usted la protección de la sombra.

—Ésta es —siguió Remolina— la historia secreta o la razón privada, la pasión oculta, que está detrás del reportaje que Villalobos envió a su periódico, retratando en él a un Adrián Sansores que, hasta donde dan nuestra memoria y nuestros archivos, no ha existido nunca en nuestra tierra. Y es esto lo que queríamos imponer en su ánimo y su conocimiento, para que usted juzgue en conciencia y averigüe en profundidad los contenidos de ese escrito nacido, según nosotros, del amor despechado y de la soledad sin asideros.

—Nada de lo que usted me ha dicho desmiente la veracidad del reportaje —precisé.

—Al reportaje, con todo respeto, lo desmiente la realidad —dijo Remolina—. Véngase usted hoy mismo a nuestro estado, camínelo de punta a punta. En todas partes y a todo mundo pregunte usted por don Adrián Sansores. Obtendrá, se lo aseguro, un retrato muy distinto, radicalmente otro como dicen los aprendices de filosofía, del Sansores descrito en las combativas páginas de su diario.

Me levanté derrotado, pero no rendido, de la mesa donde Remolina me había mostrado la admirable locura de Alejandro Villalobos, su amor imperativo, capaz de dar y exigir sin acercarse a su objeto, con independencia de él. Recogí la carpeta de fotos y cartas y me volví al diario temprano, pensando cómo perder esa batalla sin que se notara demasiado, y cómo mantener en Villalobos una confianza profesional que las evidencias de Remolina, sin embargo, habían barrenado.

—Siempre sostuve que había que despedirlo —dijo el jefe de corresponsales al enterarse—. Cuando no es aburrido, resulta que está loco.

—Loco, no —dije yo—. Enamorado.

—De una tipa que ni lo conoce.

—La única diferencia entre el amor de Villalobos y los nuestros es que los nuestros tienen la ilusión de conocer al otro. En el fondo conocemos tanto a quien amamos como Villalobos a Camila Sansores. De hecho, sólo podemos amar a alguien si lo inventamos, lo mismo que Villalobos inventa a Camila Sansores.

—Demasiado profundo para mí —dijo el jefe de corresponsales—. Se ve que estuvieron bien los vinos del almuerzo.

Me encerré en un despacho con las cuatro robustas entregas del reportaje de Villalobos sobre el imperio subterráneo de Adrián Sansores. Habíamos prometido publicarlas en ringlera, una cada día, durante los días subsiguientes.

La segunda entrega describía el circuito de la protección policiaca al narcotráfico. Según el informante de Villalobos, un excomandante de la policía, los comandantes que hicieron la guerra sucia contra los grupos guerrilleros de los años setenta habían recibido como pago de marcha un puñado de negocios ilegales. Se los habían dado en recompensa por su trabajo, para sellar su silencio y redondear su lealtad. Un comandante había escogido el contrabando de automóviles, otro la trata de blancas, en particular la importación de mujeres sudamericanas que podían venderse hasta por treinta mil dólares cada una en distintos circuitos artísticos de la capital del país. Otros comandantes pidieron la protección al paso de la droga que venía del sur y diseñaron la apertura de distintos corredores en regiones donde pudieran hallar la doble complicidad de las autoridades políticas y una creíble fachada empresarial.

La tercera parte del reportaje de Villalobos regresaba al cacicazgo de Sansores y sus hijos. Narraba con irónica elegancia el auge de los negocios inmobiliarios de la familia, que habían crecido exponencialmente, sin que hubiera en el estado un auge equivalente de la economía o de la construcción que lo explicara. Lo único nuevo en ambos frentes era la proliferación de casas que extraños personajes pagaban a precio de oro o erigían faraónicamente en las afueras de las ciudades, o en medio de antiguas fincas rústicas abandonadas, bardeadas de un día para otro. Villalobos, que entre sus aficiones tenía la de fotógrafo, añadía una larga secuencia visual sobre estas casas desorbitadas que probaban, según él, la radicación de la tribu del narco en su terruño somnoliento.

La cuarta entrega contaba un caso revelador, según Villalobos, de los riesgos de la complicidad en que la sociedad local incurría, por avaricia, frente a sus nuevos habitantes. Un distribuidor de automóviles había recibido la inverosímil petición de compra de veinte unidades de un coche negro semideportivo, adecuadamente fálico, con equipo telefónico y vidrios polarizados. Haciendo caso omiso de la obvia identidad de sus clientes, el distribuidor consiguió los coches que le pedían y cerró una venta que le hizo las utilidades del año. Meses después, en uno de los coches negros que había vendido, fue violada y medio muerta a golpes su hija menor.

La quinta y última entrega de Villalobos era una historia de la conversión de los negocios agrícolas de Sansores, eficiente cultivador de limón y sandía, en una fachada para la siembra de mariguana y amapola, con sistemas de aparcería en las barrancas perdidas del estado, con riego por aspersión en las fincas modernas. La reciente adquisición de una flotilla de aviones fumigadores por la familia Sansores tenía su explicación en el hecho de que servían de camuflaje a los vuelos que traían del sur del hemisferio cargamentos de cocaína pura que hacía después su viaje por tierra a la frontera americana.

Cuando llegué a la oficina del director con mi noticia de la comida, llevaba también una propuesta para terminar el reportaje de Villalobos en dos entregas más, en vez de cuatro. Había dejado intacta la historia del distribuidor de coches que vende el vehículo en que violan a su hija y la historia de los nuevos habitantes de la región, dejando fuera toda mención a Sansores. Al director le gustaba echar lumbre por la boca pero no tragaba lumbre. Cuando acabé de referirle la historia de Remolina con todas sus evidencias, me preguntó si no debíamos admitir los argumentos y cancelar la publicación del reportaje.

—No nos han probado que lo publicado sea falso —le dije—. Nos han probado que nuestro corresponsal está enamorado de una causa perdida.

—Te han dicho que tenemos un circo de baja calidad y que, además, nuestros enanos están locos —dijo el director.

Era un hombre inteligente, pero tenía un defecto de elocuencia. Decía las cosas en forma más hiriente y precisa que como las pensaba, su lengua era a menudo independiente de sus intenciones: punzaba de más y acariciaba de menos.

—No podemos publicar infundios a sabiendas de que lo son —dijo.

—No sabemos si son infundios —respondí, sin convicción—. En todo caso, me hago responsable. Pero tengo una solución intermedia.

Le expliqué la opción y estuvo de acuerdo, aunque punzando otra vez:

—Si ya traes la solución, para qué me planteas el problema. Hazlo como dices, pero no puedes dejar a Villalobos en su gallinero. Si lo que cuenta es verdad, lo van a crucificar. Si es mentira, también. Publica las dos entregas y saquemos a Villalobos de ese lugar. Tráelo un tiempo a la redacción aquí. Es un redactor excelente aunque se enamore a lo pendejo.

—Es la única forma de enamorarse, si te acuerdas —dije yo, recordándole por implicación una catastrófica aventura suya de otro tiempo.

—Cuando publiquemos nuestras memorias no las va a creer nadie —dijo el director—. No sé cuál será el sentido de haberlas vivido. En fin, tienes el don de hacerme decir estupideces.

Llamé a Villalobos. Le expliqué la preocupación del director sin abundar en los detalles del almuerzo. Lo desoló la idea de ver reducido su reportaje y me extendió su renuncia por el teléfono.

—Encontraré dónde publicarlo —me dijo.

Rechacé su renuncia y lo abordé por el flanco descubierto.

—Saben todo lo tuyo con Camila —le dije. Oí su consternación y su rabia en un gemido al otro lado. Abusando de su pasión, agregué—: Si se hace un escándalo con esto puede lastimar a Camila.

—No quiero lastimar a Camila —dijo Villalobos.

—Te sugiero entonces que hagamos una tregua. Vente a trabajar unos meses a la redacción de la capital. Dejamos que las cosas se calmen y luego decides si quieres regresar a tu tierra.

—Van a llevársela un año —me informó Villalobos, con fijeza de loco confidente.

—Más a mi favor —dije—. Si Camila estará fuera un año, tú te vienes a la capital y al año, cuando ella vuelva, quizá puedas volver también, pero en mejores condiciones, incluso a manejar una oficina regional desde tu estado.

—Eso es interesante —dijo Villalobos.

—Te sitúo un boleto de avión para mañana.

—Para pasado —cortó Villalobos.

No discutí más. Se presentó en la redacción al tercer día con sólo dos maletas, una mayor y más pesada que la otra, llena, supuse, de los papeles y los fetiches de Camila. Eran todas sus posesiones terrenales, más el recuerdo de Camila.

Los reportajes publicados fueron, pese a todo, un pequeño escándalo y Villalobos una celebridad de cuatro días en el medio periodístico, siempre atento y celoso de la competencia. Una noche, al salir de madrugada de la redacción, coincidí con Villalobos, que había estado de guardia, y le invité una cena en los merenderos desvelados del barrio. Hablamos de la edición del día siguiente, que acabábamos de terminar. En algún momento, sin venir al caso, me miró fijamente y me dijo:

—No sé qué le habrán contado de Camila y yo, pero todo lo que estaba puesto en ese reportaje es cierto.

—Lo sé —dije, sin convicción—. Pero la verdad no es el único criterio de nuestra profesión.

—Lo es de la mía —dijo Villalobos.

Admití su reproche, tan radical de fondo, y tan verdadero, como su pasión sin rendijas por Camila Sansores.

Fue un excelente redactor, tanto que al poco tiempo fue nombrado redactor jefe de las páginas de sociedad y cultura. Antes de que se cumpliera el año, hubo la gran escisión en el periódico. Un grupo de directivos, junto con casi toda la plana de colaboradores, rompimos lanzas y pusimos casa aparte. La razones eran claras entonces pero son borrosas para mí ahora. Un factor fue el estilo atrabiliario de nuestro director. Otro, el estilo rijoso y efervescente de la tribu. Villalobos se quedó en la casa que dejábamos. Lo perdí de vista. Supe, por amigos y conocidos comunes, que se mantuvo un par de años, sin pena ni gloria, como redactor jefe. Luego se retiró del diario, que languidecía, y se fue de la capital del país, pero no a su terruño, como yo hubiera esperado, sino para contratarse en un diario de la frontera norte, de donde pasó a Los Ángeles y se perdió en la nada.

A mediados de los ochenta el homicidio de un agente antinarcóticos americano en el occidente de México destapó la letrina del narcotráfico nacional. La prensa dio cuenta de un país infestado por las redes de la siembra y el tráfico de estupefacientes, con regiones y ciudades enteras virtualmente tomadas por los intereses de aquellos ejércitos de la noche. Uno de aquellos reportes llamó mi atención. Era la historia, publicada creo que en el *Christian Science Monitor*, de la forma como, diez años atrás, el estado donde Villalobos era corresponsal había sido conquistado por el narco. Firmaba el reportaje una mujer. Sus fuentes nada tenían que ver con los reportajes o con las fuentes de Villalobos. Pero la historia de los orígenes del narco en aquel estado era igual a la que había escrito en su momento Villalobos: ponía en primer plano las actividades ilegales de la familia Sansores, junto con una nómina larga de políticos locales, comandantes policiacos y mandos militares destacados en la región. El escándalo pasó de la prensa a los tribunales. En los meses siguientes las autoridades consignaron y aprehendieron al mayor de los Sansores, por delitos contra la salud y lavado de dinero. El padre, Adrián, había muerto tiempo atrás en un intento de secuestro que los hechos posteriores revelaron como un ajuste de cuentas entre bandas de narcos rivales. El exprocurador Faustino Remolina apareció en el caso como abogado defensor del Sansores preso.

Busqué de inmediato a Velde. Habíamos suspendido hacía tiempo la esgrima de borracho / cantinero. Yo había dejado finalmente el diarismo y él la política; yo dirigía una revista cultural, él ejercía con éxito en un despacho privado de abogados penalistas. Le mandé el recorte de la prensa americana y esperé su llamada.

—Esto no puede ser cierto —me dijo—. Aquel loco tenía razón.

—Se quedaba corto —le dije—. Nos engañó Remolina.

—Nos engañó el amor —contestó Velde.

"La desconfianza en el amor", pensé yo.

A la mañana siguiente fui a la hemeroteca a buscar los reportajes de Villalobos publicados en nuestro antiguo diario. Ahí estaban, intactos, desprovistos de garra, verdad y sustancia por mi propia mano, desconfiada de sus amores. En un ejemplar posterior busqué la noticia de la llegada de Alejandro Villalobos a la redacción central, con una foto suya. Volví a encontrarme con su mirada oscura y cejijunta, su frente empeñosa, corta, su mandíbula larga, sus dientes parejos pero salidos bajo el bigote nietzscheano. Tuve nostalgia y dolor por él. Hubiera podido ser un profeta y era sólo un periodista evaporado. Los dones del mundo le habían sido repartidos en una mezcla huraña. Su pasión desdichada lo había conducido al descrédito, los desarreglos de su corazón habían hecho invisibles los rigores de su cabeza. El amor lo había llevado a la desgracia, aunque lo hubiera iluminado con la verdad. O precisamente por eso.

Balada del verdugo melancólico

—Yo tengo al menos una gran historia que contarles a aprendices de escritor como tú —me dijo un día José Valtierra, el decano de la prensa policiaca de la capital de la República.

Hacía honor a su título decanesco con una apariencia de anciano de siglos. Habían pasado por su rostro todas las plagas de la edad, tenía arrugas sobre arrugas, y unas pecas grandes sobre la piel quebradiza de la frente, las sienes y las mejillas. No era muy viejo en realidad, sino que el tiempo lo había estrujado prematuramente. En esa precocidad infausta se nutría la avidez de su lengua infatigable. Debajo del anciano decrépito había un adulto inconforme pegando brincos y los brincos estaban todos en su voz de altas resonancias, nacida para hacerse escuchar. Valtierra acometía con impertinencia la conversación de los demás tratando de conducirla a su discurso, una sarta bien trasegada de anécdotas y glorias pasadas de las que era único testigo y memorialista indesafiable.

Era difícil conversar con él, incluso tolerarlo en la tertulia de reporteros que se reunía en el bar del hotel Francis, todos los viernes al mediodía, para tomar el aperitivo. Luego del aperitivo, seguía cada quien rumbo a su almuerzo o se quedaba a comer en la cofradía. Siempre había más concurrentes que comensales, pero los comensales abundaban también, de modo que al final de una animada conversación de redacciones cruzadas —todos trabajábamos en distinto periódico, en distinto noticiero radiofónico o televisivo y cargábamos todos nuestros secretos profesionales del día— se armaba una mesa en la que el único infalible comensal era José Valtierra, retirado entonces y sin otra pasión que recordar sus méritos.

Como todos, yo evitaba discretamente la cercanía de José Valtierra. Quedar a tiro de voz de sus hazañas era quedar preso en una narración que podía ser interminable sin ser siempre interesante. Era experto en desmejorar sus historias alargándolas. Tenía un buen repertorio de sucesos policiales, incluyendo el asesinato de Trotski, que él había cubierto de joven, y una conmovedora historia de amor entre pelotaris del frontón México que terminó en un crimen pasional de noventa y cuatro puñaladas, pero su memoria tenía tantas grietas como su cara y su voz era tan voluntariamente ruidosa, tan hecha para ser escuchada por quien no deseaba oírla, que espantaba al oyente próximo y acababa de alejar al distante.

La reducción del número de oyentes mejoraba la compañía de Valtierra porque disminuía su necesidad de imponerse a los demás con sus historias. Pero no era la mejor idea quedarse a comer en su entorno salvo si se pactaba con alguien más una conversación aparte mientras Valtierra, una vez tranquilizado por la escasa compañía, bajaba el tono de su voz y era posible hablar con otro mientras él peroraba. Uno de aquellos viernes en que debía volver temprano al diario pacté mi conversación aparte con un colega radiofónico que sólo tenía disponible la hora de esa comida para que habláramos de un asunto urgente que no recuerdo. Descubrimos ese viernes, con horror, que habríamos de ser los únicos comensales de Valtierra porque todos los demás asistentes al aperitivo coincidieron azarosamente en no quedarse a comer ese día. Mi frustración creció a lo intolerable cuando mi colega radiofónico, luego de veinte minutos de oír a Valtierra, encontró antes que yo la excusa para retirarse, mediante la invención de un telefonema urgente que encargó al mesero en una escapada al baño. Y así, trabado por la astucia oportunista de mi colega y por la debilidad de mis modales que me impidieron levantarme también y dejar a Valtierra solo en mitad de su circunloquio, me vi por primera vez, sin excusa ni distracción alguna, frente a la elocuencia sin fin de José Valtierra, decano de la prensa policiaca, veterano de la digresión y zar de la palabra tomada.

Cuando mi cómplice desertor abandonó la escena, Valtierra desgranaba una historia que le había oído, a retazos, varias veces: la forma como estuvo a una semana de cubrir el desayuno en que el magnicida católico José de León Toral mató al general invicto de la Revolución mexicana, el caudillo sonorense Álvaro Obregón. Era una no-historia porque su meollo resultaba ser que Valtierra no había presenciado los hechos. Valtierra había entrado al diario una semana después del asesinato del caudillo, y había entrado como *hueso*, es decir como aprendiz, de la página de policía, razón por la cual decidió que sólo unos días lo habían separado de cubrir el mayor suceso policiaco de la época, el magnicidio de Obregón. Le recordé, inútilmente, que nadie sabía antes del homicidio que el desayuno tendría un tinte policiaco y que los reporteros enviados habrían sido los de la especialidad política, a lo que respondió con una larga caracterización del periodismo de entonces y sus evidentes superioridades respecto del de ahora particularmente en dos asuntos: *1)* en aquella época no existían grabadoras, *2)* en aquella época publicar una crítica sobre alguien era jugarse la vida, ser periodista era sinónimo de ser torero.

—Si usted decía que el general fulano tenía las piernas corvas, el general se presentaba en la redacción con la pistola a responder: "Corvas, las de su chingada madre". De manera que escribir era lo que no es ahora: era sinónimo de jugarse la vida.

Conocía esa deriva. Una de las más huecas especialidades de Valtierra era comparar la grandeza bárbara de sus épocas con la mariconería de las nuestras.

—Por todo protestan sus colegas de ahora, de todo quieren garantías. Los demanda un político enojado y salen dando gritos por ese ataque a la libertad de prensa. Los ignora un ministro al que critican, y chillan por la insensibilidad dictatorial del poder. Son como aquella mujer de la costa que le molestaba el calor porque sudaba y el frío porque dejaba de sudar. La dialéctica de la gata mora, que recordaba el coronel Morientes: si se la meten chilla, si se la sacan llora, con perdón de la procacidad. ¿Le he contado ya del coronel Morientes, maestro de la guerra por omisión?

—Varias veces, don José.

—El único militar que cruzó la Revolución sin disparar un tiro —dijo, y repitió la anécdota de la forma en que el coronel Morientes se apoderó de un pueblo sin luchar sobornando al militar que lo defendía.

Tomé unos minutos más de su medicina, pero me propuse conducir la espiral de sus asociaciones hacia algún lugar que no hubiera frecuentado. Le pregunté entonces, desafiándolo para obligarlo:

—¿Cuál es esa gran historia que me promete contarme siempre y no me cuenta nunca? Empiezo a dudar de que exista.

—Existe, se lo protesto, y de qué manera. Es la historia de un verdugo perplejo. No haga muecas: es una historia de verdad. ¿No me cree? Es la historia de una mala tarde, la mala tarde de Claudio Fox. ¿Necesito contarle quién es Claudio Fox o nada más la historia que quiero contarle?

—Nada más la historia —dije yo.

—¿Está seguro de saber todo lo demás?

—Razonablemente seguro —dije.

Sabía bien quién era Claudio Fox. Desde los años veinte la imagen del verdugo revolucionario, del ejecutor por excelencia, era la del militar que había cumplido las instrucciones de matar al general Francisco Serrano y a su comitiva, en Huitzilac, un poblado a medio camino de la Ciudad de México y Cuernavaca, una tarde radiante del 3 de octubre de 1927. Luego de un intento de rebelión, Serrano y su comitiva eran conducidos a la capital, presos y desarmados, por un convoy militar. Tropas de refresco se hicieron cargo de los reos en la carretera, los bajaron poco después en un paraje desierto y los ejecutaron uno a uno. Los diarios de la capital exhibieron al día siguiente fotos de los cuerpos ensangrentados. Serrano tenía veintidós disparos en el cuerpo y la cabeza desfigurada por culatazos que le habían provocado fracturas en la frente, los pómulos y la mandíbula. El general que condujo la operación se llamaba Claudio Fox.

—Por ahí del año 47, al terminar la segunda guerra —dijo José Valtierra—, yo iba al hotel Gillow a desayunar todos los sábados. Lo hacía por consejo del coronel Morientes, ya entonces general, pero al que los próximos seguían llamando coronel, porque él mismo decía que no quería abusar de rangos que no se había ganado. Me había invitado varias veces al propio Gillow, un hotel de prosapia del centro donde se habían hospedado en los veinte todas las tiplés, los toreros y los políticos de moda que había en la ciudad. Era un hotel y un escaparate. Tenía salones de techos altos, cortinas de terciopelo, alfombras persas, portones de bronce. "Aquí vienen todavía", me dijo el coronel Morientes, "los viejos carcamanes que han hecho todos los delitos de sangre de la historia reciente de este país. Me refiero a mis colegas revolucionarios. Hacen befa de mí porque nunca me manché las manos de sangre. Santa de burdel, me llamaron un tiempo, y yo a ellos putas de sacristía, porque oficiaron todas sus chingaderas en la iglesia de la Revolución. Esos delincuentes, amigo Valtierra", me decía el coronel Morientes, "lo fascinante que tienen es que se acicalan con sus defectos. Todos se reputan próceres porque todos o casi todos son generales revolucionarios, gente como yo, que hizo la Revolución y a la que la Revolución de un modo o del otro les hizo justicia. Todos han matado con sus propias manos, por razones personales y por las otras, las impersonales, que son las peores, quiero decir: obedeciendo órdenes. Como militar, durante la Revolución usted obedecía órdenes y tenía que mandar fusilar o dispararle usted mismo a un tipo que usted no conocía, pero que era catalogado como traidor y enviado al muro. Si era el caso, mataba también a algunos de sus familiares, que podían estar catalogados como cómplices de la traición. Podía cargarse también a los amigos y conocidos del traidor, si los catalogaban como inodados. Cualquiera de esas palabras costaba entonces la vida. Una de sus obligaciones y hasta de sus méritos como militar era disponer la ejecución de los traidores, los cómplices o los inodados. Al final del mes, de la semana, a veces al final del día, ya traía usted encima la ejecución de tres, cinco, seis personas. Eso si no le tocaba ganar una batalla. Porque si le tocaba ganar una batalla había que fusilar a los oficiales. Había luego, por razones sanitarias, que quemar los cadáveres, las bajas de uno y otro bando. Mientras se alejaba usted de la pira ardiente rumbo al siguiente pueblo, iba escuchando los aullidos de los vivos que se habían dado por muertos, retorciéndose a fuego lento en la montaña de los fiambres efectivos. Una chulada la Revolución, Valtierra. El que no la conozca, que la compre".

—Suena muy contrarrevolucionario el coronel Morientes —dije.

—Fue un revolucionario virgen de sangre —devolvió Valtierra—. Si cabe la paradoja. El asunto es que me presentaba militares y les recomendaba contarme sus anécdotas. Ahí obtuve de antiguos revolucionarios algunas de las mejores historias del pasado inmediato. Yo escribía una columna de gran éxito, leída por todos, no como ahora que cada quien lee distintos diarios, entonces había sólo dos y todos leían los dos diarios; escribía, digo, una columna llamada "Barandilla de sangre". La mayor parte de esas historias las colectaba en la Revolución y en los años que le siguieron. Escribía las barbaridades de la guerra civil, de la guerra a secas y luego de la guerra cristera, los estropicios de los militares improvisados, que son todos salvo en países que hace demasiados años que no se matan y han podido construir ejércitos profesionales. Una mañana llegué y estaba a mal estar con un hombre de ojos tártaros y cabeza a rape. Un hombre ya de edad, con los hombros caídos pero grandes como paletas de banco de escuela. Hablaba rodando el sombrero entre sus dedos como disculpándose de sus palabras y el coronel Morientes asentía reiteradamente como para apresurar el fin de la conversación. Mi llegada le ayudó a despedir al intruso que fue a sentarse a una mesa del fondo. "Eso que vio usted aquí y que está sentándose en la mesa del fondo", me dijo el coronel Morientes mirando a otro sitio, "fue durante un tiempo la cosa más mortífera de México, en una época de mucha cosas mortíferas. Es el general Claudio Fox, el verdugo de Huitzilac". "¿Me aceptará una entrevista?", le dije llevado como siempre por el gusanito del reportero. "Pues allá usted si se la acepta", me dijo el coronel Morientes. "Porque en mis muchos años de revolucionario he visto hacer adobes pero ningunos con tanto estiércol como los que hacía el general Fox." Eso fue todo lo que me dijo. Al día siguiente volví y me topé con Fox otra vez. Me saludó de lejos con un gesto cauteloso y yo me fui hacia su mesa, me identifiqué y le dije sin más mis propósitos. "Hablar no es mi fuerte", me descartó Fox. "Y menos de aquellas cosas." Le pedí que por lo menos me dejara enviarle algo de lo que había escrito y venir a desayunar con él cuando anduviera por la capital. Vivía en el sur, y a la capital venía de cuando en cuando a vigilar unos negocios de ferretería y cobrar algunas rentas. Estuvo de acuerdo. Esa mañana empezó mi mayor logro como reportero: ganarme la confianza y las palabras de Claudio Fox. Durante cinco años, óigalo usted que sólo conoce reporteros de los de ahora, cazando notitas sueltas con su grabadora, durante cinco años vi al general Fox cada vez que vino a la Ciudad de México, durante cinco años lo fui oyendo hablar cada vez menos avaramente de la Revolución, durante cinco años fui ganándome su confianza y hasta que una tarde, luego de que habíamos comido en el restorán del hotel Majestic, mientras la tarde se nublaba y empezaba a llover plomizamente, como llueve en la Ciudad de México, sin que le dijera nada, girando su copa de coñac mientras afuera giraban remolinos de polvo con basura, el general Fox me contó su historia. "Yo", me dijo Fox, "lo perdí todo por una mala tarde de lambisconería. Voy a contárselo como lo recuerdo. Era el mes de octubre del año 1927, yo tenía a mi cargo la comandancia militar del estado de Oaxaca. Mi general Obregón había decidido reelegirse. Su compadre y pariente Francisco Serrano, Pancholín para quienes lo conocíamos de parrandas con las tiplés del teatro de revista, había decidido oponerse. Oposición quería decir entonces levantamiento militar. En esas andaba Serrano, buscando la manera fácil de hacerlo, como siempre, con la inteligencia y el gusto por la buena vida que eran su marca de fábrica. Para evitarse molestias a sí mismo y a la nación, había ideado que durante un desfile militar el 3 de octubre, un día antes de su santo, día de san Francisco, los contingentes que marchaban se voltearan con sus armas sobre la tribuna de honor y acribillaran a mi general Calles, entonces presidente, a mi general Obregón, entonces el caudillo, y a mi general Amaro, entonces secretario de Guerra. Muertos los pilares del ejército, el ejército se declararía antirreeleccionista, el Congreso nombraría un presidente provisional señalado por Serrano y los conspiradores, entre los que se contaba también el general Arnulfo R. Gómez, el otro militar que se oponía a la reelección, compadre y compañero de armas de toda la vida de mi general Calles. El jefe de la conspiración debía ser mi general Eugenio Martínez, a quien llamaban el Viejo porque ya era un militar casi retirado cuando empezó la Revolución. Mi general Martínez le dio sus primeros cursos de milicia a mi general Obregón, entonces un ranchero de treinta años, alcalde de su pueblo gracias a las inteligencias electorales de su hermano, como les llamaban entonces a las trampas. La de Serrano y Gómez fue la conspiración menos clandestina y mejor conocida de la historia de México. Habían invitado a participar a todo mundo, como quien invita a una parranda. A mí me habían invitado a juntas que terminaban en buenas franchelas con todos los conjurados brindando con champaña en las zapatillas de una vicetiplé por la ejecución de mi general Obregón. La ejecución que salvaría a la patria. A la segunda borrachera conspirativa fui a ver a mi general Amaro para evitar malentendidos porque a mí lo que me interesaba era la francachela, no la conspiración. Cuando le conté todo, mi general Amaro me dijo: 'Ya se estaba usted tardando en venir a dar el parte. Éstos creen que porque hacen sus parrandas de noche su conspiración no está a la luz del día. Quiero decirle que se han tomado providencias: el mismo día de su conspiración terminará su alzamiento'. El fin de semana del desfile vine a la ciudad no para estar en la represalia, sino para ver un amorcito que tenía en el teatro. Lo tuve largamente durante la noche. Amanecí fresco y liso como recién boleado. Me di un baño largo, frotado y atendido por mi reina, y luego de desayunar pensé que me vería bien si pasaba a casa de mi general Obregón a presentarle mis saludos. 'Lambiscón', me dijo mi reina. 'Tan hombrezote y tan lambiscón.' Me hizo dudar en mi orgullo pero de que la burra se echa ni a palos se la levanta. Ya estaba dicho que iría esa mañana a la calle de Jalisco donde vivía y despachaba mi general. Estaba todo en calma, los ordenanzas yendo y viniendo. Esperé unos minutos y me hicieron pasar a donde el caudillo. Estaba distraído, con la cabeza en otro lado, pero alcanzó a preguntarme qué hacía en la ciudad y cómo estaba mi territorio. Le dije la verdad de las dos cosas: andaba de escapada en la ciudad porque todo estaba en orden en Oaxaca. Le dije después si se le ofrecía alguna cosa. 'Ninguna', me dijo. Y con la misma le di el saludo y salí del despacho. Iba ya por el corredor hacia la puerta cuando me alcanzó el cabo de ordenanza. 'Le llama de nuevo mi general Obregón.' Volví y me dijo, atuzándose el bigote: 'Es posible que siempre sí se me ofrezca algo. Quédese disponible en el hotel y allá van a buscarlo después de las dos'. Llegué al hotel y le expliqué a mi reinita que no íbamos a poder salir al paseo que le había prometido. 'Por lambiscón', me dijo otra vez. 'Castigado por lambiscón.' Pensé que había violado varios de los mandamientos no escritos de la vagancia militar. ¿Ya sabe usted cuáles son esos mandamientos? ¿No? Pues éstos: primero: nunca te ofrezcas como voluntario, segundo: no hagas fajina ajena, tercero: mantente lejos del que manda y cerca del que paga. A las dos en punto vinieron por mí para llevarme donde mi general Obregón. Pero no fuimos a su casa, sino al Castillo de Chapultepec, donde despachaba mi general Calles, el presidente. Me llevaron a una sala y ahí estaban mi general Calles, el presidente, echado en un diván con una gripa de los mil diablos, y mi general Obregón, en tirantes y mangas de camisa, lo que en su caso quería decir en manga y media, porque era manco. Mi general Calles, el presidente, me dijo sin más preámbulo: 'Va usted a Cuernavaca, en el camino le van a entregar unos presos. Son el general Francisco Serrano y su comitiva. Desde este momento le digo que lo hago responsable de sus vidas. Usted va a llegar con ellos aquí mismo al castillo. Los quiero vivos a todos y muy especialmente a Serrano'. Me cuadré aceptando la orden cuando oí a mi lado el tronido del general Obregón: '¡Qué vivos ni qué vivos! Los quiero muertos a todos!' Me le quedé viendo a mi general Calles, que era el presidente, y él, sin mirarme, moviendo la cabeza en medio de la constipación, dijo por lo bajo, con voz muy clara y muy resignada: 'Atienda usted las órdenes que le acaba de dar el general Obregón'. Salí repitiéndome las palabras de mi reinita: 'Esto te pasa por lambiscón. Te metiste solo en esta ratonera, por lambiscón'. A la salida del castillo, en la garita militar me esperaba el general Amaro para darme las instrucciones precisas de la operación. 'Le pedimos ésta al general Roberto Cruz', me dijo, pero se excusó diciendo que era amigo de Serrano. Como si mi general Obregón no lo fuera y, para el caso, no lo fuera yo. 'Creo que Serrano es un botarate borrachín, pero es imposible no quererlo un poco. Usted, hasta donde entiendo, no tiene ese problema', me dijo el general Amaro. 'No, mi general, no lo tengo', le respondí. Yo tenía un agravio con Serrano. Derrochando dinero y abusando de su jerarquía militar, cuando era secretario de Guerra me había levantado una ilusión de amor que tuve, una muchachita del café Colón, ni siquiera vistosa como había tantas y le gustaban a Serrano, sino una morenita aindiada, una juanita nopales que me voló las verijas, por la que penaba como penan los soldados solos, como un mariquita. No diré su nombre, porque vive y tiene hijos que son adultos de bien. Era una especialidad de la Revolución: generales cruzados con vicetiplés, una de las mejores mezclas que se hayan dado en este país arisco. A ellas les gustaba el uniforme y a nosotros sus encajes, a ellas el olor a pólvora y a nosotros el de pachulí. Mi general Amaro sabía de mi agravio, y mi general Obregón también. Por eso pensaron en mí para la faena. Vea usted lo que es manejar gente. No se trata sólo de mandar, también es de encontrar al mandadero correcto con el mandado a la medida. Mi general Amaro no se hacía bolas, ni nadie en esa época. Le tenía afecto a Serrano, pero le tenía más afecto a la paz que es la tarea número uno del soldado. Como dicen que decían los romanos: si quieres paz tienes que prepararte para la guerra. Ésa fue la lógica de Huitzilac, de lo de Serrano, y de toda la Revolución. Usted mataba a un general antes de que se rebelara y mataba nada más quince gentes: al general y sus próximos. Si lo mataba después de que se rebelaba, había que matar quince mil. ¿Qué era menos sanguinario: los quince o los quince mil? A mí me encomendaron los quince, pero me los encomendaron con seguro. Mi general Amaro dispuso que su segundo, un tal Marroquín, alquilara quince taxis ford de frente a Bellas Artes para integrar el convoy, junto con dos transportes militares donde iban los soldados al mando de Marroquín. Entendí que Marroquín era mi instrumento ejecutor pero también mi vigilante: si por alguna razón no cumplía al pie de la letra las órdenes de mi general Amaro, Marroquín debía ejecutarme. Pensé: '¿Para qué me mandan entonces a mí?'. Amaro me contestó, como si leyera mi pensamiento: 'A usted sí le van a entregar los presos de la comandancia militar de Cuernavaca. Usted es el único general con la jerarquía militar y la confianza de la superioridad para recibir a esos prisioneros'. Volví a pensar cuando arrancó el convoy de la entrada del castillo: 'Jerarquía de lambiscón'. Hice de tripas corazón, pensé en mi reinita y acepté mi destino". Claudio Fox hablaba apretando los dientes, como si mascullara —me dijo Valtierra—. Como si una rabia larga le hubiera trabado las mandíbulas haciéndole apretar los dientes para evitar que saliera lo que traía adentro.

La descripción no hacía falta: Valtierra se había impersonado en Fox y hablaba siguiendo su propia descripción del militar, estirando el rostro, apretando los labios, viéndose extrañamente joven en su evocación actuada que lo llevaba a paso redoblado por el surco de la memoria de Fox.

—"Se sabe lo que sucedió esa tarde", dijo Claudio Fox por la boca ventrílocua de Valtierra. "Nos entregaron a Serrano y a su comitiva a media carretera, por el kilómetro cincuenta, en la subida. Habíamos cerrado el paso para evitar testigos. Cuando bajé del coche y me vio Serrano, palideció. 'Qué nos van a hacer?', me dijo. 'Vamos todos a la Ciudad de México', le respondí. Les mandé subir en los taxis alquilados, un detenido y tres soldados por cada coche. Dos kilómetros después, a la altura del pueblo de Huitzilac, ordené detener mi vehículo. De ida, en ese mismo pueblo había comprado varios metros de cable eléctrico. Se los di a Marroquín. 'Busque el lugar adelante, amarre a los prisioneros y proceda con las órdenes'. Nada quería Marroquín sino llevarle a mi general Amaro la noticia de que él mismo había cumplido sus órdenes. Siguió con la comitiva a cumplir sus instrucciones. Yo me quedé en mi coche, oyendo el ronronear de los otros. La tarde era fría y el aire delgado, traía bien los sonidos en el silencio de la carretera. Oí detenerse los coches. Al rato escuché los disparos. 'Demasiados y espaciados', pensé. Hubiera preferido una sola descarga. Como a la media hora vino Marroquín, cenizo todavía de la faena. 'Se echaron a correr y hubo gran desorden', me dijo. 'Uno alcanzó a treparse a un árbol sin que lo viéramos. Cuando contamos los cuerpos, grité: ¿Dónde está el que falta?, y el escapado gritó desde el árbol: Aquí estoy. Allá lo fuimos a bajar'. '¿Y Serrano?', pregunté. 'Alcanzó a enojarme', dijo Marroquín. Cuando llegué al claro donde estaban los cuerpos, entendí qué había querido decir. Los habían castigado de más por huir. A Pancholín le habían desbaratado la cara a culatazos y tenía tiros en todo el cuerpo. Era muy ingenioso Serrano. Un día firmó una orden de fusilamiento y uno de los sentenciados vino a decirle que él no era militar y no podía juzgársele por los códigos militares. Serrano aceptó el argumento, lo nombró coronel y firmó otra vez su sentencia de fusilamiento. Metimos los cadáveres en los automóviles, sentados como venían. Estaba oscureciendo y hacía frío en Huitzilac. Llegó un emisario de la Ciudad de México diciendo que retrasáramos unas horas nuestra llegada. Ordené pasar los cadáveres a uno de los transportes y lavar los autos para hacer tiempo. Llegamos después de las once a la garita del castillo. Pasé a la sala donde había estado en la mañana; de ésa me pasaron a otra donde estaban nuevamente mi general Obregón y mi general Calles, el presidente, envuelto en un jorongo y con la cara roja, afiebrado por la gripa: 'Mi general Obregón', le dije, 'sus órdenes están cumplidas. ¿Tiene algo más que ordenar?' 'Vamos', respondió Obregón, tomó un capote de campaña y una lámpara sorda. No dijo palabra hasta que llegamos a los transportes militares. '¿Cuántos traen?', dijo mi general Obregón. 'Catorce, mi general', le respondí. 'Muy bien', dijo. '¿Dónde está Pancho?' 'Acá está, mi general', dijo uno de los soldados que había subido al transporte de los cadáveres. 'A ver, bájenlo que quiero verlo', dijo mi general Obregón. Bajaron el cadáver de Pancholín y lo echaron sobre las baldosas. Mi general Obregón lo apuntó con su lámpara por todo el rostro y el cuerpo. 'Hasta esto me hiciste llegar', le dijo. 'Mira qué feo te dejaron. No digas que no te di tu cuelga por el día de tu santo.' Cuelga decía por decir regalo, porque ese día era el día de san Francisco, día del santo de Francisco Serrano. Pensé que ahí terminaba el día para mí pero ése habría de ser el día más largo de mi vida, el día que nunca pude remontar. ¿Por qué? Porque al día siguiente, como parte del plan para sofocar la rebelión, decidieron mostrar los cadáveres a la prensa, para persuadir pusilánimes y dejarle claro a todo mundo que no habría cuartel. Mostraron los muertos para espantar a los vivos y evitar más muertos. Los muertos de Huitzilac fueron escogidos como escenografía de escarmiento. Y así quedó. Hubo descripciones cuidadosas de todas las heridas de los muertos. El horror llenó la opinión pública y la opinión pública me llenó de horrores a mí, como si yo hubiera decidido todo. Yo no pude decir quién me lo había ordenado, ni la opinión pública quería saberlo. Aunque todo el mundo entendía lo sucedido, era más fácil echarme todo el peso de los muertos a mí que voltearse a mirar de frente hacia mi general Obregón, el caudillo invicto de la República. La rebelión de Serrano y Gómez siguió después de Huitzilac. Nadie hace las cuentas de las ejecuciones, detenciones y fusilamientos que siguieron. Pero entre el lunes 3 y el viernes 7 de octubre fueron pasados por las armas veinticinco generales y ciento cincuenta inodados, gran semana de difuntos. De todos esos muertos sólo acabaron existiendo los de Huitzilac. De todos los verdugos sólo quedó señalado Claudio Fox, su servidor. Y a partir de entonces he cargado esa vergüenza, la vergüenza de que todos me miren con miedo, con recelo o con desprecio, y que yo no haya sacado de la Revolución sino esa huella de infamia. Me he pasado el resto de mi vida preguntándome por qué yo pasé a la historia como un criminal sanguinario y otros que mataron más y más sanguinariamente que yo pasaron como héroes. Villa, por ejemplo, al que tanto celebran. Villa masacró a un grupo de soldaderas. Junto a él, que es un héroe, yo fui un niño de teta. Cualquier general de algún relieve durante la Revolución tuvo que matar más gente y de peor manera que la que cayó en Huitzilac. No niego mi responsabilidad, sólo me irrita que no se vea en sus justos términos. Mi general Obregón me dio las órdenes de matar a Serrano, pero él sigue siendo el general Obregón y yo soy el chacal Claudio Fox. Fíjese usted las ironías de la guerra y el destino. El caricaturista que mató a Obregón le disparó a bocajarro desde un costado, casi por la espalda. Mi general Obregón cayó sobre el plato de mole que se estaba comiendo. Él había dicho: 'Viviré hasta que alguien quiera cambiar su vida por la mía'. Así fue. A León Toral lo colgaron de todas las partes que se puede colgar a alguien, salvo del pescuezo. Roberto Cruz le metía la pistola en la boca hasta que le sacaba muescas. Así eran las cosas. Pues ese mismo Toral, antes de que lo fusilaran, le vino haciendo a Serrano un dibujo a tinta, horrorizado por su muerte. Y ahí está la patria pechugona, como una buena tiplé de aquellas que nos gustaban a Pancholín y a mí, con su gorro frigio, sentada sobre la tumba diciendo: 'General Serrano, la patria adolorida llora tu recuerdo'. Vea usted: el asesino de Obregón se condolía del asesinato de Serrano, como si lo suyo hubiera sido una hazaña y lo mío una ignominia. Son los carriles de doble vía que tiene la moral. Es como los trenes: cuando eran nuestros los veíamos como una bendición, cuando eran de los enemigos había que volarlos como si fueran máquinas del infierno. Pero no eran más que ferrocarriles: máquinas, hierros, humo y grasa. El infierno éramos nosotros. Aparte de lo que yo tuviera con Serrano, no hubo saña particular en sus ejecuciones. La saña está en la ejecución misma, no hay forma de matar a alguien sin saña, mucho menos cuando se le trae y hay que ejecutarlo a sangre fría, como se ejecutó a tantos en la Revolución. Los prisioneros no quieren morir, protestan, lloran, se orinan en los pantalones. Otros corren y hay que alcanzarlos, devolverlos al lugar de la ejecución o ejecutarlos donde se les alcanza, lo cual le añade brutalidad a la brutalidad. Algunos, los menos, miran de frente a la muerte. Son los más dignos y los que hacen más indignos a sus ejecutores. A Serrano y sus acompañantes los mataron en un claro de la vieja carretera. He vuelto ahí, alguna noche, en secreto. No hay señal alguna del hecho, ni una placa, ni un monumento. No me extraña. Todos fuimos a la Revolución a matar y a que nos mataran. No había queja en ello entre nosotros. Las quejas vinieron con la hipocresía posterior, la hipocresía de gobernantes, historiadores y políticos que le contaron a la gente una versión infantil según la cual había en la Revolución quien mataba humanitariamente y quien mataba sanguinariamente. Es verdad que los detalles cuentan. Pero no hay humanitarismo ninguno en una bala cruzándole la cabeza a nadie. No hay forma de ejecutar a alguien humanitariamente, lo único que reviste eso de alguna justificación es la orden militar cumplida, pero los militares sabemos que ni eso. A la hora de matar hay que ser como el médico que opera sin anestesia: no escuchar los aullidos, suprimir el registro del dolor. Los militares acabamos teniendo mente de ingenieros. Las cosas embonan o no. Si no embonan hay que cortarlas. A veces son cosas, a veces son personas. Yo fui ingeniero de trenes. Quitaba durmientes podridos, ponía nuevos pernos. A veces volaba tramos enteros del ferrocarril. No tuve compasión ni dolor por cada fierro que volé, por cada perno que hice embonar a güevo. La guerra es una ingeniería semejante que incluye a los hombres como si fueran durmientes o pernos. Así maté y así pensé que podían matarme, como quien quita o como quien pone tramos de ferrocarril. Quienes se quejan de aquellas cosas son como metales que se quejaran de su fundición. Para eso estaban, y los que no estaban para esa fundición de metales humanos no entendieron lo que pasaba, no se atrevían a mirar de frente lo que habían decidido para ellos mismos y para los demás. Habían decidido la Revolución y la Revolución es una ingeniería de materiales humanos: combates con hombres, matas con hombres, construyes y destruyes con hombres. Quieres volar un cerro, necesitas tanta dinamita. Quieres tomar un cerro, necesitas tantos muertos. Así las cosas, mi amigo, el hecho es que yo maté más y peor que en Huitzilac, pero mucho menos que muchos próceres cuyas carnicerías se celebran. Las muertes de Huitzilac, sin embargo, pesaron sobre mi vida como encarnando todos los muertos infames de la Revolución, todo su río de sangre. Yo resulté un remero estrella de ese río sin haberle aportado más que unos chisguetes. La historia quiere símbolos y a mí la historia me agarró en una mala tarde para hacerme encarnar lo que quería decir".

Valtierra echó un respingo exhausto como si hubiera aguantado mucho la respiración. Sus facciones perdieron la tirantez que había en su relato, volvieron a ser el saco de arrugas y pecas que eran. Su cansancio posterior fue como un trance. Se me quedó mirando con los ojos acuosos, moribundos, como si hubiera echado el resto. Pedí agua y puse un vaso en su mano temblorosa. Lo recosté en la silla, aflojé el nudo de su corbata. Regresó poco a poco de donde estaba. Dijo:

—Yo escribí esa historia, pero nunca se publicó. El director del periódico era fanático del general Obregón, no quiso que se leyeran en sus páginas las mentiras que un chacal pudiera decir sobre un caudillo.

Valtierra murió unos meses después de aquella nuestra única sobremesa solos. Fue como si hubiera esperado todo ese tiempo para poder contar la historia que tenía atorada, lo mismo que Claudio Fox la mala tarde que le arruinó la vida.

La apropiación de Solange

La historia de una conquista amorosa corresponde en mi memoria al encuentro de Solange Betel (Solonsh Betél) y Claudio Bolado, mi amigo de la juventud al que un alcoholismo sin horarios se llevó del mundo en lo alto de nuestro alejamiento amistoso. La historia que voy a contar sucedió cuando teníamos veinticinco años años, él dos más que yo, y éramos algo más que amigos, cómplices masculinos y literarios, enamorados quizá que no se atrevían a decir su nombre, como sugirió en algún momento la propia Solange.

Nos habíamos conocido adolescentes, yo a los quince, él a los diecisiete, en la época en que nos sabíamos inmortales y tocábamos con mano de hierro a las puertas de la literatura, aquel radiante territorio de bustos de mármol y nombres de calles que era nuestro por derecho infuso, antes de haber escrito la primera línea.

Claudio había salido de México muy joven a estudiar filosofía en Estrasburgo, mientras yo hacía notas de libros y fracasaba en las primeras nueve novelas que empecé y suspendí, sin excepción, en el primer capítulo. Años después, la colección de aquellos fragmentos dio lugar a un libro de cuentos. Releyendo esos cuentos alguna vez, pensé que los recursos de aquel escritor eran deleznables pero que su ambición tenía el tamaño correcto, pues era como la ambición literaria debe ser: superior a los medios del escritor que la padece.

Durante los años de ausencia, Claudio y yo mantuvimos una correspondencia inflamada donde las únicas cosas genuinas eran el fuego de la amistad y la confianza ciega en nuestros dones. Nos asestábamos historias truculentas, hazañas inventadas (en particular amorosas), epopeyas alcohólicas que mejoraban nuestra vida de pobres becarios, escribidores modestos flotando a la deriva en el mar de nuestros sueños. Por la estrechez de una beca que daba apenas para un cuarto húmedo y una dieta sin ilusiones, Claudio no pudo viajar a México durante los primeros años de su exilio estudiantil europeo. Tampoco quería, pienso, pues era el hijo mayor de una familia que esperaba de él más de lo que él podía dar. Su salida a Europa, para estudiar francés primero, y filosofía del primer ciclo después, había sido en gran parte una fuga de las tareas de manutención familiar que se cernían sobre él. Quedarse hubiera sido anclarse a la noria del trabajo y los horarios, el fin de la libertad que gritaba desde el fondo de nosotros pidiendo ninguna cosa más que la gloria. El trabajo era nuestra maldición prevista, la clausura del reino que nos esperaba adelante. La soledad de Claudio multiplicaba sus cartas, y sus cartas multiplicaban la fabulación de sí mismo. Conservo y releo de vez en cuando aquella retacería prodigiosa cuya unidad secreta es la invención de un autor insomne, solitario, íntimamente épico, en un continente sombrío, amargo y bien pensante llamado Europa.

Escribo, escribo, escribo. Y no sé lo que escribo, sino la fiebre de escribir que escribe por mí. Apenas me detengo a pensar que soy yo quien escribe, porque si pienso en mí la corriente se detiene, el mundo es otra vez el mundo y yo, nada más yo.

Europa es una puta domesticada, ha perdido sus pasiones homicidas, se arrepiente de sus francachelas sangrientas, quiere barrerlas bajo la alfombra y olvidar sus crímenes sin tener que pedir perdón. Y nosotros tocando la puerta, babeando, queriendo entrar al banquete de su civilización.

La conocí en el bistró estudiantil, tenue, blanca, pecosa, levemente roja de tan pecosa, los ojos azul pizarra, los dientes blancos, es decir radiantes, los labios húmedos con un bilé neutro y diamantino, el pelo alzado contra el calor despejando una nuca de pelusas aristocráticas y unas orejas de gnomo que se pegan al óvalo egipcio de su cabeza como los pliegues de una rosa o las láminas de una alcachofa.

Deambulé por la ciudad antigua, muerto de hambre y deseo, como un animal perdido, caminé tragando mi hambre, mi boca seca, mi total extranjería, desde la catedral hacia la plaza de la Grande-Boucherie, la calle de la Douane, el quai Saint-Thomas, hasta el pont Saint-Martín, y de allí a la rue de la Monnaie y el paseo por la Petite France y su puente ahora turístico, antes militar, y por la calle de Bai-aux-Plantes, hasta la Grand Rue, caminando en círculo, muy simbólicamente, pues en realidad deambulaba sólo por los canales circulares de mi rabia y mi exclusión, envuelto como un moribundo en los sudarios de olores de las *brasseries* y la necesidad abismal de una caricia.

Al cuarto año de su fuga estrasburga, Claudio terminó sus estudios, se consiguió un trabajo de traductor en el consulado español de la ciudad y un matrimonio desastroso, con una pétrea alsaciana, especie de monja laica empeñada en las causas de los países del Tercer Mundo que soltaban legiones de estudiantes, cantantes, pintores y escritores por las capitales de una Europa próspera, refinada y cosmopolita, muy distinta de la bruja amnésica y sombría, majestuosamente sombría, que llenaba las crónicas de Claudio. Toda Europa era un naufragio en aquellas crónicas, salvo en lo relativo a la disposición amorosa, aérea y venérea, de sus mujeres, que llenaban las cartas de Claudio con relatos de andanzas felices y encuentros inesperados. Su matrimonio estrasburgo duró sólo unos meses, el último de los cuales lo pasó Claudio perdido en una borrachera que lo puso en el hospital y luego, convaleciente todavía, ante el tribunal que lo citaba para satisfacer una denuncia de divorcio por amenazas y agravios. Si Claudio no accedía a la primera demanda de separación legal, su mujer se había reservado una acusación por golpes y lesiones, que podría costarle la cárcel. El final de su *affaire* con la dura alsaciana fue consignado así en una de sus cartas:

> Otro hizo lo que hice, pero yo no recuerdo lo que hice ni hay, por lo tanto, culpa en mi conciencia —ninguna culpa. Pago sin culpa, por la sencilla razón de que ese otro culpable es mi inquilino y está en mí, desconocido, mientras vivo, como supongo que yo estoy en él, ignorado, cuando le toca vivir. Salvo esto: no paga mis cuentas, yo pago las suyas.

Seis años después de haber salido por primera vez a Europa, Claudio pasó finalmente unas vacaciones de fin de año en México. Llegó como una especie de héroe, victorioso después de la batalla, aunque nadie pudiera decir de cuál victoria y de qué batalla se trataba. Su llegada fue una fiesta para su familia, de la que había huido con eficacia innegable, tanto como para los amigos, a los que mantenía vivos con sus cartas y admirados con sus traducciones de poesía maldita, sus notas de libros extraños y las exquisitas pedanterías que publicaba en los suplementos y revistas de la francamasonería literaria local.

De todas las virtudes mitológicas de Claudio Bolado, la que más admiraba por desposesión, la más imposible o impensable para mí, era la temeridad de su galantería, el paso rápido y desenfadado con que marchaba al encuentro de las mujeres que atraían su atención. Antes de que pudieran reaccionar, ya estaba desplegándose frente a ellas con un toque de elegancia y otro de bufonería, cubriéndolas de galanteos paródicos y de frases extravagantes que tenían la frecuente eficacia de rendir a la presa por la vía de la risa, antes que por la del deseo. Tenía un maravilloso sentido fársico que no pasó nunca a sus cartas ni a sus escritos, como si la letra escrita le cambiara el alma, endureciéndola o nublándola, rasgo que acendró en él su cercanía con la poesía romántica alemana y con los poetas malditos franceses, todos grandes salvajes urbanos, aulladores refinados. Lo que quiero decir es que en la literatura Claudio aullaba, pero en la vida se reía a borbotones. Parodiando a T. S. Eliot podría decirse que era pagano en religión, anarquista en política, romántico en literatura y rabelesiano en amores.

Cuando Claudio regresó de Europa yo había entrado a El Colegio de México y me hacía historiador por razones alimenticias. Junto al centro de historia donde yo trataba de engañar a mis maestros estaba el de filología y literatura, donde Solange Betel deslumbraba a los suyos. Recuerdo sus pelos castaños, los azules ojos turbios, el talle delgado, las piernas largas, llenas de firmezas y sinuosidades, como su pecho y sus caderas. Era hija de padre normando y madre alemana, emigrados a América antes de la segunda guerra y casados aquí, en una alianza feliz de familias emigradas. Solange Betel, hija de aquella (a)ventura, tenía veinticuatro años y esa fragancia de piel delgada, de facciones radiantes, no inusual en las bellezas del norte de Europa en la juventud, bellezas que el tiempo maltrata sin piedad multiplicando las arrugas hasta convertir en mapas antiguos de la piel los iniciales fulgores de alabastro.

Padecía una atracción sagrada por Solange Betel y tenía un terror sagrado a su cercanía. No podía leer en su sonrisa cuando me miraba sino el resto de una burla, y en el juego de sus ojos desviando su mirada de los míos, un desprecio reflejo, casi racial. El día que vino a preguntarme en la sala de lectura cuánto tiempo iba a retener un libro de Antonello Gerbi que tenía en préstamo de la biblioteca, yo percibí en su tono una condescendencia aristocrática ante las vanas pretensiones de ilustración de la plebe. Todo era de alguna manera plebeyo junto a la belleza soberana de Solange Betel. Alguna vez, en el curso de una fiesta, bajo el influjo del alcohol, había creído ver en ella el atisbo de una genuina curiosidad por mí, cierta inclinación corsaria frente a una de las rachas de bufonería durante las cuales era capaz de vencer mi timidez y hacer reír a otros fingiendo un alemán de mi invención. Muy rápidamente había vuelto a mi cueva de animal abyecto, cegado por el brillo de la diosa, y por su olor sagrado durante los besos protocolarios de saludo o despedida que ponían por un instante ante mis labios la superficie pulida, húmeda y única de su piel.

No hay muchos preámbulos en mi memoria que conduzcan a la escena central de este relato, preparada sin duda por mis informes a Claudio sobre el milagro llamado Solange. El hecho es que llegamos un viernes de diciembre del año de 1971 al baile de despedida del centro de lingüística y literatura al que había invitado a Claudio. Claudio me preguntó a las primeras de cambio quién era Solange y yo la señalé, invitándolo a mi ruina. Apenas supo quién era, Claudio fue hacia ella para invitarla a bailar, pero antes le habló enfrente, agitándole el índice con efectos que yo pude ver en el estupor risueño y luego en la risa abierta de Solange ante la arenga. La tomó luego del talle para bailar una rumba y Solange cedió a su invitación. Vi el perfil de Claudio hablando, hablando, hablando sin parar mientras bailaba y el perfil de Solange riendo, riendo, riendo sin parar de las sandeces de Claudio. Bailó dos piezas con ella y regresó al ovillo de los amigos.

—¿Qué le dijiste? —pregunté.

—Secretos de guerra.

Volvió a la carga con el mismo efecto increíble, que mantuvo a intervalos toda la noche. Se fueron de la fiesta juntos.

Al día siguiente, Claudio vino a comer a mi casa frente al Parque México, y me dijo:

—Sólo te digo esto, Aguilar: *bocatto di cardinale*.

Luego de comer subimos a la covacha que mi madre me había arreglado en la azotea, servimos unos tragos y Claudio empezó su relato.

—Manó toda la noche profecías, Aguilar. Tuve su cuerpo y tuve sus oídos, es decir toda su alma. Cabalgamos hasta el amanecer, y esta noche cabalgaremos de nuevo.

—¿Qué le dijiste al verla? —pregunté.

—Le apliqué la francesa, Aguilar. Me serví de Valéry. Le dije siguiendo *El cementerio marino*:

> Solange, cruel Solange, Solange Betel
> Me traspasaste con tu flecha alada,
> que vuela, vibra y que no vuela más.
> Tu rayo me aviva pero tu flecha me mata
> Y tu amor, qué reto de tortuga
> para mi alma, veloz Aquiles quieto.

Claudio se puso de pie y empezó a dar vueltas por el cuarto:

—¡Las aporías, Aguilar! Le solté las aporías de Zenón que resecó Valéry en su poema y yo refresqué mojándolas con sus ojos.

Repitió entonces, esgrimiendo su dedo flamígero y arrastrando las erres hasta la parodia de su mantra valeryano:

—*Solonsh, cuguel solonsh, solonsh beteél / más tu pegcé avec ton flesh alé / qui vol, vibrr e qui ne vole pa*. A la adrenalina francesa de sus tímpanos llegó el canto de las aporías, Aguilar, y ella fue de pronto la tortuga alcanzada por Aquiles y el blanco en cuyo centro dio la flecha. Las aporías de Zenón no describen las flechas del amor sino las de la lógica. Ya lo sabes: para llegar al blanco, la flecha debe recorrer la mitad del camino, pero antes debe recorrer la mitad de la mitad del camino, y antes la mitad de la mitad de la mitad, y así infinitamente, por lo cual la flecha siempre estará camino al blanco cubriendo la mitad infinitesimal que le falta. Es la verdad lógica: no puede nunca llegar a su blanco. Pero mis flechas llegaron a su blanco,

Aguilar, y el blanco era luminoso en la noche, radiante de su piel lustral y de las humedades de su vientre. Dijo las palabras de Eloísa: "Déjame ser tu puta", pero eran las palabras de Solange Betel. Y fue mi puta, Aguilar, todo el camino, hasta volver a la intimidad de los niños que juegan, desbocados de inocencia. ¡Ah, fluidos, humores del paraíso! Vuelven a oler a la sal de la tierra, a las aguas bajas de los puertos del cielo. Hay algo en ella tierno y dulce, Aguilar, que se impone desde el primer momento. Por ejemplo: me preguntó de qué lado quería dormir y que si podía dormirse con la cabeza del lado de mi corazón. Yo quería ser sólo una tortuga dormidora en ese momento, luego de los fastos de la noche, pero fui su Aquiles, Aguilar, y la alcancé de nuevo por el orificio nefando, que me había escondido hasta entonces. No quedó secreto alguno en nuestra cabalgata camino al sitio oscuro de donde sale la dicha. Hoy repetiremos, me ha invitado.

Llegó a mi casa a la mañana siguiente, con la misma ropa del día anterior.

—Tierna y honda, Aguilar. Toda ella es digna de ser hurgada. Los pelos castaños de su frente se aceran y brillan en su monte de venus. Su lengua es puntiaguda cuando besa y cuando invita a besar. Tiene un amor perdido que no la deja abandonarse, pero se abandona cuando el viento sopla y se deja voltear. Me dijo mientras lo empuñaba: "Me gusta tu Muh". Así empezó entre nosotros esa magia, el lenguaje privado de las parejas. Se arquea al venirse, como si la venciera una fuerza mayor. Resiste en las termópilas de sus piernas abiertas, Aguilar. Hasta que deja de resistir. Entonces viene la carrera de maratón para anunciar a su cerebro no su derrota, sino su victoria por la derrota en sus termópilas. Y entonces habla amorosamente y es feliz. Hoy voy a asaltarla de nuevo, y mañana y pasado, hasta que nos hagamos el daño que está previsto para nosotros.

Desapareció una semana. Volvió con ropas y zapatos nuevos, y un tostado de playa.

—Quiere que sea su gigoló y yo que sea mi puta. Hemos acordado eso junto al mar y me ha dicho que tiene una herencia de su madre. Quiere gastarla, perderse, dilapidar. Me compró unas bermudas. Me compró un saco de lino. Me compró una camiseta tejida de algodón. Y me regaló su primera edición de Sabines. Le leí como mío eso que dice: "Me gustas porque tienes todas las cosas de la mujer en el lugar preciso, y estás completa, y no te falta nada". Se ríe como una loca de todo lo que digo. Esto es lo esencial: se ríe, se vuelve a reír y yo pienso en mi alsaciana reseca, cerúlea, despintada. Qué infeliz he sido, carajo, y qué buena puede ser la vida.

Claudio se quedó en México todo el invierno y volvió a Europa. Me dijo que Solange viajaría a verlo, para tratar de quedarse con él en Europa. Yo había terminado mis cursos, entré a trabajar y no volví a El Colegio, entre otras cosas porque no quería someterme al influjo de Solange con la versión furiosa de sus lujurias que Claudio había dejado en mi cabeza. Luego me casé, luego me divorcié. Solange terminó sus estudios y despareció de mi vida salvo por las cartas de Claudio que me refería sus propios intercambios epistolares. Luego supe que se había casado. Se lo comenté a Claudio en una carta y me respondió: "Será la puta atada a la noria en vez de la yegua libre que no quiso ser conmigo. Pero es mía, y lo será siempre".

No quiero alargar innecesariamente esta historia, cuyas pautas creo que han quedado claras. Claudio volvió a México un día, buscó a Solange y la llevó de nuevo a la cama. Vino a contarme: "Su marido la golpea y ella aguanta por la ilusión de un hijo. Ha elegido la paz y ha encontrado el infierno". Siguió una carta: "Resultó embarazada y entonces supo que su marido es estéril, y su marido, que ella lo había engañado. Ahora ella está nutrida del germen extranjero, o sea el mío, y no sabe qué hacer. 'Déjate conquistar por los hechos y huye conmigo', le dije. 'Pero cómo', me replicó, afligidamente. 'A la manera del poeta', le repliqué: '*Sobre un garañón y con matraca entre los tiros de la policía'*. No pudo sino echarse a llorar. Va a abortar a mi hijo y no voy a perdonárselo nunca".

Todo esto sucedía con Claudio envuelto en los humos crecientes del alcohol. Llegaba borracho al aeropuerto de la Ciudad de México y se iba borracho tres semanas después sin que hubiera mediado una tregua en su prodigiosa borrachera. Vino dos veces. Durante la última cayó al hospital. Tenía treinta y cinco años y un principio de cirrosis: debía dejar de beber. "El único espacio que queda para los héroes es beber", me dijo entonces. "Moriré bebiendo como un héroe joven." En su última borrachera, que pasó en mi casa, tiró la mitad de mis libros a la calle, por la ventana, diciendo que eran indignos de cualquier lector. Lo eché de mi casa y de mi vida.

Murió un año después, en la buhardilla de la ciudad de Brujas que alcanzaba a pagar con su sueldo de segundo canciller (secretario segundo) de la embajada mexicana en Bélgica. Mandaron el cuerpo, para ser enterrado en México, y luego su menaje, que incluía el permiso de importar un auto que nunca pudo comprarse. Hubo notas valorando la obra potencial que segaba aquella muerte prematura. Por esos días, o en días que aparecen unidos convenientemente en mi memoria, supe que Solange se había divorciado de su marido y tomado un puesto de lectora en la Universidad de Perpignan, cuyos vínculos con México animaba el gran historiador de la Cristiada, Jean Meyer.

Pasaron los años como suelen pasar, tantos como quince, sin que supiera de Solange otra cosa que su constancia en ausentarse de mi vista y de mi vida. Luego de unos años en Perpignan, llevaba otros tantos en El Colegio, estudiando los cantares de gesta, el Quijote, etcétera. La supe novia de un poeta viejo y ciego, aunque quizá ninguna de ambas cosas, dueña de una vida recoleta, como era su relación con la literatura.

En el año de 1993 fui a Mérida a presentar un libro. El hotel al que llegué estaba tomado por un simposio que a su vez había tomado el restaurante. Luego de inspeccionar el lleno del restorán, pedí al mesero que me sirviera la cena en el bar adjunto, tan oscuro que no podía distinguir mis propias manos. Apenas me senté, una figura se hizo presente. Entendí por sus modos que venía siguiéndome del restaurante.

—¿Te acuerdas de mí? —me dijo una voz ronca, dulce y cascada.

Vi una silueta de pelos maltratados de mujer y unos ojos brillantes en el casquete de sombra de su cabeza. Me puse de pie y le extendí la mano.

—Soy Solange Betel —me dijo—. No sé si te acuerdas.

Su voz fue Solange antes de que Solange fuera en mis ojos. La hice sentarse a mi lado y pedí al mesero una luz para alumbrar nuestra pequeña mesa. Me dijo que traería una. Antes de que la trajera había visto todo o adivinado todo lo que veía, pero cuando el mesero trajo la pequeña velatoria vi a Solange Betel, una mujer todavía hermosa pero apergaminada por los años. A través de sus nuevas facciones, las facciones de los años que se la habían llevado, en el fulgor de unos ojos azules y borrosos, capaces de una infinita desolación y, por lo mismo, de un amor potencial infinito, reconocí a la Solange Betel que recordaba. Se había ido de mí el terror sagrado ante su belleza, acaso porque se había ido su belleza, aunque fuera evidente todavía para mí.

—Siempre bellísima —mentí.

—Deja que los años se me burlen solos —respondió.

Comí como heliogábalo porque llevaba todo el día sin comer y porque el efecto sagrado de la presencia de Solange se había ido de mí. Mientras comía hablé por los codos, al principio de mí; luego, interminablemente, de Claudio, de su vida y su muerte.

—¿Por qué me hablas tanto de Claudio? —preguntó Solange cuando casi había agotado mis historias.

—Supongo que te interesa —le dije—. Entiendo que fue un amor de tu vida.

—¿Claudio? —dijo Solange—. No. No tuve nada con Claudio. El amor de mi vida hubiera sido otro en aquellos días.

—¿Quién?

—Otro, no Claudio.

—Claudio venía a verte de Europa, salían juntos, dormían juntos.

—¿Dormir con Claudio? Nunca. ¿Quién te contó esas cosas?

—Claudio.

—Pero si nada había que creerle a Claudio. Lo inventaba todo.

—Ibas a tener un hijo con él.

—Imposible que fuera a tener un hijo con él, si nunca fui a la cama con él.

—Te la pasaste en la cama con él.

—No, no, no —se rió Solange—. Ni en sueños ni en ensueños, ni, desde luego, en persona.

Había perfeccionado el estilo académico de hablar con comas parentéticas.

De pronto me miró con un rayo turbio del azul de sus ojos. Tuve miedo otra vez de su mirada, miedo del atisbo de paraíso que había en ella o del infierno pendiente que podía haber.

—No importa que no hayas andado nunca con Claudio —le dije—. En mi cabeza no podrá no ser así.

—En tu cabeza nunca pudo ser de ningún modo —dijo Solange—. Y de ese modo se nos fue la vida.

—Usas la segunda persona del plural —observé.

—Un nosotros resignado —dijo Solange.

Me regaló entonces la sonrisa más llana y directa que conservo en mi memoria. Hubo un temblor en mi mano y un soplo en la boca de mi estómago.

—Gran desperdicio —concluyó Solange—. Pero al menos ahora lo sabemos.

No dormí esa noche. Di vueltas pensando que las aporías de Zenón se habían cumplido entre nosotros, que la flecha había salido hacia su blanco difiriendo infinitamente su llegada y Aquiles había perseguido locamente a la tortuga sin alcanzarla. Y que éramos los prisioneros de unos versos cuyos destinos herméticos habíamos encarnado sin entender.

Nota del autor

Me confieso reo de plagio amistoso y simplificación narrativa en la escritura de "Pasado pendiente", una historia original de Gilberto Guevara Niebla, cuya riqueza de situaciones y personajes exigiría el espacio demorado de una novela.

No tuve del todo, aunque la merecí, una excompañera de universidad tan bronceada, ni una historia de acentos teológicos tan próximos a mi rechazada educación católica, como la que añadí al caudal de las leyendas jesuitas en "Sin compañía".

Tal como lo cuenta "Meseta en llamas", visité la planicie de Atolinga con Álvaro López Miramontes, mi compañero de El Colegio de México. Tuve desde entonces la impresión de que un escenario así y una amistad como la que llegué a tener con Álvaro exigían una historia como la de Antonio Bugarín, que aquí introduzco para completarnos.

No conocí personalmente al escritor José Revueltas, salvo al pasar, en una fiesta de principios de 1968 a la que me invitó Jaime Augusto Shelley, de modo que la escena y la larga conversación que se incluyen en "El camarada Vadillo" no existieron jamás. La historia de Evelio Vadillo la debo a la curiosidad y a la información de Álvaro Ruiz Abreu. Mi propia ignorancia del asunto me permitió inventar que Vadillo tenía la misma edad de Revueltas, cuando en realidad era mucho mayor, y que no quiso decir palabra sobre su cautiverio soviético, cuando en realidad no hizo otra cosa que tratar de referir su experiencia, sin éxito, hasta que un infarto lo sorprendió en la calle, todavía joven, a la misma edad y en las mismas circunstancias en que había sorprendido a su padre. (El temor a ese infarto persiguió las noches de Vadillo en México con ahogos y angustias comparables sólo al miedo obsesivo que desarrolló por la policía secreta soviética, de la que se decía vigilado.)

El cantante protagonista de "Los motivos de Lobo", Adrián Navarro, no nació en Tlacotalpan, Veracruz, como dice mi relato, sino en Jalisco. No pudo tener, por lo tanto, el amor ribereño que es el corazón melancólico de mi historia. Lobo tampoco murió en un entreacto de sus *shows*, sino de una pulmonía mal atendida debido al más triste de los azares urbanos: la ambulancia que lo conducía de emergencia al hospital no pudo hacerlo con rapidez suficiente porque topó con una vasta zona acordonada debido a la mayor explosión que recuerda la Ciudad de México, la llamada Tragedia de San Juanico, del 19 de noviembre de 1984.

Doña Emma y doña Luisa fueron seres maravillosamente reales, muy superiores en su continua elocuencia a la que puedo haberles conferido. Pero nunca cruzaron por sus labios historias como las que se narran en "Prehistoria de Ramona" o "El regalo de Pedro Infante". No son culpables de ellas. Sabrían mejor que nadie, en cambio, las interpolaciones sacrílegas que agregué a su versión de "La noche que mataron a Pedro Pérez", la cual fue siempre más sencilla y mejor en sus labios.

Tal como se cuenta en "El fantasma de Gelati", me mudé a la colonia San Miguel Chapultepec de la Ciudad de México en el año de 1987. Un fantasma visitó a la cuidadora de nuestros niños la primera noche de nuestra mudanza. La historia de los restos del coronel Gelati y de los caídos en la batalla de Molino del Rey es escrupulosamente cierta. No así, por desgracia, la de su fantasma, ni la de la mujer que le dio cristiana sepultura.

Salvo su escritura, no he inventado nada en la otra tenue historia de fantasmas que contiene este libro: "Andrés Iduarte o la pérdida del reino".

Fui al pueblo de Tolimán y al rancho de los Rulfo que se describen en "La elección de Ascanio". La historia que se cuenta ahí la debo a Octavio Gómez. Lo demás es nostalgia de aquel viaje.

"Mandatos del corazón" es una historia inspirada en la vida y milagros de don José María Pérez Gay, quien me refirió los trances sicalípticos del indomable coronel Romero. La historia de Laura Portales ha venido de otra parte y es falsa en todo, salvo en lo esencial.

La atmósfera del periódico donde sucede "El amor imperativo de Alejandro Villalobos" es un trasunto de la que podía respirarse, a finales de los años setenta del siglo pasado, en el diario *Unomásuno* de la Ciudad de México. Alejandro Villalobos nunca existió salvo en mi cabeza, lo mismo que sus amores en la suya.

La estructura del relato de la "Balada del verdugo melancólico" me fue sugerida por un libro de memorias periodísticas cuyo autor he olvidado, a diferencia del amigo que me lo recomendó: Ignacio Almada.

La falsa conquista de Solange Betel está inspirada en una conquista verdadera.

Por último, debo decir que el yo narrativo de estas páginas no es autobiográfico, sino literario; no da cuenta de mí, sino de mis fantasías retrospectivas y mis necesidades imaginarias.

Ciudad de México, febrero de 2018
H. A. C

Sobre esta edición

"Pasado pendiente", "Sin compañía", "Meseta en llamas", "La noche que mataron a Pedro Pérez", "Los motivos de Lobo", "El camarada Vadillo" y "El regalo de Pedro Infante" fueron publicadas por primera vez en *Historias conversadas* (Cal y Arena, 1992). "Mandatos del corazón" apareció como una noveleta independiente en el año 2004, bajo el sello de Editorial Sudamericana. La revista *Nexos* publicó en distintas entregas "El fantasma de Gelati" (diciembre de 1994, núm. 204), "El amor imperativo de Alejandro Villalobos" (julio de 2002, núm. 295) y "La elección de Ascanio" (febrero de 2003, núm. 303). "Balada del verdugo melancólico" pertenece a una cosecha posterior, lo mismo que "Andrés Iduarte o la pérdida del reino" y "La apropiación de Solange". Reuní por primera vez estas historias en un volumen bajo el título *Pasado pendiente y otras historias conversadas* (Planeta, 2010). Las reúno nuevamente aquí, corregidas y editadas, en la que puede considerarse su edición definitiva.

Historias conversadas de Héctor Aguilar Camín
se terminó de imprimir en el mes de noviembre de 2019
en los talleres de
Diversidad Gráfica S.A. de C.V.
Privada de Av. 11 #4-5 Col. El Vergel, Iztapalapa,
C.P. 09880, Ciudad de México.